I0828107

IMPASSE

Melissa Ibarra

Obra editada en colaboración con Editorial Planeta – Colombia

Bajo el sello editorial CROSSBOOKS M.R.
Avenida Presidente Masarik núm. 111,
Piso 2, Polanco V Sección, Miguel Hidalgo
C.P. 11560, Ciudad de México
www.planetadelibros.com.mx

Primera edición impresa en Colombia: octubre de 2025
ISBN: 978-628-7575-56-1

Primera edición impresa en México: marzo de 2026
ISBN: 978-607-39-3867-9

Impreso en los talleres de Impregrafica Digital, S.A de C.V.
Avenida 11 463, interior Bodega 2
Colonia San Nicolas Tolentio
C.P. 09850 Iztapalapa, CDMX
Impreso en México – *Printed in Mexico*

Para todos aquellos que se refugian en los libros
y encuentran en ellos un escape
del mundo real, que parece sin salida.
Miren siempre las estrellas.

PREFACIO

Soy la persona con peor suerte del mundo.

La luz intensa de los reflectores me ciega. Los gritos de la multitud me ensordecen. Sigo cantando a pesar de no escuchar mi voz ni el audífono que me guía en la letra. Mi corazón retumba al compás de la música. El estadio parece infinito desde el escenario; las caras se difuminan en la bruma creada por la adrenalina.

Sí, debo ser la persona con menos suerte en este planeta... o un bastardo muy malagradecido. Cualquiera daría lo que fuera por disfrutar de la atención, la exposición, los fans que gritan tu nombre, deseosos de que los mires por un segundo, mientras cantas en un estadio con miles de asistentes que te tratan como una deidad bañada en fama y riqueza. Es el sueño de cualquiera y mi peor pesadilla, la que me recuerda que mi suerte se acabó hace tiempo, o que quizá nunca la tuve en primer lugar. Me siento atrapado. Atascado. Como si fuera un prisionero en un cuerpo que no es mío, actuando un rol que no me pertenece... Pero el espectáculo debe continuar.

Mis dedos se mueven por las cuerdas y el público enloquece cuando llegamos al coro de la canción. Le lanzo una mirada a Mitch, que me acompaña con la segunda guitarra y sonríe.

Los chicos saben lo que hacen, viven para el estrellato y les encanta, como le encantaba a mi hermano. No puedo culparlos. El sentimiento que produce es adictivo: la euforia que genera el ser amado e idolatrado por millones de personas es embriagadora.

Muevo la cabeza para retirarme el cabello de los ojos y, con la nota final, el concierto termina. Respiro con pesadez. Las sienes me punzan por los restos de adrenalina que aún me corren por las venas.

—¡Buenas noches, Detroit! —La voz de Mitch resuena en el estadio, pero pronto es rebasada por el rugido de la multitud eufórica.

Las luces del escenario se apagan y el concierto acaba, aunque eso no impide que la gente continúe gritando «una más, una más, una más». Sigo a los chicos hacia el *backstage*. Le entrego a uno de los asistentes del *staff* mi guitarra y entramos al camerino.

—¡Eso fue increíble! —Dave toma una cerveza de la nevera y le quita la tapa con la esquina de la mesa de aperitivos antes de darle un gran trago—. ¡El público enloqueció!

—No gracias a ti, no te emociones. —Kirk toma la champaña que suele pedir para celebrar el final de cada concierto y la sacude con entusiasmo excesivo.

Los chicos se acercan, cada uno con su copa, y, conducidos por la euforia postconcierto, dejan que Kirk los bañe con la espuma del licor mientras festejan otra presentación completamente llena.

—¡Imbécil, me entró en el ojo! —Aaron se frota los párpados para limpiarlos mientras el resto de los integrantes se parten de risa.

Tomo una cerveza, uso la misma técnica que Dave para abrirla, me siento en el sofá de cuero y subo los pies a la mesa. La adrenalina desaparece y deja en su lugar un vacío que es incluso mayor al que sentía antes de subir al escenario. Es como mirar un espejismo: cuando la euforia se apaga, es como si volviera a entrar en una caja en la que todo es oscuro y monótono; la satisfacción que siento al cantar se me hace cenizas en la boca. Es como el bajón de un viaje de ácido, en el que la resaca es peor que el efecto del estimulante. Tal vez por eso nunca me gustaron las drogas.

—El estadio estuvo a reventar hoy —dice Mitch orgulloso.

—Dime cuándo no lo está. —Dave sonríe. El horrible diente con diamantes que mandó ponerse al frente reluce. Le pasa la lengua por encima—. Somos la sensación desde que me puse este bebé.

Emito un sonido de burla que pasa desapercibido porque el resto de los chicos se echan a reír y comienzan a hablar de alguna otra estupidez. Le doy un sorbo a la cerveza y los observo en silencio, tratando de encajar con ellos, aunque no lo consigo.

Han transcurrido quince meses desde que reemplacé al gran Bryce en la banda, y nueve desde que retomamos la gira de Riot 911. De alguna manera, es como si mi hermano nunca hubiera existido y su muerte fuera solo un recuerdo lejano que ya todos, menos yo, olvidaron. No los culpo. Tienen derecho a seguir con sus vidas y sus éxitos, pero eso no impide que me sienta como un impostor y que trate, inútilmente, de llenar un espacio que no es mío.

Bryce era la celebridad. A él la fama le sentaba bien, aunque *no le hiciera bien*. Yo, comparado con mi hermano, no soy nada. Puedo cantar sus canciones, ser parte de su banda y tener sus fans, pero jamás seré él. Trato de sentir la misma felicidad que mis colegas, pero no lo consigo. No lo he conseguido desde que abandoné Nueva York, mis sueños… y a cierta pelirroja vivaz. Siento un pinchazo agudo en el corazón y tomo otro trago de cerveza para ahogarlo.

La puerta del camerino se abre y Nadir entra con una sonrisa brillante.

—Tercera noche consecutiva en Detroit ¡y todos los boletos agotados otra vez! ¡Esos son mis chicos! —Pone sus brazos alrededor de los hombros de Kirk y Aaron y los atrae hacia sí.

—Claro que íbamos a agotar todas las fechas: ¿acaso dudabas de nosotros? —Mitch, el líder, le dedica una mirada a su copa antes de darle un trago.

—No, para nada, pero fue incluso mejor de lo que esperaba. —Deja ir a los chicos y se enfoca en mí—. La gente te adora, Clay. ¿Has visto cómo enloquecieron cuando apareciste en el escenario?

—Estuvo bien.

—Hombre, ¡estuvo increíble! —Aaron sonríe y los hoyuelos se le marcan en las mejillas—. Esto tenemos que celebrarlo.

—Ya tengo todo listo: alcohol, chicas y una buena cantidad de coc…

—Primero deben dar unas entrevistas —Nadir interrumpe a Kirk con tono serio—. Además, debemos ajustar los últimos detalles del lanzamiento del nuevo sencillo.

—Sí, bueno, eso lo podemos hacer mañana. —Kirk se encoge de hombros.

—¿Mañana cuando ni siquiera puedas pararte por la resaca que tendrás? —se burla Dave, apoyado en la mesa de aperitivos.

—Tiene razón, el lanzamiento de la nueva canción es mañana. Clay, ¿estás listo? —Mitch sonríe—. Será un gran día para ti.

—Lo que tú digas.

Camino al círculo que han creado los chicos alrededor de nuestro representante y resisto el impulso de darle un puñetazo. Algo que quiero hacer cada vez que lo veo.

—La aceptación de las canciones que has escrito para la banda ha sido increíble, y la campaña que hicimos para promocionar tu más reciente pieza fue un éxito. —Nadir sonríe—. Seguro que mañana reventaremos las plataformas de reproducción y las redes.

Debería estar feliz, pero lo único que consigo es que la ansiedad me llene el estómago.

—Vamos, hombre, alégrate —intenta animarme Mitch—. La banda ha repuntado desde tu aparición; están ansiosos por el disco completo. Tienes el mismo talento que tu hermano para componer.

No digo nada. Una atmósfera incómoda se extiende por el camerino hasta que Nadir vuelve a hablar:

—Aunque el lanzamiento será un poco apresurado. Habríamos dispuesto de más tiempo para armar las campañas en redes sociales si hubiéramos lanzado el sencillo a finales de mayo.

—No —digo tajante—. Escribí esa canción con la única condición de que se lanzara mañana.

—Y así será, tranquilo —interviene Mitch—. Pero no entiendo: ¿por qué es tan importante lanzarla mañana? Es veintinueve de abril, no se celebra nada importante, ¿o sí?

Los hombros se me tensan. La culpa me aprieta el pecho.

—Para mí sí lo es.

—¿Por qué?

—Es el cumpleaños de alguien especial.

—Bryce cumple el veintiocho de agosto, si no recuerdo mal —dice Aaron.

—No hablo de Bryce. Es alguien a quien quiero y merece escuchar la canción en su cumpleaños.

Los chicos se miran entre sí y deben notar que no quiero hablar más del tema porque desisten. Me da igual si la escuchan o no millones de personas. Todo lo que quiero es que llegue a oídos de Niza, porque ella inspiró la canción y su recuerdo es lo único que brinda un poco de sentido al desastre que es mi vida ahora mismo.

—De acuerdo, todo está listo. Pronto tendremos que comenzar a grabar el video. —Nadir se toca la barba oscura, pensativo—. ¿Tienes alguna idea de dónde quieres hacerlo?

Todos concentran su atención en mí y una sensación de incomodidad me sube por el estómago. Tengo el lugar pensado desde hace tiempo. En realidad, es el único sitio en el que pienso últimamente, y al que más anhelo volver, aunque no sé qué tan sensato sea o si los chicos estarán de acuerdo. Aun así, lo digo, porque quizá no exista otra oportunidad para intentarlo:

—Había pensado en grabarlo en Nueva York. Podemos hacerlo después de terminar los conciertos en la ciudad.

Ninguno se inmuta, ni siquiera Nadir.

—De acuerdo, me parece bien —dice Mitch, y el resto de los chicos asienten con indiferencia.

—Por mí está bien. —Nuestro representante se encoge de hombros—. ¿Quieres que sea la única locación?

—No lo he pensado.

—Bien, tenemos tiempo, podemos pensarlo con calma.

Asiento otra vez, aunque la fría capa de apatía que me había cubierto los últimos meses se derrite un poco ante la perspectiva de volver a Nueva York, donde está ella. Las posibilidades de encontrarla en una ciudad tan grande son menores a cero, pero no me importa. Quizá el saber que estamos en el mismo lugar sea suficiente para hacerme sentir vivo después de meses en la oscuridad.

Regreso a mi lugar en el sillón para terminar mi cerveza, pero Kirk me corta el camino. Me ofrece un cigarrillo. Lo acepto. Hace tiempo que me rendí con dejar de fumar.

—Hoy celebramos tu éxito. No puedes negarte a asistir con nosotros a la fiesta. Con suerte, alguna chica linda te quitará esa cara de amargado.

Enciendo el cigarrillo, le doy una profunda calada y suelto el humo antes de hablar.

—No estoy interesado.

—¿En la fiesta o en las chicas?

—En ninguna.

—¿De qué hablas? —dice Kirk—. No hay nada mejor que coger para celebrar.

—Yo prefiero beber y esto… —Dave se acerca y muestra la bolsita que contiene un polvillo blanco.

—Yo prefiero que se callen —espeto.

Kirk me mira fijamente, como si supiera un secreto.

—Vaya, ha pasado más de un año y todavía no superas a esa chica.

Lo miro mal, pero no digo nada, porque tiene razón: no la he superado. Niza no solo se quedó con mi corazón, sino con todo lo que soy. No he tenido sexo en un año y ni siquiera he sentido el deseo de acercarme a otra chica, a pesar de tener miles de oportunidades. Ninguna es ella. Ninguna es una pelirroja con una sonrisa pasmosa y ojos preciosos.

—Déjalo. —Dave se da por vencido.

—Qué desperdicio —suspira Kirk—. Tantas chicas que mueren por ti.

Los ignoro y termino mi bebida mientras el cigarrillo se consume entre los dedos. La reunión con Nadir termina poco después. Leo el mensaje de mi asistente, Alice; me pregunta si iré a la fiesta de lanzamiento del *single* y le contesto con un «no me apetece».

Salimos por la puerta trasera del estadio, rodeados de elementos de seguridad para evitar que las personas se nos lancen encima. Es como si intentara sobrevivir a una horda de *zombies* deseosos por obtener un pedazo de mí. Logramos entrar a la camioneta polarizada, aunque la gente sigue pegada a nuestras ventanas como moscas. Kirk, Aaron y Dave saludan a los fans a través del cristal. Mitch está de buen humor y Nadir esboza una sonrisa que amenaza con deformarle la cara.

Suspiro y apoyo la cabeza en el respaldo. Solo quiero llegar a la habitación del hotel, quitarme esta estúpida ropa y sumirme en el limbo en el que quedo después de cada concierto: pretender que soy Clay y no este chiste de hombre que ni siquiera soporta verse a sí mismo al espejo.

La camioneta avanza y una oleada de alivio me invade cuando finalmente nos alejamos del alboroto. Los edificios altos de Detroit perforan el cielo oscuro como agujas; las luces de los negocios nocturnos llenan mi vista. He cantado en muchos países y he estado rodeado de millones de personas, pero me percato, como siempre, de que la sensación de soledad no desaparece, como si yo fuera una pieza que no encajara del todo en el complejo rompecabezas que es el mundo. Nos detenemos en un semáforo. Los edificios son bajos y no flanquean las calles, entonces puedo ver el cielo. Las estrellas son como salpicaduras brillantes en un lienzo oscuro, iluminándolo todo. Pienso en ella. En Niza.

Es poco más de medianoche. En mi mente, le deseo un feliz cumpleaños. Quizá nunca tengamos la oportunidad de celebrarlo juntos otra vez, pero espero, aunque sea ingenuo, que las estrellas le entreguen mi mensaje y que en ellas vea cuánto la echo de menos.

1| Écarté

Niza

Doy un paso al frente, luego otro y otro más.

La luz blanquecina me apunta y ciega, pero abrazo este momento y lo hago mío sin vacilación. La melodía comienza a fluir a través de los altavoces y a retumbar en mi interior, compitiendo con mi corazón, que marca el ritmo de cada paso con sus latidos.

El nerviosismo me aflora en el estómago en la misma medida que lo hacen la emoción y el entusiasmo, y pronto no soy yo bailando al son de la música: es la música, que cobra vida a través de mi cuerpo.

La voz de Adele embelesa mis sentidos y las notas impulsan mis movimientos para representar el dolor contenido en cada estrofa de la canción *Set fire to the rain*. La hago mía porque es como si hablase de mí, como si Adele cantara con su potente voz los sentimientos que llevan guardados en mi mente más de un año.

Hago un *split* en el aire para caer de rodillas. Mis brazos se mueven al ritmo de la canción para expresar la angustia y el empoderamiento que vienen después. Hago puños y me golpeo el pecho. La música me impulsa a expresar ese grito mudo que cobra fuerza a través de mi cuerpo solo cuando bailo.

Antes, la danza era mi prisión; ahora es lo único que me libera.

El coro se hace presente y me preparo para terminar la coreografía. Hago varias piruetas, recordando mi agilidad para el *ballet,* y agradezco la memoria muscular, que es tan vívida como la del corazón. Hago el paso final, con la respiración agitada y el cuerpo revitalizado por lo estimulante que resultó la danza.

Los aplausos que resuenan en el espacio me recuerdan que no estoy sola, sino en el salón de prácticas de Rennart International, la escuela de danza a la que asisto. Lyman, el instructor, me sonríe afable. Su cuerpo delgado y largo lo convierte en un maestro de danza contemporánea excepcional, que no escatima en el tiempo que le dedica a la enseñanza.

—Fue impecable —me felicita sin perder la sonrisa—. Nada mejor para cerrar la práctica de hoy.

—Hasta los vellos se me han puesto en punta solo de contemplarte, mujer. —Escucho la voz de Rhaiza en la sala y suelto una risa.

—Exageran. —Niego con la cabeza, aunque recibo de buena gana los comentarios.

El instructor se gira hacia los demás.

—Esto es todo por hoy. Recuerden realizar sus estiramientos antes de irse y, por favor, relájense. Aquí buscamos soltura, ¿entendido?

—Entendido —decimos todos al unísono.

—Buen fin de semana. Descansen. El lunes ensayaremos una nueva coreografía.

Rhaiza se acerca a mí cuando termino mi estiramiento y busco mis cosas.

—¿A dónde crees que vas?

—¿A casa? —Me paso una toalla por el rostro para eliminar el sudor.

A su lado, aparece su hermana gemela Rhaila.

—No te escaparás de nosotras esta vez. Tienes una cuenta pendiente.

—Que yo recuerde, ya pagué todas mis deudas —contesto, enfocada en guardar mis cosas.

—No la más importante.

—¿Ver juntas el último capítulo de *Gilmore Girls*?

—No juegues a la inocente con nosotras —me advierte Rhaiza, la más vivaz de las dos.

Ambas me flanquean al caminar hacia la salida del estudio y siento que soy Harry Potter en medio de los gemelos Weasley. Yo no podría distinguirlas si no fueran mis amigas y si no pasara tanto tiempo con ellas. Son prácticamente idénticas: de cabello oscuro y lacio, piel canela y facciones tan delicadas como las de una muñeca. Sus ojos, a diferencia del cabello, son de un marrón claro que casi parece dorado; hipnotizan a más de uno (o una) por donde sea que pasen.

—¡Niza! —Rhaiza se detiene frente a mí—. Hoy es tu cumpleaños. Dime que ya tienes lista la ropa que usarás en el club.

—Aún no lo he pensado.

—¡¿Cómo?! ¡Es tu fecha especial! ¡Cumples veintitrés! —Rhaila, la más controladora de las gemelas, parece al borde del infarto.

—Nosotras ya tenemos todo listo —añade su hermana—. Te encantará tu regalo.

—¿A qué se refieren con que tienen todo listo? Si solo iremos a bailar.

—Ya lo verás, es una pequeña sorpresa —insiste Rhaila.

—Chicas, de verdad, lo agradezco, pero…

—Nada de peros. —Rhaiza pone un dedo al frente para callarme—. A las siete iremos a tu apartamento y nos prepararemos juntas para celebrar tu cumpleaños.

—También hemos invitado a Diane, Orena y algunos chicos de tu antiguo infierno… quiero decir, de tu antigua escuela —dice Rhaila.

—¿Qué? Cuando sugirieron salir a bailar, pensé que serían solo unas cuantas personas, no todo el alumnado de Nueva York.

—¡Será genial! Como todo lo que organizamos. —Rhaiza aplaude un par de veces, emocionada—. Te vemos en unas horas, guapa. Debes lucir espléndida. Hay alguien que está ansioso por verte otra vez.

—¿Lo invitaron?

Ambas comparten una mirada cómplice.

—Claro que lo invitamos; será nuestro regalo para ti —dice Rhaila.

—Uno de los regalos —corrige la otra.

—Las odio —me quejo, aunque el corazón se me acelera por la emoción que me genera ver a Diane y Orena otra vez, y quizá una pequeñísima parte también se deba a él.

—Nos amas —dicen al unísono.

Sonrío.

Sé que será otro cumpleaños en el que sentiré que algo me hace falta, pero lo compensaré con los pedazos de mí que he logrado reparar estos últimos meses. Y será suficiente.

Tendrá que ser suficiente.

* * *

Echaba de menos una buena fiesta.

El lugar está atestado, la transpiración me corre por la espalda, mi cabello está alborotado y mis movimientos no tienen coordinación; lo único que quiero es disfrutar. Apenas he probado un sorbo de alcohol, a diferencia de Rhaiza y Orena, que ya se han apoderado de una botella y obligan al resto de los chicos a beber directo del cuello.

Bailo con Diane y pronto RJ, Orena y las gemelas se unen a nosotras. Envuelta por la euforia del momento, soy feliz, o lo soy por un segundo en el que creo estar rodeada por las personas a las que quiero, hasta que me percato de que una de ellas no está aquí.

El corazón se me hace un nudo y la añoranza se cuela en mí a pesar del buen ambiente, pero la guardo en una caja y la empujo hasta el fondo de mi mente. Tomo un trago para lavar el gusto amargo con el alcohol. No debería pensar en Clay en mi cumpleaños. De hecho, no debería pensar en él en absoluto... Aunque lo cierto es que ocupa más tiempo en mi mente que el resto del mundo.

Soplo las velas del pastel de fresas de Magnolia's Bakery, mi favorito. Bailo y canto junto a los chicos. Orena y Diane aplauden, mientras RJ me embarra un poco de crema en la punta de la nariz.

Los *beats* de la música electrónica se confunden con los latidos de mi corazón y ni siquiera soy capaz de escuchar mis pensamientos. Rhaila y Rhaiza bailan junto a mí. Me dejo llevar por la música en español; el ritmo me impulsa a mover todo el cuerpo. Canto a todo pulmón canciones que no conozco y otras que me sé al derecho y al revés. Bebo dos tragos más y paro justo ahí, porque me gusta estar consciente cuando voy de fiesta, principalmente porque sé el tipo de ebrias que son Diane y Rhaiza y prefiero cuidar de ellas. Cuando la canción cambia a una más lenta, nos acercamos a la mesa.

—Felices veintitrés —me dice Orena al oído—. Te ves preciosa.

—Gracias, la falda es nueva.

Ella niega con la cabeza y sonríe.

—No me refiero a la ropa, sino a ti. A esta nueva Niza. Me gusta más. Me gusta porque sonríe, baila y vive su vida como quiere vivirla.

Me cuesta entender las últimas palabras por el atronador sonido de la música, sin embargo, me las arreglo y le sonrío de vuelta.

—Gracias por estar aquí.

—Siempre. —Choca su vaso de cristal contra el mío y ambas bebemos.

—De acuerdo, ¡llegó la hora! —Rhaiza se hace notar por el micrófono que lleva en la mano. ¿Cuándo lo consiguió?

Se sube a la mesa y todos formamos un círculo a su alrededor.

—Mi hermana y yo tenemos un regalo muy especial para ti.

—La verdad, no sabíamos qué te gustaba; te lo tenías muy bien guardado. —Rhaila sonríe y extrae de su bolso un papel que me tiende.

—¡Ahora las tres podemos disfrutar de la experiencia juntas! —chilla su hermana con el micrófono y casi deja sordo a medio club.

El regalo es una hoja de papel doblada y un montón de posibilidades se me vienen a la cabeza: ¿entradas para un recital, un cupón para nuevos zapatos de baile…? La expectativa me hormiguea los dedos y, cuando finalmente veo de qué se trata, mi corazón se estrella como un avión contra el pavimento. Ahí, en el papel, están impresas tres entradas para el concierto que dará Riot 911 en Nueva York en dos semanas. Todo empeora cuando me doy cuenta de que son boletos para la primera fila.

Por todos los corrales, ¿puede ser peor? Oh, claro que puede: son pases VIP para conocer a los integrantes de la banda en el *backstage*. El pulso se me acelera por emociones muy distintas a la felicidad, y mi cara debe reflejar el pandemónium que es mi mente, porque las chicas dejan de sonreír.

—¿Qué sucede? ¿No te gustó la sorpresa? —pregunta Rhaila, preocupada.

—No es eso, es solo que…

—¿Qué es? —Orena me lo quita de las manos y lo lee junto a Diane. Ambas intercambian una mirada de desconcierto.

—¿La cagamos? —pregunta Rhaiza al tiempo que baja de la mesa y apaga el micrófono—. Encontramos una vieja entrada a un concierto de Riot 911 en tu habitación una vez que buscaba tu secadora, y a nosotras nos encanta, entonces pensamos... que sería un buen regalo ahora que vendrán a la ciudad.

Una espina se me instala en el corazón y duele tanto que me cuesta esbozar una sonrisa para no hacerlas sentir mal. Encontraré una excusa para no asistir al concierto; ya está.

—¡No! Está bien, me encanta —digo simulando felicidad—. Me muero por ir.

Atrapo la mirada que me lanzan Diane y Orena. Además de RJ, son las únicas que saben mi historia con el guitarrista de la banda más famosa del momento. Cuando ingresé a Rennart International, lo tomé como un nuevo inicio en todos los aspectos y eso incluía también borrar a Clay de mi vida, por lo que las chicas no estaban enteradas de mi vieja relación con él.

—Bien, ¡entonces los veremos en dos semanas! —chillan al unísono las gemelas, y trato de saltar de la emoción junto a ellas, pero no puedo.

Un nudo de nervios se me instala en el estómago y lo retuerce al pensar que veré otra vez a Clay Hawthorne.

Para tu yegua; no irás a ese concierto ni te toparás con él. ¿De qué te preocupas? Trato de tranquilizarme y tomo un trago para aminorar mi desbocado latir. El tren de pensamiento se interrumpe cuando alguien me rodea la cintura por detrás. Doy un respingo y me giro para encontrar a Karef. Lleva una camiseta blanca y pantalones oscuros. Su cabello, peinado sin mucho esfuerzo, es un remolino de mechones negros recogidos hacia atrás y la barba incipiente le enmarca el fuerte mentón. Sus ojos color carbón se arrugan por la sonrisa.

Se acerca para hablarme al oído y que lo escuche a pesar de la música.

—Hola, Daisy.

Enarco una ceja.

—Nadie me llama así.

—Me gusta ser el único, entonces. —Se aleja un poco y los ojos le brillan con las luces del club—. Feliz cumpleaños.

—Gracias. —Una ola de nervios me invade cuando da un paso al frente y su perfume me envuelve.

—Pensé en regalarte algo, pero…

—No es necesario, no te preocupes.

Sonríe y un hoyuelo se le forma en la mejilla.

—Pero no creí que me dejarían entrar con el regalo completo.

—¿El regalo completo?

—Feliz cumpleaños, Daisy.

Bajo la vista a la pequeña margarita que sostiene entre los dedos y sonrío mientras la tomo.

—Este es mi nombre en su sentido literal, ya sabes: margarita.

—Me recuerdas cosas lindas; es inevitable.

Las mejillas me arden, pero no me dejo llevar por los nervios. Al contrario, lo molesto un poco.

—¿Esta es tu forma de conseguir una tercera cita?

—En realidad, la conseguí desde que gané la apuesta —argumenta—. Dijiste que me concederías otra cita si me volvías a ver después del fiasco con el helado de ciruela y aquí estoy.

—¡No hables de eso! —me quejo y suelta una risa—. No creí que volvería a verte después de esa vergüenza.

Me quita la margarita de las manos y, con delicadeza, me la pone en el arco de la oreja, decorándome los rizos.

—Estoy más que interesado en ti.

—Te estás esforzando mucho por ganar puntos hoy. —Sigo molestándolo, aunque la respiración se me corta cuando sus ojos caen a mis labios.

—Quiero ganarme todos los puntos posibles —murmura antes de tomar mi boca con la suya, haciéndome estremecer.

Sonrío cuando nos separamos. Se siente bien estar con él, a pesar de que solo llevemos un mes saliendo. Nos conocimos en la fiesta de cumpleaños de RJ, quien nos presentó después de explicarme que Karef era un productor musical que emprendía su carrera. Es un chico atento, servicial y atrayente. Estudió en ACA también, se graduó hace unos años y es cuatro años mayor que yo. No sé en qué terminará todo esto, pero quiero averiguarlo.

—Tal vez podríamos adelantar la tercera cita —sugiere—, e ir a mi departamento para darte tu regalo.

No tardo en entender sus intenciones. La idea me atrae y, ¿a quién engaño?: es mi cumpleaños, quiero mi regalo, sin importar la forma en que venga.

—Suena bien. —Le planto un último beso antes de salir.

Subo a su auto y les envío un mensaje a Rhaila y Orena avisando que me voy con Karef antes de que el impulso de valentía me abandone. No es algo que la Niza de hace unos meses habría hecho, ni siquiera lo habría pensado, pero quiero que este sea un nuevo año para mí en todos los aspectos. Suzanne, mi psicóloga, estaría orgullosa si estuviera aquí.

Karef conduce en silencio. Estoy a punto de decir algo para calmar mis nervios, cuando escucho por la radio un nombre que me pone los vellos de punta.

—¡Regresamos con el nuevo éxito de Riot 911! —dice el locutor con alegría excesiva.

Un escalofrío me recorre la espalda.

—¿Podemos cambiar de estación? —pregunto, casi suplico.

—¿Por qué? ¿No te gusta Riot 911?

—No es eso, es solo que…

—Y siguiendo con la crónica de la nueva canción, que ha generado un gran impacto en redes, en una entrevista que la banda ofreció a una de las cadenas más importantes de la industria, Clay, el compositor, declaró que la canción fue pensada como un regalo. —Mi corazón da un vuelco—. De ahí que el *single* se estrene hoy y no en su nuevo *tour*.

—Qué misterioso —dice Karef con una sonrisa, sin despegar la vista del frente—. ¿Un regalo para quién?

Un nudo se me forma en la garganta cuando el locutor pronuncia el nombre de la canción, como si hubiera escuchado a Karef.

—Escuchemos la nueva canción de Riot 911, escrita por su miembro más joven, Clay Hawthorne: *Ballerina*.

Te enseñé a ver las estrellas,
pero ahora soy yo quien te mira
bailando entre ellas
como un destello fugaz.

La canción comienza a sonar en la radio y, como si fuese una película, los recuerdos se me agolpan en la cabeza: el estudio de tatuajes, la chaqueta, Coney Island, Bryce, Winslet, ACA... todo. Es como si contara nuestra historia en esa canción.

—Es buena. —Escucho que dice Karef a lo lejos, pero mi corazón está hecho añicos, demolido por la letra y los recuerdos, así que lucho por mantenerlos lejos.

Lucho sobremanera, pero no lo consigo y una parte de mí se derrumba.

—Llévame a casa, por favor —pido con un nudo en la garganta.

Karef me mira sorprendido.

—¿En serio? ¿Por qué? ¿Qué pasa?

Niego con la cabeza.

—No me siento bien.

—¿Dije algo malo? —Una nota de preocupación le invade la voz.

—No, solo... llévame a casa. —Intento obsequiarle mi mejor sonrisa—. ¿Podemos ir a tu apartamento en otra ocasión?

—Claro, no te preocupes. —Sonríe también, aunque la consternación no le abandona los ojos.

Me siento mal por Karef. Él no hizo nada malo y aun así paga los platos rotos de otra persona. Se mantiene en silencio por un momento, pero después cambia de dirección hacia mi barrio y se lo agradezco. Las lágrimas se me agolpan en los ojos mientras la canción continúa y, a pesar de los alegatos de mi cerebro, mi corazón aún lo recuerda. Miro la noche estrellada a través de la ventana mientras el auto sigue en movimiento. Igual que la vida, que no se detiene.

Una parte de mí se pregunta si Clay mira las estrellas y piensa en mí, como yo todavía pienso en él.

2| Denso

Clay

—Otto está mal de la cabeza. Pensé que nos dejaría en paz después de la muerte de Bryce. —La voz de Hela vacila un poco al decir el nombre de mi hermano.

Me pego el auricular a la oreja, abro la puerta y salgo de la habitación de hotel de Mitch, donde los chicos tienen un alboroto.

—¿Qué hizo ahora?

—Recibí una notificación del juzgado: tu abuelo está demandando la custodia de mis hijos. ¿Qué demonios, Clay? ¿Sabías algo de esto?

El estómago se me revuelve solo de pensar en ese animal. ¿Por qué mierda Otto mete su puta nariz donde no lo llaman? ¿Qué pretende hacer ahora con los hijos de Bryce?

—No lo sé, pero no ganará. Solo ignóralo.

—No puedo. Si no respondo la demanda, podrían multarme por desacato, o peor: fallar a favor de ese hombre. No permitiré que me quite a mis hijos.

Aprieto el móvil y la ira se aviva tras los recuerdos de mi estancia con ese ser tan despreciable. Sus golpes arden en la piel a pesar del tiempo; los días de oscuridad que pasé encerrado en ese viejo sótano todavía me provocan escalofríos. No sé qué pretende ahora, apareciendo después de un año de esconderse en su madriguera, pero tendrá que volver arrastrándose a ella. Antes muerto que permitirle tocar a mis sobrinos.

—Quiere el dinero de Bryce. Otto no está en su testamento, ¿o sí?

—No, que yo recuerde. —Hay una nota de duda en su voz—. ¿Lo leíste? ¿Fuiste a reclamar tu parte?

Una punzada de malestar me llena y apoyo la cabeza en la pared. No necesito nada de Bryce; ya le he quitado suficiente al usurpar su lugar en la banda. No solo no lo necesito, no lo *merezco*, porque no hice nada para salvar a mi hermano cuando tuve la oportunidad.

—Ya te lo dije: no me interesa.

—Clay, deberías ir y saber lo que Bryce dejó para ti. Sé que es importante y…

—¿Tienes un abogado? —la corto. No estoy de humor para escuchar esas tonterías.

El silencio se extiende por un segundo.

—Estoy en eso.

—Deja que yo me encargue, espera un momento.

Abro un nuevo chat con el mejor abogado que conozco para que se haga cargo del caso. Escribo un mensaje conciso, le menciono que sus honorarios no son problema y le envío el número de Hela para que se comunique con ella.

—Un abogado se pondrá en contacto contigo. Es bueno, dale toda la información que te pida —digo con un dolor de cabeza que punza en las sienes.

—Gracias, pero ¿no puedes hablar con Otto y pedirle que detenga esta locura? Es más fácil que iniciar un proceso legal.

La bilis me sube por la garganta solo de pensar en hablar con ese cabrón, así que descarto la idea enseguida.

—Confía en mí. Lo resolveremos. Ni siquiera debe ir en serio con la demanda; hace esto para saber cuánto dinero puede sacar de Bryce a través de sus hijos, como hizo con nosotros cuando papá murió, pero no obtendrá ni un centavo.

—¿Estás seguro? —inquiere temerosa—. No me importa el dinero, solo quiero a mis hijos. Puede quedarse con la fortuna de tu hermano a cambio de que no nos moleste más.

El dolor me vuelve a azotar la cabeza. ¿Cuándo dejará mi abuelo de ser un grano en el culo?

—No accedas a sus amenazas. A mi hermano y a mí nos exprimió lo suficiente para vivir bien toda su vida. Si lo malgastó, no es mi problema ni debería ser el tuyo. Por mí se puede morir de hambre y luego pudrirse en el infierno.

Hela jadea impresionada después de mi vómito verbal.

—Lo siento, me dejé llevar. No he tenido un buen día.

—No te preocupes. —Escucho la risa de uno de los mellizos al fondo. El sonido logra apaciguar mi jaqueca—. ¿Cuándo volverás a Nueva York? Sé que tienes varias fechas de conciertos en la ciudad.

—La próxima semana, a mediados de mayo.

—Genial, Lyra y el pequeño Bryce quieren volver a verte.

Una sonrisa se me escapa y algo me llena el pecho, cálido y agradable.

—Estoy ansioso.

—Cada día que pasa se parecen más a él —dice con añoranza, y mi corazón se aprieta—. También deberías llamar a Mimi, le alegrará volver a verte.

Considero la sugerencia un momento antes de desecharla. No porque no desee verla, sino porque sé que insistirá en que averigüe sobre el testamento de Bryce, como lo hizo los primeros meses después de mi partida. Tuve que cambiar de número para que se detuviera; esa mujer no conoce límites.

—Lo pensaré —miento.

A diferencia de Mimi, Hela no insiste y sabe cuándo no quiero hablar más del tema. Nos despedimos con la promesa de encontrarnos apenas tenga un espacio libre entre las presentaciones y le pido que me mantenga al tanto de lo que Otto haga.

El malestar todavía me hace hervir la sangre en las venas, así que, sin pensarlo, busco su número para decirle unas cuantas cosas que necesita escuchar. Estoy a punto de pulsar su contacto para iniciar la llamada, pero me detengo y es como si un balde de agua fría me cayera encima.

¿Qué mierda voy a decirle? Peor aún, ¿para qué voy a hablar con ese bastardo? Mi día ya va lo suficientemente mal para añadirle algo más. No tenemos nada de que hablar, ni siquiera debería tener su número en mis contactos. Me paso la mano por la cara, frustrado, y desisto del plan. Pienso en Niza, como siempre, y aunque mi parte lógica me repite por enésima vez que las probabilidades de toparme con ella son de una en ocho millones, la idea no deja de darme vueltas en la cabeza como un mal presagio… o una ilusión muy estúpida.

Regreso a la habitación con los chicos y, mientras ocupo mi lugar en el sillón junto a la ventana, ruego por que las presentaciones en Nueva York transcurran sin percances. Tal vez por primera vez el universo me escuche y coopere conmigo.

3| Développé

Niza

Llego sin respiración al estudio donde el tumulto se reúne. Navego entre el mar de estudiantes que se aglomera alrededor de la directora, Lena, quien a su vez comparte espacio con el instructor Lyman y con Carson, el implacable maestro de danza clásica.

—¿De qué me perdí? —susurro mientras me cuelo entre Rhaiza y Rhaila.

—¿Dónde estabas? —indaga la segunda en tono bajo y recriminador.

—Eh…

—Seguro estaba desayunándose a Karef —sisea su hermana con tono juguetón.

Le lanzo a Rhaiza una mirada de advertencia para que se calle, pero esboza una sonrisa sagaz en su lugar.

—Estaba desayunando *con* él, no a él. Hay una diferencia —enfatizo—. Además, ¿cómo sabes que estábamos juntos?

—Porque llegaste tarde y porque te fuiste con él del club la semana pasada.

—¿Y eso qué?

—Eso, amiga mía, quiere decir que seguramente te dio tu regalo de cumpleaños y te hizo desenvolverlo con la boca, ¿a que sí? Cuéntanos los detalles sucios y exagéralos. —El calor me sube a la cara.

—¡No! Nosotros no hemos… Quiero decir que… Es…

—Se le han fundido los cables después de que Karef se los sacudiera a punta de embestidas —dice Rhaila, también con una risita, y le doy un golpe con el codo.

—¡No estaba haciendo eso! Estábamos comiendo y hablando, como personas civilizadas.

—Ajá —dicen ambas al unísono.

—¡De verdad! No he llegado tan lejos con Karef. De hecho, no hicimos nada en mi cumpleaños y no…

Un fuerte carraspeo interrumpe nuestra discusión. Los ojos pardos de Lena están sobre nosotras, su tacón choca rítmicamente contra la madera del salón. Su boca no dice nada, pero sus gestos hablan lo suficiente para callarnos enseguida.

—¿Han terminado ya de cuchichear o debemos esperar un poco más? —dice con tono firme, aunque la luz agradable nunca deja de brillarle en el rostro.

El maestro Lyman intenta no sonreír, mientras que el profesor Carson se mantiene tan impasible como siempre.

—Bien, no queremos quitarles mucho tiempo, sabemos que es valioso y las clases deben continuar. —Lena pasea la vista por el círculo que creamos—. Citamos al grupo avanzado en danza contemporánea y danza clásica por una razón, una que, estoy segura, hará feliz a más de uno.

Un silencio expectante pesa en la estancia. Bien, al menos ahora sé que no estamos aquí porque arruinamos algo. El grupo entero parece contener la respiración y Lena se regodea en nuestra espera. ¿Por qué no lo dice y ya?

—STV Music Group ha acudido a nosotros para solicitar a diez de nuestros mejores bailarines —suelta por fin, y un cuchicheo emocionado se eleva por el lugar.

—¡Por Dios! ¡STV! —chilla Rhaila juntando las manos—. Es una de las mejores productoras de videos de la industria. Trabajar con ellos es un sueño, es…es… ¿Acaso Dios escuchó mis plegarias?

—Más bien diría que las escuchó el demonio —se apresura a contrariar su hermana y eso me arranca una risa.

—¿Por qué el demonio?

—Si solo hay diez lugares, esto será una carnicería —contesta con tono macabro.

Lena pone las manos al frente para silenciarnos y el bullicio decae hasta cesar.

—El profesor Lyman y el señor Carson seleccionarán a diez de nuestros mejores bailarines para que acudan a la audición en el complejo de la productora. El proyecto, tengo entendido, es un video musical de una de las canciones del momento, en el que tendrán la oportunidad de aparecer.

El gritito que lanza Karen, una chica del curso, nos hace a todos mirarla.

—Lo siento, me emocioné un poco. Es solo que... ¿se imaginan? ¡Podríamos aparecer en el siguiente video de Taylor Swift!

Hay un grito colectivo de emoción que incluso yo comparto, y mi ilusión por el nuevo proyecto aumenta cuando comienzan a aparecer otros nombres igual de famosos e importantes en la industria. Cuantos más nombres pienso, más emocionada estoy.

—¿Se imaginan aparecer en un video de Riot 911? —dice Rhaila ilusionada.

—Soñar es gratis —la consuela su hermana—. No importa quién sea el artista, igual tendrán que darme primeros auxilios para revivirme después de conocerlo en persona.

—Me aseguraré de tener el móvil cerca para llamar a los paramédicos —bromeo.

—¡Chicos! —nos manda a callar Lyman, elevando la voz para ser escuchado—. Aún no termino.

El silencio es inmediato.

—Los diez bailarines serán elegidos entre el grupo de los que pertenecen a danza contemporánea.

Rhaiza y yo nos miramos con una sonrisa en la cara, mientras Rhaila, quien es más adepta a la danza clásica, bufa.

—Entonces, ¿por qué los de clásica estamos aquí? —Escucho la voz de otra chica al fondo.

—He ahí la cuestión. —Lena frunce los labios—. Habrá una solista femenina del grupo de danza clásica que deberá interpretar el papel de una bailarina.

El rostro de Rhaila se ilumina enseguida.

—¿Ves? No había razón para pataletas —dice su hermana mayor.

—Es tu oportunidad —aliento a mi amiga—. Lo harás genial, seguro te quedarás con el papel.

—¿Eso crees?

—Estoy segura.

Rhaila me aprieta la mano con cariño, y yo le regreso el gesto.

—Tú y yo debemos prepararnos para darlo todo en nuestras audiciones —comenta Rhaiza con ese tono decidido que conozco tan bien—. Quiero ser parte de esos diez bailarines.

—Lo sé, yo también —digo con firmeza, aunque sé lo competitivos que somos los bailarines y no me cabe duda de que esto será como *Los juegos del hambre*.

—Mucha suerte a todos. —La directora nos regala una última sonrisa antes de salir del aula.

—Bien, los bailarines de *ballet* vengan conmigo, iniciaremos la clase. —El señor Carson hace una seña con la mano y sus alumnos lo siguen sin rechistar.

El profesor Lyman aplaude sin perder la sonrisa una vez estamos solos.

—¡Quiero verlos dejar su alma en la pista de las audiciones! —dice entusiasmado—. Mientras tanto, calienten para ensayar la nueva coreografía.

El tumulto se deshace rápidamente. Tomo mi lugar en una esquina del salón junto a las chicas para comenzar con mi estiramiento.

—¿Creen que tenga posibilidades de ser la solista? —inquiere Rhaila con timidez.

—¿Creer? Reina, si no fueras mi hermana, te tomaría de los hombros y te sacudiría hasta que te metieras estas palabras en la cabezota que tienes: eres increíble, ganarás esa audición.

Asiento, confiada en su talento.

—Lo harás muy bien.

—Querrás decir: *lo haremos* —enfatiza Rhaila—. Nos quedaremos con esos lugares… o moriremos en el intento.

Rhaiza suspira.

—O moriremos en el intento —repite, sin dejar de estirarse.

Sigo mi rutina en silencio; mi mente es una mezcla de sentimientos que hacía mucho tiempo no experimentaba y ahora me asaltan con la misma fuerza de un huracán: la emoción de un nuevo proyecto, el deseo de conseguir el papel, pero, sobre todo, la determinación de disfrutar del proceso y no torturarme con la meta.

Cuanto más pienso en la dichosa audición, más me percato de que ya no soy la chica frustrada y ansiosa de antes. Ya no me molesta ser parte de un grupo y no la pieza principal; sé que tengo mi propia luz, mi propio brillo, y destaco al ser *parte* de algo. El baile ya no es una tortura, es mi forma de liberación. Ya no soy más un ave enjaulada, porque elegí ser libre y ahora quiero disfrutar de cada segundo de esa libertad.

* * *

Mi día iba bien, más que bien. De hecho: tuve una linda mañana charlando con Karef en un bonito café, entre donas y *bagels*; recibí la noticia de un posible trabajo que podría ayudarme con mi carrera de bailarina y, como cereza del pastel, la cafetería sirvió pastel de chocolate, mi favorito.

Por primera vez en mucho tiempo, no hay nada que me perturbe, no hay nada que…

—Ya quiero saber de qué artista es el video ¿Te imaginas que podamos bailar junto a Riot 911? ¡Moriré si algún día tengo a Clay frente a mí! —Es lo primero que escucho decir a Rhaila cuando me siento junto a ella y a su hermana en una de las mesas de la cafetería. Su comentario es como una ola que derriba mi endeble castillo de felicidad.

Siento un pinchazo en el pecho al escuchar su nombre, pero trato de ignorarlo como medida desesperada para que no altere mi estado mental de tranquilidad. Soy más ansiedad que persona la mayor parte del tiempo; quiero saborear mis cinco minutos de paz con pastel de chocolate.

—¿Clay? Tiene cara de amargado. Mitch es mucho más atractivo —rebate su hermana—. El cabello largo le da un toque *sexy*.

Resisto un suspiro de pesar. No sé qué estaba pensando al creer que el universo cooperaría conmigo para darme esos anhelados minutos de paz si yo soy su saco de boxeo favorito.

Lo último que quiero es pensar en Clay. No he podido sacármelo un solo segundo de la cabeza desde que escuché su nueva canción, que está en todos lados y a todas horas: en el autobús, en las tiendas, en los restaurantes. A donde sea que voy, la canción está ahí, como un fantasma que me infesta la mente con recuerdos agridulces que preferiría olvidar.

No quiero pensar en él, pero la vida se empeña en recordármelo cada segundo.

—¿Qué dices? Si Clay es mucho más *sexy*. ¿Viste la última publicación del grupo en sus redes? ¡Está para comérselo!

—Tal vez, pero tiene cara de que te romperá el corazón y te dejará en terapia.

Cuánta razón.

Tomo un pedazo de pastel para aminorar la amargura que se apodera de mi boca, pero no funciona. El animalillo de la curiosidad se mueve en mi interior y siento un nuevo impulso por tomar mi móvil y revisar las redes de Riot 911 por primera vez en meses.

Estuve pegada al móvil los primeros meses, revisando cada actualización de Riot 911, con la esperanza de encontrar alguna forma de contactar a Clay y comunicarle lo que Bryce había dejado en su testamento para él, pero fue imposible. Ni Mimi ni Hela ni yo tuvimos algún tipo de contacto o evidencia de que estuviera con la banda. Fue como si la tierra se lo hubiera tragado durante los cuatro meses en los que busqué día tras día alguna aparición suya.

Mimi se rindió. Yo sabía que ni siquiera tenía una posibilidad de establecer comunicación. Lo conocía bien: al irse, se había llevado todo consigo, incluso mi corazón… y no le había importado. Cortó e incineró lo que habíamos tenido para que jamás volviera a florecer.

Suzanne, mi psicóloga, fue quien me ayudó a sobrevivir el duelo de la ruptura y a reconocer que, algunas veces, cuando algo cambia, parece malo al principio, pero no siempre lo es. Me enseñó que, cuando terminamos una relación con alguien a quien amamos, es como si una parte de nosotros fuera arrancada, pero está bien: el cambio nos prepara para que en ese vacío que dejó la otra persona crezca algo mejor y florezca más fuerte.

Yo perdí a Clay, pero recuperé el amor por mí misma.

La ruidosa carcajada de Rhaila me regresa a la cafetería.

—Mitch tiene cara de maldito —replica con una mueca.

—Así es como me gustan —dice su hermana con orgullo.

—Por eso te va tan mal en el amor, solo te gustan los hombres que te hacen daño.

Rhaiza suspira.

—Déjame vivir en mi mundo de ensueño, ¿sí? Es mi vida amorosa y yo la vivo como quiera. Aunque sea un maldito, sé que puedo arreglarlo.

—Eso solo funciona en los libros —replica Rhaila—. Además, eso no quita que Clay sea mejor.

—Que no, Mitch es mejor.

—De acuerdo, resolvamos esto como adultas. —Rhaiza se enfoca en mí—. ¿Quién te parece mejor, Niza?

Me atrapan con el pedazo de pastel a medio camino de la boca.

—No me metan en esto —espeto y me pongo a masticar.

—Vamos, debes tener un favorito —insiste Rhaila.

—Tal vez es Kirk.

—O Dave.

—¡No! —digo sin pensar, y las chicas sueltan una risa por la cara de mortificación que seguramente tengo.

—Entonces, ¿quién? —pregunta Rhaila.

—Ya sé, te ayudaremos a decidir. —Rhaiza teclea algo en su móvil y me lo da—. Mira la última publicación y dinos quién está mejor. Te apuesto cincuenta dólares a que elige a Mitch.

—Acepto. —Su hermana cierra el trato al asentir solemne con la cabeza—. Sé que Niza tiene buenos gustos y elegirá a Clay.

Rhaiza dice algo más, pero ya no la escucho. Paso de largo las fotografías del resto de integrantes y me concentro en la única persona que me importa. La piel se me eriza como en una especie de patético reflejo cuando encuentro a Clay. Lleva el cabello un poco más largo, las facciones más afiladas y la mirada más penetrante. No parece él, aunque sé que lo es; lo reconocería incluso ciega. Detallo los tatuajes en su torso desnudo, cubierto solo por una chamarra de cuero, y me doy cuenta de que no he olvidado la forma de ninguno, ni tampoco su textura. Aún puedo recordar cómo se siente cada uno bajo la punta de mis dedos o en mis labios, incluso aquellos que los demás no pueden ver.

El estómago me da un vuelco, como si hubiera bajado de sopetón de una montaña rusa, y los ojos se me llenan de lágrimas cuando noto el dije de bailarina alrededor de su cuello. Debe ser solo por publicidad; después de todo, la nueva canción se llama *Ballerina.* «¿Y por qué crees que se llama así?», escucho una voz al fondo de la cabeza, pero la apago tan pronto aparece. No soy tan idiota para pensar que esto tiene algún significado, solo está vendiendo nuestra historia y facturando con ella.

—¿Ves? Te dije que prefería a Clay, lleva media hora viendo su foto. —La voz de Rhaila me trae de vuelta al presente y le entrego el móvil a su hermana.

Hago un esfuerzo por tragarme el nudo de emociones que acabo de experimentar. Por todas las vacas santas, ¡contrólate! Es solo una foto. Parpadeo unas cuantas veces para disipar las lágrimas.

—Bueno, debo reconocer que ahí se ve bastante apetecible —dice Rhaiza—. El collar con la bailarina le da un toque lindo, menos duro. Es buena estrategia de *marketing.*

—No creo que sea solo *marketing*; él dijo que tuvo un romance con una bailarina.

—¿Qué? —decimos al unísono Rhaiza y yo.

¿Lo dijo? ¿Mi nombre? No, imposible, si lo hubiera hecho, las chicas no dejarían de interrogarme.

—Sí, ¿no leyeron el artículo que publicó la revista *Rolling Stone* esta semana?

Rhaila pone los ojos en blanco cuando ambas nos quedamos en silencio.

—Soy la única fan verdadera de esa banda, no cabe duda —bufa, pero comienza a leer algo en su teléfono en voz alta—:

«La canción habla sobre alguien real. Todo artista tiene una musa que inspira su arte, y yo tengo una bailarina que inspira mis canciones. En mi mente, ella baila al ritmo de mis letras todo el tiempo».

Agujas se me encajan en el pecho como proyectiles y el nudo en la garganta está a punto de estallar. El corazón me duele como si alguien lo hubiera estrujado con las manos para después poner esa masa magullada en su lugar. Soy una idiota que nunca aprende por qué la curiosidad mató al gato.

—No seas idiota: los artistas hacen eso todo el tiempo. Debe ser *marketing*. —Rhaiza se encoge de hombros para restarle importancia—. Es imposible que la chica de la que habla sea real.

Te entiendo. Me encantaría no serlo. Al menos así, el dolor que siento en este momento tampoco sería real.

—Yo pienso que es verdad. Él siempre lleva ese collar con el dije de bailarina —replica su hermana, y hace *zoom* en el dichoso accesorio, que resalta contra la piel de Clay.

El dolor vuelve a azorarme el pecho y el nudo en la garganta me impide respirar. Las lágrimas se agolpan tanto en los ojos que ni siquiera puedo ver la imagen.

—Niza, ¿tú qué…? ¿Niza? ¿Estás bien? —Escucho la preocupación en la voz de Rhaiza y algo húmedo me rueda por las mejillas cuando parpadeo.

Limpio la prueba de mi debilidad con un movimiento rápido de la mano y me pongo en pie con la bandeja de comida.

—Sí, estoy bien, solo me… conmovió. Lo siento, soy una llorona. —Esbozo mi mejor sonrisa, pero sus expresiones de incredulidad me demuestran lo poco que me creen, así que decido huir—. Las veo mañana, ¿de acuerdo? Tengo cosas que hacer.

—¿Qué? Pero haríamos una coreografía para la audición —se queja Rhaiza.

—La haremos mañana.

Me doy la vuelta antes de que digan algo más para detenerme. Dejo la bandeja en la barra de la cafetería y me dispongo a salir como si el mismo Clay estuviera persiguiéndome. Quizá lo hace, de alguna manera, cuando su presencia me asedia.

Ni siquiera sé de dónde viene esta oleada de tristeza si se supone que el tema de Clay estaba superado, o al menos eso había dicho mi terapeuta. ¿Me engañó? O quizá fui yo quien se engañó a sí misma al enterrar todo lo relacionado con él, en un intento por ignorar que su ausencia aún me duele como el primer día.

Nadie me enseñó que un corazón fracturado sería tan fácil de romper otra vez. Odio que Clay aún tenga tanto poder sobre mí, que yo reaccione con tanta fuerza a cualquier cosa que tenga que ver con él. Odio que todavía sea capaz de romperme más de lo que ya lo hizo, odio que haya sentido esa calidez que solía envolverme cuando estaba con él mientras Rhaila leía el artículo. Sobre todo, odio que me haya enseñado a amarme a mí misma para después despreciarme él.

Lo odio por hacerme quererlo tanto, a tal punto que no soy capaz de olvidarlo.

Cuando llego a un lugar tranquilo del campus, me dejo caer en el césped. Contra mi mejor juicio, extraigo el móvil de mi bolso y busco el artículo completo en internet. Me salto las partes en las que el resto de los integrantes hablan y me centro solo en lo que dice Clay. Siento un golpe en el estómago cada vez que leo su respuesta, pero mi lado masoquista no me permite parar.

«Todo artista tiene una musa que inspira su arte, y yo tengo una bailarina que inspira mis canciones. En mi mente, ella baila al ritmo de mis letras todo el tiempo».

«¿Hay alguna otra canción inspirada por esta bailarina? Sí, todas las canciones son para ella. Solo canto para ella».

«Y esta bailarina de la que hablas, ¿es real? ¿O es solo un personaje en tu mente que te ayuda con la inspiración? Es real, pero ya no tenemos ninguna relación. La única forma que tengo de honrarla es a través de la música».

No sé cuánto tiempo me quedo sentada leyendo el mismo fragmento, tratando de dotar sus palabras de distintos significados e intentando descifrar un mensaje oculto en ellas. Estoy enojada con él, aunque no tanto como lo estoy conmigo. Creí que había construido paredes de hierro alrededor de mi corazón para que Clay jamás pudiera volver a entrar, pero temblaron como si estuvieran hechas de papel cuando vi el collar que usaba y leí sus palabras. Tantos meses pensando que lo había superado y mi determinación se rompe con el mínimo golpe. Qué patética.

Me pongo en pie cuando el sol empieza a descender y tomo el tren para ir a casa. El nudo vuelve a llenarme la garganta, pero resisto las lágrimas. «En mi mente, ella baila al ritmo de mi voz todo el tiempo». Qué conveniente, es como si supiera que yo también lo llevo tatuado en mi estúpido corazón.

Sollozo y le envío un mensaje a Suzanne. Necesito una cita. No puedo hacer esto sola.

4| Équilibre

Niza

Vuelvo a la academia al día siguiente y me pongo enseguida a practicar para llenar cualquier espacio de tiempo libre con algo útil. «Terapia ocupacional», dijo Suzanne ayer, y agradecí que me recibiera en su consultorio a pesar de que era tarde. Ella siempre está ahí para salvarme cuando creo que me ahogo en un vaso de agua.

No quiero pensar en él ni en el artículo; hacerlo me genera dolor de cabeza, así que agradezco regresar a la rutina: el gimnasio, las clases de baile, la charla con las chicas y la normalidad. Al menos así soy una persona común y no la absurda chica que sufre por un amor que se pudrió hace mucho tiempo.

Salimos del ensayo con el instructor Lyman. El día casi termina y estoy a punto de celebrar que sobreviví sin incidentes, hasta que Rhaila se encarga de arruinar mi victoria con cinco palabras.

—Ya casi es el concierto. —De alguna manera, la frase logra encajarse en mi pecho como una flecha—. ¿Están listas?

—Más lista imposible —dice su hermana.

Me concentro en caminar a su paso, aunque todavía siento el corazón en la garganta. ¿Cómo pude olvidarlo? Soy más idiota que una oveja sin pastor.

—¿Y tú, Niza? ¿Estás lista para ver al amor de nuestra vida? —chilla Rhaila emocionada.

No, la verdad es que no. El terror me hiela la sangre, pero simulo lo mejor que puedo una sonrisa.

—Sí, sobre eso… Olvidé decirles que no podré ir con ustedes. Es que tengo un… una…

Las gemelas se detienen en seco frente a mí y de pronto me siento sometida a un juicio de la Inquisición. Oh, por Dios, prefiero encerrarme con un oso que enfrentar esto.

—¿Qué quieres decir? ¡Tienes que ir! Compramos esos boletos desde que anunciaron el *tour*. —Rhaila hace un puchero.

—¿Tu padre está enfermo?

—¡No! —me apresuro a responderle a Rhaiza con el corazón acelerado.

—¿Tienes alguna enfermedad terminal que te impida ir?

—Claro que no, no seas ridícula.

—Entonces, ¿por qué no vas? ¿Qué es más importante que un concierto de Riot 911?

Aprieto la correa de mi maleta de entrenamiento, buscando alguna excusa que no incluya el hecho de que no quiero ver a mi exnovio sobre el escenario porque probablemente me echaré a llorar, pero nada se me viene a la mente.

—No, pero… creo que hay gente que es más fan de la banda que yo. Los boletos son de la primera fila y tienen acceso al *backstage*; podrían venderlos al triple si quisieran.

Las chicas me miran con la misma cara de confusión y extrañeza, pero, antes de que pueda decir algo más para hacer mi justificación creíble, Rhaila da un paso al frente, toma mis manos entre las suyas y me mira con esos ojos de cachorrito que usa para conseguir lo que sea de cualquiera. Incluyéndome.

—Pero prometimos ir las tres juntas. Queremos que tú estés con nosotras. Fue nuestro regalo para ti.

Nunca he sido buena mintiendo porque la culpa siempre me carcome, y esta no es la excepción.

—Lo sé, y lo agradezco, es solo que… yo… —Rhaila intensifica esa mirada que te hace sentir como si patearas a un conejito.

La presión crece en mi interior y no soy capaz de controlarla, así que, antes de pensarlo, las palabras me salen disparadas de la boca—. De acuerdo, iré con ustedes.

—¡Sí! —gritan ambas y se acercan para abrazarme.

Les correspondo apenas.

—Será una noche inolvidable, ya lo verás. —La voz de Rhaila está llena de ilusión mientras me rodea con los brazos.

«Seguro que lo será, pero no por los motivos que tú te imaginas», digo para mí, mientras pienso en alguna excusa infalible para usar el día de la presentación y zafarme de ella. Asistir sería igual que practicarme el *harakiri*.

* * *

—Si yo fuera tú, vendería ese boleto y estaría a kilómetros de ese estadio. —Orena se encoge de hombros.

—Las chicas se sentirán ofendidas si no voy. Compraron las entradas desde hace meses, por no mencionar que fue su regalo de cumpleaños para mí.

—Que te regalen un certificado de regalo de Starbucks, eso es mucho mejor. Además, no porque sea un regalo debes soportar ver al imbécil de tu ex en un concierto. —Cruza las piernas y se acomoda mejor en el sofá de su sala—. Si les contaras la verdad, entenderían por qué no puedes ir.

Frunzo los labios. Quizá resolver el dilema de ir o no al concierto es tan sencillo como Orena lo hace ver y me estoy ahogando en un vaso de agua, como siempre, pero no sería yo si no hiciera una tormenta.

Lo más sensato habría sido decirles a mis amigas desde un inicio que mantuve una relación con Clay Hawthorne antes de su lanzamiento a la fama, pero cuando entré a la academia, lo último que quería era que me recordaran cada cinco minutos a esa persona y que los demás me conocieran solo por ser la *chica que salió con un famoso.* Deseaba ganarme mi lugar en el instituto y que conocieran mi nombre por mis méritos y, hasta ahora, lo había conseguido. No estaba dispuesta a permitir que eso cambiara.

—Tal vez, pero prefiero evitar las preguntas incómodas. —Me enredo un rizo en el dedo—. Solo dame una excusa creíble para faltar a ese concierto.

—Di que tienes diarrea —sugiere Orena.

—Aparecerían con pañales para adulto. Siguiente idea.

—Di que tienes un viaje que no puedes posponer.

—Saben que no tengo ningún viaje programado en los próximos tres años. Me sacarían a rastras para ir al concierto.

—Por Dios, esas chicas son intensas —suspira.

—Ni te lo imaginas.

—¡Ya sé! Di que se murió tu perro y estás de luto.

—¡No juegues con la vida de Brownie! —Le lanzo un cojín, asustada—. No quiero usar esa excusa y que el universo decida hacerlo realidad para darme una lección sobre no mentir.

—Estoy dando ideas, pero creo que tus amigas son como Thanos: inevitables.

Apoyo la cabeza en el sofá, con una bola de frustración que me crece en el pecho.

—No estás ayudando.

—Si quieres, puedo ir en tu lugar. Me encantaría subir al escenario en medio del concierto para patearle los huevos a ese imbécil por dejarte. —Levanto la cabeza y la miro impactada, pero ella solo sonríe con malicia—. Lo siento, ha sido mi fantasía desde que se separaron.

—Los elementos de seguridad no te dejarían llegar ni a tres metros de él. —La voz de Diane inunda la sala y pone sobre la mesa de centro un tazón de palomitas.

—Puedo intentarlo. No sabes las habilidades que tengo cuando estoy enojada.

Diane se sienta a mi lado con una sonrisa.

—No la escuches; está delirando.

—Vocalizo mis deseos en espera de que el universo me los conceda; es diferente —argumenta y toma un puñado de palomitas para llevárselo a la boca.

—Yo creo que deberías ir —dice Diane con tono serio.

La miro aterrada, incluso Orena tose de la impresión.

—¿Te volviste loca? Sé que no soy la mejor en relaciones, pero es lógico que lo último que debes aconsejarle a tu amiga es correr a los brazos del imbécil que la dejó.

—Yo tampoco soy una experta en relaciones, pero, cuando terminé con Helios, verlo de nuevo desde una luz diferente me ayudó a superar nuestra ruptura.

—Yo ya lo superé. No necesito hacer eso. —Trato de convencerme más a mí que a ellas.

—Claro, y por eso la idea de verlo otra vez te altera tanto —dice Diane con tono mordaz.

Es mi mejor amiga y me conoce mejor que nadie, pero ¿me conoce tanto como para ver mis verdaderas emociones y miedos? Enfoca su atención en mí y en su mirada está la respuesta.

—¿De verdad no quieres verlo? ¿Ni siquiera por un minuto?

El corazón me da un vuelco y siento que estoy al borde de un precipicio, al que puedo caer por el más mínimo movimiento. Pero… ¿quiero saltar?, ¿quiero verlo a pesar del dolor que eso podría causar?

Claro que quiero verlo. Estaría mintiéndome con descaro si dijera lo contrario: esa es precisamente la razón por la que me resisto a ir al maldito concierto, porque ¿qué ganaría?

El suspiro de Orena me saca de mis cavilaciones.

—Creo que todas sabemos la respuesta, incluso tú, Niza.

El calor me sube por el cuello, no sé si es por vergüenza o molestia conmigo misma. Odio ser tan transparente con mis emociones.

—Sí, tienen razón, quiero verlo, pero no gano nada con eso. —Juego otra vez con mi cabello. En este punto, no sé cómo no me lo he arrancado por completo.

—Deberías ir y verlo —dice Diane—. Tal vez, si lo miras en esta nueva faceta, el de la *superestrella,* te des cuenta de que ya no sientes nada por él, sino que sigues enamorada del recuerdo de quien fue alguna vez.

Tiene un punto. Ha pasado más de un año desde que se fue y cortó comunicación con todos en Nueva York. La única persona con la que aún tiene contacto es Hela. La terapia ha ayudado a sanar un poco las heridas relacionadas con mi familia y la baja autoestima que derivaron en problemas alimenticios, pero el corte que me dejó Clay en el corazón aún sangra. Quizá, si lo veo ahora como el hombre en que se ha convertido, caiga en la cuenta de que solo extraño su recuerdo.

—Me impresionas —dice Orena—. ¿De dónde sacaste eso?

—Cariño, soy buena para dar consejos de amor, aunque no soy la mejor siguiéndolos —dice Diane mientras enciende el televisor gigante que hay empotrado en la pared—. Eso me sucedió cuando terminé con Helios: no estaba enamorada de él, solo del *recuerdo* de la persona que había sido durante nuestra relación. Me bastó con verlo otra vez en el campus de ACA siendo un imbécil para romper del hechizo y olvidarlo por completo. Niza podría hacer eso también.

Un nudo se me forma en el estómago ante la perspectiva de encontrarme con Clay frente a frente... O bueno, *casi*, a unos metros de distancia. Pronto, ese nerviosismo se transforma en frustración y enojo. Han pasado quince meses desde nuestra separación y el idiota todavía se las arregla para hacerme sentir como si estuviera al borde de un precipicio al pensar en él.

Orena se sienta a mi lado y me ofrece el tazón de palomitas.

—Bien, en ese caso, creo que lo mejor es que vayas. ¿Qué es lo peor que puede pasar? ¿Que te vuelvas a enamorar de él?

Suelto una risa socarrona, porque es imposible.

—Ve a ese concierto. Me lo agradecerás después.

Diane escoge la película que estamos a punto de ver. Es como un maldito chiste de mal gusto: *Con amor, Rosie.*

Me atiborro de palomitas, esperando que la sensación de nerviosismo desaparezca de mi estómago, pero nada sucede. De nuevo, me siento al borde de ese precipicio que tanto temo y estoy segura de que, si decido saltar, no habrá nada de placer al final, solo dolor.

Aun así, decido ser valiente y dar ese salto. Estoy harta de ser cobarde. Con suerte, Clay no notará que estoy ahí.

* * *

—Esta noche será inolvidable —decreta Rhaila mientras pasamos el filtro de seguridad.

Aprieto mi diminuto bolso en un desesperado intento de apaciguar los nervios que amenazan con comerme viva, pero no sirve de nada. Si mi corazón se atreviera a latir un poco más fuerte, sufriría un infarto.

Caminamos a nuestros asientos y el estómago se me encoge un poco más con cada fila que pasamos para acercarnos al escenario. El animalillo de la ansiedad que me ha atormentado los días previos al concierto se transforma de pronto en un monstruo que está a punto de engullirme. No puedo hacer esto. No puedo. «Estás más loca que tu vaca Petunia; ¿cómo creíste que estar aquí era buena idea? ¡Aún estás a tiempo de huir!».

—Niza, ven —dice Rhaila con una sonrisa—. Tu asiento para vivir la mejor noche de tu vida te espera.

El montón de gente que me rodea, sumado al cóctel de emociones que me hierve en el estómago, me hace sentir náuseas. «Tengo que huir de aquí», pienso errática.

—Tengo que ir al baño —digo apresurada y doy un paso para marcharme, pero la mano de Rhaiza en mi hombro me detiene.

—¿A dónde vas? Los teloneros están por abrir el concierto.

—¡Tengo que ir al baño! —grito para que me escuchen sobre el vitoreo que emite el público cuando las luces se apagan y marcan el inicio de la presentación.

«Aún tienes tiempo de huir, ¡aborta la misión ahora!», insiste mi temor.

No espero la respuesta de las chicas y me abro paso entre el montón de personas que llenan la fila de asientos hasta llegar al pasillo. Al levantar la vista, un escalofrío me recorre la espalda, presa de la conmoción. En el estadio no cabe una sola alma más. Es la primera vez en mi vida que veo un lugar tan lleno de gente ansiosa, igual que yo, por tener un vistazo en persona del gran Clay Hawthorne. Es impresionante, abrumador inclusive, lo famoso que es.

«Hay miles de personas; ¿crees que sabrá que estás aquí? Eres más idiota que un pato perdido», me reprendo mientras camino hacia los baños. Entro al primer cubículo sin problema porque el lugar está desierto. Todos están ocupados vitoreando a la banda que abrirá el escenario para Riot 911.

Me siento en la taza del baño con pesadez y juego con el dobladillo de mi falda. Es un bonito atuendo compuesto por un top, una blusa de red y una falda, todo negro, igual que mis botas. No es mi color preferido, pero me hace sentir segura de alguna manera, y pensé que iría bien con la temática del concierto. Ahora sé que solo fue una tontería vestirme así, igual que estar aquí.

Cierro los ojos y apoyo la cabeza en las manos para calmar mi errático latir, pero no funciona. Ser consciente de que veré a ese hombre, que es capaz de electrizarme con la mirada y derretirme con las manos, me tiene al borde de la locura.

No sé cuánto tiempo permanezco en el baño debatiéndome entre hacer lo correcto o saltar por ese precipicio, pero la voz de los teloneros al despedirse me hace caer en la cuenta de que el tiempo de meditación se agotó. El espectáculo previo terminó, dan sus agradecimientos y escucho el rugido del público impaciente por ver a Riot 911.

«Por todos los corrales, ¿qué demonios hago?».

Me resisto un segundo más, pero cedo, porque el miedo pierde fuerza en comparación con las ganas que tengo de ver aunque sea un destello de la persona que él es ahora. Recupero la compostura lo mejor que puedo y camino por el pasillo mientras la adrenalina me llena el cuerpo y lo hace vibrar de una forma que no experimentaba desde que Clay me llevó a Roma. Llego a mi lugar en la primera fila a tiempo para ver la cuenta regresiva que se proyecta en la enorme pantalla y, a medida que nos acercamos al cero, pierdo la capacidad de respirar.

7... 6... 5...

La multitud enloquece; un grito ensordecedor sacude el estadio. A mi lado, Rhaiza no deja de chillar y gritar. El corazón me late tan rápido que duele. Unas máquinas disparan columnas de fuego a ambos lados del escenario y envían una ola de calor a través de mi cuerpo.

3... 2... 1...

El fuego desaparece, un montón de chispas saltan por la pasarela y, de repente, él está frente a mí. El tiempo se detiene y el espacio se reduce solo a ese punto en el escenario. Clay está ahí, a menos de dos metros de distancia.

Mis ojos cobran vida y lo beben por completo: su cuerpo fornido, la manera en que mueve los dedos sobre la guitarra, las venas de su cuello, que se marcan al cantar. Detallo cada línea, ángulo y forma que lo componen. Absorbo de Clay cada gota que puedo, como si yo fuese un desierto sediento, y él, la lluvia. Es como sentir el sol en la cara después de un largo periodo en la oscuridad.

Quisiera embotellar su esencia para llevarla conmigo a todos lados, para recurrir a ese pequeño pedazo de él cada vez que lo echo de menos. Escucho su voz, la misma que me dijo «te quiero» en los momentos menos convenientes. En este instante, este pequeño momento robado, es como si cantara solo para mí, igual que antes.

Quedo presa de un hechizo y lo único que puedo ver, escuchar y sentir es a Clay. Su voz recorre mi cuerpo en una vibración deliciosa que me eriza la piel y me remueve hasta la última fibra. Por un momento, creo que me encuentra entre el resto y su mirada se queda prendida de la mía, pero es algo tan fugaz que bien pude imaginarlo. No sé cuánto tiempo lo escucho, cuánto transcurre. Él es todo lo que existe y, con cada canción, me recuerda lo que tuvimos alguna vez y que jamás volverá.

Entonces, nuevas notas comienzan a salir de las guitarras. Las reconozco enseguida: Clay entona el primer verso de *Ballerina* y me derrumbo. Un fuerte dolor me atraviesa el pecho y la bola de nervios y ansiedad que lleva tiempo construyéndose en mi interior se funde en un charco de tristeza que lo inunda todo a su paso, hasta llegar al exterior. Las lágrimas me nublan la vista y corren por mis mejillas. Trato de limpiarlas, pero son tantas que prefiero dejarlas correr con cada una de las palabras que componen la canción. Nuestra canción. De alguna manera, estoy purgando el dolor.

Su voz envuelve mis sentidos y se convierte en una melodía dulce y tortuosa. En mi mente, recito la letra que me aprendí de memoria a pesar de mi reticencia a hacerlo.

De nuevo, creo sentir su mirada sobre mí, pero, igual que nuestra historia, esa ilusión se desvanece ante la música.

El tiempo transcurre en una espiral que me atrapa y no soy consciente de que la presentación llega a su fin hasta que un par de columnas de humo se elevan en el aire y las luces chisporrotean en el escenario. Con una nota final, Mitch anuncia el cierre del concierto. La ovación del público es como un tsunami que inunda el estadio y lo hace retumbar. Las luces se apagan y se acaba este pequeño momento robado.

—¿Niza? —La mano de Rhaila en mi brazo me regresa a la realidad de golpe y me percato al fin de lo que acaba de suceder: estuve en un concierto de Riot 911, a unos metros de Clay, y la sensación de su cercanía fue tan sobrecogedora como la primera vez que lo vi cantar en el Sax Poison.

—¿Acaso lloraste? —Rhaiza me mira impactada y, aunque me apresuro a eliminar el resto de la evidencia de mi cara, no soy tan rápida—. ¡Por Dios! ¡Tú también lloraste! Escuchar *Ballerina* en vivo fue una experiencia única, ¿cierto?

—La cantó con tanta emoción. —Rhaila se pone la mano sobre el pecho—. Por un momento creí que la cantaba para mí.

—¿Cómo va a saber él que eres bailarina? Si no es adivino —grita su hermana sobre el ruido de la gente, que exige otra canción, pero los elementos de seguridad del estadio comienzan a hacer señas para indicarnos la salida.

—Juro que lo vi mirar hacia acá —replica Rhaila—. Tal vez lo flechꞓ.

Rhaiza se echa a reír, mordaz.

—En todo caso, estaría mirándome a mí.

—Imposible. Yo soy más atractiva.

—¿Te has visto en un espejo? ¡Somos idénticas, idiota!

—Señoritas, salgan del estadio, por favor. —Un hombre de seguridad con chaleco naranja fosforescente nos hace una seña.

—Tenemos pases para el *backstage*. —Rhaiza busca en su bolso y extrae unos gafetes.

El hombre los mira por un momento y después asiente.

—De acuerdo, en ese caso, sigan esa fila. —Nos señala un grupo de gente, que camina ansiosa hacia una puerta lateral, y se retira.

—¿Listas? —Los ojos de Rhaiza destellan—. Ya quiero conocer a mi hermoso Mitch. Quizá se enamore de mí a primera vista y me pida matrimonio.

—Ya está casado —dice Rhaila.

—Arruinas mis sueños.

—No tienes tanta suerte como yo. A mí me miró Clay, no estoy loca. Yo sí que lo enamoré.

Camino junto a las chicas sumida en un aturdimiento del que no puedo desprenderme, como si acabara de bajar de una montaña rusa violenta que me sacudió hasta lo más profundo y me hizo perder mi punto de equilibrio. No sé qué acaba de suceder, todo parece difuso e irreal. Ni siquiera sé por qué estoy haciendo esta fila. Una fila para verlo. Cara a cara.

El pensamiento me golpea como un balde de agua fría y me hace replantearlo todo: ¿qué demonios estoy haciendo? ¿Perdí la cabeza? ¿Qué demonios le diré cuando lo vea? «Hola, ¿cómo estás? Buena presentación. Por cierto, sigo pensando en ti a pesar de que me rompiste el corazón». Un escalofrío me recorre el cuerpo y mi pánico crece al percatarme de que faltan solo dos personas para pasar al *backstage*. Con la banda. Con Clay. No, no, no. No puede ser.

—Necesito ver sus pases de acceso —nos pide el chico en la puerta. Tiene un *scanner* en la mano y está vestido de negro.

Rhaiza le entrega nuestros gafetes. Él los escanea y se los regresa para después hacerle una seña a una mujer vestida como elemento de seguridad, quien procede a palparnos sobre la ropa. Una vez está segura de que no somos una amenaza, asiente en dirección al chico.

—Tienen un minuto para fotos. No se permiten videos. Solo se firma mercancía oficial.

Un minuto.

Sesenta segundos.

No es nada.

Puedo sobrevivir.

Tal vez no nos hablemos. Puede que ni siquiera…

La chica abre la puerta hacia el lugar donde se encuentran con sus fans. Capto un fragmento de su rostro y mi sistema nervioso sufre una falla, o quizá es un momento de iluminación: de pronto sé que no puedo hacerlo. Rhaila y Rhaiza se giran hacia mí cuando ven que no camino junto a ellas.

—¿Niza? ¿Qué sucede?

—No puedo. Olvidé... tengo… tengo que irme —balbuceo y me doy la vuelta para salir de la fila.

—¡Niza! ¿Qué demonios? —Escucho a Rhaiza gritar, pero no me detengo.

Dejo que mis pasos sigan, sin ver atrás, porque, si lo hago, entraré a ese *backstage* y no sé qué podría suceder después.

Salgo del estadio y subo a uno de los taxis estacionados en la acera. Mientras el hombre conduce, dejo que mi errática mente se tranquilice, pero no lo consigo. El experimento de Diane falló. Lejos de despreciarlo para superarlo, me percaté de dos cosas que me aterraron: la primera es que sigo enamorada de él; la segunda, que él es inalcanzable, igual que una estrella en el firmamento. Puedo admirarlo desde la distancia, pero jamás volveré a tenerlo en mis brazos.

5| Voltaje

Clay

¿Qué mierda acaba de ocurrir?

Perdí la cabeza. El alcohol me jodió la vista o la falta de sueño me hizo alucinar. Salgo del escenario y me dirijo al *backstage*. Un chico del *staff* me ofrece una botella de agua, pero lo ignoro y voy directo a la hielera. Tomo una lata de cerveza y me la empino hasta dejarla casi vacía.

Niza no pudo haber venido al concierto. No tiene sentido que estuviera aquí. ¿Por qué lo haría? Doy otro trago que deja la lata vacía y abro la siguiente. Una parte de mí trata de convencerse de que solo vi una alucinación, un espejismo impulsado por el deseo y la nostalgia; la otra parte, la que es racional, me dice que no estoy equivocado, que en verdad estaba aquí, en primera fila.

No quiero aceptarlo, pero ella estuvo aquí. Vino a verme. Es imposible confundirla; reconocería su rostro en cualquier lado, incluso en un estadio lleno de miles de personas. Mis ojos se toparon con ella en más de una ocasión, como dos imanes que se persiguen entre sí. Un hueco se me forma en el pecho y una sensación extraña se me instala en las entrañas. Es una especie de voltaje que me atraviesa desde lo más profundo y provoca una euforia que no había experimentado en mucho tiempo.

—Clay, ¿qué mierda pasó en el escenario? ¿Olvidaste los acordes de las canciones que escribiste? —Mitch entra hecho una furia y se planta frente a mí con aire desafiante.

—Se le fundió el cerebro —se burla Dave, entrando junto al resto de los chicos.

—No sé de qué hablas.

—No te hagas el idiota conmigo. Te equivocaste en las notas de dos canciones. No pienses que no me percaté.

—Yo también me di cuenta. —Aaron ocupa un sillón mientras bebe una cerveza—. ¿Por qué estás tan pálido? ¿Viste un fantasma o algo?

«Sí, creo que vi uno», pienso con el corazón a mil todavía.

—Déjenlo en paz. Nadie en el público se dio cuenta. —Kirk me da una palmada en la espalda.

—Que no vuelva a repetirse —me advierte Mitch autoritario, y resisto el impulso de mostrarle con una seña cuánto me gusta que me den órdenes.

—No fue nada, estaba distraído, eso es todo.

—¿Con qué? —pregunta Aaron.

Suspiro y doy un largo trago para vaciar la segunda lata de cerveza.

—¿No vamos tarde para el encuentro con los fans? —Esos eventos son un fastidio, pero no tanto como responder preguntas de estos imbéciles, así que lo tomo como mi puerta de escape.

Mitch estrecha los ojos, nada contento con mi actitud, pero me importa una mierda.

—Chicos, es hora del encuentro —nos avisa alguien del *staff*.

El ambiente se relaja un poco y Mitch deja de mirarme al fin para enfocarse en ella.

—Bien, vamos. Acabemos con esto. Quiero volver al hotel.

Ya somos dos.

Necesito despejar la mente después de ese encuentro tan sorpresivo. No esperaba verla en el estadio, mucho menos en primera fila, pero mi parte masoquista lo agradece. Fueron solo segundos, esbozos de su rostro, pero enviaron por mi cuerpo una energía que me llenó hasta lo más profundo. Hacía más de un año que no me sentía tan vivo. Sé que es imposible verla otra vez. Es decir, ¿cuáles son las posibilidades de coincidir de nuevo en esta monstruosa ciudad? Ninguna, y aun así, daría lo que fuera por verla otro segundo más.

La siguiente media hora transcurre sin incidentes entre *flashes* de fotos, firmas de mercancías y abrazos forzados. ¿Los chicos notarán si me pierdo durante media hora? No aguanto otra puta foto más. No sé cómo Kirk y Dave siguen sonriendo tan felices. Estoy a punto de llevar a cabo mi plan, cuando veo entrar a dos chicas idénticas, esbeltas y de cabello oscuro. Parecen asombradas por un segundo, pero la expresión se desvanece enseguida. Se acercan con un chillido y los ojos luminosos, igual que el resto.

—Me fascina cómo cantas —dice una de las gemelas, ilusionada—. Tus letras son tan profundas. Las escucho todo el tiempo.

—Gracias. —Intento sonreír, pero creo que ni siquiera consigo que se me eleve una comisura de la boca—. ¿Qué quieres que te firme?

—Oh, sí, cierto. —Pone sobre la mesa dos fotografías mías de tamaño póster. Pobre chica, debería tener mejores gustos—. Uno es para mí, el otro es para una amiga.

—¿Cómo te llamas? —pregunto con el bolígrafo listo.

—Rhaila.

Comienzo a firmar, pero el autógrafo se arruina cuando menciona para quién es el segundo póster.

—El otro es para mi amiga Niza.

Levanto la cabeza apenas escucho su nombre.

—¿Qué?

—Niza —repite—. De hecho, iba a entrar con nosotras, pero se fue un momento antes. Creo que se puso nerviosa y…

Me levanto de la silla y camino sin siquiera saber a dónde voy, solo dejo que los pies me guíen hacia donde creo que ella estará.

—¡Clay! ¿A dónde vas? ¡Clay! —La voz de Mitch se pierde cuando salgo de la habitación designada para la firma y las personas en la fila lanzan un grito.

Los ignoro y camino analizando rostros y cuerpos, tratando con desesperación de encontrar esa cabellera roja tan característica. El corazón me da un vuelco al vislumbrar ese destello rojizo metros más allá, cerca de la puerta.

Algunas personas tratan de tocarme, otras toman fotografías con sus móviles y, pronto, no puedo dar un paso más porque un tumulto de fans me rodea. Estiro el cuello para ver a Niza mientras desaparece.

—¡Clay! ¡¿Estás loco?! —Mi asistente logra colarse con elementos de seguridad entre el montón de personas que me tocan e intentan tomarse una fotografía conmigo.

Nos rodean y crean una barrera humana que me impide alcanzarla.

—¡Clay! —repite Alice y me jala el brazo, sacándome al fin de mi estupor—. ¡Tenemos que volver a los camerinos! ¡Muévete!

Los elementos de seguridad logran contener a la multitud, que grita y estira sus brazos en un vano intento por tocarme, y otros cinco hombres más me empujan para que camine de regreso. Mis pies se mueven por sí solos, pero giro el cuello y enfoco los ojos para encontrar a Niza, sin éxito.

6| Oasis

Clay

RJ abre la puerta de su apartamento con una mirada de sorpresa que no se molesta en disimular. Quizá tengo la misma expresión, porque no habla hasta que lo hago yo.

—¿Puedo pasar? Creo que me estoy volviendo loco.

Se queda pasmado y entro sin que me dé permiso. Solo cuando me quito la estúpida gorra y los lentes de sol, sale de su estupor.

—¿Qué mierda haces aquí? —espeta con dureza, y una parte de mí se siente idiota por pensar que se alegraría de verme.

—Trabajo. Tengo otro concierto en dos días.

—No me refiero a qué haces aquí en la ciudad; quiero saber por qué vienes a mi apartamento de la nada.

—Estaba por el vecindario y pensé en visitar a un viejo amigo —digo lo más jovial posible, pero ni siquiera yo creo mi mentira.

RJ cierra la puerta y cruza los brazos sobre el pecho.

—Sí, claro. De repente has tenido un lapso de remordimiento y decidiste reencontrarte con tu amigo. —Fija los ojos en la gorra que llevo en las manos y después en mi enorme chamarra—. Tus guardaespaldas no saben que estás aquí, ¿o sí?

Admiro su apartamento: es austero, con algunos cuadros pequeños de figuras extrañas que adornan las paredes y un montón de partituras regadas sobre el sofá. Sabía que RJ y los chicos de la banda se seguían presentando en algunos lugares de vez en cuando, pero no creí que fueran tan persistentes.

—No, no lo saben… y apreciaría que no hicieras un escándalo por esto.

—Oh, carajo, ya estaba llamando a TMZ —dice mordaz.

Hago los papeles de su música a un lado, me siento en el sofá y subo los pies a su mesa de centro.

—¿Cómo estás?

RJ quita mis pies de un manotazo y retira los papeles que arrugué con mis zapatos.

—¿Podrías no destruir el lugar donde vivo a los cinco segundos de haber entrado? —sisea irritado y me encara con gesto duro—. ¿Te parece bien aparecerte así nada más?

Me encojo de hombros para restarle importancia.

—Imagino que no estás aquí para ponernos al día. —Me mira serio—. ¿Qué quieres?

RJ es mi amigo, *mi único amigo*, la única persona en la que pensé para refugiarme cuando me topé con una mata de rizos rojos en el concierto y el único que posiblemente conocería la respuesta a una pregunta que lleva tiempo comiéndome la cabeza.

—Quiero preguntarte algo —suelto de pronto.

—Yo no vendí tus desnudos a la prensa. De haberlo hecho, no estaría viviendo en este apartamento de mierda. Creo que fue Helios el que lo hizo.

—Mala suerte, no le pagarán mucho por mis miserias —digo para seguir su juego.

Resopla, pero atrapo un destello de diversión en su mirada.

—Anda, dime ya, antes de que el loco de tu representante aparezca con todos tus guardaespaldas y derriben mi puerta al estilo SWAT.

Inhalo y me preparo para hablar. Me cuesta decir su nombre.

—¿Sabías que Niza iría al concierto?

Guarda silencio por varios segundos que resultan peligrosos para mi salud arterial. Después de otro tortuoso instante, esboza una sonrisa maliciosa, casi sádica.

—Así que la encontraste entre la multitud. No me sorprende.

Su confirmación me genera una sensación rara en el estómago que no identifico, pero también hay una molestia quemando mi interior.

—¿Por qué no me dijiste que estaría ahí?

—No creí que iría. Además, ¿qué iba a decirte? No pensé que te importara.

El incendio de molestia se convierte en una llamarada de ira y desconcierto, y aunque intento disimularlo, sé por su expresión presuntuosa que he mordido el anzuelo.

—Ah, conque sí te importa. —Sonríe y ocupa el sofá frente a mí.

—¡Casi olvido la letra de las canciones que escribí y me equivoqué en muchos acordes! Parecía un puto novato en su primer concierto —espeto furioso conmigo. ¿Cómo puedo ser tan imbécil?

RJ suelta una risotada y se deleita mientras despotrico.

—Me habría encantado estar ahí para verlo. El gran Clay Hawthorne derrotado por una pelirroja de 1,57. —Abre las manos en el aire, como si contemplara el título.

—Eres un amigo de mierda.

—Estoy aquí escuchando tu drama después de no recibir ninguna llamada tuya en meses; creo que eso me hace mejor amigo de lo que tú jamás serás.

Resisto el impulso de demostrarle mi amor con una seña del dedo medio. En su lugar, dejo que el torbellino de emociones que inició desde que vi a Niza en el concierto se expanda y me consuma.

—Pensé que no la volvería a ver. ¿Qué hacía en el concierto? —Sacudo la cabeza, incapaz de entender sus motivaciones para presentarse en mi vida otra vez.

—Unas amigas de Rennart le dieron los boletos en su cumpleaños. Tampoco creí que iría. Hasta pensé en comprarle la entrada para verte, ya que tú, amigo de mierda, no me has regalado ninguna.

Esta vez sí se gana la *señal del amor* con el dedo medio y se echa a reír.

—Quizá quería verte otra vez —sugiere, y sus palabras son como flechas que se me clavan en el pecho y, por un instante, amenazan con derribar las paredes que he construido a lo largo de estos meses.

No quiero admitir que aquello que siento es esperanza, porque es la emoción más peligrosa de todas. Te eleva hasta lo más alto, pero cuando se desvanece la caída es tan dura que el dolor parece nunca terminar. Mi parte racional me dice que no indague más al respecto, que deje a Niza dentro de la caja etiquetada como «felicidad» por el resto de la eternidad para no arruinar el bonito recuerdo que tengo de lo nuestro; sin embargo, mi parte irracional, esa que ella controla, se muere por saber más, al menos un poco más.

—¿Está bien? ¿Niza está bien? —Las palabras salen como un susurro, como si tuviera miedo de la respuesta.

La expresión de mi amigo se suaviza. Sabe que es un tema sensible para mí, pero le agradezco que no se burle de ello.

—Súper. Acaba de terminar su primer año en Rennart y participó en varios recitales. Fui a algunos. Es increíble. —Sonríe lleno de orgullo y por un momento ese sentimiento aletea en mi pecho.

—Me alegro. —Es verdad, aunque una parte de mí se siente celosa y envidiosa por no ser parte de esa felicidad.

Puede ser que ya tenga a alguien más con quien compartirla. Eso logra incendiarme el estómago otra vez. Lo más inteligente sería no preguntar sobre el tema, pero yo siempre preferí ser idiota y satisfacer mi curiosidad.

—¿Está saliendo con alguien?

Me mira sorprendido por un momento, para después esbozar la sonrisa más maliciosa que he visto, y sé cuánto está disfrutando de mi sufrimiento.

—No lo sé.

—¿No sabes? —repito, subiendo la voz.

—Hay un chico... —Las palabras penden en el aire y mi cara debe mostrar cuánto me alegra la noticia, porque su sonrisa se ensancha—. Pero no estoy seguro de que ella le corresponda. No sé si son algo serio.

Las palabras me caen sobre los hombros como piedras y el cuerpo se me tensa tanto que duele. No debería reaccionar así, debería estar feliz, contento de que lograra superar lo nuestro, avanzara y encontrara a alguien nuevo... pero sería un hipócrita y un mentiroso, porque odio la idea de que Niza mire a alguien más como me miraba a mí.

—De acuerdo. Eso es bueno. —Las palabras suenan tan falsas que hacen reír a RJ otra vez.

—No estoy seguro de que tengan una relación, pero creo que están llegando a eso.

No quiero escuchar más.

—Me alegra que le esté yendo bien. —Me pongo la gorra y me incorporo.

Ya sé más de lo que pretendía, y es peor de lo que pensé. Lo más inteligente es irme antes de que RJ me cuente más detalles sobre la nueva relación de Niza y termine vomitando sobre su alfombra.

—Te veré otra vez antes de irme, lo prometo. Nos pondremos al día.

—Claro, puedes venir a interrogarme sobre tu ex las veces que quieras.

Me siento un idiota ahora que lo dice de esa manera, pero no digo nada más.

—Y quién sabe, Nueva York es grande, pero podrías toparte con Niza otra vez. Prenderé una vela en tu nombre, viejo, para que el universo te lo conceda.

—No digas idioteces.

RJ ríe.

—Podría funcionar.

Mientras abandono su apartamento, camuflado con la ridícula gorra, intento pisotear esas chispas de esperanza que amenazan con propagarse por todo mi interior. Aunque una parte de mí se muere por encontrarla otra vez, sé que terminaría destrozándome hacerlo, porque no podría estar cerca de ella de la forma que quiero. La distancia parece más un remedio que un mal.

* * *

Hay pocas cosas en la vida que consiguen ponerme de buen humor. Podría enumerarlas con los dedos de una mano, y he perdido muchas de ellas: Bryce, mis diseños de tatuajes y Niza. Las últimas dos que aún conservo me miran con una sonrisa en el rostro.

Lyra emite un sonido de contento apenas me ve. Sus chispeantes ojos grises me sonríen incluso antes de que lo haga su boca con un solo diente abajo.

—Ven aquí, pequeña. —La tomo entre mis brazos y la levanto para admirarla. Suelta una risa infantil que sorpresivamente llena el vacío. La acerco a mí. Sus manos diminutas me tocan la cara y es como sentir el roce de la felicidad en la piel.

—Creo que te estás olvidando de uno más —menciona Hela. Carga al pequeño Bryce, que no deja de esconder el rostro en el cuello de su madre.

—No puedo olvidarme de ninguno. —Le ofrezco mi brazo y tomo al otro con facilidad.

Al principio creo que llorará. Hace un puchero, pero después la expresión desaparece para cederle el paso a la curiosidad. Sus ojos, grises como los de su melliza, se abren, mostrando admiración infantil.

Los hijos de Bryce.

Los hijos de mi hermano con el amor de su vida; la única parte viviente que conservo de él. Los estrecho más contra mí, reacio a apartarlos de mi pecho. Lyra, la más inquieta de los dos, lleva ese nombre en honor a nuestra madre; el pequeño Bryce lo lleva en honor a su padre. Son bebés sanos y regordetes. Tienen las mejillas sonrosadas y han crecido considerablemente desde la última vez que los vi en Portland, en una visita que hice tras una presentación mientras Hela estaba con su hermano, Aspen. Al principio fue incómodo, pero logramos comportarnos de forma civilizada en presencia del otro.

Es un sentimiento agridulce lo mucho que ambos se parecen a mi hermano.

—Los extrañaba. —Le entrego su hija a Hela cuando comienza a pedir sus brazos y conservo a Bryce, que se me acomoda en el pecho para dormir.

—No lo suficiente para verlos otra vez, al parecer —responde Hela con un tinte de reproche que no oculta bien y toma asiento en una tumbona para acomodarse a la bebé en los brazos.

—Quería venir antes. —Jalo otra de las sillas para sentarme a su lado, cuidadoso de no despertar al pequeño—. Estaba ocupado.

—Sí, debe consumir mucho tiempo evitar Nueva York.

—No lo evito —miento.

—Ajá. Dile eso a Mimi; está convencida de que la evitas. Nunca contestas sus llamadas y las mías nunca las respondes a menos que deje un mensaje que incluya el nombre de Otto.

Hace una mueca de desdén cuando menciona el nombre y la miro con atención. Parece cansada y agitada, más de lo normal.

—¿Está todo bien?

—Sí —responde demasiado rápido sin mirarme.

No le creo.

—¿Hablaste con el abogado?

—Sí. —Se acomoda a Lyra en el pecho y los ojos de la niña comienzan a cerrarse.

—¿Y bien?

Su silencio no me gusta y, conforme avanza el tiempo, más grande se me hace el hoyo en el estómago.

—Hela, ¿qué pasó?

—El abogado respondió a la demanda. Dijo que no habría problema porque yo soy su madre. Todo parecía estar bien hasta que Otto pidió una revisión de la casa para asegurarse de que los niños tuvieran las condiciones adecuadas para vivir. —La mandíbula se le tensa y los ojos se le llenan de angustia—. El Tribunal Familiar aceptó. Un representante de Servicios Sociales estuvo aquí hace una semana.

—¿Y?

El labio inferior le tiembla y aprieta a su hija entre sus brazos.

—Encontró un frasco de Oxicodona en mi botiquín y no me... —Respira profundo y la voz le sale endeble—. El agente reportó que no era apta para cuidar a los niños porque al parecer aún consumía. Harán un juicio por la patria potestad de los niños.

—¿Qué? ¿De qué demonios estás hablando? —Intento permanecer tranquilo, pero el miedo me envuelve y me deja sin respiración—. ¿Por qué no me dijiste que te visitarían? ¿Por qué no me dijiste que el tribunal pondrá en juego la patria potestad de los niños? ¿Qué estabas pensando?

—¡Recibí la notificación del juicio hace dos días! —Eleva la voz y Lyra abre los ojos asustada—. ¡Intenté llamarte, pero no respondiste!

—¡Estaba en un concierto! —Me paso la mano por el rostro y la escruto con dureza—. ¿Estás drogándote otra vez?

—¡No! —grita, y Bryce comienza a llorar, así que trato de calmarlo, pero no lo logro porque ni siquiera yo puedo tranquilizarme—. Me dieron esas pastillas después del parto de los niños porque el dolor no se iba. No tomé más de dos. Clay, te lo juro, el frasco está prácticamente nuevo.

Estrecho los ojos, sin creerle.

—¿Tienes registros de abuso de drogas y te dan Oxicodona para el dolor? No me parece lo más inteligente por parte de los médicos.

Abre los ojos con la culpa escrita en todo el rostro, y la ira hace que me hierva la sangre.

—No se lo dijiste, ¿cierto?

—No me pareció relevante hacerlo, ya no consumo, yo…

—¿Quieres que Otto les haga a tus hijos lo que nos hizo a Bryce y a mí?

—¡No! —La voz le sale como un grito lleno de terror.

Me pongo en pie para arrullar al bebé e intento pensar en algo para evitar que Otto tenga acceso a estos niños y arruine sus vidas, pero su madre no coopera. Encaro a Hela; su rostro está compungido por la preocupación.

—Si volviste a consumir, te quitarán a los niños y no habrá nada que puedas hacer, ¡ni yo!

Se levanta con brusquedad y es ahora Lyra quien llora entre sus brazos.

—No consumí. ¿Crees que me arriesgaría a perder a mis hijos? Olvidé que tenía ese frasco y la mujer solo… dio por hecho que consumía por mis antecedentes.

—Exacto, Otto alegará que no eres apta para cuidar a los niños por tus antecedentes —digo consternado, sin dejar de mecer a Bryce.

Su llanto me taladra los oídos y me hace pensar en cuánto más llorarán si caen bajo la tutela de ese hijo de puta. Las náuseas me revuelven el estómago solo de imaginarlo.

—Hablaré con el abogado. Debe conocer una forma de evitar que se quede con ellos.

Hela me mira con los ojos anegados en lágrimas: luce tan pequeña y frágil como la niña que carga en brazos. La ira se combina con la impotencia, y casi puedo jurar que Otto hace esto solo por jodernos la vida. ¿Y la peor parte? Lo está consiguiendo.

—¿Lo prometes?

Estrecho al niño contra mí, su pequeño cuerpo protegido entre mis brazos.

—Sí, te lo prometo.

La pequeña me mira un segundo antes de echarse a reír y su alegría llega a mí. No permitiré que el bastardo arruine sus vidas.

* * *

—Clay, Mitch.

Dejo de tocar y pongo los ojos en blanco cuando escucho mi nombre salir de la boca de Nadir. Le quiero cortar la lengua cada vez que lo pronuncia. Elevo la vista hacia él sin nada de simpatía y miro a Ted, el jefe de producción musical que lo acompaña.

—¿Qué? ¿Olvidaste cómo hablar? —insisto, hastiado solo de verlo. Entre más rápido hable, más rápido me dejará en paz.

—Clay, no seas tan duro con él —interviene Mitch a mi lado.

Hace dos días que vi a Hela y me enteré de las artimañas de Otto para joderle la vida a otro par de Hawthornes, así que lo último que necesito es que Nadir juegue con mi paciencia, porque actualmente es menor a cero.

—Él es Ted.

—Wow, no sabía, ¿cómo es que no te vi en este año que trabajamos juntos? ¿Eres nuevo? —digo sarcástico.

El chico de coleta suelta una risa, pero Nadir me acribilla con sus ojos oscuros y Mitch me da un golpe en el brazo.

—Viene para presentarles al nuevo chico que tomó el puesto como asistente de productor de STV.

Bajo un poco mis defensas.

—Ya, ¿y dónde está el chico? —Hago a un lado la guitarra y mis notas para ponerme en pie, seguido del líder del grupo.

—Afuera del estudio.

Cruzo los brazos y enarco las cejas.

—¿Y trabajamos a través de telepatía o qué? ¿Por qué no lo has traído contigo?

Vuelve a asesinarme con la mirada y tensa la mandíbula. Está a punto de soltar una maldición, pero tiene la racionalidad para controlarse frente a Ted y no quedar como el hijo de puta que realmente es.

—Ted, ve por él —le ordena seco, y él obedece.

Enseguida regresa con un hombre casi de mi estatura, de tez aceitunada y sonrisa brillante. Lleva el cabello castaño peinado hacia atrás con un deje descuidado y una camiseta de la última gira oficial de Riot 911, cuando Bryce aún vivía. Una mochila le cuelga del hombro.

—Soy Karef Fayed. —Me extiende la mano y se la estrecho. Repite el gesto con Mitch—. No puedo creer que aceptaran mi solicitud. Yo pensé que...

—Recibimos tus proyectos, chico. Son buenos. Nos vendría bien una mano. —El maldito representante hace uso de su sonrisa de calcomanía, esa que es superfalsa.

—Tenemos muchas letras nuevas, así que tendrás mucho trabajo —dice Mitch.

—Bienvenido. Si la cagas una vez, estás fuera —digo serio. Palidece.

—¡Clay! —me regaña Nadir.

—Solo está jugando, es bueno trabajando en equipo —le dice Ted, y a Karef el color le regresa a la cara de a poco.

—Haré lo mejor que pueda, yo…

—Sí, como sea. Tendrás más tiempo para besar culos después. Ahora trabajemos para terminar las canciones y que Nadir deje de molestarme —lo corto y me siento en el sillón que ocupaba antes. Nadir no pierde la oportunidad para fulminarme—. Ya puedes irte, haces que mi inspiración se vaya —digo sin ocultar el malhumor que me genera su presencia.

—No trabajarás en producción musical ahora. Tienes algo más en tu agenda.

Hago el cuaderno de las composiciones a un lado con hastío y me pongo en pie.

—Alice no me dijo nada. ¿Ahora qué? ¿Me pondrás a hacer malabares?

Eso le arranca una sonrisa al chico nuevo y el representante le dedica una mirada de advertencia.

—Las chicas para la audición de baile están aquí.

—¿Y a mí qué? Que se encargue Mitch. Estoy con la producción musical que me pediste.

—No, viejo, la canción es tuya. —Levanta las manos a modo de rendición—. No quiero esa responsabilidad.

—Mitch tiene razón; tú elegiste la locación y el tema del video. Hazte cargo. —Nadir suena cada vez más irritado.

—Este es mi tiempo para la producción —insisto, sin humor para ver a mujeres bailotear por ahí como haditas felices.

—Te necesitamos —replica seco, cambiando el tono de solicitud a uno de orden.

—Habla con mi asistente.

—Te quiero en el estudio de danza, ahora. No necesito hablar con tu maldita asistente. Esto no tomará mucho tiempo. Al menos míralas y elige una —ordena.

Accedo de mala gana.

—No se muevan de aquí. Ahora vuelvo —les digo al chico nuevo y a Mitch—. Los veo en quince minutos.

—¿Puedo ir? Me muero por ver los pasos de baile de Clay —dice el líder burlón, y le pinto una grosería que solo lo hace reír más fuerte—. ¡Espero que ese tutú sea de tu talla, grandulón!

Salgo hastiado de las burlas de Mitch. Nadir me sigue por el pasillo que lleva a la habitación que han acondicionado como sala de audiciones.

—¿Quince minutos? —inquiere Nadir en la puerta.

—Es todo el tiempo que pienso darte hoy.

Cuando la vena de la ira le aparece en la frente, me deleito con saber que lo he hecho enfurecer.

Trazo mi plan mental antes de entrar: las observaré por un segundo y escogeré una al azar. Me da completamente igual quién sea, porque la bailarina para quien escribí la canción no estará presente y nada de esto tendrá ningún sentido más allá del comercial.

Quiero terminar con esto cuanto antes.

7| Étoile

Niza

—¿Crees que sea una banda de pop?

Rhaiza deja de masajearse el cuello antes de responderle a su hermana.

—Sé que la audición no es para una banda de *country*; eso es suficiente para mí.

Me aseguro por enésima vez de que mi moño esté bien hecho y muevo los dedos para apaciguar, inútilmente, los nervios. Rhaiza no quiere admitirlo, pero sé que está tan nerviosa como las demás. Solo diez fuimos seleccionadas de forma preliminar por Lyman. Rhaila y otras cinco, por el profesor de danza clásica. Para mi sorpresa, también fui elegida como candidata, aunque sé lo ilusionada que está mi amiga con esto y prefiero un papel en otro tipo de baile.

Hasta donde sé, en mi grupo todos tenemos talento para la danza, aunque el instructor nunca mencionó en qué se basó para elegirnos ni tampoco nos reveló para qué artista sería la audición. Es algo común, en realidad: las productoras hacen una solicitud al instituto, los instructores eligen a los que creen más adecuados de acuerdo a lo solicitado y descubrimos para quién trabajamos cuando estamos ante la productora. A veces creo que lo hacen para vernos sufrir.

—¿Creen que sea una artista femenina? ¿O masculino? ¿O una banda? ¿Y si no es alguien tan famoso? —Rhaila no deja de parlotear.

—Si no fuera grande, STV no estaría produciendo el videoclip y no estaríamos en sus instalaciones —dice una de las chicas de nuestro grupo.

—Es un buen punto —responde Rhaiza.

Nuestra compañera le lanza una mirada repleta de arrogancia. No la culpo. Esto es una competencia, una muy reñida: todas estamos detrás del dinero, pero también del reconocimiento que representa aparecer en el video de un artista famoso.

El tiempo transcurre lento, y cuanto más larga es la espera, más aumenta mi ansiedad. ¿Será un buen artista? ¿O será un imbécil? He tenido malas experiencias con eso. Juego con los dedos y trato de concentrarme en las charlas banales de mis compañeras para hacer más soportable la espera.

La puerta de la sala que han adecuado como salón de baile se abre de pronto y una mujer alta y de complexión delgada aparece, acompañada de un hombre. El corazón me da un vuelco.

—Chicas, bienvenidas. Soy Ellen Brown, la encargada de la coreografía por parte de la productora STV. Él es Nadir, el representante de Riot 911, la banda para la cual harán su audición en el rol de bailarinas de fondo y bailarina principal.

Tiene que ser una broma. Es un sueño, una *pesadilla.* Entrelazo las manos en la espalda y las aprieto en un intento fallido por controlar el pánico que crece en mi interior. Hay un cuchicheo generalizado de emoción. Encuentro la mirada de Nadir por accidente y un escalofrío me recorre el cuerpo.

Por todas las ovejas y vacas, que no me reconozca. Agacho la mirada mientras él comienza a analizarnos uno a uno, como si fuéramos un producto en un estante de supermercado. Cuando llega a mí, me encojo y clavo la vista en sus zapatos.

—¿Te conozco? —Su voz resuena en mi interior y encajo las uñas en las palmas para no reaccionar, aunque el corazón me late tan rápido que temo lo escuche.

Lo miro a la cara, rogando por que en verdad no me reconozca.

—No lo creo.

Él inclina la cabeza y permanece frente a mí unos segundos más que me parecen interminables.

—Tu rostro me resulta familiar. Debo confundirte con alguien más.

No digo nada y él pasa a evaluar a las siguientes chicas con gesto crítico.

—Como lo solicitaste, son las mejores de Rennart International —dice Ellen—. ¿Comenzamos con las audiciones de la bailarina principal?

—Me parece bien, pero estamos esperando a alguien más —comenta Nadir.

El corazón se me cae al suelo.

El que esperen a alguien más no quiere decir que lo veré a él; de hecho, hay más integrantes en la banda y dudo que se aparezca por aquí… A menos que… Conecto los puntos demasiado tarde y su voz llega a mis oídos con la fuerza de una onda explosiva que se expande por todo mi cuerpo.

—Empecemos con esto. Tengo cosas que hacer.

Mi sorpresa es una masa sólida que no me deja respirar. El corazón me late tan fuerte como un animal salvaje tratando de escapar de su jaula. Pasan varios segundos, tortuosos y dolorosos, en los que el tiempo parece congelado. Mi parte irracional quiere quedarse, mientras que la lógica quiere huir, pero no soy capaz de moverme de mi lugar.

Veo la puerta por la que entra y la sombra de su cuerpo se extiende por el piso de madera pulida hasta detenerse a unos escasos metros frente a mí, bloqueando mi vía de escape y obligándome a enfrentarlo.

Levanto la vista con lentitud, tratando de convencerme de que lo que veo es una ilusión, pero los tatuajes que recuerdo están plasmados en esos brazos anchos que conozco tan bien, como la línea de su mandíbula, la forma de sus labios y la profundidad de sus ojos.

Clay está aquí. Frente a mí, en carne y hueso. Materializado como la pesadilla más cruel y hermosa. Encontrarnos otra vez es como una broma del universo. Se ve diferente, ahora es más fácil notarlo sin las luces del escenario: el rostro más delgado, el cansancio anclado en los ojos y algo más que le empaña la mirada, melancólica y triste.

La sorpresa logra colarse en las grietas de su cara y rompe la indiferencia cuando me mira. Abre los ojos y palidece. No pensé que nuestro reencuentro sería así. De hecho, no creí que volvería a verlo, pero aquí estamos, atrapados por recuerdos de momentos que no regresarán.

—Clay, ¿comenzamos? —dice Ellen—. Estaba pensando que podíamos iniciar con las audiciones para la bailarina principal, en orden alfabético. ¿Qué te parece?

Él mira a Ellen como si acabara de despertar de un sueño y, sin decir ninguna palabra, hace una señal con la cabeza en mi dirección.

—Ella —espeta con esa voz ronca y profunda que recuerdo—. Quiero que ella haga primero la audición.

Siento la sangre viajar a mis pies. La piel se me eriza con el peso de las miradas de todas las chicas que quieren crucificarme, incluida Rhaila. Nadir hace un gesto de extrañeza, pero no le da mucha importancia y le susurra algo a Ellen, a lo que ella asiente.

—Chicas, las llamaremos una por una para la audición. Ahora, por favor, hagan espacio para… ¿Cuál es tu nombre, linda?

—Niza Hess. —La voz me sale temblorosa y frágil. Siento la mirada de Clay sobre mí, me quema.

Todo se agolpa en mi mente con la potencia de una ola que rompe contra la costa, y el mundo entero se detiene en el vilo al que nos somete este limbo de reconocimiento.

—Niza —repite la coreógrafa y sonríe—. Esta será una coreografía sencilla. Clay, entiendo que tú no bailas, ¿cierto?

—Solo lo hacía con una persona. —Su declaración es como un golpe en el estómago.

La tormenta gris se encuentra con la sequía de mis ojos almendrados y no sé qué hacer, no sé cómo reaccionar, no sé si quiero ir hasta él y abrazarlo, darle un golpe con una mandarina o darle la espalda. Quiero hacer todo eso… y nada a la vez.

—Chicas, presten atención, estos son los pasos que harán, deberían comenzar a aprenderlos. Acérquense, por favor.

Mi cerebro no funciona, no encuentro conexión entre él y mi cuerpo, así que encaro a Clay con la misma expresión aturdida que tiene su rostro cuando nos acercamos por orden de la coreógrafa. Un destello se cuela en la oscuridad grisácea de sus ojos y es como el atisbo del viejo Clay, ese que se divertía haciéndome desatinar con las promesas de hacerme algo que me consumiría en cuerpo y alma.

Mientras la distancia se acorta entre nosotros para iniciar esta locura, me percato, muy tarde, de que he decidido caer por el precipicio, y lo que me espera abajo es incierto.

8| Resplandor

Clay

—Clay, tú solo quédate aquí —ordena la coreógrafa.

Si yo hubiese sido un hombre más considerado, tal vez habría detenido esta locura; pero no soy un hombre considerado. No cuando se trata de obtener algo de Niza, así que la dejo continuar a pesar de la sorpresa y el temor que le empañan los ojos.

La coreógrafa lanza un par de instrucciones a los encargados de reproducir la música.

—De acuerdo, la canción narra la historia de un amor fracturado entre un cantante y una bailarina. Debe existir química entre ustedes, como si se desearan, pero no pudieran cumplir lo que quieren. Pongan la canción —pide la mujer.

Niza emite un suspiro trémulo.

—Tócalo —pide Ellen, y Niza la mira como si le estuviese pidiendo meter la mano en ácido—. Solo tócale el pecho. La canción es lenta. Acarícialo. Anda, aún faltan otras chicas por audicionar, no tenemos todo el día.

Veo cómo sufre y levanta la mano con lentitud. Mi corazón aumenta en tempo a medida que su mano se acerca a mi pecho, los vellos de la nuca se me erizan, como si mi piel supiera que se trata de ella. Anhela su toque. Percibo su calor, incluso a través de la ropa, y amenaza con consumirme. Tengo que contar putas ovejas para controlar la maldita erección.

—Míralo a los ojos. Solo muestren cuánto se quieren.

Busco su mirada como el hijo de puta codicioso que soy y, como ella se niega, cuelo mis dedos hasta posarlos bajo su barbilla para conectar sus ojos con los míos. El pecho se me expande y el corazón se me hincha. De todos los escenarios en los que pensé que nos encontraríamos, este jamás se me ocurrió.

Hay cosas en la vida que son destellos. Pequeños destellos fugaces que iluminan un sendero de oscuridad permanente. Eso es lo que siento al mirarla de nuevo: la oscuridad que se rinde ante la luz.

—Tus pies en punta —pide la instructora. Niza obedece enseguida y es como si su cuerpo floreciera—. Gira en torno a él. No pierdas la punta.

Lo hace de inmediato, centrándose en mi espalda hasta encontrarme de nuevo; entonces percibo la anticipación que me corre por el sistema y la sangre que bombea como no lo hacía en mucho tiempo. Recuerdo que estoy vivo. Ella me hace sentir vivo.

—Él pierde a su bailarina. Deben reflejar dolor en este punto. Clay, tómale la cara con cuidado, como si tuvieras miedo de romperla.

Los dedos me hormiguean, deseosos por sentir de nuevo la tersa piel de su rostro, el cuello, la clavícula... Tomo mi tiempo para llegar a la cara y noto la manera en que las pupilas se le dilatan. Esta es Niza, una fuerza envuelta en un cuerpo frágil. La tomo con cuidado, como debí hacerlo la última vez para no romperla. La mantengo entre mis manos, cuidándola, y, casi por instinto, mis ojos caen a sus labios, porque el deseo de sentirlos otra vez me está matando.

Ella me consume y me ciega con su resplandor, como el sol. La respiración se le atora en la garganta y yo tomo eso como una señal. Quiero besarla. Contra toda razón y pronóstico lógico, quiero besarla. Quiero...

—De acuerdo, eso es suficiente para la audición —dice Nadir, y las ganas de arrancarle la lengua y hacer que se la trague me invaden.

La música se detiene y nuestra burbuja estalla. Niza se aleja de mi toque enseguida. Le lanzo una mirada a Nadir que describe todas las maneras en que lo mataré por habernos interrumpido.

—Tiene razón —lo apoya Ellen—. Nosotros te llamaremos. Gracias, linda. —Escribe algo en su cuaderno y después hace una señal hacia el resto de chicas que esperan su turno.

Había olvidado que existían. En realidad, olvidé que el mundo seguía girando.

—La siguiente debe ser... Rhaila Miller. ¿Estás lista?

La chica asiente con una sonrisa.

Niza luce tan afectada como me siento; sin embargo, logra recuperarse y esboza algo que parece una sonrisa, pero no lo es.

—Gracias por tomarme en cuenta.

Me mira por un segundo más para después salir disparada del salón. Me quedo de pie en el mismo lugar tratando de entender lo que acaba de ocurrir. Quiero ir tras ella. No, es una estupidez, aunque mi cuerpo entero me grite que no sea un imbécil y lo haga.

—¿Estás listo?

Caigo en la cuenta de que la nueva chica está frente a mí esperando a que dé la señal para seguir con las audiciones. ¿Qué mierda estoy haciendo? No quiero que se escape otra vez. Me toma menos de un segundo decidirlo.

—Se acabaron las audiciones por hoy. Vuelvan mañana. —Doy la espalda y salgo tras Niza.

No consigo dar más de dos pasos cuando Nadir se interpone en mi camino y tenso la mandíbula. Si se le ocurre detenerme con alguna tontería, le arrancaré la cabeza.

—Aún tienes pendiente la audición con estas chicas. Han esperado mucho y...

—Lo haré mañana.

Lo hago a un lado y salgo de la sala.

—¡Clay, vuelve aquí! ¡No hemos terminado! ¡Clay!

Su voz se desvanece a medida que me alejo del salón y la busco, frenético.

No la encuentro por ningún lado; la frustración comienza a burbujear en mi interior. Camino por el pasillo hasta que, de pronto, veo que emerge de una de las puertas. Ni siquiera le doy tiempo a mi cabeza de procesar lo que estoy haciendo y la alcanzo.

—No creí que fueras de las que huyen.

Niza da un respingo y me encara con los ojos llenos de sorpresa.

—No estaba huyendo.

—Por la manera en que saliste corriendo, yo diría que sí.

—No corrí. —La miro, severo, y ella se corrige—. Troté, es diferente.

Maldita mentirosa. El aire se carga entre el resquicio de espacio que hay entre ambos; es tan pequeño que su aroma frutal me embriaga y percibo un tirón dentro de mis pantalones cuando los recuerdos me infestan la mente: sus gemidos llenando la habitación, mi boca chupando uno de sus pezones y mis dedos enterrados en su coño, llenos de sus fluidos.

Doy otro paso para acortar más la distancia y ella retrocede, impidiéndome tomar su boca con dureza como quiero.

—Parece que las viejas costumbres no mueren —digo con la voz contenida.

—¿Cuáles costumbres?

—Tú huyes, yo te persigo. Las viejas costumbres. —Esbozo parte de una sonrisa, y en los ojos de Niza veo un destello extraño.

—No quiero que me persigas.

—Entonces no huyas —digo sin más. Parpadea un par de veces, sorprendida—. ¿Qué haces aquí? No pensé encontrarte en este lugar.

—Lo mismo digo. —Aprieta el asa de su mochila de entrenamiento y algo cálido se me esparce por el corazón. Es Niza, en vivo y a todo color.

El silencio se extiende entre nosotros; lejos de ser incómodo, es lo más cercano a la calma que he sentido en meses.

—El videoclip es de mi banda, sobre la canción que te escribí. Es obvio que estaría aquí.

El desconcierto le inunda el rostro por mis palabras, directas y crudas. Nunca fui bueno suavizando las cosas.

—No tenía idea de que el videoclip era de Riot 911. El instituto no nos da la información hasta que… —Toma una bocanada de aire y sus ojos avellana vuelven a conectar con los míos—. Venir fue un error. No me volverás a ver, no te preocupes.

Sus palabras se sienten como un golpe en el estómago. Lo más lógico sería despedirnos y desearle buena suerte; sería lo más sensato, pero jamás he sido sensato cuando se trata de Niza Hess, y soy un egoísta que quiere hasta la más pequeña migaja que pueda conseguir de ella.

Doy otro paso y vuelve a retroceder hasta que la pared le impide continuar. Por suerte para mí, ya no tiene a dónde más huir.

—¿En verdad fue un error? Sé que estuviste en el concierto también. Son demasiadas coincidencias. ¿Hay algo que quieras decirme?

El ceño se le arruga.

—No, ya te lo dije: fue un error. Estar en el concierto fue un error, presentarme a la audición fue un error. Dale el papel a alguien más.

—Hiciste una audición y me parece que eres la más adecuada para el papel. Después de todo, la canción trata sobre ti. ¿Por qué se lo daría a alguien más?

Noto la forma en que los músculos de la garganta se le contraen cuando traga; la tensión que se construye entre nosotros es tan pesada que me cuesta respirar con normalidad. Las puntas de mis zapatos tocan los suyos y la distancia es tan diminuta que puedo escuchar el acelerado latir de su corazón.

—Porque es una estupidez que me contrates. —Su voz es suave pero firme—. Dale el papel a alguien más.

—¿Y si no quiero?

Niza emite un sonido de incredulidad. El asombro le inunda el rostro. Estoy a punto de decir algo más cuando la voz de otra persona nos interrumpe.

—¿Niza?

El chico nuevo de producción nos mira desde el pasillo. Cuando se acerca, yo me alejo de ella. Niza camina hacia él. Nos mira con cierta extrañeza. Todo se desvanece cuando ella le sonríe.

—¿Cómo te fue en la audición?

—Bien.

—Más que bien, estoy seguro —dice feliz.

Estoy a punto de apoyarlo, cuando encuentra los labios de Niza y le planta un beso.

Le. Planta. Un. Beso. En. Los. Labios. ¿Qué mierda acabo de ver?

—No quiero usar mis influencias, pero deberías considerarla. Mi chica es bastante buena en lo que hace —me dice.

«Mi chica».

Quiero vomitar. Creo que voy a devolver el desayuno. El estómago se me revuelve. No asimilo lo que escuché. Una parte de mí sigue esperando despertar de este mal sueño, pero es entonces cuando todo conecta en mi cabeza: RJ ya me había advertido sobre esto. Él es el chico con el que Niza está saliendo. Quiero matarlo.

—Clay —el tipo me toca el brazo y salgo de mi estupor—, ¿estás bien? Estás pálido.

—¿Puedo ayudarte? —se ofrece Niza con ese aire gentil que la caracteriza—. ¿Necesitas sentarte?

Quiero quedarme, irme, partirle la cara al cretino de su novio y llevármela a un lugar alejado donde nadie nos moleste para pedirle perdón hasta que la garganta me quede seca de hablarle.

—¿Clay? —repite él.

Lo tengo tan cerca que solo debo estirar el brazo para romperle la nariz, pero me contengo.

—Estoy bien. —Mi tono suena extraño, agitado, y la urgencia de huir crece.

Él sonríe y echa un brazo sobre los hombros de Niza.

—¿Qué opinas? ¿No crees que será la más adecuada para el videoclip? Hombre, es una bailarina increíble y, además, es preciosa. Deberían ensayar otra vez, quiero verlos en acción.

Ella me mira por un segundo, casi como si fuese un accidente, y el pecho se me oprime.

—No puedo repetirlo —sentencia y se deshace del agarre del chico—. Prometí que ayudaría a Orena con algo —se excusa apresurada y el tono que usa delata la mentira.

—De acuerdo. —Para él, pasa desapercibida. La toma del rostro y le planta un beso de despedida. Me obligo a permanecer impasible—. ¿Podrías venir mañana? Seguro te eligen, ¿cierto?

Miro a la dueña de todas mis pesadillas y mis mayores remordimientos. Niza sabe tan bien como yo que *Ballerina* es nuestra historia convertida en una canción, y sería una puta ironía cruel que seamos nosotros dos quienes la interpretemos.

Sus ojos reflejan una súplica muda para que detenga esta locura, una que seguramente nos destruirá a ambos, como la exposición prolongada a un elemento tóxico.

—Tengo que pensarlo. —Es todo lo que se me ocurre.

La sonrisa se desvanece del rostro del tipo.

—Ya veo.

Mi cerebro al fin decide funcionar otra vez para romper el silencio tan extraño que construimos.

—Bien, tengo cosas que hacer.

Y sin esperar la respuesta, camino hacia la salida del edificio. Las imágenes de Niza besando al chico nuevo se repiten como un bucle sin fin y no desaparecen ni siquiera cuando subo a mi auto y conduzco por la ciudad hacia ningún lugar. Necesito algo que vacíe mi mente con urgencia.

* * *

No llego muy lejos, a pesar de mi deseo insistente por salir corriendo de la ciudad. En realidad, hago algo tan patético como beberme un par de cervezas en el bar del hotel e internarme en mi habitación después, con la imagen de Niza impresa todavía en mí y la sangre hirviente en mis venas por el recuerdo del tipo que la besó con total libertad. En mi cara.

Estoy enojado por lo que vi, sí. Sin embargo, lo que más me molesta es lo deprimente de mi situación. Podría llamar a cualquier mujer, incluso a dos para tener un jodido trío si quisiera, y sé que ambas aceptarían gustosas, pero ninguna sería una pelirroja descarada con un lunar en la curva de su precioso trasero, visible solo para mí cuando está sobre sus manos y rodillas.

La fantasía de su cara presionada en la almohada mientras la follo por detrás y contemplo el lunar hace que mi polla se despierte, tensándose contra mi pantalón. Trato de controlar la erección pensando en otra cosa, pero el recuerdo de lo apetecible que se veía su culo hoy con esos shorts minúsculos y lo bien que se marcaban sus pechos por el leotardo de licra solo la hacen crecer más.

Mi polla es una traidora hija de puta que reacciona a la más mínima interacción con ella y eso es un problema que apenas fui capaz de ocultar hoy durante el ensayo, pero no puedo culparme. Es una tentación andante. Lo único en lo que pienso ahora mismo es en lo mucho que me pican las manos, ansiosas por sentir las texturas de su cuerpo; y mi boca saliva, deseosa por lamer su coño para saber si la haré gemir al tocar con mi lengua las partes que todavía conozco de memoria.

Trago grueso al notar la turgente erección en mis pantalones. Por un momento considero no hacerlo, pero sería una hipocresía de mi parte, porque esta no sería la primera ni la última vez que me masturbaría pensando en ella. Con la lujuria y la frustración por no tenerla de la forma que quiero corriendo por mi cuerpo, acomodo mejor la cabeza sobre las almohadas y saco el pene de mis pantalones.

Lo envuelvo con mi mano y le doy un practicado apretón para liberar algo de tensión. Mi mano no es la suya, pero imagino que sí y mi mente se infesta con el recuerdo de sus gemidos, la sensación de sus pechos cuando los tengo entre mis manos y la manera en que su coño se contrae a mi alrededor cuando vive un orgasmo.

Bombeo mi pene más rápido y lo tomo con más fuerza, disfrutando de la exquisita sensación que sube por mi espalda. Evoco la manera en que sus piernas envolvían mi cintura cuando la follé en Roma, la sensación de sus pezones endurecidos en mi boca y el rasgar de sus uñas en mi espalda.

Sigo tocándome, acariciando con dureza desde la base hasta la punta. El pensamiento de mis dedos dentro de su coño húmedo y caliente recogiendo sus fluidos antes de meterlos en su boca me empuja al borde. La sangre me corre por los oídos y siento el orgasmo construirse en la base de mi abdomen.

Mi mente se pierde cuando la imagino de rodillas con mi polla dentro de su boca, caliente y experta, envolviendo el glande para introducir cada centímetro sin dejar de mirarme con esos bonitos ojos avellana. Imagino la sensación de sus rizos en mis manos, sosteniéndolos en una coleta para ver su bonito rostro mientras lo chupa; sus dedos alrededor de mi erección, acariciándola y…

Me corro en mi mano con ese pensamiento y algunas gotas caen en la base de mi estómago. Lucho por recuperar la respiración mientras el corazón amenaza con estallarme. Mi cabeza punza y disfruto de los últimos vestigios del orgasmo antes de que la bruma creada por la lujuria se aclare y muestre con total claridad lo deplorable de mi situación.

Con pesadez me levanto al baño, limpio los rastros de mi patética forma de escape y me echo agua fría en la cara para espabilar, aunque no funciona. No debería pensar en Niza de esa manera, sobre todo porque ahora que tiene una pareja está más fuera de mi alcance que nunca, pero no puedo evitar desearla con más vehemencia que antes, si es que eso es posible.

Tampoco debería importarme que ahora sea otro imbécil quien vea el lunar en la curva de su culo ni que se quede con sus gemidos u orgasmos. No debería, pero ser consciente de ello solo me retuerce más las entrañas.

¿En conclusión? Estoy jodido.

9| En blanco

Clay

Han pasado tres días desde mi encuentro con Niza. Ahora, más que nunca, es difícil sacármela de la mente.

No he vuelto a verla por el estudio; he ido todos los días a verificar, incluso le he preguntado a Ellen, pero solo sirvió para que me sometiera a la tortura de realizar la coreografía con otras bailarinas. Fue horrible.

Dejo caer la ceniza del cigarro dentro del recipiente de cristal que hay sobre la mesa y me concentro en terminar la siguiente canción. Me está costando más de lo esperado. Ni siquiera sé por qué estoy haciendo esto yo, cuando siempre fueron Mitch y Bryce los encargados de las letras. Ahora que mi hermano no está, asumí que sería el líder quien tomaría la iniciativa, pero es más un apoyo que otra cosa.

—No puedo seguir.

Me rindo y dejo el cuaderno sobre la mesa. Mitch se rasca la sien y arruga la frente.

—Se nos está agotando el tiempo para terminar las composiciones del siguiente álbum. Nadir quiere que lo terminemos antes de irnos a los siguientes conciertos en Brasil.

Apago el cigarro, lo pongo sobre el cenicero, extraigo uno nuevo de la caja y lo enciendo.

—Que las componga él, si está tan apresurado.

Mitch suspira y apoya la espalda en el sillón a mi lado. Odio este hotel. Es uno de los mejores de Nueva York y está lleno de lujos, pero no deja de parecer un cascarón vacío.

—Escucha, Clay. —Se inclina un poco y, apenas empieza, sé que no me gustará lo que dirá—. Sé que no te sientes... *merecedor* del lugar que tienes en la banda, pero eres talentoso, como tu hermano, y si queremos que el grupo resista, debemos trabajar en ello.

Siento un malestar en el cuerpo cuando menciona a mi hermano. Respeto a Mitch, pero estoy lejos de apreciarlo. Se suponía que era su mejor amigo, ¿y qué hizo por él? Nada, igual que yo. En mi mente, los dos somos la misma mierda de personas y no merecemos nada del legado de Bryce, pero él es demasiado arrogante para verlo, así que solo me queda seguir el juego.

—Eso hago.

—Quiero decir, esforzarte más. Este es un proyecto en grupo. Si no aportamos todos, el barco se hundirá.

Por mí se puede hundir hasta el infierno. Estoy harto de su tono paternalista.

—Claro, lo que tú digas.

—Hablo en serio —insiste Mitch con un tono más duro—. No puedes darte el lujo de hacer las cosas a medias, no en esta industria. O lo entregas todo o te quedas sin nada. Entiendo que la muerte de tu hermano te duele, a mí también, pero estás aquí ahora, ocupando su lugar. Hazlo sentir orgulloso. Es lo que él quería, que siguieras sus pasos, así como él siguió los de tu padre. Llevan el talento en las venas.

Hago una mueca porque aplasta la llaga con sus palabras.

—Eso intento.

Odio la música y lo que representa, pero me quedo. Resisto y hago algo que detesto para *honrar* a mi hermano, pero me está volviendo loco. ¿Qué más quieren de mí si ya se lo han quedado todo? La banda me quitó a mi hermano, a Niza y mis ganas de seguir. ¿Qué más van a quitarme?

¿A qué se supone que te aferras cuando ya no existe nada más por lo que seguir? Es como si flotaras en un limbo infinito, esperando que una cuerda aparezca para rescatarte y llevarte a otro lugar, excepto que no hay cuerda. Es un coma perpetuo en el que solo la existencia te recuerda que sigues respirando, mas no viviendo.

—Tienes talento, Clay. Úsalo y construye una vida como hice yo. Tengo a mi esposa, a mi hijo y a la banda. Mira el vaso medio lleno, no medio vacío.

Expulso la última bocanada de humo y apago el cigarro.

—¿Sabes qué, Mitch? —Me mira expectante—. Tus consejos motivacionales son una mierda. Quédate con la música; como psicólogo no sirves para nada —digo hosco, y la sombra de la decepción se le asienta en el rostro.

He cortado sus ánimos de raíz, pero es que estoy harto de que todos parezcan conocer mi dolor más que yo mismo. Deberían dejar de meter las narices donde nadie los llamó.

—Bien, pero cooperarás con la banda. No más berrinches, no más peleas con Nadir, trabajarás en las canciones y ayudarás con lo demás, ¿de acuerdo? Si no lo haces por ti, hazlo por Bryce.

Otra vez está usando esa carta y lo único que quiero es escupirle para que se calle. Tomo la cajetilla en busca de otro cigarro, pero maldigo cuando noto que me los he acabado. Genial, está tan vacía como yo.

—Lo que tú digas, Mitch, solo no intentes animarme otra vez o tendré que lanzarme de la ventana más cercana.

—No soy bueno animando a los demás.

—No me digas. Hasta un muerto podría notarlo.

Suelta una risa. La puerta de hotel se abre. Mi asistente entra junto a Nadir. Mi día acaba de pasar de una pesadilla a una mierda.

—¿Qué sucede? —pregunta Mitch.

—Ellen llamó. La productora la está presionando para que elijas a una bailarina —explica Alice.

—¿Y bien? —inquiere Nadir, sin quitarme los ojos de encima.

—¿Bien qué?

—La bailarina, Clay —recalca irritado—. Dame un nombre. Debemos empezar a grabar ya.

Ni siquiera lo pienso.

—Niza Hess. Llámala. La quiero a ella como bailarina principal.

Nadir arruga la frente.

—Ahora que lo recuerdo, ¿no llevaste a esa chica a un concierto mientras Bryce vivía?

Mitch suelta una risita a mi lado.

—Sí, ¿y qué? —respondo.

No le doy más detalles. A él no le importa quién fue o es Niza Hess en mi vida. Después de un momento en el que parece pensarlo, asiente.

—Bien, le diré a Ellen que la contacte. Mientras no sea una distracción, podemos continuar.

Alice hace un par de apuntes en su iPad y aprovecho su presencia.

—¿Podrías conseguirme una nueva? —Levanto la caja de cigarrillos.

La chica está a punto de hablar, pero Nadir la interrumpe.

—No. ¿Cuántas te has fumado hoy?

—¿Qué te importa?

—Tienes presentaciones en Nueva York todavía. No puedes fumar; te afectará la garganta.

Normalmente mi paciencia con Nadir va de uno a cero, pero en esta ocasión, después de mi estúpida conversación con Mitch, me cuesta controlarme más. ¿Por qué todos sienten que tienen algún derecho de decidir sobre mí y lo que debo o no debo hacer?

Me pongo en pie y lo encaro.

—¿Ahora te importa lo que me afecte? ¿Por qué no te importó que Bryce no dejara de drogarse para cantar en los conciertos?

Abre la boca para decir algo, pero lo tomo del cuello de su estúpida camisa.

—¿Por qué no te importó que hiciera el ridículo miles de veces estando drogado y borracho?

—Clay, basta, recuerda lo que hablamos. —Mitch intenta calmarme.

—¿Por qué no lo apoyaste para que fuera a rehabilitación? ¡Si era tan importante para ti! —Lo sacudo con violencia y Mitch logra interponerse entre ambos.

—Basta. Clay, tranquilo. —El líder pone las manos al frente—. Continuemos trabajando en la canción, ¿de acuerdo?

Mi cuerpo tiembla todavía por la ira que me corre por las venas, el estómago me arde. Me controlo lo suficiente para no matarlo y lo suelto. Nadir clava sus ojos en mí como dagas, con la cara enrojecida por el enojo y la frente perlada de sudor.

—Nadir, llama a Ellen. Debemos empezar a grabar —le recuerda Mitch en un intento por aligerar la atmósfera.

El imbécil hace una mueca y se recompone.

—Sí, cumplamos los deseos de este maldito niño caprichoso.

—Jódete, Nadir.

—Suficiente. —Mi compañero me pone las manos sobre los hombros—. Volvamos a trabajar.

—Quiero mis cigarrillos, Alice.

Nadir me lanza una última mirada iracunda antes de darse la vuelta y decirle algo a mi asistente.

—Te los traeré enseguida —dice ella.

Odio este maldito lugar y a esta maldita banda. «Bryce, ¿cómo lograste soportarlo tanto tiempo?».

* * *

Ellen me llama. No sé para qué, pero más vale que sea por algo bueno. No estoy de humor para hacer el ridículo ensayando por enésima vez la maldita coreografía con otra bailarina. La instructora está en el salón de la productora y se acerca a mí con una sonrisa. ¿Cómo puede sonreír todo el tiempo? Es irritante. Nadie es así de feliz.

—Nadir me dijo que no vendrías. Veo que se equivocó. Llegaste tarde, pero llegaste.

—Sonaba como algo importante cuando me llamaste. ¿Qué sucede?

Hace una mueca extraña de incomodidad. Esperaba acabar con esto rápido, pero creo que será lo contrario.

—Hay un problema con tu solicitud.

Ah, es eso. ¿Me sorprende? No. ¿Me duele que me haya rechazado? Demasiado. ¿Qué esperaba en realidad? ¿Que simplemente aceptara trabajar conmigo después de abandonarla? «A veces eres más idiota de lo que pareces», me reprendo.

—¿Qué pasa?

—Estoy tratando de arreglarlo. Tu asistente fue muy clara con que fuera esa chica, Niza, y queremos hacer lo mejor por ustedes como banda, así que…

—Lamento llegar tarde, el metro se retrasó y…

Niza detiene en seco su balbuceo. Se queda en silencio y la sorpresa asalta sus delicadas facciones. No sé si es un castigo o un regalo verla, porque duele saber que estoy relegado a admirarla a la distancia, sin poder tenerla como deseo.

—Lo siento, pensé que quería hablar conmigo —dice después de recomponerse.

—Así es —responde Ellen con esa enorme sonrisa que parece ensayada—. Con los dos, de hecho. Clay pidió que fueras tú la que tuviera el papel en el video, pero lo rechazaste. ¿Hay alguna razón en específico?

Niza tiene la incomodidad escrita en la cara; incluso yo me siento incómodo. Jamás pensé que Ellen llegaría al extremo de citarnos. ¿Para qué? ¿Para hacerme sufrir más?

—En realidad, creo que no soy la mejor candidata —dice con tono diplomático.

Casi me echo a reír. Está bromeando, ¿cierto? La canción está hecha para ella.

—¿Segura? Noté que había química entre ustedes durante el primer ensayo y eso es algo que rara vez consigues en una pareja que trabaja para un video. Si es por el dinero, podemos negociar.

Niza arruga los labios y la angustia se mezcla con la incomodidad de la situación. Lo último que quiero es que me odie por pensar que puedo comprarla, y Ellen no está ayudando.

—No, no es eso, es solo que…

—¿Tienes idea del montón de oportunidades que aparecer en el video puede traer para tu carrera? —dice Ellen.

—Lo sé, pero…

—Deberías pensarlo bien porque…

—¿Podemos hablar en privado? —La voz se me eleva una octava y ambas se callan al instante para fijarse en mí.

Ellen se aclara la garganta.

—Claro, por supuesto. —Esboza otra vez esa sonrisa ensayada que no me creo para nada y se retira sin decir otra palabra.

Si la tensión con Ellen era pesada, ahora es insoportable. Podría respirar mejor bajo el agua que en este puto salón. Niza guarda silencio y fija la vista en algo más allá de mí. Aprovecho para beberla con los ojos y admirar cada rasgo de ella. La detallo con cuidado, como si tuviera miedo de encandilarme si la miro mucho tiempo. Delineo su figura y el rostro serio enmarcado por los rizos de fuego. No ha cambiado nada. Podría recitar de memoria el número de pecas en su rostro o la cantidad de lunares en su cuerpo. Joder, es incluso más bella que en mis recuerdos; mi memoria no le hace justicia.

—Estás huyendo otra vez —digo con tono casual, aunque el corazón me galopa en el pecho.

¿Por qué el universo se empeña en ponernos en la misma dirección a pesar de no poder estar juntos? Somos como dos líneas paralelas que se buscan sin encontrarse jamás.

Niza parpadea un par de veces, como si saliera de su ensimismamiento.

—No huyo.

—Ahora estás mintiéndome sin pudor, descarada.

—No me llames así —pide con firmeza.

—Entonces, no me mientas como una. —Hago una seña hacia la puerta con la cabeza—. ¿Te importaría hablar afuera?

—¿Por qué afuera?

Señalo con el índice el enorme letrero que hay en la pared. «Prohibido fumar».

Niza enarca las cejas y, luego de unos segundos en los que creo que no aceptará, asiente. Salimos en silencio del edificio. Enciendo un cigarro y me siento en la banca de madera que hay sobre la acera. Dejo que el humo me llene y la nicotina calme mi ansiedad. Hablar con Niza debería ser cualquier cosa, pero no es así. Cada interacción con ella es una sacudida a mi mundo hasta sus cimientos y no sé si poseo la capacidad de mantenerlo erguido sin un tranquilizante.

—¿Qué estás haciendo aquí? —dice.

No es exactamente el reencuentro de película que me imaginé, pero es una manera de empezar, supongo. Enarco una ceja y giro la cabeza hacia el edificio de STV.

—Creo que es bastante obvio —recalco, y cuando cae en la cuenta de lo absurda que sonó su pregunta, cruza los brazos sobre el pecho—. ¿Te quedarás parada ahí durante toda la conversación?

—No creo que sea necesaria una conversación. No voy a tomar el papel y creo que es bastante obvio por qué —reitera, usando mis palabras en mi contra.

Doy otra calada. Tiene razón, no es necesaria una conversación, y eso es lo que más odio: ser consciente de que ya no dispongo de más tiempo con ella ni de razones para estar en su vida. Debería dejarlo aquí y despedirnos, pero no quiero. No quiero estar lejos de ella, así que, en un intento desesperado por un par de segundos más en su presencia, cálida y brillante, sigo hablando.

—No me parece obvio. ¿Por qué no aceptarías?

Arruga la frente, incrédula.

—Porque no está bien.

Esta faceta de Niza es nueva, mucho más dura y fría. Quizá se está protegiendo... o solo me odia. No la culparía si, simple y llanamente, me odiara.

—Yo creo que está bien. Ellen lo dijo: tenemos química. Podemos mantenerlo profesional.

La arruga en su frente se hace más profunda. Lejos de seguir mi juego, niega con la cabeza.

—Dale el papel a alguien más. Mi amiga Rhaila está ilusionada con conseguirlo, dáselo. Es una buena bailarina. Que tengas buen día.

Da la vuelta con la intención de irse y dejarme, pero mis impulsos son reflejo de mis deseos y estoy de pie impidiéndole el paso incluso antes de ser consciente de ello. Tal vez por insensatez. Tal vez por estupidez. Tal vez porque soy una polilla encandilada con su luz.

—Por favor, no te vayas. —La súplica sale débil de mi boca en contraste con la fuerza del deseo.

Niza se pasa la lengua nerviosa por los labios.

—Clay, no sé si esto es lo mejor para...

—No intentaré nada si eso es lo que crees. —Me dejo llevar por un impulso de valentía—. Pero si mi presencia te hace sentir incómoda...

«Me iré otra vez», completa mi mente y mi pecho se compunge ante la posibilidad de que esa sea su voluntad.

—Tu presencia no me incomoda, jamás lo hizo. Es solo que... No sé, me parece extraño que nuestra primera conversación real después de meses sea aquí, así. —El rostro se le suaviza un poco—. ¿No es algo raro?

—¿Por qué?

Se encoge de hombros.

—No creí que volvería a verte, mucho menos pensé en trabajar contigo... o bailar contigo.

Tiene razón. Si existe una entidad o una fuerza mayor que determina nuestro destino, entonces es una sádica hija de puta que se deleita con nuestro sufrimiento.

—Supongo.

Hay un silencio entre nosotros que me recuerda nuestra situación actual: ya no somos una pareja, no somos cercanos, no somos ni la ínfima parte de lo que alguna vez fuimos. Somos dos extraños que se conocieron demasiado.

—Lamento lo que pasó el otro día en el estudio, no fue mi intención —dice lentamente.

—¿A qué te refieres?

—Lo que sucedió en el estudio. El baile. Karef. No debí presentarme, no sabía que era tu banda. Y Karef...

Enumera cada cosa y todas se sienten como puñaladas, pero mantengo mi máscara de impasibilidad lo mejor que puedo.

—Está bien. ¿Es tu novio?

Frunce los labios, las mejillas se le tiñen de rojo y ya sé la respuesta aunque no me lo diga. Es tan clara que duele.

—Estamos... saliendo.

—Ya veo. —Me trago los celos y la decepción—. Me alegro por ti. Todo lo bueno en esta vida te lo mereces. Y si él es bueno, entonces está bien.

Niza arruga el ceño, como si no creyera una palabra de lo que digo. Ni siquiera yo lo hago, pero intento ser civilizado a pesar de que los celos me coman vivo.

—Gracias —acepta dudosa—. Muchas cosas han cambiado desde que te fuiste. Espero que hayas encontrado la felicidad que buscabas persiguiendo tus sueños. Al final, es lo que todos deseamos, ¿cierto?

Bufo.

—Creo que perdí más cosas de las que gané. Y no eran mis sueños, eran los de Bryce, pero era mi manera de cumplir su voluntad y conservar el legado de mi familia.

Niza me mira seria.

—¿Cómo puedes estar seguro de que era la voluntad de tu hermano?

—Lo era. Tenía que hacerlo, por él. La banda era lo más importante para Bryce; yo no podía dejarla morir.

Creo ver una sombra de decepción posarse sobre su rostro, pero desaparece tan rápido que podría haberlo imaginado.

—Entiendo —ataja sin más.

Es como estar en presencia de una Niza distinta, mucho más madura y segura, casi indestructible. Me asombra en la misma medida que me aterra. No sé cómo abordar esto, nunca he sido bueno con las conversaciones o la gente en general, así que luzco como un idiota cuando apago el cigarro con el pie y lanzo las siguientes palabras.

—Niza, lo siento.

Sus bonitos ojos almendra se llenan de algo que no puedo definir.

—¿Por qué?

—Por irme de la manera en que lo hice. Por dejarte. ¿No estás enojada conmigo?

Pasa un minuto. Dos. No hay respuesta, solo un rostro lleno de contemplación. Por un momento creo que no ha comprendido la pregunta, hasta que sus labios se separan.

—No te odio por irte. Creo que he cargado con demasiado odio durante toda mi vida para cargar con una piedra más. Es una emoción que no te lleva a ningún lado, solo te desgasta. —Mira sus pies y después a mí—. Pero eso no significa que no haya dolido. Tomaste tus decisiones; yo las respeto. Solo me… habría gustado que conocieras el panorama completo antes de irte.

—¿A qué te refieres?

—Tú conocías a tu hermano. O al menos creías hacerlo. Él jamás te habría obligado a hacer algo que no deseabas, pero tal vez tu sentido protector, tu sentido del honor o tu misma culpa te cegaron demasiado. Ahora has vuelto, pero ¿en qué condiciones? —Sus palabras hacen mella en mí, abren cráteres—. Tú siempre fuiste una persona compleja. —Se encoge de hombros—. No sé qué pretendes al regresar, pero creo que lo mejor será que no nos crucemos.

Su petición pende entre los dos, pero la conozco. A pesar del tiempo, puedo leerla como un libro abierto y ver que sus ojos piden algo distinto de lo que quiere su boca.

—Tengo una amiga —insiste—, ella hizo la audición para ser la bailarina principal en el video. La harías muy feliz si la aceptaras. Su nombre es Rhaila. Deberías tomarla.

«Pero no la quiero a ella, te quiero a ti», pienso con amargura y me niego a dejarla ir otra vez.

—La canción fue escrita para ti, Niza.

—Podrías trabajar con cualquier otra.

—Podría hacerlo, pero creo que olvidas un detalle importante.

—¿Cuál?

—Yo solo bailo contigo.

La sorpresa, pura y dura, tiñe sus facciones. Guarda silencio y, justo cuando está a punto de responder, mi móvil suena e interrumpe el momento. Lo ignoro, pero vuelven a llamar.

—Tal vez es importante, deberías contestar.

Y lo hago sin rechistar, porque la última vez que ignoré una llamada Bryce estaba muerto a la mañana siguiente. Algo extraño se me asienta en el estómago al leer el nombre de Hela en la pantalla.

—¿Qué sucede?

Si Otto volvió a molestarla…

—Clay. —Suena angustiada—. Estamos yendo al hospital; Lyra no deja de vomitar, está ardiendo en fiebre y tiene una erupción.

—¿Qué? —Siento cómo el alma viaja hasta mis pies—. ¿Desde cuándo? ¿Con quién estás? ¿Dónde estás?

—La nana de los niños está conduciendo mientras yo te llamo. —Registro a lo lejos el llanto del otro bebé—. Está muy mal y temo que Bryce haya contraído lo mismo, no deja de llorar.

—¿A qué hospital se dirigen? —espeto alterado. Los peores escenarios me infestan la cabeza.

Niza se lleva una mano a la boca, preocupada.

—El Hospital Central.

—Bien, te veo ahí en diez minutos.

—Me preocupa que algo les suceda. —La voz se le quiebra.

—Estarán bien. —Intento mantener la calma, aunque me cuesta.

Corto la llamada y estoy por marcharme, cuando Niza me toma del brazo para detenerme.

—¿Qué pasó? Estás pálido.

—Era Hela. Los bebés están mal —explico rápido, ansioso por quedarme y también por irme.

—¿Qué les sucede? ¿Es grave?

—No lo sé, solo le dije que la vería en el Hospital Central. Perdóname, tengo que irme.

Resisto el impulso de besarle la frente a modo de despedida. Sin decir otra palabra, la abandono… otra vez.

10| Ouvert

Niza

No me gustan los hospitales. Mis recuerdos en ellos siempre son amargos.

El olor a antiséptico me golpea la cara y me remonta a las recaídas bajo la tutela de Winslet: más de una vez llegué aquí por desmayos o desnutrición severa. Alejo lo mejor que puedo esas memorias y me concentro en seguir los letreros hasta llegar a la recepción.

—Hola, quiero saber el estado de uno de sus pacientes. Es una niña.

La mujer tras el mostrador me mira apática.

—¿Cuál es su relación con la paciente?

—Soy su…

—¿Niza? —La voz de Clay hace que los vellos de la nuca se me ericen. Me giro y camino hacia él—. ¿Qué haces aquí?

Juego con los dedos, nerviosa.

—Estaba preocupada, quería saber si los niños estaban bien.

Luce cansado. Han pasado casi dos horas desde que recibió la llamada y salió corriendo del edificio. Habría venido con él, de no ser porque me parecía la peor decisión del mundo, así que tuve que tomar el metro y dos autobuses para viajar al otro lado de la ciudad, con el tráfico de Nueva York.

—Lyra está estable. Se intoxicó con algo que comió. Los médicos la están tratando.

El alivio me recorre de la cabeza a los pies.

—¿Y el pequeño Bryce?

—Al parecer él no se intoxicó.

—Me alegro. —Mi preocupación cede un poco, aunque, en realidad, todo el panorama me parece extraño—. ¿Hela no les da lo mismo de comer a ambos?

—Sí, les prepara lo mismo. Creo que Lyra comió algo a lo que es alérgica y eso provocó una reacción grave en ella.

—¿Y Bryce no es alérgico?

Clay me mira pensativo, como si le resultara extraño también. De pronto, Hela sale de la sala de urgencias junto a la niñera, una chica joven de cabello oscuro y largo que carga a Bryce en sus brazos.

—¿Cómo está?

—Un poco mejor —dice Hela, y toma al pequeño Bryce—. Ya puedes irte, te llamaré si necesito algo más.

Gina, la niñera a la que Hela contrató desde hace un par de semanas para ayudarle con el cuidado de sus hijos, está pálida y parece tan preocupada como todos nosotros.

—Sí, por favor, dígame cuando la niña esté mejor —dice angustiada.

Hela asiente y la chica se retira sin mirarnos, con la cabeza gacha y la vista fija en el suelo. No quiero ser paranoica, pero hay algo sobre ella que no me gusta. Quizá sea solo predisposición y ella sea tan buena como lo fue la señora Rosy, la antigua niñera.

Guardo esos pensamientos en el fondo de la mente y me concentro en Hela. Luce más delgada y preocupada que la última vez que nos vimos, en el cementerio para visitar la tumba de Bryce, hace un mes. Sé que el tema de la custodia de los niños es algo que le preocupa sobremanera, y tener que lidiar con uno de sus hijos enfermo solo acentúa el estrés.

—¿Cómo te sientes? —Le toco el hombro en un gesto de confort.

—Estoy mejor ahora que mi hija está bien, pero me duele la cabeza. —Sus labios esbozan una sonrisa diminuta—. Gracias por venir, Niza.

Le correspondo el gesto.

—¿Qué te dijeron los médicos? —interviene Clay.

—Ahora mismo le están haciendo un lavado gástrico. —La voz se le quiebra un poco al final—. Bajaron la fiebre, pero dicen que lo mejor es asegurarse de que no queden restos de lo que ingirió. Una vez terminen, la mantendrán en observación toda la noche.

—¿Qué fue lo que comió? —inquiero.

—Al parecer, nueces. Ella es alérgica, igual que Bryce. No sé qué pasó ni cómo llegó a comerlas. Gina y yo los llevamos al parque cerca de casa para su paseo. Siempre llevo un aperitivo para ellos, pero esta vez había nueces en la comida. No sé cómo llegaron ahí; siempre soy cuidadosa con sus alimentos y Gina tampoco tiene idea. Me siento tan estúpida. —El labio inferior le tiembla y los ojos se le anegan de lágrimas—. Yo preparé su comida, ¿cómo no me di cuenta de que la bolsa tenía nueces?

—No te diste cuenta, fue un error —trato de calmarla.

—Un error estúpido que casi mata a mi hija —dice Hela con la voz apretada y estrecha a Bryce contra su pecho.

—¿Cómo es que Bryce no se intoxicó? —pregunta Clay con tono dudoso.

—Fui a comprar un helado para mí; lo llevaba en los brazos cuando Lyra estaba comiendo.

—¿Y la niñera no se dio cuenta de que la comida tenía nueces? —pregunto con recelo.

—Se dio cuenta cuando mi pequeña comenzó a hincharse. La cara se le desfiguró. —Un par de lágrimas le caen por las mejillas. La abrazo mientras solloza—. Casi la pierdo. Por mi estupidez casi mato a mi hija.

—No tenías idea, fue un error, pero ya está bien. —Le acaricio la espalda, tratando de consolarla—. Los médicos se encargarán.

—¿Por qué no me sorprende? Esto es lo que pasa cuando dejas niños a cargo de una drogadicta. —Una nueva voz inunda la sala de espera y giro el cuello para encontrar a Otto Hawthorne.

¿Qué ubres hace aquí?

Clay llega en dos zancadas hasta él.

—¿Qué mierda haces tú aquí? —vocaliza mis pensamientos y se acerca tanto a él que la diferencia en estatura y complexión es ridícula. Otto luce como un anciano frágil y afable, aunque todos sabemos que de eso solo tiene la pinta.

—Vine a ver a mi bisnieta.

—¿Cómo te enteraste? No tienes derecho a estar aquí. Lárgate antes de que te saque a rastras. —La voz de Clay es una amenaza clara y letal.

Permanezco junto a Hela. Está pálida y preocupada, arropando a su hijo con los brazos, como si quisiera protegerlo de Otto.

—Técnicamente, no puedes hacerlo —dice una mujer de anteojos y estatura baja al lado del tipo. Es la primera vez que reparo en ella—. La madre enfrenta un juicio de custodia por tener a los niños en un entorno que pone en peligro su bienestar, y el señor Hawthorne figura como contacto de emergencia mientras el juicio se lleva a cabo.

—Y una mierda —espeta Clay y lo taladra con la mirada—. Tienes tres segundos para irte o te sacaré junto a tu ratón de biblioteca.

—Él es el demandante y el único familiar directo de los niños. Tiene derecho a saber sobre su condición —replica la mujer con tono clínico.

—¿Único familiar directo? Soy su tío. Tengo más derecho que este pedazo de mierda. Además, ¿quién demonios eres tú?

—Soy trabajadora del Programa de Evaluación Familiar, acompaño al señor Hawthorne para el correcto ejercicio de sus derechos.

Otto chasquea la lengua.

—Es obvio que tampoco eres apto para cuidar a los niños, con la vida de excesos y vicios que llevas… Igual que la madre.

—¡Yo no tengo ningún vicio! ¡Soy su madre! ¡No hay nadie mejor que yo para cuidarlos! —grita Hela, temblando de ira e indignación.

—¿Sí? ¿Y qué tal te va con eso, querida? —inquiere Otto—. Porque uno de tus hijos está en el hospital. ¿Qué le sucedió? ¿O es que ni siquiera sabes, porque estabas demasiado drogada para cuidarlos?

—A ti no te importa. —Clay le da un empujón y escucho un par de jadeos en la sala—. Lárgate. Última advertencia.

—Mira, él tampoco es apto para criar niños —le dice a la mujer—. Tiene problemas de ira, además de consumir drogas, como la madre y el padre de los mellizos.

Hay un instante en el que todo parece detenerse, hasta que, de pronto, el puño de Clay se estrella en la cara de su abuelo. Hay gritos y jadeos generalizados. Se abalanza sobre él tan rápido que no registro lo que está sucediendo hasta que escucho a la trabajadora social:

—¡Ayúdenlo! ¡Se volvió loco! ¡Auxilio!

Intento llegar hasta él, pero dos elementos de seguridad son más rápidos y tratan de separarlos, sin conseguirlo. Clay le asesta un par de golpes más antes de que uno de los hombres logre tomarlo de los hombros y empujarlo con violencia hacia un lado. La cara de Clay choca con el filo de una silla de metal y un débil grito de impresión sale de mi garganta al ver la sangre brotar de su nariz y su labio inferior.

—¡Tú hiciste eso! ¡Estoy seguro de que fuiste tú quien la envenenó! ¡Maldito enfermo hijo de puta! —espeta Clay con deje ahogado. La sangre le corre por la barbilla.

Otto está mucho peor: con la cara ensangrentada de un lado y una mancha roja en la barbilla que seguramente se convertirá en un moretón.

—¡Estás alucinando! ¡Fue la irresponsable de su madre! —se defiende.

Los hombres de seguridad los levantan a ambos de los brazos y los escoltan fuera. Ni siquiera se molestan en protestar. La mujer que acompaña a Otto va tras él. Yo me quedo en el mismo lugar, petrificada, sin saber qué hacer. ¿Debería ir tras ellos y evitar que se maten? ¿O quedarme con Hela y cuidar de ella?

No tengo mucho tiempo para pensar, porque uno de los médicos sale de la sala de urgencias.

—¿Familiares de Lyra Hawthorne?

Salgo de mi estupor y espero a que el médico hable.

—Soy su madre —dice Hela, más pálida que antes.

—La niña está fuera de peligro. Como le comentamos, la dejaremos en observación el resto de la noche. Puede pasar a verla.

—De acuerdo. —Hela da un paso y el hombre pone una mano al frente.

—Lo mejor será que entre sola. No se permiten niños después de este tipo de procedimientos, podría ser peligroso.

La cara de Hela se desfigura. Ni siquiera tengo que pensarlo para ofrecer mis brazos.

—Puedo cuidarlo si quieres. Ve con tu hija, ella te necesita.

Duda por un momento, pero, después de darle un beso en la frente, me lo entrega. Me acomodo al pequeño lloroso y angustiado en el pecho.

—Ve a mi casa, puedes quedarte ahí esta noche. —Hela me entrega varias llaves—. La llave de mi auto también está ahí; llévatelo. En mi casa encontrarás todo lo que necesitas. Dile a Clay que te acompañe.

—Todo estará bien, confía en mí. —Sonrío y dejo que le dé un par de besos más a su hijo antes de entrar a la sala donde su hija se está recuperando.

Sin esperar un minuto más, salgo del hospital por la puerta principal y el alivio me llena cuando encuentro a Clay sentado en una banca, esperando. Todavía sangra del labio y la nariz, pero se pone en pie de un salto apenas me ve.

—¿Qué pasó?

—Hela está con Lyra. Se quedará con ella el resto de la noche. Me entregó a Bryce para cuidarlo. Dijo que fuéramos a su casa y usáramos su auto. Supongo que por las sillas para bebé.

Le entrego las llaves. El ceño se le hunde y la incredulidad le llena las facciones.

—¿Ambos?

Asiento y, ahora que el frenesí de la pelea y la preocupación han pasado, caigo en la cuenta de lo que la petición de Hela representa: Clay y yo, juntos, cuidando de un niño. ¿Qué ubres?

Sin embargo, ya es demasiado tarde para retractarme. Hela confía en mí lo suficiente para cuidar de su hijo, así que no pienso defraudarla. No es la primera vez que lo tengo conmigo. El pequeño está acostumbrado a mí por las veces que su madre lo ha llevado a nuestros almuerzos y a visitar la tumba de su padre, pero nunca lo he tenido tanto tiempo, mucho menos sola.

Contempla las llaves, pensativo, hasta que niega con la cabeza.

—Sacaré la silla de Bryce del auto de Hela y le dejaré las llaves. Las necesitará para regresar mañana a casa.

Hace justo lo que dice. Después de acomodar al niño en la silla dentro del auto de Clay, espero a que él regrese del hospital en el asiento del copiloto, con el corazón que galopa igual que un caballo. Juego con los dedos, nerviosa. Una parte de mí se arrepiente de haber venido, porque no estaría en esta situación si no me hubiera presentado. Inmediatamente me siento mal por pensar así. Hela necesita todo el apoyo que pueda conseguir.

Trato de reprimir los nervios, y lo consigo por sesenta segundos, hasta que Clay regresa y entonces mis pulsaciones se vuelven erráticas otra vez. Tiene una toalla de papel para limpiarse la sangre, que no para de salir.

—¿Por qué no vas a que te revisen? No dejas de sangrar.

—Estoy bien—espeta y me dedica una mirada que no deja lugar a réplicas.

Lo miro perpleja, pero no discuto, porque ahora hay algo más que me atormenta y amenaza con provocarme un paro cardíaco: ¿cómo se supone que pase la noche cuidando un niño junto a mi ex? Es una maldita locura; me doy cuenta de que estoy aún más demente cuando no salgo corriendo del auto y me quedo en el lugar del copiloto.

—¿Lista? —pregunta y enciende el motor.

El corazón se me dispara solo de tenerlo cerca. Asiento y emprendemos el camino.

11| Difuminado

Clay

—Déjame ayudarte.

Niza me quita la lata de leche de las manos. La observo mientras vierte el polvo en el biberón. Lo hace como si fuera una experta. Parece que no es su primera vez cuidando a los hijos de Hela, pero no tengo modo de saberlo.

Estamos juntos, haciendo cosas tan mundanas como preparar un biberón; es tan surreal como un sueño y siento que pronto despertaré en una fea habitación de hotel, solo, sin el aroma cítrico de Niza, que me cautiva; sin su voz, que me envuelve, ni su presencia, que me tranquiliza como jamás lo ha hecho la nicotina.

Deja el biberón sobre la encimera, abre uno de los cajones de la cocina y extrae gasas y alcohol.

—Deberías curarte. Se podría infectar. —Me acerca las cosas para que lo haga.

—Estaré bien.

Se mantiene impasible por unos segundos y después suspira.

—Siéntate —ordena, y señala una de las sillas altas que adornan la barra de la cocina.

—¿Para qué?

Abre el alcohol y humedece una de las gasas.

—Tienes la cara llena de sangre seca. Voy a limpiarte.

Si ella fuera otra persona, me resistiría. Por regla general, no me gusta que me toquen ni que las personas se me acerquen, pero es Niza, y si ella me pidiera que me pusiera de rodillas solo para merecer un segundo en su presencia, lo haría sin pensarlo. La obedezco sin rechistar.

Se acerca hasta quedar a unos escasos palmos de distancia, y cada músculo de mi cuerpo se tensa. Su aroma me colma los sentidos, los embriaga. Puedo ver con claridad cada una de sus pecas y la textura tersa de su rostro. Sus ojos encuentran los míos y me prendo de ellos. Pone los dedos bajo mi barbilla para levantarla un poco y cada una de mis terminaciones nerviosas se concentra en percibir ese roce suave de su piel contra la mía. No soy consciente de nada más, ni siquiera de mí, solo de ella y de esta...

—¡Mierda! —Muevo la cabeza con brusquedad cuando el alcohol escuece en la herida del labio—. ¿Se supone que me estás curando?

—No seas exagerado —me reprende y vuelve a tomarme del mentón, esta vez con más firmeza—. Solo dolerá un momento.

—Duele como la mierda —siseo al sentir el ardor en la nariz.

—Los caballos ni siquiera se quejan cuando les ponemos las herraduras en las patas —dice mientras sigue limpiando.

—En caso de que no lo hayas notado: no soy un puto caballo.

Suelta una risa, minúscula y corta, pero es suficiente para que una calidez agradable se asiente en todo mi cuerpo. No me había percatado de lo mucho que extrañaba el sonido de su risa.

—No, no lo eres, me doy cuenta.

Termina de limpiarme después de varios minutos en los que solo me dedico a contemplarla como un idiota. Todo el calor que su presencia emite se lo lleva cuando se aleja. Mi sobrino aprovecha ese momento para comenzar a llorar. Niza lo carga y toma de nuevo el biberón. Está a punto de darle de comer, cuando me mira como si acabara de tener una revelación.

—¿Alguna vez lo has alimentado?

—No, nunca.

Me ofrece el biberón y vacilo.

—No sé si estoy calificado para esto.

—Son solo un biberón y un bebé. No pueden ser más fuertes que tú —dice a modo de broma.

—Me tienes demasiada fe.

Chasquea la lengua y se acerca para entregarme a mi sobrino. Tomo el biberón y me quedo quieto. Es tan pequeño y frágil; no quiero lastimarlo, especialmente haciendo algo tan tonto como alimentarlo.

—Solo sostenlo para que él pueda comer. —Niza envuelve mi mano en la suya y me enseña la posición en que debo mantener el recipiente. De nuevo, está tan cerca que su aroma cítrico llena el aire—. Así. ¿Ves? No es nada del otro mundo.

Me quedo embelesado mirando al pequeño Bryce mientras come. Sus ojos me encuentran de vez en cuando y es como ver a mi hermano cuando era un niño. Cuando me enfoco en Niza, ella está mirándome con ojos cristalinos y tarda un momento en espabilar.

—Ya ganaste algunos puntos como tío. Podrás ser el favorito.

—Ya soy el favorito —bromeo, y es extraño porque no me había sentido tan relajado como para bromear en mucho tiempo.

—Los bebés tardan en acostumbrarse a los extraños, pero una vez lo hacen todo es más sencillo. Son bastante apegados.

—¿Cómo sabes eso?

—Hela me lo dijo. Los veo algunas veces, cuando los acompaño a dejar flores a la tumba de Bryce.

La tensión me cae sobre los hombros y siento un pinchazo en el pecho. No he visitado la tumba de Bryce desde que fue enterrado. No soy capaz de estar ahí sin derrumbarme. No puedo contemplar una simple lápida.

—¿Visitan mucho la tumba?

—Una o dos veces al mes. —Frunce los labios—. Creo que Hela va más veces, y siempre me acompaña cuando le digo que quiero visitarlo. Después, nos vamos a almorzar.

—Ya veo.

Me siento en el sofá y ella ocupa el lugar a mi lado. La sala de la casa de Hela está en completo silencio a excepción de los sonidos que emite el pequeño Bryce mientras come. Es como si estuviéramos en una fortaleza, alejados del mundo, donde ninguno de mis problemas y mis arrepentimientos pueden alcanzarme; un lugar seguro en el que me permito imaginar cómo sería mi vida si me hubiera quedado con Niza. Si no la hubiera abandonado, quizá el sueño de tener hijos e iniciar una familia sería una posibilidad y no una fantasía.

—¿Qué pasó con Otto? —pregunta de pronto, y toda la serenidad que había reunido se desvanece.

—¿A qué te refieres?

—No estaba en el hospital cuando salimos —explica—. ¿Se fue?

Asiento.

—¿Volvieron a pelear? —Hay una nota de preocupación en su voz.

—Los de seguridad se quedaron con nosotros hasta que se fue. Si hubiéramos estado solos, lo habría matado —digo con amargura.

—No digas esas cosas.

—Es la verdad. —Clavo mis ojos en los suyos—. Inició un juicio por la custodia de mis sobrinos. Quiere quedarse con ellos porque sabe que son los herederos de Bryce… No voy a permitirlo, así tenga que matarlo.

Me mira perturbada, pero no sé si es por mis declaraciones o por lo que Otto pretende hacer. Ella sabe mi historia, es consciente del infierno que pasé cuando estuve al cuidado de ese monstruo, y que preferiría pasar mis días en la cárcel por asesinato antes de que mis sobrinos caigan en las garras de ese animal.

—Hela me contó. Está preocupada.

—Debería estarlo. —Dejo el biberón en la mesa cuando el bebé se duerme en mis brazos—. Estoy seguro de que él tuvo algo que ver con lo que le sucedió a Lyra.

—Eso es muy cruel —dice Niza, sorprendida—. No llegaría tan lejos, ¿o sí?

—No lo conoces tan bien como yo. Está loco. Me pareció mucha coincidencia que fuera al hospital pavoneándose como un mejor tutor luego de que Lyra se intoxicara.

Me contempla en silencio, pensativa.

—Tienes razón; puede ser. Hela es muy cuidadosa con sus hijos…

Asiento, cada vez más convencido de que Otto es el responsable de la intoxicación de Lyra, pero aún hay muchas preguntas sin responder. ¿Cómo llegaron las nueces a su comida? ¿Se las dio él mismo o le pagó a alguien más para que lo hiciera? La misma niñera podría estar involucrada y tendríamos que cuidarnos incluso de ella…

Niza suspira y se pone en pie.

—Son casi las doce de la noche. Deberíamos dormir.

—No tengo sueño. —Con cuidado, pongo al bebé en la cuna que hay en la sala.

—Pensé que estarías exhausto después de la pelea.

—Resisto más de lo que crees. ¿O es que ya olvidaste todas las noches que pasamos en la tienda sin dormir?

Los ojos se le llenan de sorpresa. Bien, no fue mi momento más sutil.

—De acuerdo, sin dormir entonces. Prepararé café. ¿Quieres un poco?

—Por favor.

Marcha a la cocina y la admiro mientras pone la cafetera y los filtros. Sé que no debería, pero mis ojos son tercos y codiciosos. Su cuerpo parece el mismo, pero más tonificado: donde antes había marcas de sus huesos, ahora hay músculo y una piel tersa. Su presencia me embriaga y mis manos arden por tocarla. Aunque sea solo un roce, un momento. Me acerco y le toco la cintura. Da un respingo y gira sobre los talones. Sus ojos encuentran los míos y estamos tan cerca que el aire se vuelve denso. Solo tendría que agachar la cabeza unos centímetros para besarla y probar otra vez esos labios que son mi perdición.

Se mantiene de piedra, aunque puedo escuchar el acelerado latir de su corazón en el reducido espacio. Ninguno de los dos se mueve por lo que parece una eternidad, hasta que mi racionalidad decide regresar de su cueva y estiro el brazo sobre su cabeza con la excusa de tomar una taza de la gaveta superior.

—Lo siento, solo quería una taza —susurro sin alejarme. Noto la tensión en su cuerpo.

—Por supuesto —dice con voz trémula.

La racionalidad se interna en la cueva por otro minuto y los deseos vuelven a dominarme: mis dedos dibujan la forma de su mentón hasta que el pulgar se detiene en su barbilla. Sus ojos se elevan y me encuentro con esa mirada almendrada que me persigue, que me tortura. Entonces se aleja. Da un paso a un lado y toma distancia. Sabe tan bien como yo que esto no está bien.

—¿Qué haces? —inquiere alterada cuando el estupor del momento se disipa.

—Lo siento, fue un reflejo.

Arruga la frente sin creerme un carajo. Yo tampoco me creo ni la hora.

—Puedes inventarte una mejor excusa que esa. Un reflejo es huir de la patada de una vaca. Lo que tú hiciste parecía bastante intencional.

—No debí hacerlo. Soy un imbécil.

—Lo eres, pero no explica por qué lo hiciste. Clay, cualquier cosa que estés planeando, por favor, no lo hagas.

Dejo la taza sobre la barra y la angustia me gana.

—No lo pensé, en verdad. Es extraño estar tan cerca de ti cuando creí que jamás volvería a verte. Supongo que solo me dejé llevar por el impulso.

Niza cruza los brazos sobre el pecho, férrea.

—Se supone que tienes más control que un toro, ¿no? Mantén tus instintos dominados.

—No puedo hacerlo cuando se trata de ti.

—¿En serio? ¿Usarás esa línea ahora? ¿Qué buscas? ¿Que todo sea como antes y ya está? —bufa.

—No, sé que eso no es posible.

—Entonces, ¿qué quieres? —pregunta molesta—. Una cosa es que regreses por ti y otra muy distinta que lo hagas por mí.

Ha dado justo en el blanco. Además de los niños, la única razón que tenía para regresar a Nueva York me está mirando como si me odiara.

—Ya te lo dije: fue un reflejo estúpido, ¿de acuerdo? Olvídalo. No volveré a hacerlo.

—¿Y cómo puedo estar segura?

—¿Por qué es tan importante?

—Porque no puedes solo venir y desequilibrarlo todo. No tienes derecho —dice enojada—. Porque estoy saliendo con alguien más y estar contigo aquí es una falta de respeto hacia él.

Mis sentidos se enervan apenas menciona al idiota. La molestia me cala el estómago.

—No estamos haciendo nada que pueda ofender a tu querido *novio* —suelto hosco—. Solo estás ayudando a Hela, ¿o también dejarás de hacerlo por él?

—No.

Lucho por permanecer tranquilo, aunque no sé qué demonios hacer o decir. Este es un *impasse* para mí. No hay salida; no importa lo que diga, Niza no me perdonará y eso me hace sentir el imbécil más grande del mundo.

—Escucha, sé que la cagué, ¿de acuerdo? Sé que… la manera en que terminamos fue una mierda. Yo fui una mierda que te abandonó en tu peor momento y no debí hacerlo… —No sé cómo terminar la idea.

—Tú hiciste lo que creíste correcto. No había nada que debieras o no hacer, porque yo no te obligué a nada —explica decidida—. Y no, que te fueras resultó ser lo mejor. Yo no te necesitaba para ser más fuerte, Clay. Me necesitaba a mí, a nadie más. —Me mira con ojos llenos de determinación—. Ya te lo dije: ya no me molesta que te hayas ido; me molesta que quieras regresar, intentando recuperar un lugar que ya no es tuyo. Por eso es un error estar aquí, cerca de ti.

—No quiero ese lugar —digo, pero ni yo me lo creo—. Sería estúpido y egoísta de mi parte regresar exigiendo un sitio que yo mismo perdí.

—Entonces, ¿qué quieres? ¿Por qué llamarme para trabajar juntos? ¿Por qué ahora?

La contemplo en silencio, sin saber qué es lo correcto ni qué es lo que en realidad desea escuchar, así que solo abro la puerta y dejo salir todo lo que he llevado guardado por meses desde que Bryce murió.

—Porque estoy cansado de cargar con mis culpas.

El desconcierto le llena las facciones.

—No quiero repetir la historia de mi hermano y Hela. —Clavo la vista en mis zapatos y después en ella—. Lo he pensado mucho, lo que debería hacer ahora que estoy aquí. No sé si lo mejor es alejarme de ti o enfrentarte, de verdad no lo sé. —Está por hablar, pero la corto, porque si no hablo ahora, no lo haré jamás—. No quiero ser un fantasma tóxico en tu entorno, solo quiero... enmendarlo, reparar las cosas que hice mal, incluyendo el daño que te causé, porque no te lo merecías.

—Sí, no me lo merecía, pero tú hiciste tu elección... y no nos elegiste.

—Lo sé. —El corazón se me aprieta en un nudo—. Por esa razón quiero reparar el daño.

El pecho se le hincha cuando inspira.

—Yo ya no siento nada, ni siquiera odio o rencor, así que no hay nada que reparar. Lo mejor es que, después de esto, dejes de buscarme, porque no obtendrás nada de mí.

Sus palabras son como una bofetada. Siento mi corazón romperse.

—¿Ni siquiera una amistad?

La boca se le estira en la sombra de una sonrisa triste.

—Tú y yo podremos ser todo o nada, pero jamás amigos.

—¿Por qué no? Creí que no sentías odio ni rencor por mí.

—No lo hago.

—¿Y no te agrado?

Frunce los labios, indecisa.

—Ahora mismo, no.

Me arranca el inicio de una sonrisa. Esta nueva Niza es tan sincera que duele.

—Bien, podría intentar agradarte otra vez. Quiero un lugar en tu mundo, Niza Hess, solo si tú me lo das.

—¿Por qué ahora? ¿Por qué después de todo este tiempo?

—Porque no sabía lo solo que estaba hasta que los vi de nuevo y me di cuenta de que no los tenía. Ni a ti ni a los pequeños. Todo lo que tengo son fantasmas. Y no quiero sonar como un puto cliché, pero no hay mejor manera de decirlo: no sabía que lo tenía todo hasta lo perdí.

—Sigues siendo egoísta —insiste—. No puedes pretender que te deje entrar así. Las cosas no se arreglan solo pidiendo perdón o regresando.

—Lo sé, y no espero que me aceptes. Solo… cuando te sientas lista y si es que deseas hacerlo.

Estrecha los ojos, dubitativa.

—No puedo prometerte nada.

—No tienes que hacerlo.

Me abro ante ella, roto, rendido y vulnerable, con todas mis murallas destruidas. No sé qué decidirá, pero quiero una segunda oportunidad para estar a su alrededor y sentirme vivo otra vez, aunque sea con fragmentos pequeños de su persona. ¿Es egoísta? Sí, pero necesito de su luz, porque estoy harto de vivir en la oscuridad.

—Esto que me propones… ¿qué es? ¿De verdad solo amistad?

Suelto una risa pesarosa. Vaya, el destino es una mierda.

—Nunca pensé que diría esto, pero sí. Solo una amistad.

—¿Y cómo sé que no es una artimaña tuya para conseguir algo más de mí?

—¿Estarías dispuesta a darme algo más?

—No —dice segura, y guarda silencio unos segundos—. Tengo que pensarlo. No sé si es correcto o sano, y no quiero caer de nuevo en una relación que me haga daño. Ya no.

—¿A qué te refieres?

—No es normal esto de iniciar amistades con tu ex, especialmente cuando… vivimos tantas cosas juntos.

—Podemos intentarlo.

—¿Y cómo sé que respetarás los límites?

—Lo haré. —Levanto una mano, solemne.

—Ya, ¿justo como lo hacías hace unos minutos?

«*Touché*».

—Prometo hacerlo.

Entorna los ojos con desconfianza.

—No lo sé. Todo esto es demasiado y está sucediendo muy rápido. Acabas de regresar; necesito pensarlo.

—¿Cuánto tiempo?

—El que sea necesario —ataja severa—. Y eso no significa una respuesta positiva; quiero que te quede claro.

—Entiendo.

Nos quedamos de pie sin decir nada, aunque prácticamente puedo escuchar cómo trabajan los engranajes de su cabeza. Sé que le he presentado un dilema que no es fácil de resolver, pero, por patético, egoísta y desesperado que parezca, anhelo que acepte.

Quiero dejar de sentirme vacío. Solo Niza es capaz de inyectar un poco de vida al ser inerte que soy. No es ni de cerca la forma en que querría tenerla, pero es algo, y eso es mejor que una vida entera sin ella. ¿Por qué tardé tanto en darme cuenta?

12| Temps lié

Niza

Su cálido aliento me hace estremecer el cuerpo. Está tan cerca que cada célula, nervio y músculo que poseo ansía con fervor su toque. Mi corazón cesa sus latidos y todo se detiene. Mis ojos se clavan en los suyos, dominantes e invasivos, haciéndome su prisionera.

Quiero aplacar el deseo que hierve en mi interior y busca liberarse con desesperación. Sus labios me rozan la mejilla, deposita un beso suave en la comisura de la boca y pierdo la respiración; con el latir enloquecido, finalmente me toma la boca en un beso duro y urgente que me deja rogando por más. Quiero besarlo una vez más... y otra después de esa. Su lengua roza la mía, la somete y dejo que mi cuerpo entero se derrita sobre el suyo. Me provoca un escalofrío placentero en la columna al morderme el labio.

Jadeo por aire contra su boca cuando sube de un tirón mi vestido para tocarme el trasero con la palmas abiertas y estrujarlo después a su antojo. Mis pezones rozan la tela del sostén, erectos y necesitados, y la humedad en mis bragas es tal que incluso me empapa los muslos. Su erección me roza el vientre, creando un nudo de necesidad que duele.

Me pongo de puntillas como puedo y el beso se torna exigente. Gimo dentro de su boca al sentir el roce de mi pecho contra el suyo, a través de la tela. Se separa un poco y murmura lo mucho que quiere estar dentro de mí.

Lo quiero también. Lo quiero con la misma intensidad. Lo quiero ahora.

Me clava las manos en la cintura y, sin mucho esfuerzo, me sienta sobre la mesa del comedor. Me separa las piernas para hacerse espacio entre ellas y me mueve hasta el filo del mueble. Su erección roza mi centro de una forma deliciosa que hace que los músculos de mi abdomen se tensen, llenos de ansia.

Se aleja un paso y resiento la falta de su cuerpo, duro, caliente y fornido, contra el mío.

—Quítate las bragas —exige de una forma que hace a mi cuerpo crepitar con la llamarada de lo que quema desde dentro.

No protesto. Hago lo que me pide mientras su mirada grisácea y lasciva observa cada movimiento con hambre. Lejos de intimidarme, la intensidad con la que me desea me enciende más.

La ropa interior queda en mis tobillos hasta que la muevo con el pie y termina en el suelo. Espero ansiosa a que me dé la siguiente orden. Sigue de pie, observándome de una forma primitiva, como un depredador que calcula cuál será el mejor movimiento para tomarme. La anticipación alcanza su punto álgido cuando habla otra vez.

—Súbete el vestido y separa las piernas —ordena severo, y obedezco sin chistar, mostrándole sin pudor mi sexo.

Sus ojos permanecen anclados en esa parte, reflejando un sinfín de promesas lascivas y oscuras que me queman cada poro de la piel. Con lentitud se arrodilla frente a mí. El aire se me atora en la garganta y la boca se me seca.

—Ábrelas más para mí.

Sus palabras funcionan como magia. Un jadeo me sale de la garganta al sentir que sus dedos tocan esa parte que clama por él. Su respiración en mi bajo vientre me dispara el pulso y la sensación de sus labios creando un camino húmedo me hace perder la cabeza. Ajusta mis muslos sobre sus hombros y mis caderas se sacuden cuando me introduce los dedos. La sensación de su pulgar sobre mi clítoris mientras sus dedos me invaden me enardece la piel y un escalofrío de placer me recorre. Siento su lengua húmeda entre mis pliegues.

Enredo los dedos en sus mechones y disfruto de la increíble sensación de su boca en mi parte más sensible. Su lengua se mueve, gimo. Sus dedos recogen mis fluidos antes de introducirlos otra vez para hacerme jadear. Mi sensatez se destroza ante la habilidad de sus labios.

Muevo las caderas contra su cara, buscando mayor alivio. La vergüenza se desvanece ante la insistente necesidad de liberación: el nudo en mi vientre está a punto de estallar. Sus labios succionando mi clítoris, sus dedos invadiendo mi interior y el sonido de encharque creado por mis fluidos me tienen al borde del precipicio. Percibo la cresta del orgasmo tan cerca… cerca y…

Un llanto de bebé me despierta sobresaltada. Me siento en el sillón con el pulso a mil e intento espabilar, aunque no lo consigo. Bajo la vista para encontrar que Clay se remueve en el mismo sillón para despertarse; el alma me abandona el cuerpo. ¿En qué momento nos quedamos dormidos? ¿Cómo dormimos? ¿Acaso lo hicimos juntos?

El pánico me cierra la garganta; estoy a punto de vivir un ataque. Él se sienta con pesadez. Se frota el rostro y me mira lleno de cansancio. Desvío la vista enseguida. No puedo verlo a la cara, no después de tener un sueño húmedo con él. ¡Dios!

—Yo iré —dice con la voz ronca por el sueño, y mi sexo está tan sensible todavía que palpita ante ese estímulo.

Estoy loca. Es oficial: perdí la cabeza.

Toma al pequeño Bryce de la cuna y lo mece entre sus brazos para tratar de parar el llanto, pero no funciona.

—Creo que tiene hambre. ¿Dónde está la leche?

Me levanto de un salto, todavía agitada, e intento mantener la calma para responderle:

—En la barra de la cocina.

—Niza, ¿estás bien? —Una nota de consternación se le cuela en la voz.

No, no estoy bien. De hecho, no podría estar peor. Tengo las bragas empapadas por tu culpa.

—Voy al baño —digo sin más, y me apresuro a salir de su presencia como si fuera radioactiva.

Observo con reproche el comedor de Hela, donde Clay yo hablamos ayer durante un rato, y donde también me dio un orgasmo con su boca en mi sueño. Me marcho al baño, más enojada aún, y cierro con un portazo.

¿Cómo se supone que interactúe con normalidad con el mismo tipo al que tenía entre las piernas en mi sueño? Esto es una locura. No debería pensar en él así. No debería tener estas fantasías con Clay; debería ser Karef.

La culpa me golpea el pecho y un nudo se forma dentro. No debí venir aquí. No debí acceder a cuidar al bebé. Debería estar tan alejada como sea posible, no fantaseando con su boca o su cuerpo o su polla.

Estoy en medio de mi crisis cuando escucho la voz de Hela en la sala y me apresuro a salir del baño para encontrarla y despedirme. No puedo pensar con claridad ahora mismo ni podré hacerlo mientras Clay esté cerca. Tengo que irme ahora.

Me topo con Hela en la sala. Sostiene a su hija en brazos. Agradezco a todos los dioses que conozco.

—¿Qué tal fue todo? —pregunto tratando de mantenerme templada.

Clay está frente a mí, a unos cuantos pasos. Hago un esfuerzo sobrehumano por evitar su mirada.

—Lyra está bien, le han dado algunos medicamentos para mejorar la salud de su estómago. —Deja a la niña en la cuna.

Suspira. Se ve tan cansada como me siento, pero su cara se ilumina cuando toma a su hijo en brazos—. ¿Qué tal pasó la noche? ¿Lloró mucho?

—Lo normal, pero se quedó dormido después de un rato. Creo que te extrañaba —responde Clay.

—¿Y ustedes? ¿Lograron dormir?

Clay y yo compartimos una mirada. Al final, es él quien habla:

—No mucho.

El pequeño lloró casi cada hora. Estábamos por darnos por vencidos, cuando se quedó dormido. Lo pusimos en la cuna y charlamos por un rato en el infame comedor. Después volvió a llorar, pero bastó un biberón para que volviera a dormir. Lo último que recuerdo antes de quedarme dormida es que estábamos hablando en el sofá. No sé si dormí encima de él, acurrucada como una idiota, o si fui más sensata y dormí sentada, todo lo que sé es que tengo las bragas mojadas y la vergüenza me come viva por su culpa.

—Yo también lo extrañé. —Le besa la cabeza y nos sonríe—. Gracias por cuidarlo. No sé qué habría hecho sin ustedes. Gina no podía cuidarlo durante toda la noche y habría sido un problema conseguir una niñera en la que pudiera confiar.

—Sí, sobre eso… ¿qué tanto conoces a Gina? —inquiere Clay con cautela.

—¿A qué te refieres? —Hela lo mira sin comprender.

—Quiero decir, ¿tienes referencias sobre ella? ¿Es confiable?

—Mi antigua niñera me la recomendó. Cuando se mudó y no pudo cuidar más de mis hijos, ella misma me habló de Gina. Es una buena chica, trabajadora y confiable.

—¿Qué tan confiable? La conoces hace menos de un mes —insiste y cruza los brazos sobre el pecho—. Las nueces que comió Lyra no llegaron a su comida por casualidad. Alguien las puso ahí, y la única persona que estaba con ella, además de ti, era Gina.

Hela se rasca la frente, pensativa, hasta que niega con la cabeza.

—Fue mi culpa —admite, y la miro perpleja—. Estaba cocinando un platillo con nueces para mí antes de llevar a los niños al parque. Quizá me confundí y las puse en su recipiente por equivocación.

El rostro de Clay se mantiene impasible y no sé si está molesto por la declaración de Hela. Me cuesta creer que ella haya sido la responsable de todo esto.

—¿Estás segura?

—No recuerdo haberlo hecho, pero quizá estaba distraída.

—Esas distracciones son fatales, Hela. ¿En qué estabas pensando? ¿Quieres darle armas a Otto para que se quede con los niños?

—¡No! ¡Ya te dije que fue un accidente!

—Lo sé, pero ese animal no dudará en usar lo que sea con tal de quedarse con ellos. Ten cuidado —dice con tono duro, uno que incluso a mí me hace sentir regañada.

—¿Segura de que no estás...?

—¡No, no me estoy drogando otra vez! ¡Puedes estar tranquilo!

—Solo estoy pidiéndote que no cometas imprudencias.

—¿Yo? ¡Tú fuiste el que se fue encima de Otto apenas lo vio! ¿Qué crees que dirá la trabajadora social sobre esa escena? ¡Tú también le estás dando armas a tu abuelo! —grita Hela. Los bebés comienzan a llorar.

Clay permanece de pie, con la impresión plasmada en la cara. Tomo a Lyra de la cuna y la arrullo en un intento por calmarla. Después de un rato, él se pasa las manos por el rostro, como si quisiera calmarse. Sé cuánto lo afecta la posibilidad de que los niños se queden con Otto; un escalofrío me recorre solo de imaginarlo.

—No soy tu enemigo —dice Clay en un susurro—. Quiero protegerlos. No confío en nadie.

—¿Ni siquiera en mí? —pregunta dolida.

—Eres su madre, no hay nadie mejor para cuidarlos que tú. Bryce estaría de acuerdo —responde con tono suave. Estira el brazo y acaricia la cabecita de la niña—. Cuídalos, incluso de Gina.

Hela asiente, aunque aún puedo notar la molestia en su cara. Dejo a la niña en la cuna cuando está tranquila y lo tomo como mi señal para irme. Fueron solo unas cuantas horas en su presencia, pero se sintieron como siglos. Además, el sueño que tuve me está carcomiendo. Necesito alejarme de él para pensar.

—Me voy —le digo a Hela. Tomo mi bolso y me despido con una sonrisa—. Llámame si necesitas algo.

Ella me corresponde el gesto.

—Claro. Gracias por cuidar de mi hijo.

Acaricio la mata de cabello oscuro del bebé.

—No es nada. Sabes cuánto los quiero.

Me enfoco en Clay. Hay cosas que aún debemos discutir.

—¿Podemos hablar un momento?

Parece que la cara se le ilumina, y el corazón se me acelera. Soy una idiota.

—Claro.

Hela se aclara la garganta y se acomoda a Lyra en el otro lado de la cadera.

—Voy a dormir a los niños en la parte de arriba. Ustedes hablen todo lo que quieran. Olviden que estoy aquí. —Y sale disparada escaleras arriba.

Casi me hace sonreír con lo poco sutil que es, pero lo cómico de la situación desaparece cuando estoy sola otra vez con el dueño de mis dolores de cabeza. Y de mis sueños húmedos también, muy a mi pesar.

—¿Te molesta si vamos afuera? —dice él.

Estoy a punto de preguntar por qué, hasta que veo la cajetilla que extrae de su pantalón. Una sensación extraña de tristeza me crece en el pecho al recordar que lo había dejado, pero donde antes había paletas, ahora solo existe un vicio que ha ganado. Asiento y salimos de la casa. Clay se detiene al borde del porche, enciende el cigarro y exhala el humo. No me gusta su olor. No me gusta esta faceta suya, porque es la muestra de que se ha rendido ante la batalla. ¿En qué otras cosas se ha dado por vencido? ¿A qué más ha renunciado en esta nueva vida? Las preguntas me comen la cabeza y no me doy cuenta de que estoy inmersa en ellas hasta que su voz me espabila:

—¿Y bien? ¿Sobre qué quieres hablar?

Trato de mantener el pulso de mi corazón controlado, aunque es imposible cuando lo tengo cerca y el montón de recuerdos eróticos me colman la mente. Pensé que con el tiempo y la terapia esto cambiaría, pero estaba equivocada. Sigue provocándome las reacciones más intensas.

—Sobre el video… —Reúno convicción y lo encaro.

—Creí que ya habíamos hablado sobre eso.

Frunzo los labios y pruebo con una nueva táctica para evitar un desastre de proporciones cósmicas.

—Dijiste que querías ser mi amigo. Pues bien, tengo una condición.

Clay suelta una risita grave que me recorre todo el cuerpo.

—Tramposa, en las amistades no hay condiciones.

—En esta sí —insisto con más firmeza—. Prométeme que Rhaila se quedará con el papel.

Entorna los ojos y me contempla por un momento. Después, apaga la colilla del cigarro y se acerca tanto a mí que el olor me golpea la cara igual que su proximidad.

—¿O qué? ¿Qué harás si no cumplo lo que me pides?

El corazón me da un salto y percibo el sudor en mis manos, pero logro mantener mi convicción.

—O no tendrás ninguna posibilidad de entablar una amistad conmigo.

Clay arruga el ceño. Por un momento creo que se enojará, hasta que sonríe. Una sonrisa enorme y llena de malicia que me dispara el pulso y me hace temblar las piernas. Había olvidado lo guapo que es cuando sonríe.

«¡No! ¡No debes pensar en eso! ¡Eso está prohibido!», me digo una y otra vez, para no ceder ante la pasmosa imagen que tengo delante.

—Eres una manipuladora.

Elevo el mentón y cruzo los brazos sobre el pecho.

—Lo tomas o lo dejas, tú decides.

—Y una descarada también. Escucha, voy hablar con Ellen. Le diré que hay un cambio de planes y que elegiré a otra de las chicas que pasaron las pruebas preliminares.

Un cóctel de emociones se asienta en mi interior.

—De acuerdo.

—Pero tú también debes estar ahí para que parezca creíble.

—¿Por qué?

Enarca las cejas.

—¿Quieres que haga esto o no? —dice con tono desafiante.

—Bien.

Intento dar un paso hacia atrás para alejarme de su avasalladora presencia, pero el muro del porche me lo impide y me veo atrapada entre la columna y su cuerpo.

—Y tú también harás tu parte.

—¿Cuál parte?

Ahí está de nuevo, esa sonrisa que hace que mi interior se remueva como si estuviera en medio de un terremoto.

—Lo discutiremos después —dice.

Y se aleja sin más, dejándome con el corazón y las palabras en la boca. Es solo hasta que entra a la casa que suelto el aire que ni siquiera sabía que estaba conteniendo. Me llevo una mano al pecho y noto mi pulso tan rápido como un caballo en medio de una carrera.

Tengo que hablar con Suzanne lo más pronto posible.

* * *

Lo único que quería era llegar a casa, ducharme, envolverme en un pijama, reportarme enferma con Lena y dormir el resto del día. Habría sido un plan excelente, si no hubiera encontrado a Karef, que me esperaba en la puerta de mi apartamento.

—¿Qué haces aquí?

Karef luce demasiado feliz y enérgico para alguien tan cansada como yo.

—Pensé que podíamos desayunar juntos. Cerca hay un café y... ¿Estás bien? Pareces un zombi. ¿Te quedaste hasta tarde practicando otra vez?

—Si hubiera practicado, no estaría tan cansada, créeme. —Introduzco la llave en la cerradura—. ¿Quieres pasar? No estoy en condiciones para ir por un café, pero puedo prepararte uno aquí.

—¿Hecho por ti? —Me planta un beso en los labios—. Es mi día de suerte.

Sonrío. Entra con las manos en los bolsillos de los vaqueros. La camiseta oscura se le pega a los brazos y hace que los músculos se le marquen. Lo envidio porque su cabello húmedo es muestra de una ducha que yo también quiero darme.

—¿Qué pasó? ¿Lena te obligó a practicar horas extras después de que le contaras sobre tu posible contratación en STV?

Saco de la alacena todo lo que necesito y pongo dos tazas sobre la barra. Me quedo mirándolas un segundo y mi subconsciente me juega una mala pasada cuando recuerdo esta misma situación, horas atrás, con una persona completamente diferente. Obligo a mi mente a parar. Clay ya hizo demasiados estragos en mi cabeza durante esas horas que compartimos, sin mencionar que su propuesta de *amistad* sigue acaparando mi concentración. ¿Cómo se le ocurre proponer algo así después de...?

—¿Niza?

La suave voz de Karef me saca de mis cavilaciones. Se acerca y me acaricia un mechón de cabello.

—¿Qué? —Intento parecer normal.

—¿Qué pasó? No me has contado por qué estás tan cansada.

—Oh, eso... —Me froto el rostro con las manos para eliminar los rastros de sueño—. Ayudé a una amiga a cuidar a su hijo.

—¿Qué amiga?

Me mira curioso y me siento el peor ser humano en la historia de la humanidad. Tal vez es tiempo de decirle la verdad sobre Clay y todo mi pasado con los hermanos Hawthorne. «Lo que sucede es que cuidé al sobrino de mi ex. Junto a mi ex. Ah, ¿y te conté que ese ex es Clay Hawthorne? Qué pequeño es el mundo, ¿verdad?».

No, no puedo decírselo así. Karef es un gran fan de la banda y ama su trabajo. Si yo le contara... ¿Qué pasaría? ¿Renunciaría a STV? Aunque ya es bastante malo que Clay sepa de la existencia de Karef y de mi relación con él.

Pero ahí mismo está el punto: ¿qué tengo con Karef? Si yo le cuento estas cosas, todo se volverá más serio y no sé si quiero tal cosa. Me rasco la cabeza con un dolor punzante en aumento. No puedo pensar en tantas cosas a la vez.

—No la conoces. —Sonrío evasiva—. Pero fue agotador.

—Me imagino. ¿Prefieres que me vaya?

Me muerdo el labio mientras lo medito. Si se fuera, podría intentar dormir, aunque sé que no lo conseguiría porque Clay no abandonaría mi mente. Además, todavía tengo el vientre anudado después del sueño húmedo que tuve con ese idiota.

—Se me ocurre una idea mejor. —Le acaricio el pecho con la palma de la mano—. ¿Qué tal si te das una ducha…?

—Pero acabo de ducharme. ¿Apesto? —pregunta alarmado.

—Conmigo —termino, y su semblante se transforma enseguida.

—Creo que tienes las mejores ideas, Daisy. —Me besa en los labios, lento al principio, para después convertirlo en un encuentro más intenso, hasta dejarme sin aire.

—No vuelvas a llamarme así.

—¿O qué? ¿Qué harás si no cumplo lo que me pides?

El pulso se me acelera al escucharlo decir exactamente las mismas palabras de Clay y algo extraño se asienta en mi interior. No quiero pensar en él, de ninguna manera. Tomo la boca de Karef con la mía y el beso se vuelve desesperado, como el reflejo exacto de la manera en que quiero sacar a cierto cantante tatuado de mi cabeza.

—O no habrá ducha —lo amenazo.

Sonríe contra mi boca.

—En ese caso, será mejor obedecerte.

Estoy por besarlo de nuevo cuando mi celular suena. Lo ignoro y en su lugar ayudo a Karef a quitarse la camiseta. Estoy pasándola por su cabeza, pero el sonido de los mensajes inunda la estancia sin parar, uno tras otro. Un segundo después, entra mi tono de llamada otra vez.

—Deberías responder. Si insisten tanto, debe ser importante. —Deja la camiseta sobre el sofá y me da un último beso rápido—. Te veré en la ducha.

Saco el móvil del bolso apenas entra a mi habitación.

—¿Sí?

—¿Estoy hablando con la señorita Niza Hess?

—Sí, soy yo —le respondo dudosa a la mujer al otro lado del auricular.

—La llamamos por parte de STV Music Group. Ha sido seleccionada dentro del grupo preliminar para obtener el papel como bailarina principal en el nuevo video musical de Riot 911. Si está interesada, favor asistir mañana a nuestras instalaciones a las nueve en punto.

La escucho pasmada mientras habla, tan rápido que apenas la entiendo.

—Yo…

—Hasta pronto.

Corta la llamada antes de que pueda replicar. Me quedo un momento asimilando lo que acaba de ocurrir. Tal vez esto es obra de Clay. Sí, debe ser. La mujer mencionó un grupo preliminar. Como si el universo me escuchara, mi móvil vibra con un mensaje de Rhaila en el chat grupal.

RHAILA:

¡Chicas! ¡No van a creerlo! [9:34]

¡Acaban de llamarme para decirme que estoy en el grupo preliminar para ser la bailarina principal en el video de Riot 911! [9:34]

Su hermana contesta enseguida.

RHAIZA:

AAAAAAH [9:35]

¡Qué emoción! Te dije que lo conseguirías. Aunque deberías controlarte. Estás asustando a nuestros vecinos con tantos gritos. [9:35]

Niza, deberías venir. Me da miedo que sufra un infarto de la emoción y no llegue mañana a la audición final. [9:36]

RHAILA:

Niza, ¿tú también recibiste una llamada? [9:37]

No respondo, pero suspiro aliviada al saber que Clay cumplió su promesa. Eso significa que escogerá a Rhaila como protagonista y no tendré que preocuparme por los microinfartos que sufro cada vez que estoy cerca de él.

Mi amiga se merece ese lugar; lo ha buscado por semanas. No habrá peligro en asistir mañana, todo está calculado.

Escribo mi respuesta, la envío y alcanzo a Karef en el baño. Al abrir la puerta de cristal, lo encuentro bajo el chorro de agua, desnudo y con una erección que me aprieta el nudo en el vientre.

—Sí que te gustó la idea —me burlo y entro a la regadera, sin importarme en lo más mínimo que mi ropa se moje, porque igual no duraré mucho tiempo más con ella.

—¿Cómo te diste cuenta?

Su erección choca con mi bajo vientre. Atrapa mis labios con los suyos y me devora, reflejando las ganas que bullen en su interior. Su lengua se cuela en mi boca, se desliza contra la mía, desarmándome en el proceso.

Se deshace de mi ropa y gimo contra su boca cuando pega mi cuerpo a la pared. Si continúa besándome así, dejará mi mente en blanco, y es justo lo que necesito, que desaparezcan de mi cabeza esos ojos grises que me asedian sin descanso.

Deslizo las manos por su pecho, fibroso, ancho y caliente. Mis pezones se yerguen, deseosos por el toque de sus dedos, que no dejan de explorar mis nalgas y encienden más, si cabe, la hoguera dentro de mí. Lo beso con más desesperación, tratando de sacarme al idiota de Clay de la cabeza.

Me riega besos por el cuello, algunos suaves, otros voraces, hasta instalarse en la curvatura, donde succiona, y sacudo las caderas contra su erección, dopándome los sentidos. Una de sus manos me acaricia el estómago y desciende hasta encontrar mis pliegues. Comienza a acariciarlos con vacilación al inicio, pero encuentra un ritmo rápidamente y el placer se construye en mi interior.

Me aferro a su espalda con una mano, con la otra lo tomo de la muñeca y le muestro cómo me gusta ser tocada. Inserta dos dedos y me arranca un gemido por lo increíble que se siente. Le pido que haga círculos con el pulgar mientras me penetra, y obedece. Mi cuerpo entero se concentra en la increíble sensación y el orgasmo me cosquillea en el vientre.

Cierro los ojos, enfocada en las sensaciones, pero los ojos grises vuelven a atravesarme la mente como un rayo que anuncia la tormenta. Me doy cuenta entonces de que le estoy enseñando a Karef a masturbarme de la misma forma en que lo hacía Clay. Sus atenciones se vuelven más intensas y busco su boca para intentar sacarme a Clay de mi estúpida cabeza, aunque solo consigo recordar lo mucho que me encendía su forma de besarme, lo increíble que se sentían sus dedos cuando se movían en mi interior, lo mucho que me gustaba escuchar las órdenes con su voz cruda mientras me cogía y me...

Me corro con un gemido que me quema los pulmones, con los dedos de Karef enterrados en mi interior y el recuerdo de Clay clavado en mi mente. Soy una idiota.

Karef sonríe petulante.

—Me encanta ver cuando te corres. Más si soy yo quien lo provoca.

La culpa todavía me arde en el pecho y espero que no pueda notar la mentira en mi cara. Le dedico mi mejor sonrisa y enredo los brazos en su cuello.

—Bueno, todavía falta que yo haga mi parte.

Me besa con ganas y siento su erección punzando, deseosa, contra mi estómago.

—Entonces no perdamos tiempo, Daisy.

Vuelvo a tomar sus labios con la misma desesperación, aunque sé que estoy más condenada que un cerdo en un matadero, porque no hay manera de que Clay salga de mi cabeza, ni siquiera con las atenciones de Karef.

Estoy jodida… literalmente.

13| Temps de flèche

Niza

El vestíbulo de STV Music Group está desierto. Me despertó la llamada de Rhaila, que exigía saber dónde demonios estaba y por qué no había llegado dos horas antes a la audición, como ella había hecho. Casi me mata cuando le dije que me había quedado dormida… pero Karef tenía la culpa: había consumido todas mis energías dentro de la cama. ¿Me ayudó a olvidarme de mis problemas? No. ¿Terminé agotada? Sí, pero lo agradezco. Al menos Clay no apareció en mis sueños. Lo peor es que ahora tendré que enfrentarlo en la vida real. Mis nervios se ponen en punta solo de pensarlo.

Entro al salón donde serán las audiciones con una armadura sobre el corazón, temerosa por plantarles cara a mis demonios, pero dejo escapar el aire cuando me doy cuenta de que ni Ellen ni el hijo de Satanás están aquí. Cinco pares de ojos me analizan con cautela y arrogancia mientras camino por el espacio; me concentro en ignorarlos hasta llegar a donde mi amiga.

—¿Dónde estabas? Pensé que no llegarías a tiempo —dice Rhaila.

—Con Karef —respondo sin más. No quiero hacer de esto un escándalo. Sin embargo, creo que fallo porque me mira escandalizada.

—¿Llegaste tarde porque estabas con tu novio? ¿Sabes lo importante que es esto? —reprocha, y me remuevo incómoda al sentir la mirada de las otras chicas.

—Por eso estoy aquí. Y no tienes que gritar; ya entendí que es importante.

—Deberías ordenar mejor tus prioridades. —Niega con la cabeza—. Esta audición podría cambiar el rumbo de nuestras carreras. ¡Y además es Riot 911!

Intento mantenerme templada e ignorar su tono chillón y su insistencia, pero ahora mismo el encuentro con Clay me tiene alterada y lo último que necesito es que ella me agite aún más.

—Lo sé, Rhaila, pero no puedo estar tan emocionada como tú —replico sin humor y con un dolor en el oído por el volumen de su voz.

—¿Por qué no? —indaga con dureza y se pone las manos en las caderas—. ¿Cómo puede ser más importante follarte a tu novio que asistir a una audición?

La miro mal por ventilar por lo alto mis intimidades, pero el sonido de las risitas de mis compañeras me hace enfocar mi atención al frente. Por todas las cabras, el corazón se me cae al suelo cuando veo a Ellen y Clay frente a nosotras. ¿En qué momento llegaron? El pánico me llena el cuerpo y se mezcla con la vergüenza.

—Buenos días para ustedes también, señoritas —dice Ellen con una risita socarrona.

Mi cara se siente más caliente. Es por cómo me mira Clay, como si quisiera entrar en mí para descubrir la respuesta a la pregunta de Rhaila. Lucha por mantenerse impasible, pero aprendí a leerlo bien: por la forma en la que se le marca la vena en el cuello, sé que está molesto.

Miles de posibilidades me infestan la mente, hasta que me detengo en seco. No debería importarme lo que él piense. En realidad, debería alegrarme porque lo escuchó. Así me dejará en paz y eso es todo lo que quiero. Me repito una y otra vez que eso es lo que deseo mientras nos acomodamos en una fila, aunque la sensación de consternación no se va del todo.

Un par de aplausos detiene mi tren de pensamiento y lo agradezco.

—Bienvenidas a todas las chicas que pasaron la etapa preliminar —saluda Ellen con una sonrisa.

Lucho por no mirarlo de vuelta, pero soy débil y mis sentidos se agudizan cuando lo detallo. Lleva una de sus típicas camisetas negras y vaqueros desgastados, rematados con botas oscuras, los hombros tan anchos que se marcan en la prenda y dejan al descubierto los tatuajes que le adornan los brazos.

Hago mi mayor esfuerzo por despegar la vista de él, pero no lo consigo a tiempo y su mirada atrapa la mía. Me ojea de manera significativa, invasiva, el corazón se me acelera y me reprendo por no controlar las reacciones que todavía provoca en mí.

—Hagan una fila a lo largo de la pared, por favor —pide la instructora sosteniendo un iPad—. Veo que asistieron todas a quienes hemos llamado. Eso es una buena señal, ¿no crees, Clay?

La mujer gira el cuello hacia él, que solo asiente.

—Bien, este es su muñeco de prueba. —Lo señala—. Haremos la audición con cada una de ustedes para definir a la chica del videoclip.

Hay un silencio tenso pulsando en el aire, como si todas nos preparámos para una carrera. A mi lado, Rhaila exuda emoción. Una parte de mí está feliz de que sea ella la chica del video, mientras que la otra parte, más escurridiza, siente algo parecido a los celos.

«No, no, para tus caballos. No puedes sentir celos. No puedes», pero repetirlo no sirve de nada.

—Bien, comencemos. Rhaila, tú serás la primera. El resto, por favor, espere afuera hasta escuchar su nombre.

Las tres chicas restantes se apresuran a salir de la sala. Mi amiga se gira hacia mí con una sonrisa llena de ilusión.

—Deséame suerte.

Trato de sonreír, pero el gesto se queda atorado a la mitad.

—Suerte.

Ellen se acerca a Rhaila para darle algunas indicaciones y, mientras están distraídas, aprovecho el momento para asegurarme de que Clay cumpla con su palabra. Me mira desde su altura con los brazos cruzados sobre el pecho al detenerme frente a él.

—Creí que no vendrías. —Su voz es tranquila y contenida.

—Me llamaron. Creí que sería bueno presentarme. Si no quedo en este video, tal vez me consideren para otros proyectos —le dedico una mirada significativa.

—Quizá.

Su cercanía hace que mi cuerpo crepite con energía, una que permanecía dormida desde que se él fue. Y el hecho de que su simple presencia me haga sentir esto después de tanto tiempo... me aterroriza, pero también me estimula y me llena de una adrenalina que no sabía que extrañaba. Ahí es donde radica el verdadero peligro y la razón de que deba reforzar mis barreras y mantenerme alejada de él.

—Rhaila se quedará con el papel, ¿cierto? —susurro para que ninguna pueda escucharnos, aunque están inmersas en su charla.

—Puede ser. —Se hace el desentendido y alzo los ojos hacia él, alarmada.

—Ella lo obtendrá, ¿cierto?

Algo oscuro y predatorio se cuela en el gris de su mirada.

—¿No ibas a venir por follarte a tu novio? —dice hosco, y hago una mueca de impresión. Olvidaba que él no conocía el tacto.

—Eso es algo que no te voy a responder.

Estrecha los ojos.

—Entonces te doy la misma respuesta —espeta con frialdad.

—Me lo prometiste.

Enarca una ceja y algo desafiante le resplandece en los ojos.

—¿En serio? Que yo recuerde, la única promesa que te hice fue la de nunca quitarme la cadena que me diste en Coney Island, la baratija. ¿Lo recuerdas?

Miro lo que lleva alrededor del cuello. Santas ovejas y yeguas. La bailarina está ahí, reluciente y pequeña como el primer día, contrastando con el fondo oscuro de su camiseta. El pulso se me desboca ante la imagen y algo me revolotea en el estómago. Pensé que solo la usaba como forma de *marketing.*

—No creí que la conservarías.

—Cumplo todas mis promesas, Niza, mientras te las haga a ti. —La voz se le suaviza un poco y me eriza la piel cuando se inclina para responder.

Parpadeo para mantenerme tranquila. No puede convertirme en un manojo de nervios y sensaciones con tanta facilidad. No puede. No lo permitiré.

Ellen se acerca con una sonrisa.

—De acuerdo, ¿iniciamos?

—Lo siento, ya me iba. —Le sonrío a mi amiga—. Suerte.

Rhaila me dedica una mirada extraña, pero me corresponde.

Me alejo y comienzan las audiciones. Tengo fe en que Clay mantendrá la promesa.

* * *

Entro en el estudio de grabación como un torbellino y mi ira se dispara cuando lo encuentro.

—¡Prometiste que ella obtendría el papel!

Clay levanta la vista de su guitarra y me mira impertérrito.

—¡¿Eres sordo?! ¡Lo prometiste!

Se mantiene en silencio, hasta que mira a su alrededor. Pronto la furia se mezcla con la vergüenza al darme cuenta de que no estamos solos. Mitch está sentado con el resto de los chicos en los sofás y todos me miran como si fuera una demente.

—¡Liza! —El primero en hablar es Dave. Se levanta y me rodea en un abrazo de oso antes de que pueda decir algo—. Cuánto tiempo sin verte. Estás preciosa.

—Te dije que le armaría una escena. —Escucho que le dice Kirk a Aaron y creo ver un intercambio de dinero entre ambos.

—Niza. —Mitch es el siguiente en saludarme. Me estrecha la mano y me da un beso en la mejilla—. Supongo que ya te enteraste de que te quedarás con el papel.

Estoy tan asombrada por verlos a todos juntos fuera del escenario que tardo un momento en salir del estupor, aunque el enojo vuelve a tomar partida.

—No quiero estar en el video —digo con firmeza y le dedico a Clay una mirada de muerte—. No pueden forzarme.

Mitch pone las manos sobre mis hombros.

—Es una oportunidad única. Imagina cuántos productores te verán si apareces en el video.

Me alejo de su toque.

—No me interesa. No. Quiero. Estar. Ahí. ¿Es tan difícil de entender?

—Sería genial que tú aparecieras; a Bryce le gustaría —dice Kirk, y el corazón se me estruja, aunque no lo suficiente para olvidarme de que debo ser mi prioridad.

—No puedes saberlo. Bryce no está aquí.

Las palabras pesan en el aire. Mitch le dedica a Clay una mirada de resignación y después suelta el aire.

—Bien, si le vas a cortar los huevos a alguien, que sea a él.

Los chicos se levantan. Uno a uno miran a su colega con pena mientras salen del estudio.

—Suerte, hombre —dice Aaron como despedida.

Cruzo los brazos sobre el pecho y lo perforo con la mirada.

—Eres un mentiroso. Ellen me lo acaba de ofrecer otra vez.

—Sí, deberías tomarlo.

—Dijiste que Rhaila se quedaría con el papel.

—Nunca dije eso. Dije que haría una audición preliminar. Así fue, y has sido seleccionada tú. Es así de simple, muñeca.

Algo se me remueve en el estómago al escuchar ese apodo salir de su boca, pero el enojo es más fuerte y aplasta cualquier estúpida mariposa.

—¡Rhaila se merece ese papel! ¡Ella trabajó duro para conseguirlo!

—Tú también.

Deja la guitarra de lado y me mira atento.

—Se suponía que se lo darías a ella y que yo obtendría algo más.

—¿Por qué no quieres el papel? —Se incorpora en toda su estatura y, Dios, siempre olvido lo alto que es—. Es estúpido que alguien más lo interprete cuando ambos sabemos que esa canción es tuya. La escribí para ti.

—Porque no está bien. —Me llevo las manos al rostro, exasperada—. Te pedí tiempo para pensar lo de tu propuesta de amistad y no me lo estás dando. No estás jugando conforme a las reglas.

Se cruza de brazos.

—Juego conforme a mis reglas. Y no, no estoy rompiendo ninguna de las tuyas. Tienes todo el tiempo del mundo para decidir si quieres mi amistad o no.

—¿Y qué hay del espacio? ¿Cómo se supone que decida si estoy contigo constantemente?

Da un paso al frente, tan cerca que su aroma me invade y me anuda el vientre.

—¿Te molesta que compartamos espacio?

Mi cabeza no tiene una respuesta.

Sí me molesta.

No lo hace.

Lo quiero cerca.

Lo quiero lejos.

Conmigo.

Sin mí.

—El punto es que no sería profesional —argumento. La voz me sale como un murmullo trémulo.

—¿Por qué no lo sería? —Enarca una ceja—. Podemos mantenerlo profesional, porque ya no sientes nada por mí de esa manera, ¿cierto?

—¿Quién está manipulando a quién ahora?

—Es una pregunta sin dobles intenciones, a menos que me hayas mentido acerca de no sentir nada. ¿Qué fue lo que me dijiste en casa de Hela? ¿Que ya no sentías ni siquiera odio por mí?

Sus ojos pesan como un par de piedras y me siento vulnerable ante la manera en que me echa en cara mis mentiras. El tiempo entre nosotros se queda estático y todo es silencio. Ni siquiera escucho el aire acondicionado, como si el mundo entero estuviera a la expectativa del siguiente movimiento.

—Voy a rechazar el papel —sentencio al final—. Espero que el reemplazo sea Rhaila o me conocerás enojada y ni siquiera el mismo Diablo a caballo podrá salvarte.

Doy la vuelta, dispuesta a salir de esa sala y del rango de su abrumadora presencia.

—La canción fue escrita para ti —repite, y mi cuerpo se congela—. No quiero grabar el maldito video con otra, solo contigo. ¿Tengo que suplicarte para que lo consideres?

Me estaba aferrando a la última gota de paciencia que tenía, pero ha llegado al límite. La ira que se cocinaba a fuego lento en mi interior explota por fin y lo hace igual que un huracán: intenso e incontrolable.

—No, no quiero que me supliques. De hecho, ni siquiera quiero que me hables o que me busques o que me mires. No entiendo cuál es tu obsesión con tenerme cerca otra vez cuando fuiste tú el que arruinó esto. —Nos señalo a ambos—. Y estás siendo un egoísta al volver reclamando un lugar en mi vida como si te perteneciera por derecho y obligándome a ser parte de algo que no quiero.

—No te estoy obligando.

—¡Sí lo haces! Estás repitiendo el mismo maldito patrón que tu hermano.

El rostro de Clay se endurece y sé que está molesto porque he tocado una fibra sensible, pero, lejos de dolerme, me deleita.

—No sabes lo que dices. No tienes idea de lo que sufría Bryce.

—Sé cómo sufría Hela. Y créeme: yo no seré como ella. Tú tomaste tu decisión, tú te fuiste para perseguir ese sueño. Ahora que lo tienes, no vengas a buscarme para dejarme otra vez.

Un músculo le pulsa en el mentón y sé que está furioso por que haya hecho esa comparación, sé que le duele, pero una parte de mí, sádica y rencorosa, se siente aliviada al decir al fin todas las cosas que llevaba guardadas por meses. La ira no es la mejor emoción como guía, pero es necesaria en algunas ocasiones.

—No me fui para perseguir un sueño…

—¿No? Porque eso parecía. Yo no fui suficiente para que te quedaras.

—Tú eras más que suficiente, siempre fuiste más de lo que merecía.

Un dolor estremecedor se me encaja en el pecho y los ojos me arden. No por tristeza, sino por enojo.

—No fui suficiente para que me eligieras. Ahora ni siquiera quiero ser una opción. —Encajo las uñas en las palmas—. Ve tras tus sueños, pero no me persigas a mí.

—¿Crees que la música es mi sueño? ¿Piensas que yo quiero formar parte de esto? —pregunta iracundo—. Tú me conocías, sabías cuánto odiaba ser la sombra de mi hermano, cuánto detestaba la idea de dedicarme a la música. ¿Cómo te atreves a decir que esto es lo que quiero?

—Porque aquí estás —digo en tono filoso.

Marcas de cólera le surcan la cara.

—No tienes idea de lo que hablas —musita con desdén—. Sigo en esta puta banda, viviendo esta maldita pesadilla una y otra vez, para honrar a mi hermano, porque es lo que él habría querido.

Sacudo la cabeza.

—Ni siquiera sabes qué era lo que quería Bryce para ti.

—¿Y tú sí? ¿Tú lo sabes? —Suelta una risa seca, sin humor—. ¿Me dirás que lo conocías mejor que yo? ¡Por favor! ¡Lo conociste gracias a mí! ¿Y cuánto tiempo convivieron antes de que muriera? ¡Solo unos cuantos meses! ¡Me juzgas y me reclamas sin saber por qué hice las cosas! ¡Jamás te habría dejado si hubiera tenido opción!

—¡Pero sí tenías una opción! ¡No la viste porque estabas cegado por el dolor!

—¡Porque acababa de perder a mi hermano! ¡Era mi única familia! Ahora estoy solo, completamente solo. No me queda nada más que esta jodida banda para recordar a Bryce, así que no hables de cosas que no comprendes.

Sus palabras son como un golpe para mí y llego a mi límite. La cólera se desborda, todo a mi alrededor se torna rojo y no soy consciente de nada, solo de lo idiota que es Clay.

—Eres peor que un buey. Mucho más terco que uno —digo.

—No me compares con tus putos animales.

—Entonces no te comportes como uno. —Levanto la barbilla y me mira indignado—. Bryce tenía otros planes para ti. Todos lo sabíamos, excepto tú.

El ceño se le arruga y, aunque la ira no cede, me mira sin comprender.

—¿De qué demonios hablas?

—Si no te hubieras ido de la forma en que lo hiciste, cortando lazos y aislándote de todos, sabrías que Bryce jamás te habría obligado a seguir por el mismo camino que lo destruyó, pero te crees más listo y no escuchas a nadie. Si tu vida es miserable ahora, es porque tú así lo elegiste, no porque Bryce lo haya hecho por ti.

La confusión le llena el rostro.

—¿Otros planes? No hay otra vida para los Hawthorne.

Su voz está cargada de tanta tristeza que logra remover algo en mi interior. La intensidad del enojo aminora un poco y me permite ver con claridad que Clay no tiene idea de los planes de Bryce, que es solo un chico perdido en la inmensidad del mundo sin nada que le sirva como guía. Mimi tenía razón: Nadir se aprovechó de él para manipularlo.

Una punzada de pena me invade. Es un testarudo y un bruto, pero sé, sin dudarlo, que Clay haría lo mismo por mí. «Ya lo hizo. Te mostró la verdad», me recuerdo.

Me cuesta, porque quiero golpearlo hasta quedarme sin fuerzas, por imbécil, pero hago a un lado las emociones tumultuosas que borbotean dentro de mí y recupero la templanza. Clay merece conocer el verdadero legado de su hermano, y si debo mostrárselo yo, entonces lo haré.

—¿Por qué nunca hiciste caso a las llamadas del abogado de tu hermano?

—¿Qué? ¿Eso qué tiene que ver con lo que estamos hablando?

—¡Dime por qué!

—Ignoré al abogado porque no me importan el dinero ni las propiedades de Bryce. Todo debería ser para Hela y sus hijos.

—¿Y Mimi?

Hace una mueca.

—¿Qué iba a decirme Mimi que no supiera ya? Yo sé lo que debo hacer para honrarlo, para mantener vivos su grupo y su música. ¿Por qué todos actúan como si conocieran mejor su voluntad que yo?

Su voz es tan determinada que me asusta. Está convencido de que esto es lo correcto, lo que su hermano quería. ¿Por cuánto tiempo estuvo Nadir lavándole el cerebro? Es como escuchar a un perro adiestrado ladrar solo porque así fue enseñado, pero no me doy por vencida. Tiene que haber una manera de entrar en esa cabeza dura. Quizá, así Clay pueda encontrar un poco de paz y consuelo en lugar de estar aquí, ahogándose mientras hace algo que detesta y persigue la ilusión de algo que ya no volverá.

—¿Seguirás por este camino aunque acabe contigo? ¿Por qué, si presenciaste la manera en que destruyó a Bryce, haces lo mismo?

—Yo no uso drogas —rebate severo.

—No, pero ya has comenzado a fumar otra vez y vives haciendo algo que no te gusta. Continuarás así el resto de tu vida. ¿No me dijiste una vez que debía dejar de concentrarme en la luna para comenzar a ver las estrellas? El mundo está lleno de posibilidades. No tienes que sacrificar tu vida para mantener vivo el fantasma de tu hermano. No lo vale.

Fija la vista en sus zapatos y no sé si me escucha o no, porque su rostro está en blanco, y me duele. Por mucho daño que nos hayamos hecho, no puedo dejar de apreciarlo. No funciono así. Clay me salvó de mil maneras distintas sin darse cuenta, me mostró un mundo nuevo a través de sus ojos y me ayudó a abrir los míos para *mirar* de verdad, para verme como realmente era. Es justo que yo haga lo mismo por él ahora y le abra los ojos también.

—¿Confiarías en mí si te dijera que hay más estrellas? —La voz me sale en un hilo.

—¿Qué quieres decir?

—Nuevas posibilidades, otros caminos.

—Niza, no te conviertas en otra Mimi insistente. Ya te lo dije: lo más importante para mí es honrar…

—Tu hermano dejó algo para ti, algo que podría cambiar tu forma de ver las cosas.

Su semblante se transforma.

—¿Te gustaría verlo conmigo? —pregunto con el corazón en la garganta.

14| Pincelada

Clay

El abogado de mi hermano me entrega una llave diminuta que pende entre nosotros por largos segundos, hasta que la tomo con reticencia. Es plateada y pequeña; no sé qué puertas abre… o cierra.

—¿Esto es de lo que hablabas? —Miro a Niza irritado. No puedo creer que me haya hecho conducir hasta la otra punta de la ciudad solo para esto.

—Es importante —dice con paciencia, sentada a mi lado en la oficina del abogado.

Él se aclara la garganta para llamar nuestra atención.

—Comenzaba a perder las esperanzas de entregártela —dice el hombre de rostro delgado y gafas—. Me alegra que hayas decidido venir a reclamar tu herencia.

Veo la llave diminuta y la confusión me gana.

—¿Y eso es todo? ¿Sin instrucciones? ¿Cómo sé dónde debo insertar la puta llave?

El hombre se estremece un poco ante mi tono hosco y se apresura a extraer algo más de la carpeta: un pedazo de papel con la letra apresurada de Bryce, una dirección: 9733 Providence Street.

Me llevo los dedos al puente de la nariz y cierro los ojos. Esto es una estupidez.

—Seguramente es la dirección de su *dealer* o el lugar donde escondía su tesoro de droga.

—No es nada de eso. —La voz de Niza me hace girar el rostro hacia ella—. Tienes que verlo.

—¿Algo más grande? Si es un auto, no me interesa.

—No es un auto. —La frustración brota de sus palabras—. Esta llave es parte del regalo que Bryce dejó para ti, la razón por la que Mimi intentó contactarte después de que te fuiste.

—¿Por qué no se dejan todos de juegos y me dicen de qué se trata de una vez? ¿Por qué tanto misterio?

Niza me lanza una mirada llena de exasperación.

—Las instrucciones del señor Hawthorne fueron claras: solo usted puede verlo —interviene el hombre.

—A tu hermano le habría gustado que lo vieras.

Junto las cejas y fijo la vista en la pequeñísima llave; la observo como si fuese la clave para descubrir todos los secretos de mi hermano, del paraíso y de la vida en sí misma. La curiosidad tira de mí como un imán hacia el acero, pero el miedo me repele con igual fuerza.

Nos despedimos del abogado y salimos de la oficina. En la acera, Niza se detiene junto a mi auto.

—¿Quieres ir a ver?

Contemplo la llave y, después de pensarlo por varios segundos, niego con la cabeza. Quiero saber, pero también me aterra no ser capaz de afrontar el obsequio de mi hermano, sea cual sea, porque la ausencia de Bryce todavía me atormenta.

—No me interesa. Quédatela.

Lanza un quejido de incredulidad y los ojos se le encienden con un fuego silencioso.

—Eres el hombre más terco que conozco. Lo sabes, ¿verdad?

Logra arrancarme una sonrisa.

—Lo sé tan bien como tú.

Se mantiene en silencio aunque la molestia está plasmada en cada rasgo precioso de su rostro.

—Bien, haz lo que quieras. Yo no me quedaré con la llave. Puedes ir hoy, mañana, en un mes o un año. Hazlo cuando te sientas listo, pero ve. Tienes que verlo, Clay. No puedes huir de esto para siempre. —Me mantengo impasible, aunque sus palabras calan hondo y resuenan en mi cabeza—. No puedo obligarte a hacer algo que no deseas, no puedo obligarte a ir, pero tal vez eso te ayude a superar la muerte de tu hermano.

Resoplo.

—Ya la superé.

Niza mantiene la vista fija en mí. Los ojos le brillan como ámbares con los rayos del sol, llenos de determinación.

—Si lo hubieras hecho, no te cerrarías de la manera en que lo haces cuando alguien habla del tema.

Sus palabras se sienten como una patada en el estómago o una bofetada de realidad.

—Ya lo superé —repito con lentitud para convencerme también.

—Eres un cobarde. Estás aquí, sí, pero sigues huyendo, y yo no voy a perseguirte como hizo Mimi. Si no quieres ver lo que está frente a ti, no es mi problema.

Me quedo helado en el lugar, procesando lo último que ha dicho. No me da tiempo de replicar y se dirige por la acera rumbo a lo que, asumo, es la estación de metro más cercana.

Olvido cómo respirar y me ahogo en el mar de la indecisión. Mis pulmones se aprietan mientras intento decidir qué hacer: si ir tras ella y todo lo que representa… o darle la espalda otra vez. La resolución que hice hace meses de evitar cualquier cosa relacionada con Bryce y su pasado comienza a agrietarse más con cada paso que da Niza. Mierda.

Mis piernas se mueven como si tuvieran vida propia, como si ella fuera un imán que me impidiera estar lejos. La tomo del brazo apenas la alcanzo.

—¿A dónde vas?

Se suelta como si mi tacto la quemara.

—A casa. Es tarde.

Chasqueo la lengua y corto su paso cuando intenta alejarse.

—Ven conmigo —le pido. Busco un atisbo de calidez en su mirada, pero no lo encuentro. En cambio, se cruza de brazos y me acribilla.

—Ya he venido hasta acá, ¿qué más quieres?

Me paso la lengua por los labios y siento el corazón errático en el pecho; me sudan las manos por la expectativa de lo que estoy a punto de hacer.

—Quiero que me acompañes. Ven conmigo a ver lo que Bryce dejó para mí. Te lo suplico.

El recelo no abandona su semblante.

—Hace un minuto dijiste que no querías saber nada de él.

—Mentí —digo con ahínco y me rindo—. Tienes razón: soy un cobarde. Me aterra la idea de encontrar algo que me decepcione más o que destruya los pocos buenos recuerdos que conservo de él.

El rostro se le suaviza un poco, aunque la vacilación sigue ahí.

—No es nada malo. Te lo prometo.

Su promesa es como un calmante para la ansiedad que me atenaza el pecho. Ella no me mentiría, así que cualquier secreto que tenga Bryce para mí debe ser bueno. Deseo que sea bueno; estoy harto de vivir una decepción tras otra gracias a todos los que me rodean.

—¿Puedes ir conmigo, por favor? —suplico otra vez.

Abre la boca, pero no dice nada. Por un momento creo que me rechazará, pero asiente sin decir palabra. Mi ansiedad se deshace como hielo al sol.

Subimos a mi auto. Niza no ha estado conmigo durante todos estos meses en los que mi vida ha parecido una pincelada borrosa y sin sentido; sin embargo, de alguna manera, se las arregla para estar presente en los momentos importantes. Parece correcto que sea ella quien me acompañe. Me gusta que sea ella, porque su presencia me hace sentir seguro, a salvo. A su lado, el mundo se siente más liviano. Parece que ella estuviera predestinada a estar aquí, conmigo; como si perteneciera a esas ocasiones decisivas. Cuando toma el asiento del copiloto, se siente tan natural y tan bien que no quiero que abandone ese lugar jamás.

* * *

Providence Street está tan activa como la recuerdo. Hace años no me paro por aquí. Los colores de los murales me recuerdan por qué me encantaba venir a buscar inspiración para tatuar cuando trabajaba en Ink the Mind. El olor a café y pintura me golpea la cara; la nostalgia me aprieta el pecho. El lugar me hace sentir en casa.

Bajo del auto y me uno a Niza frente a un edificio negro y sin cartel. La pintura luce vieja y desconchada, como si no la hubiesen repasado en un tiempo. Las ventanas están sucias; no puedo ver nada desde donde estoy.

—¿Qué es esto? —inquiero, desconcertado.

De todas las cosas que creí que Bryce me dejaría, jamás cruzó mi mente que fuera algo en este barrio tan artístico. Tal vez es aquí donde él guardó una colección secreta de discos de Queen o The Beatles, sus bandas favoritas, o la colección secreta de discos de papá.

—Creo que debes descubrirlo por ti mismo. —Hace un gesto con la cabeza para impulsarme a seguir.

La expectativa me nace en las entrañas y corre por mi sistema como un torrente que se embravece con cada paso que doy hacia la puerta. Extraigo la llave y la coloco a la altura de la cerradura. La garganta se me seca y amenaza con cerrarse otra vez. No sé qué es lo que me aterra, pero me paraliza. Es solo cuando Niza pone su mano sobre la mía y le da un apretón que abandono todos mis miedos y recobro el sentido.

—Está bien. Nada saldrá de ahí para morderte. Lo prometo. —Sus pequeños dedos se me adhieren a la piel como calcomanías de fuego y no quiero dejar de sentirla, pero retira el tacto. Parpadeo un par de veces para espabilar.

Introduzco la llave en la cerradura y espero un segundo. Dos. Tres. Suelto el aire que estaba conteniendo y giro la llave junto a la perilla. No comprendo lo que me recibe. Un inmueble vacío no era lo que imaginaba cuando Niza hablaba de este lugar con tanta insistencia.

—¿Una propiedad? —Mi voz rebota en el lugar desierto—. ¿Eso es todo?

—No es solo una propiedad. —Me giro al escuchar su voz quebrada y veo, para mi horror, cómo se limpia una lágrima con el dorso de la mano—. Creo que Bryce está feliz ahora, donde sea que esté. Al final recibiste su regalo.

Arrugo las cejas por la perplejidad que crece a pasos agigantados.

—¿De qué hablas?

—Clay, mira este lugar. —Jadea sin que las lágrimas dejen de caerle por el rostro—. Esto era lo que tu hermano quería para ti. Esto era lo que Bryce deseaba que hicieras con tu vida.

Sus palabras resuenan en mi cabeza, aunque no logro conectarlas. ¿Qué quiere decir? Me siento perdido y vacío. La decepción es un sentimiento raro: llega rápido, pero tarda mucho en desaparecer.

Me quedo de pie mirando las paredes blancas y los muebles oscuros sin entender nada. Niza se dirige a uno de los estantes empotrados en la pared y toma una bolsa de tela, de la que saca una caja negra. La sujeta con suma delicadeza y me la tiende. La emoción y el pesar le desbordan los ojos avellana.

La tomo con el mismo cuidado, delineo el material lustroso y pesado del que está construida. La tapa de la caja cede sin problema y lo primero que encuentran mis ojos es la letra despreocupada de mi hermano, esa que tantas veces leí en las cartas que me escribía cuando yo vivía con Otto y él estaba lejos forjando su carrera.

Clay, para que inicies. Sé lo feliz que esto te hace, así que te ayudo a empezar. Confío en tu arte. Yo quiero ser tu primera cita. Siempre estaré orgulloso de ti. Bryce H.

—Esto es lo que Bryce quería para ti: tu propio estudio de tatuajes. —Escucho la voz de Niza como si estuviera a kilómetros de distancia.

Tomo la nota entre los dedos, pero no caigo en la cuenta de que estoy temblando hasta que bajo los ojos a la máquina de tatuar y la caja se me balancea en la mano. Los espasmos se vuelven tan violentos por la impresión que la caja termina estrellándose en el piso y saliendo de su empaque.

Intento mantenerme tranquilo, pero no puedo. La grieta en mi resolución se hace más grande y termina por romperme. ¿Era esto lo que quería realmente para mí? ¿Un estudio de tatuajes? Siento que el mundo se detiene, hostil y silencioso. Un dolor insoportable me llena el pecho, tan fuerte que no sé si estoy sufriendo un infarto y muriendo.

Miro la nota. Por un momento creo que escucho su voz mientras leo las palabras, pero sé que no es así. La muerte se lo llevó y dejó solo el dolor de su ausencia. Bryce se ha ido y lo único que queda de él es una nota y un local vacío.

Repentinamente me siento sumido en una oscuridad mucho más densa que aquella que enfrenté estos últimos años. El mundo se me viene encima, en pedazos gigantes que no puedo sostener en los hombros.

No puedo.

No puedo mantener mi mundo erguido.

No puedo.

Percibo el toque de Niza en mi brazo, su voz en mis oídos; me llama, pero no la miro. La presión del dolor me gana y yo cedo. El derrumbe es inminente y dejo que me entierre hasta el fondo.

15| Sauté

Niza

Hago una mueca cuando el ardor en el dedo me gana. Me he vuelto a morder las uñas y eso no es una buena señal. A mi psicóloga le dará un ataque cuando se entere. Me limpio la sangre con la tela de mi pantalón.

—Se supone que debes comerte la comida, no las uñas —dice Orena mirándome perspicaz. La amo, pero algunas veces detesto que sea tan observadora.

Hago el plato de comida china a un lado. Mi apetito no es el mismo desde que visité la tienda de tatuajes con Clay, una semana atrás. No debí haber ido. Si tan solo hubiera rechazado el papel y dejado el estudio de grabación cuando tuve la oportunidad, nada de esto estaría pasando. Y con *esto* quiero decir el montón de emociones que llevo enredadas en el estómago, que no me han dejado comer ni dormir ni existir sin pensar un solo segundo en cómo estará lidiando Clay con todo.

No he vuelto a saber de él desde que salió de la tienda como un torbellino y me dejó ahí. Cualquiera se habría molestado, pero estaba tan preocupada por su estado que ni siquiera me pasó eso por la mente. Después de unas horas, llamé a Hela y a RJ para saber si tenían noticias de él: nadie sabía nada. Incluso pensé en llamarlo yo misma; Hela me dio su número, pero no tuve la valentía.

—Niza, ¿estás bien? —pregunta Diane, sentada a mi lado en el restaurante.

—Sí. —La mentira me sabe rara en la boca.

Quisiera que fuera verdad, quisiera que Clay no me importara en absoluto para seguir con mi vida como si él no existiera, sin ser consciente de su sufrimiento. Me odio por no ser capaz de ser indiferente. El corazón se me ahoga en la angustia de no saber nada. Cuando se fue del local, estaba pálido y parecía muy afectado, aturdido, con la mirada perdida, y yo…

—Algo te preocupa —dice Orena.

¿Cómo hace eso?

—¿Qué dices? —Finjo mi mejor sonrisa—. Estoy muy feliz.

—¿Feliz porque renunciaste al papel en el video de Riot 911? —pregunta Diane, y me ahogo con un trago de agua.

—Bueno, en realidad…

—¿Lo aceptaste? —inquieren las dos a la par, sorprendidas.

—No, pero tampoco lo rechacé.

—¿No ibas a hacer eso? Nos dijiste hace unos días que harían una última audición, pero que Clay le daría el papel a tu amiga Rhaila.

Arrugo los labios y, aunque no quiero hablar del tema, lo hago porque lo necesito. Al menos ellas me darán un poco de claridad sobre el dilema que representa Clay.

—No renuncié. —Orena enarca las cejas asombrada—. Tampoco acepté. Lo que pasa es que… algo sucedió y no puedo renunciar.

—¿Algo como qué? ¿Cayó un meteorito? Porque no se me ocurre otra razón para que no renuncies —dice Diane—. Creí que lo habías decidido.

—Sí, pero… —Pienso en cómo será mejor darles la noticia. No hay una buena o mala forma, así que solo lo suelto—: Lo acompañé al local en Providence Street para que supiera por fin cuál es el regalo que su hermano dejó para él.

Ambas me miran impactadas, como si les hubiera dicho que los cerdos en mi granja ponen huevos. Se mantienen con la boca abierta tanto tiempo que por un segundo pienso que han entrado en estado catatónico, hasta que Diane emite un jadeo de incredulidad.

—¿Por qué fuiste con él?

Me encojo de hombros.

—Empezamos a discutir cuando fui a renunciar, él estaba siendo un idiota, insistiendo en que odiaba estar en la banda, pero debía hacerlo para honrar a su hermano porque era lo que había querido para él y yo… no pude contenerme y le dije lo del local.

—¿Y cómo lo tomó? —pregunta Orena.

—¿Cómo crees? —digo con sorna—. Pensé que se desmayaría, pero no. Solo se quedó ahí, mirando la máquina de tatuar y la nota de Bryce. No pude decirle nada, se dio la vuelta y se fue.

Orena se cubre la boca con la mano, impactada.

—¿Y está bien? —Diane está preocupada, aunque lo oculta mucho mejor que nosotras—. ¿Ya hablaste con él?

Niego con la cabeza y la angustia vuelve a ahogarme.

—Lo intenté. Nadie de los que conozco lo ha contactado. No sé cómo está tomando las cosas. Y sé que no debería importarme, pero ¿cómo se supone que lo logre? Se veía tan mal que esa imagen no me deja conciliar el sueño y tengo miedo de que…

Me atraganto con las palabras y Orena completa la oración por mí:

—Cometa una locura.

No, no. No sería capaz, ¿o sí?

El terror me atenaza el pecho y vuelvo a morderme las uñas. Es un idiota, pero no soportaría que algo le sucediera. No puedo imaginarme una vida en la que él no esté en este mundo. Sé que nunca volveremos a ser lo que éramos antes, pero me conformaría con verlo brillar desde lejos, igual que las estrellas. «Ahora, si él se apaga como lo hizo Bryce…». No soy capaz de terminar el pensamiento. El terror que siento me paraliza. No soy tan egoísta como para dejarlo a la deriva. Yo le mostré el regalo de Bryce. ¿Qué clase de persona sería si lo dejo de lado después de derrumbar lo poco que ha logrado reconstruir de su mundo?

Hay una idea que me da vueltas en la cabeza desde ayer y es una locura. Es, en realidad, lo contrario al plan de acción original. ¿Qué otra opción me queda para evitar que Clay se haga daño por mi culpa? Tengo que hacerlo, porque se lo debo, pero, sobre todo, porque deseo hacerlo.

Me levanto de la mesa con una nueva resolución en mente.

—Tengo algo que hacer. Les escribo después.

Y, sin esperar respuesta, emprendo un nuevo camino que es tan incierto como correcto… Espero.

* * *

Lena llega justo cuando una chica con el cabello platinado y rosado abre la puerta que tiene el letrero de «Departamento Legal».

—Lamento llegar tarde —se disculpa la directora de Rennart.

—Llegó justo a tiempo. Bienvenidas. —Nos sonríe—. Soy Alice, la asistente de Clay. Pasen, por favor.

Ambas entramos a la oficina legal de STV Music Group. Es una habitación enorme con varios cubículos pequeños distribuidos en la superficie. Un montón de personas trabajan en el computador sin parar.

—Por aquí, por favor.

Nos guía a través de varios pasillos hasta que llegamos a un cubículo con un escritorio que no tiene nada de particular. Tras él se sienta un hombre de expresión aburrida y traje negro. Sin embargo, eso no es lo que llama mi atención, sino la persona que ocupa una de las sillas frente a él.

—Él es…

El rostro se me endurece al reparar en Nadir y recibo de su parte el mismo gesto glacial. Imaginé que estaría aquí para firmar mi contrato, pero hacerme a la idea no ayudó a prevenir el mal sabor de boca que me genera verlo.

—¡Niza, me encanta verte aquí! Me alegra que hayas aceptado el papel. Esta es una gran oportunidad para tu carrera.

Junto a él está Ellen, quien me saluda efusiva.

—Bien, comencemos. Tengo una cita que debo atender —dice Lena, tomando lugar en una de las sillas dispuestas frente al escritorio.

La imito y me siento a su lado. El abogado nos entrega tres juegos de copias que todos debemos firmar. La primera en hacerlo es Lena, como representante y responsable de la academia y de mí; el siguiente es Nadir, que lo hace sin mucho entusiasmo. Finalmente, cuando llega mi turno y estoy a punto de firmar, él pone una mano encima del contrato.

—Escucha, si eres inteligente, sabrás lo que te conviene. Si haces bien tu trabajo, esto podría ser muy benéfico para tu carrera, pero si no… —La frase pende en el aire, inconclusa, aunque la amenaza exuda de cada palabra.

—Nadir, ¿acaso estás amenazando a una de mis chicas? —inquiere Lena—. Porque no permitiré que las maltrates de ninguna manera.

—No te preocupes. Solo quiero evitar que mis artistas se distraigan. Si ella se enfoca en hacer su trabajo, no habrá problema.

—Soy una profesional; no debes preocuparte por mi trabajo —digo con otra amenaza, más sutil, que él es capaz de entender.

—Solo quiero dejar claro que…

—Clay la eligió exclusivamente —interviene Ellen—. Debe ser porque es buena.

—Ya sé que la eligió Clay, pero quiero dejar algunas condiciones claras.

—Te escuchamos. —Lena lo mira con firmeza—. Si alguna condición no me gusta a mí o a Niza, tendrás que buscarte a otra bailarina.

Alice me lanza una mirada dudosa. Una tensión incómoda se cierne sobre nosotros hasta que Ellen la disipa:

—Ya basta, Nadir. No permitiré que interfieras con mi campo. Ya monopolizas todo lo demás y puedes controlar hasta lo que comen esos chicos, pero ¿mis coreografías y bailarines? Eso sí que no —asevera la mujer—. Esta chica pasó las pruebas y fue elegida por Clay. ¿Sabes lo complicado que es que ese chico coopere con mis coreografías? ¡Es casi imposible! No me quitarás lo único que lo motiva. Estas son mis tierras, así que respeta los límites.

El representante permanece callado mientras Ellen puntea el aire remarcando con el dedo cada oración.

—Gracias por poner orden, Ellen —dice Lena con suficiencia.

El abogado pone las tres copias del contrato frente a mí y me tiende un bolígrafo. Lo tomo y vacilo. La boca se me seca y debo limpiarme el sudor de las manos con mi pantalón. Lena me pone una mano sobre el hombro. Levanto la cabeza para mirarla.

—¿Estás segura? Porque si tienes dudas, puedes rechazarlo —dice con tono suave y conciliador.

Dirige la pregunta como la punta de una lanza a mi cuello. La interrogante flota entre nosotros sin respuesta, casi con un peso suspensivo.

Antes de amantes, antes de novios, fuimos amigos... Tal vez es un enfoque estúpido e inmaduro, pero no puedo abandonarlo si me necesita. No solo por la última nota que Bryce dejó para mí, sino porque no soy así. No puedo darle la espalda a alguien que fue importante para mí y que, muy a mi pesar, aún lo es. Y si la única manera que tengo para permanecer a su lado es tomando el papel de bailarina en la canción que escribió para mí, entonces que así sea.

No es solo un contrato de prestación de servicios, es un compromiso con Bryce para intentar salvar a su hermano. ¿Me corresponde? No. ¿Estoy obligada a hacerlo? No. ¿Lo lograré? No lo sé, pero Clay me rescató muchas veces de hundirme cuando las aguas eran turbulentas. Si yo tengo la oportunidad de ser su salvavidas, no voy a desampararlo. Por mí, por él, por Bryce, por lo que alguna vez floreció entre los dos. Porque eso haces por tus amigos.

—Sí —respondo—, estoy segura.

Nadir, con hastío, se pasa una mano por el rostro y logra controlarse lo suficiente para aceptarlo. Ellen sonríe, triunfal, cuando al fin he firmado todo. Una copia se queda conmigo, otra con Lena y la tercera en la productora. Salimos del área legal y la sensación agridulce que resulta de aceptar este trabajo no me abandona. La directora de Rennart es la primera en irse, seguida de Ellen, que se despide de mí con una sonrisa y la promesa de vernos los próximos días para iniciar los ensayos. Al final, solo quedamos Nadir y yo, pero quiero irme cuanto antes. Estoy por hacerlo, cuando me detiene cortándome el paso.

—Ten cuidado con lo que haces, estaré vigilándote —me advierte sin sutilezas—. No alteres al grupo.

—Como yo lo veo, dejó de ser un grupo cuando Bryce murió —contesto con desdén, sin quitarle los ojos de encima.

Entrecierra los ojos y el rostro se le endurece.

—No sé qué pretendes apareciendo aquí otra vez, pero te lo digo ahora: pierdes tu tiempo, niña.

—¿A qué le temes tanto? ¿A una simple *niña?* —lo desafío, impulsada por la valentía que proviene de la ira, una que he sentido hacia Nadir desde que manipuló a Clay haciéndole creer que la voluntad de su hermano era otra.

Resopla burlón.

—No dejaré que arruines lo que tanto me costó reconstruir.

Tenso la mandíbula y, por un segundo, es como si la oficina desapareciera para convertirse en un campo de batalla donde ambos defendemos causas distintas. Ninguna es buena, ninguna es mala; ante nuestros ojos, las dos son justas.

—¿Hablas de lo que construiste con mentiras?

El desconcierto abarca sus facciones por un momento.

—¿Mentiras? ¿De qué hablas?

Nunca he sido buena controlando mis emociones, así que hablo para desahogarme antes de explotar.

—Clay está al tanto de lo que Bryce quería para él. Le mostré el estudio. Nunca fue el deseo de su hermano que siguiera sus pasos —digo con firmeza—. Pero él creyó algo distinto, algo que tú le dijiste. Lo manipulaste y te aprovechaste de la situación.

—Así que tú estabas ahí también —musita. Arrugo el ceño porque no comprendo el comentario—. Me dijo que había visto el estudio con alguien. No sabía que habías sido tú.

—Si ya lo sabes, entonces estás al tanto de que Clay descubrió tu mentira.

—Lo sé. Me lo dijo y, sin embargo, aquí estás, firmando un contrato con la banda. —Enarca ambas cejas, como si implicara la respuesta obvia—. Eso es porque no la abandonó. Clay decidió seguir con Riot 911 a pesar de todo, ¿sabes por qué?

Una sensación desagradable me repta por el cuerpo.

—Porque es como todos los demás: le gusta la fama, le gusta el dinero y no piensa perderlos por los sueños estúpidos de un difunto ni por un coño que luego se cansará de cogerse —sisea terminante, y la ira me quema por dentro.

Me dedica una sonrisa mezquina antes de irse. Sus palabras están llenas de seguridad, como si en verdad hubieran charlado, como si el mismo Clay lo hubiera dicho, pero, entonces, ¿por qué me parecen tan falsas? Ha transcurrido una semana desde que le mostré a Clay el local, una semana en la que no he sabido nada de él porque no ha tenido contacto con nadie, y el único punto de encuentro que compartimos son las instalaciones del STV Music Group, pero tampoco se ha aparecido por aquí.

La consternación es una bestia traicionera que puede devorarte si no tienes cuidado; conforme pasaban los días sin noticias de él, más difícil me pareció contenerla. ¿Se desconectó del mundo para asimilar la voluntad verdadera de su hermano? ¿O le ocurrió algo? La segunda opción me preocupa mucho más, pero es la menos probable. Nadir no estaría tan tranquilo si algo le hubiera ocurrido a su artista estrella.

Salgo de mis cavilaciones en el momento en que veo a Alice en el pasillo, inmersa en su móvil. Le hago la pregunta que me ha comido la cabeza los últimos días:

—¿Sabes por qué Clay no está aquí?

Ella alza la cabeza de su móvil y sus ojos claros me miran atentos.

—Porque es un holgazán antisocial al que hay que sacar de su cueva con correa y a tirones —espeta y me roba una risa, porque sí lo imagino atado con cuerdas y dándoles pelea al equipo de *staff*.

—¿Está bien? —En mi voz se filtra la incertidumbre y me siento vulnerable, pero quiero saber—. Quiero decir...

—Lo está sobrellevando. A su manera.

—¿A qué te refieres?

Ella hace una mueca que no sé cómo interpretar.

—Solo digamos que... no es su mejor momento.

La angustia se me vuelve a instalar en el pecho, silenciosa pero implacable.

—¿Estás segura de que está bien? Quiero decir, me preocupa que...

—Puedo darte su número si quieres, así le preguntas tú misma —sugiere.

—Ya lo tengo. Hela me lo dio.

Enarca las cejas.

—¿Entonces? Pregúntale directamente.

Tiene razón, es lo más fácil y sensato, pero no sé si es lo mejor. No sé si mi presencia le hará más daño que bien, y lo último que quiero es desencadenar otra crisis, como la del local.

—Claro, tienes razón —digo para terminar la conversación.

La chica sonríe.

—Nos veremos.

Sale del edificio y me deja sola, envuelta por un vacío físico que se convierte en emocional. No sé si estar cerca de él sea lo mejor para mí; supongo que será una manera de probar cuánto he sanado respecto al tema y poner a prueba los límites.

Él dijo que podíamos intentarlo de nuevo como amigos. Y ¿qué clase de persona sería si le diera la espalda a quien que me ayudó en mi peor momento sin tener que hacerlo? Cuando ni siquiera me conocía, pero se quedaba conmigo charlando por horas durante la madrugada, me acompañaba mientras yo lloraba mis frustraciones y dejaba mis miedos entre las viejas paredes de Ink the Mind.

Me falló como novio, pero nunca me falló como amigo. Y yo tampoco le fallaría.

16| Abstracto

Clay

Expulso el humo por la nariz mientras observo la noche caer sobre los altos rascacielos de Nueva York desde el bar en la azotea del hotel. Ni puta idea de qué hora es. El tiempo pasa más lento cuando estás en el punto muerto de tu vida.

Me concentro en blanquear la mente porque una nueva punzada de dolor me abraza el pecho con fuerza y bebo de un trago el vodka puro que el imbécil de Kirk insistió en servirme. Sabe a mierda, pero al menos cumple su cometido: mi cuerpo pesa menos y mi mente se vuelve más lenta. No quiero pensar. Estoy cansado.

Le doy otra calada al cigarro. Saboreo el regusto amargo que me deja el tabaco en la lengua y expulso el humo sin premura. Tengo todo el tiempo del mundo, no tengo a dónde ir ni nadie que espere por mí.

Es como estar estancado en una estación esperando por un tren que nunca llegará, mientras el resto sigue adelante viviendo su vida… Pero yo no tengo nada más por lo que seguir, así que me quedo en el andén, esperando...

El tipo tras la barra llena el vaso de nuevo sin preguntar. Lo vacío en menos de un segundo y me limpio las gotas que me caen por la barbilla con el dorso de la mano. No sé cuánto tiempo ha pasado desde que descubrí el local y la última voluntad de mi hermano, tampoco estoy seguro de querer averiguarlo. El mundo no se había detenido tras la noticia; al contrario, parecía girar más rápido, de una forma tan enfermiza que todos los días y las noches se mezclaban entre sí, formando un simple borrón sin sentido.

Quiero que pare de girar. Otra punzada de dolor me aprieta, dura e implacable, y me esfuerzo por ahogarla en alcohol: bebo hasta la última gota. Me siento igual que un extranjero en una tierra que creía conocer, pero que todo lo que se encuentra son cenizas: tenía a Niza, a los chicos, Bryce estaba a punto de ir a rehabilitación para recuperar su vida y al siguiente día... no había nada. Las llamas devoraron todo lo que fue mío y dejaron en su lugar un vacío imposible de llenar.

El chico vuelve con la botella. Se la quito de las manos y bebo directo del cuello. La soledad es más dolorosa cuando eres consciente de cuánto tiempo has convivido con ella. Me levanto de la barra, apago el cigarro con el zapato y camino con lentitud hasta el límite de la azotea. Apoyo los brazos en la protección de metal y sigo bebiendo para perder el conocimiento. Últimamente, es el único momento en el que encuentro un poco de paz.

—¡Clay! —Dave me pasa un brazo por los hombros. Suelto la botella y se hace añicos abajo.

—Estaba a la mitad, imbécil. —Me deshago de su agarre con hastío, pero él solo se echa a reír.

—No te enojes, solo tratamos de animarte —dice Kirk—. Anda, tenemos un regalo para ti.

Hago una mueca.

—No quiero más regalos en mi vida.

—Este te gustará —dice Dave.

Mi cuerpo se deja guiar por él cuando vuelve a ponerme el brazo en los hombros. Llegamos a las salas *lounge* que hay dispuestas en el centro. Algunas personas me miran, pero estoy demasiado borracho para descifrar la expresión en sus rostros. ¿No tienen nada mejor que hacer? ¿Por qué mierda me miran tanto? Quiero que dejen de mirarme.

—¿Qué? ¿Tengo algo en la cara? —espeto, y unas chicas frente a mí intercambian una mirada de sorpresa—. Voy a cobrarles por el espectáculo.

Hacen una mueca de desagrado y se retiran, justo cuando Kirk regresa con dos mujeres más. Ni siquiera esperan a que diga algo para sentarse una a cada lado de mí.

—No hay nada mejor que un buen polvo para lidiar con cualquier cosa. Esta noche te sentirás mejor; te lo prometo —asegura Dave con una sonrisa, orgulloso.

—Y unos *amigos* para animar su fiesta. —Kirk pone unas cuantas bolsitas en la mesa de centro, junto a una nueva botella de vodka—. Nos agradeces después, viejo.

Ambos se van, y creo que han desaparecido, hasta que Dave me aprieta el hombro por detrás.

—Se volvieron locas cuando les dije que las contraté para ti. Trátalas bien; eres su ídolo.

Me da un último apretón. Me quedo solo con estas dos extrañas que no pueden importarme menos. Una de las chicas a mi lado, de cabello rubio y largo, se apresura a abrir una bolsita. Extrae una tarjeta de su bolso y prepara la línea. Aspira el polvo como una campeona. Cuando termina, sonríe con el rostro enrojecido.

—¿Quieres un poco? —Agita la bolsa frente a mí, pero la ignoro. No vale la pena.

La otra chica tiene el cabello rizado y rojo, aunque es todo lo que comparte con Niza, porque no se parece en nada más a ella. Hijos de puta, estoy seguro de que la escogieron a propósito. Vierte vodka en dos vasos y me ofrece uno.

—Por una noche inolvidable —dice sonriendo y choca su vaso con el mío.

Lo último que quiero es recordar este momento. Bebe de un trago todo el licor y yo la sigo. No es Niza, pero al menos es alguien. Al menos no estaré solo esta noche.

—¿Quieres quedarte y beber un poco más o prefieres ir a otro lugar? —Pone una pierna entre las mías y se acerca a mí. Huele a perfume de vainilla y algodón de azúcar. Me da náuseas.

—Me quedo.

Tomo la botella para servirme otro trago, pero ella es rápida y me la quita de las manos. Sonríe coqueta.

—Ayudaré a que el trago te sepa mejor —dice con un tono que me resulta todo, menos seductor.

—¿Cómo?

Ella se lleva la botella a los labios y bebe. Los ojos le brillan expectantes en la tenue luz del bar, esperando algo. Tardo un momento en darme cuenta de lo que quiere. Enredo los dedos en su cabello. Con cuidado, la acerco hasta que su boca queda a centímetros de la mía. Para mi desgracia, me percato de que no puedo hacerlo. Patético en verdad…

Ya me he engañado por mucho tiempo para hacerlo con esto también. La única persona con la que quiero estar se encuentra lejos, y el hecho de besar a otra solo me genera repulsión. Dejo ir a la chica y ella me mira confundida.

—¿Qué pasa? ¿Hice algo malo?

Le arrebato la botella de la mano y bebo el licor para lavarme la amargura de la boca, pero no funciona, como tampoco borra el pinchazo que siento en el corazón al recordar que no la tengo a *ella*.

La chica me acaricia el brazo en un nuevo intento por acercarse y es entonces cuando la veo con más atención, tanta atención como puedo prestar en mi estado actual.

—No eres pelirroja natural, ¿cierto?

Me mira sin comprender por un segundo, hasta que se recompone y vuelve a sonreírme coqueta.

—No, ¿importa?

La decepción cae pesada sobre mis hombros. No tenía intención de hacer nada con esta mujer, sin embargo, me habría gustado que Kirk y Dave se esforzaran un poco más por mantener la farsa que ellos mismos montaron.

—Solo me gustan las pelirrojas naturales. —Doy otro trago directo de la botella—. Fuera. No estoy interesado.

Se estrecha contra mí.

—¿Y si solo pretendes que lo soy?

Suelto un sonido que no llega a risa, pero está lleno de burla.

—Tampoco me interesarías.

—¿Por qué no?

Clavo mis ojos en los suyos para incinerar cualquier estúpido pensamiento que haya cruzado su mente sobre tener una oportunidad conmigo.

—Porque no eres *esa* pelirroja.

Me la quito de encima con una sacudida. La otra chica, a mi lado, ya ha iniciado su viaje y ni siquiera sabe qué sucede a su alrededor. Si yo estoy jodido, no quiero ni imaginar cómo está ella.

—Anda, te prometo que olvidarás que *no soy ella* mientras me estés cogiendo. ¿Quieres que diga algo en especial? ¿Algo que ella dice durante el sexo?

La miro asqueado y me pongo en pie. Estoy mareado y borracho, aunque no lo suficiente para cogerme a quien no quiero.

—Vete a la mierda.

Me lanza una mirada de indignación que ignoro sin problema y camino a la azotea dando algunos tumbos, con cuidado de no soltar la botella. Me encuentro a Kirk y Dave antes de bajar. Me dedican una sonrisa, yo hago mi mejor demostración de agradecimiento con el dedo medio y, sin esperar su respuesta, salgo de la puta fiesta.

Bebo otra vez, esperando hallar algo que me ayude a parar la manera en que gira el mundo. Cuanto más lo busco, más difícil es.

* * *

El barrio de Providence está desierto. No estoy seguro de qué hora sea, deben ser más de las tres de la mañana, pues las luces de las tiendas de arte están apagadas y el olor a incienso ha desaparecido.

¿Cuándo estuve en la fiesta de la azotea con Kirk y Dave? ¿Fue ayer u hoy? Miro la nueva botella que tengo en la mano, casi completa, envuelta por una bolsa de papel. No recuerdo haber parado en alguna licorería para comprarla, pero debí hacerlo en algún punto antes de llegar aquí. Como sea.

Inserto la llave diminuta en la cerradura y abro la puerta del local. Está oscuro, con los pocos haces de luz que provienen de la calle como lo único que sesga la penumbra. Entro dando tumbos, con la cabeza ligera, pero el cuerpo pesado.

No sé por qué vine, no sé qué espero encontrar. Quizá al fantasma de Bryce. Pero no hay nada, solo el silencio ensordecedor de la soledad y la pesada estela de sueños que se hicieron añicos en un local que mi hermano nunca verá funcionar. Puede que ni siquiera yo llegue a verlo.

Dejo la botella y reconozco, sobre uno de los muebles cubiertos por mantas blancas, la caja negra que Niza me entregó; la tomo con manos temblorosas. Ella debió acomodarla y guardarla junto a la nota de mi hermano.

Clay, para que inicies. Sé lo feliz que esto te hace, así que te ayudo a empezar. Confío en tu arte. Yo quiero ser tu primera cita. Siempre estaré orgulloso de ti. Bryce H.

Acaricio cada palabra como si, de alguna manera absurda, hacerlo pudiera regresármelo. De nuevo, siento que mi mundo se desmorona. Quiero gritar, *gritarle* por haberse ido, por abandonarme, pero el dolor es tan agudo que hasta respirar duele. El resentimiento por su ausencia crece en mí. Todo este lugar, por donde sea que lo mire, es un constante recordatorio, me repite una y otra vez lo mismo: ya no está, no volverá.

Trago, a pesar del nudo en la garganta, y me dejo envolver por ese tipo de tristeza que no te hace llorar, pero te vacía y te deja pensando en lo que pudiste hacer diferente. Lo que *yo pude haber hecho diferente* para salvar a la única parte de mi familia que estaba viva.

Me hago un ovillo en el suelo, igual que un perro callejero en un lugar desconocido. Es como estar encerrado de nuevo en el diminuto sótano de Otto. La tristeza me alcanza, pura y cruda, y me convierto en ese niño solitario que solo quiere ser salvado por Bryce una vez más.

Aunque ahora tengo la certeza de que no vendrá por mí.

* * *

No recuerdo cómo llegué aquí. Tampoco recuerdo cómo subí la colina. Me limpio el barro de los zapatos contra una piedra que sobresale, pero pierdo el equilibrio y caigo con pesadez.

Otra vez tengo una botella en la mano, pero esta es diferente. Tardo un momento en enfocar la vista: la etiqueta dice «*Whiskey*». Mientras espero a que todo pare de dar vueltas, trato de recordar lo que hice los últimos días: la fiesta en la azotea, la pelirroja a la que rechacé, el local. Las memorias son una masa difusa e inconexa, y cuanto más trato de recordar, más me duele la cabeza. ¿Han pasado días u horas?

La resaca me está matando. Tengo sed, así que le doy un trago largo al licor, que me quema la garganta cuando baja, pero aminora un poco el dolor. Intento recordar qué hice después de dejar el local de tatuajes y evoco la figura de Mitch frente a mí, diciéndome que pare, que ya he bebido suficiente. Le grito. Él me grita de vuelta. Una de las botellas se hace añicos a mis pies y creo que hubo golpes en el proceso. Me toco el mentón, que duele, así que supongo que sí nos golpeamos.

Creo que me duché. El siguiente recuerdo es más claro: Nadir me persigue mientras me grita, Alice intenta detenerme para que no salga de la habitación de hotel y después me mira impactada desde el piso. Creo que la empujé.

Soy una mierda.

Bebo otra vez. No sé qué imbécil pensó que esto era buena idea. «Ah, sí… Fui yo».

Enfoco la vista y, como si fuera la materialización de mi tristeza, encuentro la lápida de Bryce frente a mí. Es como si se burlara de mi desgracia. ¿Cómo podría, si esto es solo una puta piedra tallada con su nombre? No tiene sentido… Y aun así parece que mi hermano se burla desde donde sea que esté. En el infierno, espero, por cabrón.

Me levanto con pesadez y me acerco con pasos torpes a la lápida. Hay algunas flores adornándola, peluches y fotografías de fans. Es como si fuera un altar para la estrella más brillante, una que se apagó demasiado pronto.

Hago un esfuerzo por leer las palabras en la tumba. «Bryce Hawthorne: Amado hijo, hermano, padre y artista». Lo leo otra vez, pero sigue sin tener sentido, hasta que, de pronto, una risa larga y profunda me sale de la garganta. No tuvo mucho tiempo para ser un hijo amado antes de que nuestros padres murieran, ni tampoco pudo conocer a los hijos que engendró, así que no fue ningún padre. ¿Y un hermano amado? Me río hasta que me quedo sin aire, hasta que el sonido se desvanece y solo queda el silencio del cementerio.

—Tienes un humor de mierda, Bryce, siempre lo tuviste. —Doy otro trago—. ¿Amado hermano? Eres un hijo de puta, eso eres.

Pateo el montón de peluches y fotografías que han dejado sus fans como si pudiera patearlo a él a través de estas cosas.

—Eres un drogadicto, desconsiderado y mentiroso, hijo de perra. ¡Eso eres! —Señalo la lápida con la botella—. ¿Me escuchas? ¡¿Me escuchas?! ¡Eso eres!

La garganta me arde de gritar, pero no me detengo. Vuelvo a patear sus cosas y esta vez permito que la rabia y el resentimiento tomen las riendas.

—Yo creí en ti, me creí todas tus mentiras. Creí que te quedarías conmigo, que no me abandonarías otra vez, ¿y dónde estás ahora, eh? ¡¿Dónde estás, cabrón?! ¡Pudriéndote en esta puta tierra!

Escupo la tumba y mis pies arrasan con los floreros y ramos que las personas que lo amaban dejaron para él. La ira me ciega, contundente y espesa, pero se siente bien. Después de pasar tanto tiempo tratando de mantener la cordura tras su muerte, se siente bien explotar y sacar lo que ha estado pudriéndose dentro de mí.

—Dijiste que irías a rehabilitación. Dijiste que volveríamos a casa de nuestros padres en Italia y todo sería mejor. Dijiste que tendríamos el resto de nuestra vida para estar juntos. Me mentiste, como siempre. —La ira me corroe—. Me mentiste, como cuando me dijiste que no me abandonarías con Otto, o cuando me dijiste que volverías por mí. ¡Nunca cumpliste lo que me prometiste!

Pateo la tierra, las cosas en su tumba, y me dejo arrastrar por la cólera.

—Jódete, tú y todas tus mentiras. Estoy mejor ahora. ¿Me escuchas? ¡No te necesito! ¡Nunca te necesité! Ya no tengo que preocuparme por ti, no tengo que arreglar tus cagadas ni ir detrás de ti como un perro esperando por un momento de tu tiempo. Me alegra que estés muerto. ¿Me escuchas? ¡Estoy feliz!

Abro los brazos y otra risa histérica me brota de la garganta. Se siente bien sacarlo todo. Hace tiempo no me sentía tan ligero. Tomo otro trago, el líquido me chorrea por la barbilla y moja mi ropa, pero no me importa.

—Tú perdiste, imbécil. Ahora tengo tu banda, tu fama. Todo lo que alguna vez fuiste ahora me pertenece. —Señalo su tumba, iracundo—. Y voy a quedármelo. ¡Haré lo que siempre quisiste! ¡Brillaré como el mejor de los Hawthorne!

Un nuevo trago y es como alimentar la ira que me llena.

—No tienes derecho a arruinar mi vida otra vez, ya no, no desde la muerte, cabrón. —Me tambaleo un poco cuando doy otro paso—. Puedes meterte el local que me dejaste por el culo. ¿Escuchaste? ¡Me cago en tu último deseo!

Lanzo la llave del local a la tierra.

—Te odio. Ni siquiera me duele que ya no estés. No te necesito. Te odio, siempre te odié. Jódete, jódete, ¡JÓDETE!

Estrello la botella en la lápida de piedra. El licor chorrea el nombre de mi hermano y todo lo que fue.

Me quedo ahí, de pie, admirando mi obra: el altar destruido y la tumba manchada. Debería sentirme mejor, pero no hay nada. No siento nada. La euforia del momento cesa poco a poco. Cuando se esfuma por completo, me dejo caer en el suelo otra vez.

Espero a que el dolor que me atraviesa el pecho se vaya, pero se queda ahí, anclado, como un barco varado en un mar de soledad. No tengo nada. No me queda nada. No tengo a nadie. Cuando los que amabas han muerto y los que te amaban se han ido, ¿qué más queda por hacer?

Lentamente, palpo los bolsillos de mi pantalón y extraigo mi móvil. Pensé que lo había perdido. Lo desbloqueo con el rostro y le envío un solo mensaje a Alice:

No puedo hacer esto solo. Ya no.

17| Fondu

Niza

Orena me abraza con fuerza. El perfume de Diane me llena cuando se acerca; el olor dulce me reconforta enseguida. El restaurante es tranquilo y las luces tenues le dan un toque ameno.

—Teníamos años sin verte. —Los ojos verdes como olivas de Diane chispean de ilusión.

—Pensamos que nos cancelarías y tendríamos que agendar para el siguiente mes —añade Orena.

Les resto importancia a sus tontos comentarios con un gesto y miro a Karef en una señal tácita para que se acerque. Lo hace con una sonrisa que le acentúa el hoyuelo en el rostro, y extiende la mano para saludar a cada una. El desconcierto nace en el semblante de ambas y las conozco lo suficiente para saber que el recelo las pone alerta.

—Chicas, ya lo conocen. Él es Karef Fayed, mi… —Las palabras se me atascan en la garganta y el terror me invade cuando no sé cómo llamarlo.

Todos me miran expectantes y el nerviosismo se infla igual que una burbuja a punto de reventar. Por todas las cabras, nunca acordamos qué seríamos. Sí, se suponía que nos daríamos el tiempo de conocernos; sí, se suponía que entraríamos en el círculo del otro para probar qué tan compatibles éramos; y sí, se suponía que seríamos maduros sobre esto, pero nunca acordamos lo más importante: ¿qué somos Karef y yo?

—Somos amigos. —Acude el dueño de mis pensamientos a mi rescate, y cuando giro el cuello hacia él, mis ojos reflejan un claro «gracias».

—Oh, ¿con derechos? —Diane es la primera en reaccionar.

—¡Diane! —la riño, pero todos se echan a reír.

—Sí, algo así —dice Karef sin perder la sonrisa—. Aunque estoy tratando de escalar a la posición de novio.

Él me dedica una mirada significativa y sonrío también.

—Es un gusto conocerte oficialmente. Niza nos ha hablado de ti. Te conocimos el día de su cumpleaños en el club —dice Orena.

—Sí, las recuerdo.

Mis amigas intercambian una mirada sagaz y sé lo que se vendrá a continuación.

—Estudiaste en el conservatorio de música ¿cierto? —interroga Orena como si ella fuera la policía y Karef el criminal.

—Sí, estudié en ACA; me gradué hace cuatro años. —Me rodea los hombros con un brazo y sonríe orgulloso—. Ustedes son parte del conservatorio de danza, ¿no?

Diane me obsequia una mirada pícara y se acomoda el cabello caoba en la espalda.

—Veo que también te han hablado de nosotras —dice petulante.

—Muchísimo.

Después de las presentaciones, nos acomodamos en una de las mesas en la terraza y las gotas de luz dorada se filtran por los amplios ventanales antes de ceder el lugar a la noche. Nueva York comienza a despertar cuando el resto del mundo se va a dormir.

—Entonces… —Diane apoya el mentón sobre las manos entrelazadas y nos mira con gesto malicioso—. ¿Hace cuánto que decidieron llevar su relación más allá de la cama?

—¡Diane! —vuelvo a reprenderla, pero solo sirve para arrancar risas de los demás.

—¿Qué? No te hagas la mojigata y mejor responde —insiste.

El calor me escala a las mejillas y agradezco al mesero que se acerca con nuestras bebidas. No quiero responder porque: ¿realmente lo estamos llevando más allá de la cama o nos estamos esforzando por mantenerlo ahí?

Es algo que nunca experimenté con Clay: la planificación de una relación. Con él todo era… natural. Natural y vertiginoso, como si yo no pudiera mantener los pies sobre la tierra porque volaba demasiado alto y eso me hacía perder el control fácilmente.

Si Clay era el helio que me hacía flotar, Karef es el ancla que mantiene mis pies en la tierra. Me hace pensar que nuestra relación es mucho más madura y tranquila, lejos de los problemas de otros que nos arrastran a un final prematuro. Somos solo Karef y yo, nadie más.

Un pinchazo se me clava en el corazón al recordar a Clay. No he vuelto a escuchar nada relacionado con él. Ni siquiera me han llamado para una nueva sesión de ensayo, y desde la última ya han transcurrido casi dos semanas. He hecho todo lo posible para no pensar en él, pero cuanto más intento no hacerlo, peor es. ¿Estará bien? ¿Se desconectó del mundo a propósito? Espero que los chicos de la banda lo estén apoyando, aunque lo dudo.

—¿Cierto, Daisy?

—¿Qué?

—Estamos… probando —dice mi *amigo* con lentitud. Le da un sorbo a su cóctel de gin y jugo de arándano—. No tenemos prisa. No tengo pensado que el tiempo con ella se me agote pronto.

Sonrío por la seguridad en su voz. Me gusta eso de él.

—Me alegra que al menos a una de nosotras le esté yendo bien en el amor —dice Diane, y me enfoco en ella.

—Oye, a mí no me va tan mal—se defiende Orena—. Yo estoy más que bien con Enik.

—Cierto, pero ustedes ya son más un matrimonio que un noviazgo. Llevan juntas casi dos años; eso ya cuenta como casarse.

Orena pone los ojos en blanco.

—¿Por qué no vino? —pregunto mientras Karef me acaricia la mano.

Mis amigas intercambian una mirada para nada disimulada y sé, por la forma en que les cambia el rostro, que ocultan algo.

—¿Qué pasa?

—Queríamos verte para hablar sobre algo importante. Queríamos que lo supieras por nosotras antes de que alguien más te lo dijera —dice Diane.

Lo poco que había logrado relajarme se desvanece con un plumazo y el miedo clava las garras en mi interior. ¿Le sucedió algo a Enik? ¿O a Clay y no me he enterado?

—¿Qué quieren decir? ¿Qué pasó? —El pánico se filtra en mi tono.

Diane y Orena se dedican una última mirada llena de preocupación antes de que la segunda empiece a hablar.

—La Policía de Nueva York comenzó una investigación en contra de Winslet hoy —suelta con lentitud, pero lo recibo como una bofetada que me hace temblar el cuerpo de impresión.

—¿Por qué? —Mi tono es tan endeble que casi se rompe en la última letra.

—Acoso y hostigamiento —completa Diane—. Hacia una de sus estudiantes.

Karef sigue a mi lado, pero retiro mi mano de su toque y me inclino, presa del impacto.

—¿Quién? ¿Qué? ¿Por qué? ¿Qué sucedió?

—Enik lo hizo. Interpuso la denuncia hace tres días —contesta Orena, y no doy crédito a lo que escucho—. Fui con ella, pero no sabíamos si esto procedería o no. Sabes que la Policía tiende a desechar muchas causas. No queríamos decirte nada hasta estar seguras de que iniciarían un proceso en su contra.

Siento cómo la sangre viaja hasta mis pies y mi alma se eleva de mi cuerpo. No puedo creer que alguien lo haya hecho. Más sorprendente aún: no puedo creer que mi tía se encuentre en esta situación.

—Y mi tía... quiero decir, Winslet, ¿dónde está ahora?

—Aún está en ACA, pero la han cesado como profesora. No puede impartir clases hasta que todo este tema se resuelva —indica Orena—. La Policía la interrumpió a media clase para llevársela e interrogarla. Fue todo un escándalo.

Diane estira el brazo sobre la mesa y me da un apretón.

—Sé que es difícil de asimilar, pero deberías alegrarte. Al fin alguien le pondrá un alto.

Sí, tiene razón, debería estar feliz, y lo estoy, pero una parte de mí, minúscula e infantil, todavía se aferra al recuerdo de esa mujer que fue mi ídolo y me inspiró a seguir mis sueños como bailarina. No me imagino a Winslet encerrada tras las rejas ni tampoco sobreviviendo a un proceso judicial. Mi madre se pondrá mal cuando se entere.

—Lo más probable es que la despidan y, si esto sigue, podría terminar en la cárcel. Eso dijo el abogado que contrató Enik —explica Orena.

Me muerdo el labio. La angustia se abre paso por mi interior. La detesto, pero es mi familia. «Es mi familia», me repito, tratando de apagar con eso el fuego con el que me queman los recuerdos de sus gritos, sus humillaciones, sus golpes.

Una mezcla de emociones me llena el estómago y no soy capaz de procesar ni la primera parte de esto. ¿Qué ubres pasará con ella? Si ella va a juicio y no la apoyo, mi madre jamás me lo perdonará y tendría una razón más para odiarme, pero si lo hago... me estaría traicionando a mí misma.

—Es un gran paso para todos en ACA —dice Orena—. Me alegra que Enik tuviera la valentía de hacerlo. Las estaba matando, Niza. Todo fue a peor desde que te fuiste.

—Tuviste suerte —interviene Karef, y me besa en la sien—. Si tu tía es tan mala como dicen, lo mejor es que esté lejos de estudiantes, Daisy.

—Esperemos que las autoridades hagan lo correcto y termine en la cárcel —dice Orena con severidad, y trago con fuerza.

El temor y la indecisión crecen como la lluvia torrencial y me impiden ver con claridad una salida a todo esto. Mi madre morirá cuando se entere de lo que está viviendo su querida hermana y no tardará en culparme por lo sucedido, estoy segura. Por donde sea que mire, esta situación no solo afecta a Winslet, sino también a mí. ¿Qué demonios haré cuando mi madre me pida que la apoye?

* * *

—¿Segura que no quieres que me quede? —Karef me mira desde el marco de la puerta de mi apartamento—. La noticia de hoy no fue fácil de asimilar para ti; lo vi en tu cara. No deberías estar sola.

—Sí, tienes razón, aún no puedo asimilarlo, pero creo que lo mejor es que esté sola. Necesito pensar las cosas y la forma en que le diré a mi madre lo que está ocurriendo, si es que mi tía no se lo dijo ya.

Estira el brazo y me acaricia el rostro con el pulgar.

—Estoy seguro de que encontrarás la forma adecuada de decírselo.

Se acerca y me estrecha contra sí en un abrazo que agradezco, aunque algunos pensamientos no me abandonan. «No la conoces como yo», pienso, pero me dejo envolver por su calidez.

—¿Tienes ensayo mañana en STV? Podría pasar por ti e irnos juntos —propone cuando nos separamos.

Me muerdo el labio, indecisa, y lo rechazo.

—No, no me han dicho nada al respecto, así que no creo… Solo iré a Rennart para practicar. Hay ensayo general mañana.

—De acuerdo. Ya han pasado semanas desde que firmaste el contrato. ¿No se suponía que les urgía el tema del video?

Me encojo de hombros.

—Creo que Clay no se siente bien.

Arruga las cejas, pensativo.

—Tienes razón. Ahora que lo mencionas, no lo he visto desde hace tiempo. Le preguntaré mañana a Mitch. Debe estar ocupado.

—Sí, debe ser eso —digo poco convencida. Para mi suerte, él no lo nota.

Se acerca y me planta un beso lento en los labios. Resulta cálido y familiar, así que lo agradezco.

—Te veré mañana, Daisy. Descansa.

—Tú también.

Deposita un último beso en mi frente antes de irse y, una vez estoy sola, cierro la puerta con un suspiro pesado. La cabeza me punza de tanto pensar y creo que en cualquier momento comenzará a echar humo.

Me doy una ducha rápida antes de irme a la cama, esperando que me ayude a conciliar el sueño, pero no lo consigo. El sueño se niega a aparecer. Rehúye de mí con la misma habilidad con que una liebre evade a su cazador. Doy otra vuelta más en la cama y me golpeo el codo con la esquina del buró.

Mascullo una maldición y me rindo en esta fútil tarea de encontrar descanso. Mi mente está agitada y se mueve errática entre recuerdos de mi conversación con Orena y Karef. «Esperemos que las autoridades hagan lo correcto y termine en la cárcel». «Ahora que lo mencionas, no lo he visto desde hace tiempo».

El último recuerdo me cae sobre el estómago como un saco de cemento y se me hunde en las entrañas. No debería preocuparme tanto por Clay; él está bien. Debería estar bien.

Cierro los ojos con fuerza. Miro el reloj en la mesita de noche: las doce y cuarenta y cinco de la madrugada. Clay está fuera de mi alcance, así que debería centrarme en algo que sí puedo controlar y manejar. En un impulso de valentía, tomo mi móvil, abro la lista de contactos y busco el nombre de mi tía. Mi dedo pende vacilante en el aire, incapaz de decidir si lo mejor es llamar a Victoria para exigir una explicación o esperar a mañana para tener la cabeza más fría y despejada.

Resignada, elijo la segunda opción y hago las sábanas a un lado con hastío. Me recojo el cabello en una desordenada coleta y marcho hasta la cocina para tomar un vaso de agua. El líquido me refresca la garganta, aunque no hace nada por amortiguar la quemazón de la incertidumbre.

La posibilidad de que Winslet termine en la cárcel me pone los vellos de punta. Es una maldita, pero no deja de ser mi familia. Mi madre nunca me perdonará si no apoyo a su hermana en esto, pero Enik merece justicia, yo merezco justicia. Todos los que alguna vez sufrimos sus maltratos la merecemos, y si no hacen algo ahora, quizá la oportunidad se pierda para siempre.

Doy un respingo al oír tres golpes en la puerta, seguidos y sin coordinación. Por un segundo pienso que mi mente me ha jugado una mala pasada, que el estrés me ha hecho alucinar, hasta que de nuevo el sonido de los golpes inunda la estancia.

Camino vacilante hasta la puerta, con el corazón en la garganta y un nudo de miedo en el estómago. En todas las películas con asesinos seriales siempre matan primero a la pelirroja.

Observo a través de la mirilla y mi pulso pasa de estar en la boca a latir dentro del estómago.

—Clay —lo llamo cuando abro la puerta, conmocionada con su presencia—, ¿qué haces aquí?

Su cara se ilumina apenas posa los ojos en mí y sé al instante que está ebrio. Me dedica una amplia sonrisa y me ofrece un… ¿cono de tránsito?

—¿Qué es esto?

—Para ti. —Su voz es lenta y pastosa. Entonces lo mira y me ofrece lo que lleva en la otra mano—. Una mandarina. Para pedir perdón.

Tomo la fruta que me ofrece y parpadeo, esperando a que en cualquier momento le salgan patas a la fruta y relinche, porque esto no puede ser real, debo estar soñando. Clay aquí, ebrio, con una naranja a modo de disculpa parece surreal.

—Esto es una naranja —aclaro, agitando la fruta, tratando de actuar con toda la normalidad que puedo fingir en una situación completamente *anormal*—. ¿Y por qué traes un cono de tránsito contigo?

Cae en la cuenta de que lo trae y me lo entrega antes de encogerse de hombros.

—Estaba en la acera y yo solo… lo quité —contesta jovial, y entra a mi apartamento como si fuese su casa.

Lo sigo de cerca. Dejo el cono y la naranja antes de encararlo y detener su andar.

—Alto ahí —le ordeno, y se detiene a centímetros de mi cuerpo—. ¿Te subiste a la acera?

—Con el auto, sí —asevera—. Choqué con el poste de luz afuera de tu edificio.

—¡¿Qué?! —Elevo el tono una octava—. ¿Estás bien? —Le reviso los brazos, pero la chamarra de cuero cubre cualquier herida visible, así que no puedo hacer mucho.

—Sí, yo estoy bien. El poste no.

Noto el moretón en su barbilla. Parece reciente.

—¿Qué te pasó? —Lo toco, pero él sisea y se retira de mi toque enseguida.

—El idiota de Mitch.

Me paso las manos por el rostro, alarmada y angustiada.

—Clay, no debes conducir ebrio, es peligroso y estúpido, lo sabes.

—Fue culpa del poste. Se atravesó —se defiende con la típica seguridad de un ebrio.

De nuevo se balancea peligrosamente hacia adelante cuando intenta dar un paso. Lo detengo con mi cuerpo y él se sostiene de mis brazos, sus dedos cerrados en torno a ellos como grilletes.

Mi pulso se vuelve errático. Veo en el hierro de sus ojos un destello de felicidad antes de que me abrace. Es un abrazo fuerte y desesperado, de los que es difícil deshacerte porque sabes que nada será lo mismo después de separarse.

Su aroma, mezclado con alcohol y cigarro, me embelesa; su presencia tan cercana y abrasadora me aturde. No soy capaz de alejarlo porque su forma de estrecharme contra sí solo demuestra cuánto deseaba esto.

—Creí que eras una ilusión. —Su voz es queda y rasposa—. Creí que despertaría en otra gira, en otra maldita ciudad… sin ti.

Permito que me abrace un segundo más antes de alejarme con lentitud, pero me toma la cara con una delicadeza que no encaja con la desesperación en su tono.

—Eres lo más hermoso que existe. No puedo creer que estés aquí, conmigo.

—Clay.

—Dios, mis sueños no te hacen justicia. Eres preciosa, Niza. —Sus palabras destilan devoción y sé que no miente, nunca fue bueno haciéndolo, y es por eso mismo que resulta tan peligrosa su cercanía.

—Clay —insisto, pero no me suelta.

—Quiero quedarme contigo, por favor, déjame estar contigo.

—Clay, por favor. —Trato de alejarme.

—Por favor, no me abandones. Por favor, no quiero volver allá afuera.

—Clay. —Su aliento alcoholizado me golpea el rostro y logro zafarme de su agarre.

Retrocedo un paso y lo miro. Es igual que un animal malherido: agoniza en soledad.

—¿Por qué estás aquí? No deberías haber venido.

—Quería verte. —Mantengo a raya las ganas de llorar—. Eres la única parte de mi vida que no es una mierda, lo único que tiene valor.

Mi corazón se compunge dolido y tengo una terrible sensación de *déjà vu*, como si la historia de Bryce y Hela se repitiera. La perspectiva me aterra, así que decido poner distancia antes de que algo peor suceda.

—Lo mejor es que te vayas. No está bien que vengas. ¿Cómo conseguiste mi dirección?

—Se la pedí a Alice.

—No debió dártela.

—Ella sabe cuánto te necesito —dice, y la tristeza destila de cada palabra.

Da un paso y, en un movimiento rápido, vuelve a acunarme el rostro entre sus manos. Veo en sus ojos la tormenta de su interior, gris e implacable. Sus dedos me sostienen firmes.

—No tengo nada más. No tengo a nadie más. Ya no me queda nadie. —La súplica en su voz es la misma que en su mirada—. No quiero estar solo. No quiero. Por favor, no me abandones. Tú no, por favor.

Un nudo se me forma en la garganta y odio la sensación que me abarca el corazón y amenaza con hacerlo añicos. Es como ver a Clay destrozado otra vez por la muerte de su hermano, destruido hasta los cimientos, pero esto es diferente. Nunca lo vi tan mal. Es como si no fuera él, como si esta versión fueran sus últimos pedazos y no supiera qué hacer con ellos.

Quiero que se quede, quiero ayudarlo, pero no sé si sea lo correcto.

—Clay, por favor…

—No me pidas que me vaya. No quiero irme —suplica y junta su frente a la mía—. Eres el único lugar en el que me siento a salvo. Ya no quiero huir, ya no. Quiero descansar. Quiero que mi mente se calle y el mundo deje de girar. Por favor.

—Clay…

—Solo tú haces que deje de girar. Por favor, no tengo otro lugar al cual ir.

Su voz se rompe en la última palabra y el mentón le tiembla. Está completamente rebasado por la tristeza y destruido por su duelo. Es desgarrador y me estremece hasta los huesos, porque jamás creí que vería esta versión suya tan vulnerable.

—Clay, tienes que irte.

El mentón le vuelve a temblar. Sin previo aviso, se deja caer de rodillas, derrotado y devastado. Me rodea la cintura con los brazos, se aferra a mí igual que un niño asustado y perdido.

—No me queda nada, no soy nada. No soy nada. Soy solo la sombra de un hombre, los pocos pedazos de uno, y todos son tuyos. —Escucho su voz rota y el corazón se me hace añicos—. Soy tuyo, nunca he dejado de ser tuyo. Desde el momento en que te vi entre el público en ese concierto, lo supe.

Ya no lucho contra él, porque no quiero, porque también me destroza. Siento las lágrimas calientes caer por mi rostro y su cuerpo temblar.

—Así que haz lo que quieras conmigo, pero no me pidas que me vaya. Detéstame si quieres, dime que soy patético, haz añicos lo poco que queda de mí, destrózame hasta que ya no sea nada, pero déjame estar hoy contigo, por favor, por favor. No quiero estar solo otra vez.

El dolor y la intensidad de la situación terminan por derribar mis débiles defensas. Permito que me abrace y se quede conmigo, porque él estuvo ahí para mí cuando yo también fui menos que nada.

Vivo junto a él la tormenta. Lo haré hasta que cese; está roto y quiero guardar sus pedazos, sostenerlos mientras vive su catarsis, porque sé que puede recuperarse. Sé que puede.

Deja de llorar, poco a poco, hasta que los espasmos se detienen y ya no siento la humedad de sus lágrimas en los brazos. Nos quedamos quietos, en silencio, igual que dos damnificados que acaban de sobrevivir al más terrible de los huracanes. Le acaricio el cabello con suavidad, como solía hacer cuando estábamos juntos y se quedaba dormido sobre mi pecho. Lo ayudo a levantarse. Estiro los brazos para limpiarle las lágrimas con los pulgares.

—Estoy cansado de huir. —La voz le sale ronca y hosca después de tanto llorar.

Le dedico una sonrisa diminuta, llena de sinceridad.

—Ya no tendrás que hacerlo.

Los ojos se le llenan de algo que no puedo descifrar. Sé que está de acuerdo, sé que comprende lo que quiero decir.

—Ven, deberías dormir.

Lo llevo de la mano hasta mi habitación. No encaja en ella. Es demasiado grande en comparación con mi cama y mis cosas; en él no hay nada de color, a diferencia de mis paredes y mis sábanas… Eso solo confirma lo que siempre he sabido: Clay siempre destaca dentro de mi mundo.

Se sienta en mi cama y se quita los zapatos sin mucho cuidado. Se recuesta y, por primera vez, reparo en sus ojos, inyectados en sangre, y las ojeras que los rodean. Me siento a su lado y mi corazón se compunge. Qué imagen tan surreal. No creí que volvería a tenerlo cerca, mucho menos en mi cama, pero aquí está, completamente deshecho, esperando que mis manos lo sostengan y que mi presencia lo cure.

—Te extrañé. Cada minuto de cada día deseé verte otra vez —dice en un susurro, con los párpados caídos.

Algo cálido y doloroso se me instala en el pecho. «Podría decirte lo mismo».

—Lamento no haber estado ahí.

—Yo lo lamento, yo fui el idiota que se fue —dice con pesar. Me toma la mano y, con cuidado, se la pone sobre el pecho, donde late el corazón—. Pero sí estabas conmigo. Has estado conmigo todo el tiempo.

—¿Qué quieres decir? —Frunzo el ceño.

—Te llevo conmigo a todos lados, Niza Hess.

Con cuidado, se quita la camisa y la lanza a un lado de la cama. Veo el montón de tatuajes que adornan su cuerpo, esos que conozco tan bien. Toma de nuevo mi mano con delicadeza y se la lleva al pecho. Cuando la retiro, es cuando la veo: una bailarina tatuada a color en el lugar donde late su corazón.

Me rompo de una forma que no conocía.

—Clay, eso es…

—Me lo tatué la primera semana después de irme.

El labio me tiembla y los ojos se me llenan de lágrimas.

—Dijiste…

—Dije que no había un tatuaje en el espacio donde estaba mi corazón porque no había encontrado nada que mereciera estar ahí, hasta que te conocí. Estás conmigo aunque no te tenga y lo estarás hasta el día en que muera.

Él me limpia las lágrimas con el pulgar, como hacía en mis noches más oscuras.

—Aunque yo no tenga tu corazón, tú siempre tendrás el mío.

Vuelvo a llorar. Por él, por mí, por el *nosotros* que ya no tendremos.

Me rodea con el brazo y, antes de que pueda negarme, se acomoda sobre mi pecho, de la forma en que lo hacía antes, mientras vivía el duelo de la pérdida de su hermano… El duelo que no ha terminado.

La idea de hacerlo a un lado e irme me pasa por la cabeza, pero creo que ha sufrido demasiado los últimos días y merece este descanso, merece este momento de paz. Aunque esté mal, aunque sea incorrecto, se siente bien porque somos él y yo. Lo abrazo para contener sus fragmentos y esperamos a que la tormenta pase.

18| Contretemps

Niza

Clay se queda profundamente dormido después de dejar el corazón en sus lágrimas.

Es la primera vez que lo veo tan destruido. Descubro la vulnerabilidad del héroe que pensé que no tendría ninguna. Las grietas que parecen invisibles son las que nos rompen por completo.

Le acaricio el cabello con delicadeza. Tengo miedo de romperlo si lo toco demasiado brusco. No quiero lastimarlo más. No debería estar aquí. No debí dejarlo entrar a mi apartamento ni darle un lugar en mi cama. No debería tener los dedos entre sus mechones, pero la idea de abandonarlo me abruma.

Uso el codo de apoyo para levantarme un poco y, con cuidado, le retiro un mechón oscuro de la cara. Mis dedos se niegan a romper el contacto; continúan acariciándolo sin premura ni coordinación en un gesto hipnótico. Tiene el cabello un poco más largo, y las marcas del cansancio están talladas en su piel.

Se remueve entre sueños y hunde más la cabeza en la almohada. Tiene el ceño fruncido y la mandíbula tensa. Es la expresión angustiada de alguien que no consigue una buena noche de sueño nunca. En contra de cualquier pensamiento racional, le acaricio los surcos de la frente para desaparecerlos. No cambia mucho, pero su semblante se suaviza.

Mi móvil suena y me giro para tomarlo. Me siento en la cama deprisa al ver que son las doce y treinta de la tarde. Es tardísimo.

Salgo de la cama con cuidado de no despertarlo. Me dirijo al baño para postergar lo más posible el encuentro con el Clay sobrio. Termino de ducharme, me cepillo los dientes y me visto con un cómodo conjunto deportivo de *pants* y sudadera azul. Lo primero que hago al llegar a la cocina es poner la cafetera. Será lo primero que necesitará para revivir.

Mientras el agua se calienta, reviso mis mensajes: son de Rhaila y Rhaiza; me preguntan si sé algo de las audiciones para el video de Riot 911. Las ignoro. Sé cómo reaccionará mi amiga y lo decepcionada que estará al enterarse de que no obtuvo el papel. Ahora mismo no puedo lidiar con eso, así que dejo mi móvil en la barra y me dedico a hacer el desayuno.

Estoy tan concentrada en freír los huevos y voltear a tiempo los panqueques que no me percato de que Clay ha despertado, hasta que descubro que me mira desde el otro lado de la mesa. Tiene una parte del cabello parado por la almohada y se frota el cuello con cansancio. El pulso se me dispara y, como si fuera idiota, dejo caer la cuchara con la que volteo los panqueques.

—Lo siento. —Me apresuro a recogerla, al tiempo que él se acerca e inclina para hacer lo mismo.

Es más rápido y toma la cuchara antes que yo. Sus ojos encuentran los míos y nos incorporamos con lentitud, sin apartar la mirada del otro, como si vigiláramos expectantes el siguiente movimiento. Está tan cerca que puedo olerlo: tabaco, alcohol y algo más, algo que es inherente a él.

Me entrega la cuchara y, finalmente, soy capaz de retirar mi vista de la suya, solo para fijarme en el tatuaje que le adorna el pecho, ahí donde late su corazón. A plena luz del día puedo detallarlo con claridad: es la figura de una bailarina en un *arabesque*, con los brazos en arco. Su traje es de un rosa pálido, y su cabello rojizo, igual al mío, está recogido en un moño. Soy yo.

El impacto de verme tatuada en su piel tarda varios segundos en desaparecer, pero logro componerme lo suficiente para dar un paso hacia atrás.

—Hola. —Es lo primero que se me viene a la mente, porque ¿qué le dices a alguien que llegó a tu apartamento de madrugada completamente deshecho?

Me mira a través de párpados caídos por el letargo.

—Lo siento. —Su voz es ronca y áspera. Pone una mano sobre el respaldo de una silla—. No debería estar aquí.

Está avergonzado. Lo conozco lo suficiente para darme cuenta.

—No, no deberías, pero ya que estás aquí, podrías comer algo para mitigar la resaca —sugiero.

Los hombros se le relajan un poco.

—¿Está bien si me quedo? —Noto la cautela en su voz.

—Sí, puedes quedarte hasta que te sientas mejor. Siéntate, hice el desayuno.

Él se mantiene en pie, vacilante.

—¿Tienes espacio para uno más?

Esbozo una pequeña sonrisa.

—Para ti siempre tendré un espacio, Clay. Lo sabes.

Su postura cambia enseguida y, con más seguridad, toma asiento a la mesa. Una punzada de culpa me oprime el pecho. No debí decir eso; no quiero que se haga ideas erróneas sobre nosotros. Sin que el pensamiento me abandone, sirvo los platos de comida y una taza de café, que le ofrezco junto con una pastilla para el dolor de cabeza.

—Te hará bien —digo antes de tomar asiento frente a él.

Clay hace una mueca cuando sorbe del líquido.

—Esto sabe a mierda —se queja, y me hace reír. Sus ojos grises resplandecen enseguida.

La línea que nos divide es tan delgada que cruzarla sería lo más sencillo del mundo… y también lo más doloroso, y no estoy dispuesta a pasar por un infierno como el que vivieron Hela y Bryce. Aunque quiero a Clay, he aprendido a quererme más a mí.

—Bébelo todo, te ayudará con la resaca.

—Te ayudará a matarme, más bien —vuelve a quejarse, pero se traga la pastilla junto al café.

—Se necesita más que un café cargado para terminar contigo —bromeo.

Me observa en silencio. Sus ojos están apagados, de un gris suave, igual que la niebla al amanecer después de una gran tormenta.

—Lamento haberte molestado ayer —se disculpa, mientras yo me llevo un pedazo de panqueque a la boca—. Fue un impulso estúpido venir aquí.

Trago con dificultad. Un nudo me crece en la garganta al recordar lo devastado que estaba y la desesperación con la que se aferraba a mí.

—No fue la decisión más inteligente, pero tenías que sacar lo que llevabas dentro. Al menos ahora ya lo has hecho.

Hay un momento de silencio que me parece eterno. Clay solo me observa como si me analizara. Antes de que logre articular una respuesta, él se adelanta.

—Es cierto, todo lo que dije. Es cierto —dice con lentitud y repleto de seguridad—. Sé que fue patético y desesperado, pero prefiero perder mi dignidad a perder la oportunidad de decirte lo que siento por ti. Ahora lo sabes.

El corazón me da un vuelco y la garganta se me cierra. ¿Qué se supone que diga a eso?

—Clay…

—No te lo dije para que me correspondieras, te lo dije porque no quiero cargar más con eso. Prefiero que lo sepas, aunque no me correspondas. Estoy harto de cargar con todo. —Emite algo parecido a una risa llena de sorna—. Estoy harto de todo, en realidad.

Dejo el tenedor a un lado y me enfoco en él. Está tan roto que ni siquiera sé por dónde empezar a recoger sus pedazos, pero no me rindo. Debe haber una forma de empezar.

—¿Qué sucedió después de que te mostrara el local?

Baja la vista a la mesa y se pasa una mano por el cuello.

—Bebí. Mucho. Hay muchas cosas que no recuerdo —Guarda silencio, como si buscara las palabras o los recuerdos—. Volví al local, pasé la noche ahí.

—¿Qué? ¡No está habilitado para que nadie duerma ahí! Está sucio y…

—Lo sé, pero quería estar ahí —dice con pesar, y el corazón se me constriñe al imaginarlo en ese lugar inhóspito y solitario—. También fui al cementerio. Creo que le lancé una botella a la tumba de Bryce.

Se frota la cara con las manos. Puedo sentir su frustración.

—También hablé con Otto.

—¿Cuándo? —Trato de no sonar alarmada.

—Ayer, creo, antes de venir aquí.

—¿Qué le dijiste?

—Fui a su casa. Lo enfrenté. Él sabía la verdadera voluntad de Bryce y me dio la espalda. —Fija la vista en algo más allá de mí—. Le vendió su silencio a Nadir a cambio de un porcentaje de mis ganancias, igual que le vendió mi custodia a Bryce cuando era un niño. —Suelta una sonrisa sardónica sin humor—. ¿Puedes creerlo? Mi hermano tuvo que comprarme como a un perro para liberarme de ese pedazo de mierda, y ahora quiere hacer lo mismo con los mellizos.

Sus nudillos se vuelven blancos alrededor de la taza de café y el rostro se le tensa.

—Dijo que todo esto puede parar si yo continúo en la banda, produciendo dinero para él. La demanda de custodia que interpuso todavía está ahí y dijo que llegaría hasta las últimas consecuencias si yo dejaba el grupo —dice con amargura—. Es un cabrón; sabe que me tiene acorralado.

—Debe haber otra solución.

Sus ojos, llenos de ira y resentimiento, se clavan en los míos.

—No pueden pasar por el mismo infierno que yo. Mi hermano jamás me lo perdonaría… ni yo tampoco.

Un escalofrío me recorre el cuerpo al recordar los vestigios del maltrato que ese hombre infligía a su nieto: la claustrofobia, el miedo a las alturas, los tatuajes, las heridas… Está todo plasmado en él como una mancha indeleble.

—¿Han hablado con abogados?

—Sí, pero no sé qué tan útil sea. Hela tiene su historial, y yo… —Resopla burlón—. A mí me está llevando la mierda.

Me remuevo con el estómago compactado; el remordimiento me come viva.

—Lo lamento, no debí mostrarte el local.

—No fue tu culpa. Esto es… es algo que iba a pasar, era solo cuestión de tiempo. Desde que me fui para estar con la banda, todo se acumuló: el duelo de Bryce, nuestra ruptura, la nueva vida llena de exigencias y excesos. Era una bomba de tiempo que iba a explotar tarde o temprano.

Lo miro con atención, a esta sombra de lo que fue Clay alguna vez, y el corazón se me estruja. Quisiera poseer la capacidad de traer de vuelta a su *viejo yo*, aunque sé que nadie más que él tiene ese poder.

—Todo se fue a la mierda cuando me mostraste el local, pero te lo agradezco. Supongo que fue como retirar las suturas de una herida infectada que lleva tiempo supurando, sin sanar.

—Al menos ahora puedes limpiarla.

—No es tan sencillo.

—¿Por qué no lo intentas?

Clay se frota el rostro de nuevo y suspira con pesadez.

—Porque estoy cansado de tratar y no lograrlo, porque en realidad no le encuentro un propósito a mi vida. Ya no tengo nada, y si Otto se queda con los niños, tendré menos que nada. ¿Qué soy ahora? Nada. Suena estúpido y cliché, pero es cierto. ¿Qué haces cuando te sientes tan atascado que ni siquiera puedes moverte del lugar donde estás? Miras a los demás seguir con su vida, siendo felices, y tú te preguntas: ¿por qué no puedo ser como ellos? ¿Qué me hace falta? Hasta que la respuesta te golpea tan fuerte que te deja inmóvil: todo. Te hace falta todo porque no tienes nada. No eres nada. Estás vacío y nada puede llenarte, no importa cuánto lo intentes.

No tenía idea de que se sintiera tan vacío y desolado.

—Eres muchas cosas y todas son buenas —digo con el corazón arrugado.

—No quiero tu lástima ni tus mentiras, Niza. No soportaría que tú me mintieras.

—Jamás te mentiría —digo, y me inclino hacia él—. ¿Por qué no puedes verte por lo que eres?

—Porque lo único que veo cuando me miro al espejo es a un perro abandonado. No tengo a nadie más. Bryce me dejó y yo… te dejé a ti. Es como estar en medio del océano, perdido en un barco que se hunde de a poco. He hecho de mi vida una mierda. Ni siquiera deberías hablarme ahora mismo, deberías odiarme.

Me muerdo el interior de la mejilla. Tengo una sensación extraña en el estómago y debo luchar para reprimir las ganas de abrazarlo. Dios, es peor de lo que pensé.

—No te odio. Jamás podría. Y no estás solo, pero no te has dado cuenta aún.

Mira a ambos lados, como para probar su punto.

—Yo no veo a nadie.

—Me tienes a mí.

Frunce el ceño, confundido.

—¿Tú?

Asiento con lentitud. Voy a la cocina, abro el primer cajón, tomo lo que necesito y regreso para poner una tarjeta sobre la mesa, frente a Clay.

—¿Qué es esto? —Toma la tarjeta entre los dedos y la levanta a la altura de los ojos.

—Un centro de ayuda mental.

Bufa y se levanta también; está tan cerca que debo dar un paso hacia atrás para ganar distancia.

—Si esto es una broma, no es graciosa. Si encerrarme en un psiquiátrico es tu solución para impedir que me mate y Otto se quede con los mellizos, no creo que sea muy efectiva —acota con dureza.

Siento la exasperación burbujear en mi interior, pero la reprimo.

—No es ninguna broma ni tampoco es un psiquiátrico. Es una institución de salud mental. Mi psicóloga me atiende allí. —Le sostengo la mirada sin ceder, para que sepa lo serio que es este tema.

—¿Y quieres que asista con ella también?

—No, que lo hicieras no sería ético ni tampoco ayudaría. —Me muerdo el labio, pensativa—. Pero puedes asistir con algún otro profesional. Estoy segura de que te ayudarían con tu adicción y todo tu...

No encuentro la palabra correcta para definir a Clay y sus aflicciones. Es un ser tan abstracto y complejo que incluso describirlo resulta difícil. Estrecha la mirada y me atraviesa con ella como el acero.

—¿Mi qué? Anda, dilo, sé lo jodido que estoy, y sé que lo sabes porque estabas tan jodida como yo —masculla con crudeza.

Este es el chico arisco y seco que conozco. Al menos, es el mismo caparazón que solía usar cuando recién nos conocimos.

—Todos tenemos cosas que nos pesan o nos duelen. Hablarlas no debería ser tema de vergüenza o temor, Clay —respondo con suavidad—. Si quieres tener una oportunidad de recuperar a los niños, lo mejor que puedes hacer es intentar cambiar.

El agarre en la tarjeta es tan fuerte que arruga el papel y no logro descifrar la emoción que le corroe los ojos.

—No es tan fácil como tú crees —suelta hosco—. Lo único que quiero es mantener seguros a Lyra y Bryce, son lo único que tengo. —La desesperación tiñe su tono y es como ver la misma faceta devastada de la noche anterior—. Siento que estoy dentro de un puto callejón sin salida.

La voz se le quiebra por un segundo y traga con dificultad.

—No estás en un callejón sin salida. —Doy un paso hacia él y, con vacilación, pongo la mano sobre la suya—. Siempre hay una forma de salir; solo tienes que intentarlo.

—Eso intento. —Se toca el pecho con fuerza—. Pero no consigo salir, solo me pierdo más y más dentro de ese jodido laberinto.

El nudo en la garganta me hace imposible respirar. No quiero llorar, así que uso todas mis fuerzas para contener las lágrimas.

—Sí puedes salir. Tú me sacaste de ese lugar. —Le aprieto la mano y su gesto de angustia se transforma en uno de conmoción—. Salí porque tú estuviste allí. Me ayudaste más que nadie y ahora quiero regresarte el favor.

La sorpresa cede el lugar a la confusión. Retiro la mano y doy un suspiro trémulo para recolectar templanza.

—Tú siempre estuviste ahí para recordarme cuánto valía, cuán fuerte podía ser y cuán extraordinaria era. Que te fueras me rompió, pero también fue lo mejor. —Sonrío a través del dolor que me inunda—. Ahora has vuelto y estás roto, mucho más que antes. Si puedo ayudarte a que recojas los pedazos que te faltan…

—¿Por qué harías eso? —me corta con aspereza—. ¿Por qué harías algo por el imbécil que te enamoró y te abandonó?

La punzada se vuelve más potente.

—Porque eso hacen los amigos, se ayudan unos a otros.

Suelta una risita sin humor.

—Tú y yo tenemos historia con esa palabra.

Sonrío también y asiento.

—Es lo que estamos intentando ser, ¿no?

La interrogante flota como una burbuja que nadie desea atrapar para no explotarla. Clay y yo somos más que conocidos, pero menos que amigos. Somos menos que todo y más que nada. Somos puntos suspensivos que se niegan a dar un punto final a nuestra historia.

—Esa palabra me trae recuerdos agridulces —confiesa y las facciones se le suavizan.

Noto el cariño que lo desborda y sé que estamos entrando a un terreno donde ninguno tiene el control, así que soy la persona madura entre ambos y doy marcha atrás.

—Solo quiero apoyarte como tú lo hiciste conmigo —explico—. No quiero regresar contigo, así que no te confundas. —Su expresión cambia a una dolida—. No quiero que caigamos en el mismo círculo vicioso de Hela y Bryce.

Intenta hablar, pero lo corto.

—No he terminado —digo con firmeza—. Si voy a apoyarte, lo haré como tu amiga. Yo no soy la herramienta mágica que te reparará, eso no depende de mí, sino de ti. Quiero ver al viejo Clay... No, no al viejo, a alguien mejor, alguien que no se refugie en su pasado para huir de su presente. Quiero a ese Clay. Todos lo queremos.

Tarda en reaccionar. Pero entonces su semblante cambia por completo: donde antes solo había pesar, ahora hay un atisbo de esperanza.

—Sigues siendo tan obstinada como te recordaba, Niza Hess. —Su tono es bajo, aterciopelado y me recorre la piel como si la acariciara.

El pulso se me dispara enseguida. Aún me afecta cuando mi nombre está en sus labios, pero apaciguo la sensación tanto como puedo.

—Tú también eres obstinado —replico.

—Yo siempre he sabido ceder. —El peso de sus ojos sobre mi rostro me abruma. Me convierte en un manojo de nervios cuando los posa sobre mis labios—. ¿Lo sabes hacer tú?

Pareciera que me está poniendo a prueba como solo él sabe hacerlo, como solía hacerlo cuando estábamos juntos. Es una sensación extraña la que despierta en mí, y funciona como un ancla para mantener los pies en la tierra.

—Te conozco, Clay. Jamás miras atrás después de tomar una decisión, nunca te arrepientes de nada, por eso eres más determinado que yo.

El tacto de sus dedos, que suben por mi barbilla hasta rozarme la oreja, me pone el corazón a latir como un tambor.

—Te equivocas. Hay una decisión de la que me he arrepentido desde que la tomé…

Emito un sonido de burla.

—Dudo que exista algo de lo que pueda arrepentirse el gran Clay Hawthorne.

—Dejarte —suelta de pronto, y es como recibir una patada en el estómago que me saca el aire—. Siempre me arrepentiré de haberte dejado.

La piel me arde donde él me toca. Siento que el corazón se me saldrá del pecho.

—Creí que nunca te arrepentías de nada, ni siquiera de eso. Tú hiciste tu elección como lo has hecho siempre. ¿Por qué esa es diferente?

Mi piel amenaza con volverse cenizas. No debería tener estas reacciones a él, no debería sentir más que aprecio, pero esto va mucho más allá, es profundo y atrayente. Cuando me mira de esa forma, pierdo la capacidad de pensar con claridad.

—Tú siempre fuiste la excepción a todos mis patrones, Niza Hess.

Lo dice como si no fuera nada, como si fueran solo unas simples palabras y no la piedra que termina por derrumbar mi convicción de no cruzar la línea que nos separa. Nos mantenemos suspendidos. Lo único de lo que soy consciente es de nuestra cercanía y de ese constante vaivén en mi mente; me pregunto una y otra vez indecisa: «¿Quiero que me bese?».

«Sí».

«No».

«No».

«Sí».

Es demasiado confuso. Él me confunde, su cercanía me confunde y aturde, pero soy capaz de mantener el control.

—Bien, siguiente regla de esta amistad: no puedes decir ese tipo de cosas —digo y me alejo para retirar su tacto de mi cara.

—¿Por qué? —Los ojos le brillan de forma maliciosa—. ¿Te afectan?

—No, pero no es correcto. Además, vamos a convivir mucho tiempo, así que es mejor evitar este tipo de comentarios.

—¿Convivir mucho tiempo? ¿Qué quieres decir?

—Acepté el papel para el video. Seré tu bailarina.

El rostro le cambia por completo. Antes de que pueda procesar lo que está sucediendo, acorta la distancia que nos separa y me estrecha entre sus brazos. Es tan rápido y arrebatado que me deja sin aire, pero algo me revolotea en el estómago y mi piel vibra al tenerlo cerca.

Santas cabras, eso no es bueno.

Me deshago de su agarre y doy otro paso lejos.

—Nueva regla de la amistad: no puedes abrazarme o tocarme más de lo necesario.

Una pequeñísima sonrisa le atraviesa el rostro.

—Esa es una difícil.

—Debes acatarla.

—Sí, capitana —dice con algo de humor.

Estoy a punto de decir algo más, cuando el timbre suena. Me congelo. No espero ninguna visita.

—¿No vas a responder? —Clay hace un gesto hacia la puerta.

—Sí…sí. —Parpadeo y comienzo a caminar para abrir, antes de girarme hacia él y detenerme—. ¿Qué haces ahí todavía? ¡Vete! —susurro con energía.

—¿Quieres que me esconda debajo de la cama o en el clóset? Si es el clóset, podríamos escondernos ambos.

—¡Clay! —insisto.

Él levanta las manos a modo de rendición.

—Bien, tenía que intentarlo.

Sale de la cocina y se dirige a mi habitación. Una vez estoy segura de que no está a la vista, veo a través de la mirilla de la puerta y el corazón me baja hasta el suelo al comprobar que es Karef. ¿Qué ubres hace aquí?

Abro y le dedico mi mejor sonrisa.

—Hola. ¿Qué haces aquí?

Pego mi cuerpo al marco y cierro un poco la puerta para impedir su entrada. Lo último que quiero es que se haga ideas erróneas, y eso es muy sencillo si tenemos en cuenta que Clay está aquí. Conmigo. A solas.

Karef me mira, extrañado.

—Vine a cerciorarme de que estuvieras bien. Rhaila y Rhaiza te han estado llamando y enviando mensajes. Yo también te llamé, pero no respondiste. ¿Por qué no fuiste a Rennart?

Por todos los... Olvidé por completo que tenía ensayo general en la academia.

—No, es solo... Tenía otras cosas que hacer. —Trato de sonar convincente.

—De acuerdo. ¿Estás bien? Estás pálida. ¿Necesitas ayuda en algo?

—Está bien, no necesita ayuda. Está ocupada trabajando conmigo. —La voz profunda y clara de Clay me llega desde atrás.

Abre más la puerta para mostrarse antes de decir otra cosa.

Me quedo paralizada. No puede ser. El rostro de Karef es una mezcla de confusión e incredulidad.

—¿Estoy soñando? —Es lo primero que pregunta al salir de su trance.

Clay resopla burlón.

—Si esto fuera un sueño, sería muy raro que me incluyeras en él.

Doy un paso para ganar distancia de Clay y el pecho se me oprime al encontrarme con la mirada resentida de Karef.

—¿Están ensayando?

—Sí —digo.

—No —me interrumpe Clay, y siento que estoy perdiendo el control de la situación.

—Entonces, ¿qué hacían?

La sonrisa maliciosa de Clay me hace un hoyo en el estómago.

—Calentando —dice el idiota con arrogancia.

Quiero matarlo. El rostro de Karef pierde color.

—Pero como nos has interrumpido, he perdido las ganas de seguir con el calentamiento.

Sale de mi apartamento, para mi alivio: con la camiseta y chaqueta puestas. Al menos. Me dedica una última y enigmática mirada.

—Te veré en el ensayo mañana. Tienes que seguir dándome todo.

Me crispo al ver cómo el rostro de Karef se desfigura ante esa oración, que claramente tiene un doble sentido.

—Karef, a ti también te veré mañana. Recuerda que será mía por un buen rato, así que no la canses mucho —se despide con buen humor.

—¿Para que siga dándote *todo*? —pregunta con la mandíbula tensa y los dientes apretados.

Clay esboza una pequeña sonrisa.

—Qué bien, lo has entendido rápido.

Sin decir otra palabra, entra al ascensor. Lo único que queda después de su partida es una estela de silencio espeso, y me aterra respirar. En mi mente solo existe el sonido estridente de la alarma que grita: «Peligro, peligro».

—¿Me dirás por qué estabas aquí con Clay Hawthorne *dándole todo* o tendré que preguntarle a él? —La voz de Karef es suave, pero sus ojos son fuego puro.

Y yo que pensé que el día no podía ponerse más extraño.

19| Pas couru

Niza

Karef me mira como si no creyera lo que acaba de suceder. Incluso yo dudo de si estoy soñando o no.

Pone una mano sobre la silla del comedor y hace una mueca cuando su vista cae sobre los dos platos que hay en la mesa, como si fueran otra prueba de un crimen atroz.

—¿Y bien? —insiste, y su voz me saca del estupor—. ¿Por qué estaba él aquí?

Lo más viable sería mentirle y decir que solo hacíamos algo relacionado con la coreografía del videoclip, pero no me siento cómoda mintiendo, así que me decido por la verdad, aunque su reacción me asusta.

—Durmió aquí.

—¡¿Qué?! ¿Te acostaste con él? —Eleva la voz y el enojo le sulfura los ojos.

—¡No! —Sacudo la cabeza—. Estaba ebrio. No podía dejarlo ir así.

—¿Quieres decir que fue el idiota que chocó el auto contra el poste de afuera?

—Sí. Estaba muy ebrio. Solo le di un lugar para dormir.

Su expresión se vuelve sombría.

—¿Y por qué vino a verte?

—No lo sé.

—¿No lo sabes? Una persona como él tiene a un ejército de asistentes que lo rodean y fans que esperan tener un segundo de su atención. ¿Por qué tú? —Los celos destilan de sus palabras.

Me quedo en silencio y creo que la respuesta está escrita en mi cara. Estrecha los ojos con suspicacia.

—¿Sucedió algo entre ustedes?

Considero, de nuevo, la posibilidad de negarlo y mentir, pero no lo hago.

—Esta vez no... Tuvimos algo en el pasado, cuando ambos estudiábamos en ACA.

Karef da un paso hacia atrás, impactado.

—Sé que no estuvimos en la misma generación en ACA ¡pero nadie me lo dijo, ni siquiera RJ!

—Yo le pedí que no te lo dijera —confieso apenada.

—¿Por qué?

Me encojo de hombros.

—No quería... que me vieras como su ex.

—¿De qué hablas?

—Como la ex de alguien famoso. Quería que te sintieras atraído por lo que soy, no por lo que pudieras conseguir de mí.

Abre los ojos con desmesura y no sé si está molesto o sorprendido, pero su actitud cambia.

—¿Crees que estaría contigo por algo más?

—No lo sé, Karef, realmente no lo sé. —Muevo los brazos, frustrada—. Cuando terminamos y él se fue, lo último que quería era que nos relacionaran y lo trajeran a la conversación cada cinco minutos.

Estrecha los ojos y no sé si me cree. Guarda silencio y el estómago se me retuerce. Esto era justo lo que quería evitar y ahora me ha explotado en la cara. De pronto, frunce el ceño y su expresión se vuelve más sombría.

—Entonces... si él es tu ex y pasó la noche aquí, ¿cómo esperas que crea que nada sucedió?

No puedo culparlo por su falta de confianza.

—Nada sucedió. Solo se quedó a dormir.

—¿Intentó hacer algo contigo?

—No.

—¿Y en otras ocasiones?

—No.

Se pasa la lengua por los labios.

—¿Quiere que regresen? Porque, si es así, puedes decirle desde ahora que se vaya a la mierda, que perdió su oportunidad. —La molestia le impregna la voz.

—No estoy interesada —me apuro a responder—. Nuestra historia terminó. Estuvo aquí porque tuvo una mala noche. No la ha pasado bien desde que su hermano murió.

—Puede ir a llorar con otra. Cualquier mujer lo recibiría feliz.

—No es tan simple. Clay es complicado y lo que vivió después de la muerte de su hermano… lo afectó mucho.

—¿Y a mí qué? No, mejor aún, ¿a ti por qué te importa? Es tu ex; no debería interesarte si el tipo vive o muere —escupe con desdén. Nunca lo había visto tan enojado y no sé cómo contenerlo—. ¿O es que aún sientes algo por él?

—¡No! —Elevo la voz, frustrada, pero él no me cree, así que trato de explicar—. Yo fui la última persona que estuvo con él antes de que ocupara el lugar de Bryce en la banda y hace poco se enteró de ciertas cosas y… se vino abajo. Solo quiero ayudarlo, por eso acepté el papel.

Karef se pasa una mano por la cara y clava sus ojos en mí, oscuros e intensos. No le gusta la idea, pero tampoco voy a abandonar a Clay ahora que necesita toda la ayuda posible.

—¿Y si quiere algo más? ¿Y si solo te está manipulando para que sientas lástima por él y así tenerte cerca?

Sacudo la cabeza con ímpetu.

—No es así. Lo conozco.

—No, en serio: hace meses que no se ven y el tipo no parece del todo estable. Podría meterse en tu cabeza.

Unas chispas de molestia amenazan con iniciar una hoguera, pero las reprimo lo mejor que puedo.

—Tendrás que confiar en mí cuando te digo que no me interesa. Solo quiero ayudarlo. Como amigos.

—Él no parece interesado en ser tu amigo.

—Lo está. Quiero que se recupere, nada más.

—¿Estás segura?

—Sí. —La seguridad está en mi voz, pero no del todo en mi interior—. Clay y yo seremos compañeros de trabajo, como máximo seremos amigos. Te lo prometo.

Me acerco con la intención de tocarlo para aligerar la tensión en su cuerpo. Se aleja y me mira la boca con indecisión. Capto el mensaje y doy un paso atrás. A pesar de lo que le digo, no confía en mí cuando se trata de él.

—Recordé que tengo algo que hacer. —Mete las manos en los bolsillos del pantalón—. ¿Nos vemos después?

—Sí.

Finjo creer su pobre excusa y se despide con un lento asentir de la cabeza, sin que la incertidumbre y el recelo le abandonen el rostro.

—Te veo después, Daisy.

Se marcha y me deja con un nudo en el estómago. Esto se salió de control demasiado rápido y ni siquiera tuve oportunidad de arreglarlo. No sé qué pasará con Karef ahora que sabe la verdad. Tampoco sé si terminará esto que tenemos. No podría culparlo si lo hiciera; a nadie le gusta la idea de que su *casinovia* aún hable y se preocupe por su ex. Está mal, pero no tengo el corazón para dejar a Clay desamparado en medio de esa oscuridad.

Lo que decida Karef depende solo de él. Tampoco lo culparé si decide dejarme. Aunque, muy en el fondo, espero que no lo haga.

* * *

Entro al apartamento que comparten mis amigas, pero no veo ningún rastro de las gemelas hasta que una de ellas aparece de pronto en el recibidor y se lleva una mano al pecho, asustada.

—¿Quieres matarme? ¿Por qué no tocas antes de entrar? —dice Rhaiza.

Cierro la puerta y me siento en el sofá *beige* de siempre.

—Les escribí que vendría. Pensé que habían dejado la puerta abierta a propósito.

Mi amiga pone los ojos en blanco.

—¡Rhaila, ven acá! —grita y toma asiento también. Se inclina cerca de mí y me susurra al oído—: Trata de no hablar de la audición, creo que escogieron a alguien más y está muy afectada.

Una sensación desagradable se me asienta en el estómago y la boca se me seca de pronto.

—¿Ahora qué quieres? —Rhaila sale de su habitación y se detiene al inicio de la sala.

La culpa me cae sobre los hombros cuando la veo: tiene los ojos hinchados y la nariz enrojecida, como si no hubiera parado de llorar en todo el día.

—¿Acaso sabes dónde vives? ¡Cualquiera podría entrar y matarnos en esta ciudad! No dejes la puerta abierta —la reprende su hermana.

Rhaila se limpia la nariz con un pañuelo y le lanza una mirada matadora.

—En todo caso, te matarían a ti primero por gritar tanto. No veo el problema.

—¿Disculpa? Yo sí quiero vivir. Aún tengo mucho por hacer.

—Yo no —dice Rhaila y se deja caer en el sofá frente a nosotras con pesadez—. Mi vida ya no tiene sentido.

—¿Por qué dices eso? —pregunto.

Rhaiza me da un golpe con el codo en las costillas para que me calle, pero ya es muy tarde.

—Le dieron el papel a alguien más. No me llamaron.

Su hermana me lanza una mirada envenenada. Después la suaviza para dirigirla a Rhaila.

—Sé cuánto querías este papel, pero vendrán muchos más y mejores, no es el fin del mundo, ¿cierto, Niza?

Rhaiza me mira en busca de apoyo.

—Sí, claro —digo y me esfuerzo por que no se note mi nerviosismo. Por Dios, quedará destruida cuando se entere de que fui yo quien obtuvo el papel.

—De seguro la chica que se lo quedó ni siquiera es tan buena —dice Rhaiza, y la miro de reojo—. Seguro no tiene una técnica tan limpia como la tuya ni es tan buena con las piruetas como tú.

Rhaila abraza un peluche de cerdito con pesar.

—Pero, entonces, ¿por qué la eligieron a ella y no a mí? Pensé que había conectado con Clay. Tuvimos una conexión, fue real, pude sentirla en ese ensayo —dice con la voz quebrada.

—Sí, bueno, quizá esa conexión solo estaba en tu cabeza —dice Rhaiza—. Y tal vez lo que tuvo realmente conexión fue su polla y el coño de la chica y por eso…

—¡Oye! —La detengo, ofendida, y ambas me miran. Trato de arreglar la situación—. Quiero decir, no podemos asumir que eligió a otra porque quiere follársela.

Rhaiza enarca las cejas.

—¿Ah, no? Es hombre, todos piensan con la polla.

—Eso suena horrible. —Su hermana hace una mueca y yo la apoyo.

—Tal vez tuvo otros motivos para elegirla o…

—Lo dudo. —Rhaiza cruza los brazos—. Es un imbécil si no supo valorar a mi hermana y se fue con otra idiota más fácil.

—A todo esto, no sabemos quién es —interviene Rhaila y se incorpora con lentitud—. Ninguna de las otras chicas que hizo la audición ha dicho algo sobre obtener el papel. Quizá aún no puede decirlo. ¿Tú sabes algo, Niza?

La garganta se me seca enseguida y siento cómo las manos me empiezan a sudar. Juego con los dedos para calmar los nervios, aunque estoy segura de que exudo culpa por cada poro de la piel. Por todos los corrales, ¿por qué no solo se lo digo y ya? Sería como arrancar un diente flojo o una costra a medio caer o…

—Ya. Sabes algo. —Rhaiza me saca de mis cavilaciones y me mira expectante—. Escúpelo: ¿quién es la maldita?

—No, chicas, yo…

Rhaila se sienta al otro lado de mí en dos zancadas.

—Sí lo sabes. Dinos quién es.

—No, en serio, yo…

—¡Anda, Niza! Tal vez aún podamos convencerla de que no tome el papel.

—Sé una buena amiga y dinos.

—No puedes guardar secretos de nosotras.

—Anda, Niza, di…

—¡Soy yo! —exploto y me pongo en pie de un salto para salir de la jaula que crearon sus cuerpos—. Yo tengo el papel, yo seré la bailarina del video.

Ambas me miran impactadas, con la boca abierta y los ojos desmesurados. Por un momento creo que se han quedado en *shock* y no van a hablarme, hasta que el rostro de Rhaila se transforma y me escruta enojada.

—¿Tú? —espeta—. ¿Cómo pudiste?

El remordimiento me come viva.

—Lo siento, es solo que… Clay me lo pidió.

Sus ojos echan fuego y se clavan en mí como estacas.

—¿Y qué si te lo pidió? ¡Tú sabías cuánto quería este papel!

Se acerca y su cuerpo vibra de ira.

—Ah, claro, y tú no podías perder la oportunidad de estar con él, ¿cierto? ¡Ni siquiera te gusta! ¡Dijiste que no querías el papel cuando te enteraste de que se trataba de Riot 911! ¡Lo hiciste solo para joderme!

—¡No! —grito, desesperada por que me escuche—. Tengo otras razones. Iba a rechazar el papel, pero…

Rhaila sacude la cabeza, iracunda.

—No quiero escuchar tus mentiras. Sabías cuánto había trabajado por esto, cuánto quería el papel, y tú solo… ¡lo sedujiste para quitármelo!

—¡Yo no te lo quité! No quería el papel, pero sucedieron cosas y…

Siento el ardor en la mejilla antes de que pueda terminar la oración. Rhaiza lanza un jadeo y se apresura a ponerse en medio de ambas.

—Ya fue suficiente. Rhai, eso fue demasiado.

Miro a Rhaila. Estoy asustada y dolida a la par, pero ella ni siquiera se inmuta después de abofetearme. Tiene el rostro constreñido en una máscara de cólera y su mirada es implacable.

—Eres una amiga de mierda. Creí que respetabas los códigos. Largo, no quiero verte —sisea con un tono cargado de resentimiento.

—No estás pensando bien las cosas, Rhaila. Deberías tomarte un momento para…

—¿Te pondrás de su lado? —la interrumpe, indignada—. ¡Eres mi hermana! ¿Por qué estás de su lado?

—Todas somos amigas; no hay un lado.

Rhaila me dedica una mirada furiosa.

—Ahora lo hay y yo no quiero estar en el mismo que el de esta zorra traidora.

Rhaiza me mira afligida y yo niego con la cabeza. No tiene caso hablar con ella ahora, no entrará en razón.

—Largo —insiste.

Soy lo suficientemente lista para no probar sus límites. Sin decir otra palabra, tomo mi bolso y salgo del apartamento con el corazón arrugado y lágrimas que escuecen. Gané un papel y perdí a una amiga. No es nada nuevo en el mundo de la danza, pero nadie me advirtió que dolería tanto.

20| Perspectiva

Clay

Mitch me lanza una botella de agua y la atrapo en el aire a escasos centímetros de mí.

—Sabes que uso la cara para vivir, ¿no? Deberías tener más cuidado —me quejo, pero abro el agua para beber.

—¿En serio? No parece que vivas de ella; tienes una cara de mierda.

Me limpio la boca con el dorso de la mano.

—Jódete, Mitch.

—Miren quién resucitó —dice Aaron con una sonrisa, y sus ojos verdes brillan divertidos—. Creímos que ya no volverías.

—Vivió su propia versión de *¿Qué pasó ayer?* —se burla Dave, entrando junto a Kirk al estudio de grabación en STV—. Solo le faltó casarse.

—¿Y cómo sabes que eso no pasó? —molesta Aaron, y les dedico a los tres imbéciles una mirada venenosa.

—No lo vuelvas a hacer —dice Mitch cerca de mí con voz seria y autoritaria—. Te sacaron algunas fotos muy comprometedoras mientras bebías en la calle.

—¿Y dónde están? ¿Por qué no ha explotado el escándalo?

Mitch se rasca la barba y es entonces cuando veo los rastros violáceos del moretón que le hice en nuestra pelea cuatro días atrás.

—Nadir les pagó a los medios para que no las difundieran. De no ser por él, estarías en todos los titulares.

Tomo otro sorbo de agua. La resaca se ha ido casi por completo después de pasar esa noche con Niza y el día de ayer durmiendo en la habitación de hotel, pero aún quedan algunos rastros, como el cansancio y el leve dolor de cabeza que viene por oleadas.

Los escombros del derrumbe que me trajo a lo más profundo de mi depresión aún están ahí, esparcidos, y los pocos pedazos que logré reunir para presentarme hoy a trabajar son endebles, como una torre de Jenga a punto de caer si presionas demasiado una pieza, así que espero que Mitch no lo haga. Que nadie lo haga, porque no quiero explotar otra vez.

Esta es la peor parte de la depresión, sin duda: el mundo no se detiene y debes seguir, debes presentarte a trabajar, convivir y simular que eres un humano normal, que no estás roto y vacío por dentro.

—De acuerdo —digo sin más, esperando que con eso termine la conversación.

Mitch, sin embargo, tiene otra idea, porque se acerca a mí y me susurra:

—Fue demasiado, Clay. Ya he vivido esta historia antes. No la repitas. Sabes cómo terminó para Bryce.

Era demasiado pedir que el imbécil de Mitch no presionara esa pieza sensible.

—Voy a lidiar con mi duelo como se me dé la puta gana. No te metas en mis asuntos.

Mitch me atraviesa con sus ojos como el hierro.

—Me meto porque esta es nuestra banda, es nuestro futuro con el que estás jugando. El de los chicos, el mío, incluso el de mi esposa y mi hijo, y no permitiré que todo se vaya a la mierda por ti. Madura de una vez.

—Es tan fácil para ti decirlo; no tienes que lidiar con nada.

—¿Ah, no? Míranos: todos tenemos un desastre en la cabeza y seguimos adelante. No es justo que me trates como una mierda porque crees que no ayudé a tu hermano. Intenté ayudarlo tanto como tú, pero nunca lo aceptó. ¿Serás igual que él? Estoy tratando de ayudarte para que no sigas sus pasos.

Me pone una mano en el hombro y la sacudo con hastío.

—Guárdate tus consejos paternalistas para tu hijo; él los necesitará en el futuro —digo con desdén.

El rostro de Mitch se suaviza y donde antes había molestia ahora solo hay algo parecido a la compasión.

—No quiero que termines como Bryce. No me lo perdonaría. Por favor, busca ayuda.

—Gracias, papá —espeto con sorna.

—Bien, haz lo que quieras mientras no afectes a la banda. —Suspira exasperado.

La puerta del estudio se abre y Alice aparece con su inseparable iPad en la mano.

—Clay, el ensayo es en unos minutos. Ellen te está esperando en el salón —avisa despegando un segundo los ojos de la pantalla.

Miro al líder.

—Iré a trabajar para que la banda no se vaya al demonio. ¿Feliz?

Mitch me mira serio y cruza los brazos, pero no dice nada más. Sigo a Alice por los pasillos del complejo de STV hasta que llegamos al salón de baile donde fueron las audiciones. El lugar está frío. Las paredes son blancas, inmaculadas y vacías.

Miro el enorme espejo que me recibe y rehúyo la mirada. No tengo que ver para saber que soy un saco pálido de huesos y ojeras. Un par de tacones repiquetean sobre el piso de madera y Ellen sonríe apenas posa los ojos en mí.

—Pensé que no vendrías —saluda enérgica, vestida en licra oscura.

—Mi asistente dijo que era un ensayo importante —respondo con mi mejor imitación de tono indiferente, aunque por dentro el corazón amenaza con rendirse a la anticipación.

—De hecho, lo es. Entre más pronto aprendan la coreografía, más rápido podrá grabarse el videoclip. Nadir dice que quiere que se estrene antes de tu siguiente concierto, que es en un mes, ¿correcto?

Asiento, pero no digo nada más. El sonido amortiguado de otro par de pasos me pone alerta y todo se desvanece en el segundo en que Niza entra en mi campo de visión. El letargo que pesa sobre mi cuerpo se esfuma para admirarla. Sus ojos se encuentran con los míos y me parece ver solo un ápice de reconocimiento, que me deja helado.

—Hola —saluda cortés.

No parece la chica de la mañana de ayer, cálida y atenta. Es como si vistiera ese caparazón que utilizaba en los escenarios de ACA para que nadie viera realmente quién era y qué sentía. ¿Se arrepintió de lo que me propuso? ¿O su novio la convenció de no ayudarme?

Los pensamientos me abarrotan la cabeza; lucho por hacerlos a un lado y concentrarme en esto, en el ahora. Quizá estos sesenta minutos de ensayo sean los únicos en los que no me sienta como un cascarón vacío. Ese es el efecto de Niza: es capaz de inyectarme vida más allá de cualquier vicio y de tranquilizarme mejor que la nicotina. No puedo despegar mi atención de ella; su presencia es como un regalo. Niza, con su ropa de entrenamiento, sus mallas, sus zapatillas y el cabello rojizo recogido en un moño impoluto. Niza, con esas facciones delicadas, esos labios carnosos y esos ojos que no pierden el asombro por todo cuanto la rodea.

—Bien, si ambos están listos, me gustaría comenzar. —El aplauso de Ellen me saca del ensimismamiento—. ¡Ah, no, esperen! Olvidé el control de las bocinas. Ahora vuelvo.

Sale disparada del lugar junto a Alice y nos deja en una tensión que no puede cortarse con nada, ni siquiera con una puta sierra. No sé si agradecerle o despedirla por hacerme esto: exponerme al elemento adictivo que es para mí Niza Hess.

Es ella quien rompe el silencio.

—¿Te sientes mejor? —pregunta cordial, demasiado educada, como si quisiera mantener la distancia.

Tal vez es lo que desea después de todo y debo respetarlo, por mucho que duela. Me encojo de hombros.

—Normal.

—Define normal.

—La resaca ya no me está matando.

—Bien, me alegro. —Su expresión se relaja un poco—. ¿Has pensado en el centro que te dije? Podría ayudar.

Presiona una fibra sensible, pero, a diferencia de Mitch, a ella no quiero gritarle. No podría, así que me limito a decir la verdad.

—No.

—Deberías. Cuanto antes empieces la terapia, será mejor. Para ti y para los planes que tienes de proteger a los niños.

Inclino un poco la cabeza, sin comprender.

—¿Ellos qué tienen que ver?

—No puedes cuidar de ellos si no cuidas de ti. —Me dedica una sonrisa minúscula—. Y creo que te has abandonado tanto que no puedes cuidar de los demás. Ahora deberías ser egoísta y pensar solo en ti.

Sus palabras son como una flecha que da justo en esa llaga que lleva tiempo dentro de mí, pudriéndose. Asiento, pero no estoy del todo cómodo con el tema, así que opto por cambiarlo.

—¿Qué te dijo tu novio? ¿Se enfadó contigo? —No puedo ocultar la expectativa en la voz y al parecer Niza no es capaz de ignorarla, porque frunce el ceño.

—Sí, pero parecía que esa era toda tu intención.

—No lo era —miento.

—No fuiste nada sutil.

—Nunca he sido sutil, menos cuando se trata de ti. ¿Eso es algo malo? —Noto el cambio de color en su cara. Rehúye mi mirada. Resisto el impulso de sonreír—. Pensé que ya no te ponía nerviosa. —Doy un paso hacia ella—. Es bueno saber que algunas costumbres no han muerto.

—No me provocas nervios.

—¿No? ¿Y qué te provoco entonces?

—Nada —miente; la tensión en su cuerpo la delata.

Se me escapa una sonrisa, la primera en días.

—Sigues siendo una descarada mentirosa, Niza.

Los ojos se le encienden con ese fuego que la llena siempre que está conmigo.

—No me llames así. Además, tú sigues siendo un imb…

Ellen irrumpe en el salón antes de que Niza pueda terminar la frase y el pequeño momento que tuvimos para nosotros, en el que volvíamos a ser solo ella y yo, se desvanece.

—¿Estamos listos? —La instructora trae una carpeta y el control del sonido—. Tomen sus lugares, por favor. Esto será mucho más complicado que la audición, quiero que estén conscientes de eso.

Niza asiente con decisión y baja el cierre de su sudadera rosada para dejar al descubierto un leotardo color carne que no hace otra cosa más que resaltar las curvas y formas del cuerpo con el que fantaseaba cada vez que me masturbaba.

—Clay, ¿estás listo? —pregunta Ellen.

—Eso creo. No tengo que moverme mucho mientras canto, ¿o me pondrás a hacer acrobacias?

Atrapo el atisbo de una sonrisa que se asoma tímida en el rostro de Niza y el triunfo se levanta con osadía en mi interior.

—Si no te comportas, podría hacerlo —me amenaza—. Bien, comencemos.

La mujer da indicaciones sobre dónde ubicarnos, dónde iniciar cada aparición y movimiento por separado.

La temática del video es simple: las escenas se grabarán en una casa abandonada para mostrar la soledad que cuenta el inicio de la pieza; entonces aparece la bailarina danzando, como una especie de luz resplandeciente que rompe con la monotonía del espacio y le da vida al protagonista de la canción. La letra es demasiado literal y refleja lo que Niza significa para mí, pero es muy tarde para cambiarla. Me he expuesto por completo.

Durante los últimos meses de vida de Bryce, Niza fue una especie de luz titilante que guiaba mi camino en una oscuridad densa. Ella era refulgente e iluminaba cada espacio lóbrego de mi vida. Ahora que ya no forma parte de mi mundo, la oscuridad me engulle, mucho más espesa que antes.

—Niza, tócalo, gira en torno a él; eres su luz.

Su perfume frutal impregna mis sentidos, provocando un deseo salvaje de olerlo de su cuello, como lo hacía cuando follábamos. Echo de menos su aroma en mi cuerpo, mis sábanas, mi ropa, mi auto. Niza estaba en todos lados y ni siquiera lo noté hasta que la perdí.

—Se supone que ella no es real, es solo una ilusión. Algo que tuviste y perdiste —dice Ellen—. Tómale la mano, eso es. Mírense a los ojos.

Niza respira agitada por los movimientos, el pecho le sube y la baja con pesadez, tiene las mejillas teñidas de un rojo más intenso por el esfuerzo. Me contempla, como si pudiera ver cuánto me afecta su presencia. Su piel se siente tersa y cálida sobre la mía. No quiero dejarla ir. Si pudiera, nos mantendría a los dos en este lugar y cerraría la puerta para que nadie pudiera perturbar nuestra paz.

—Ponle una mano en la cintura. Atráela hacia ti como si no quisieras dejarla ir.

La obedezco. Cada músculo se tensa al percibir el cuerpo de Niza contra el mío. Es una sensación familiar y sosegadora que me llena… Y quiero más, mucho más. Es egoísta. No quiero entregarla a Karef, quiero ser yo quien esté en su lugar. Algo cambia en su expresión: la indiferencia profesional se funde bajo el calor del momento. No sé dónde empiezan nuestros sentimientos y dónde termina la actuación, pero disfruto de cada momento como si fuera el último.

—Niza, ahora aléjate, haz una voltereta. Clay, ve tras ella, persíguela. Ella es tu sueño y se está esfumando.

Hago lo que me dice y se siente personal, casi como si describiera a la perfección lo que tuve y me encargué de perder. La sigo sin pensarlo. El estudio de baile se transforma de pronto en una línea de vida a la que me aferro. Voy tras ella.

—Intenta atraparla. Niza, huye.

Lo hace. Justo cuando logro llegar hasta ella, se desvanece y hay un enorme espacio entre nosotros, indefinido y abismal.

—Clay, ella es una ilusión, algo que ya se ha ido. Arrodíllate. Quiero ver el dolor de perder algo que amas.

Caigo al piso con un ruido sordo, devastado, porque así fue como me sentí cuando perdí a lo único que me mantenía anclado en esta tierra.

—Niza, tómale el rostro, acarícialo, míralo. Eres algo que él desea. Clay, quiero ver la adoración en tus ojos.

Y esa instrucción es una que no tengo que fingir ni esforzarme por obedecer. Cada parte de mi cuerpo y mi mente la adora en todas sus facetas. Un oasis en mi desierto. Eso es lo que representa Niza para mí. No importa cuánto tiempo pase o qué suceda entre nosotros, ella siempre será el oasis dentro de los confines áridos de mi vida.

Me toma la cara con delicadeza y me rindo ante ella.

—Clay, ponte en pie. Ponle mano en el pómulo.

Me yergo en un solo movimiento. Cuando mi mano entra en contacto con su piel, es una tortura dulce y dolorosa. Niza me observa con detenimiento, pero no hay miedo. Creo ver el espejismo de la antigua chica que me contemplaba como si fuera su héroe y no el villano en su historia.

—Uff, cuánta intensidad. —Ellen suelta una risita nerviosa y se abanica con la carpeta—. Hasta yo tengo calor después de tremenda actuación; deberían ir a Broadway.

Sé que debo dejarla ir porque ha pausado la canción, pero no puedo hacerlo, no quiero hacerlo. Está tan cerca que su respiración me pega en el pecho. Niza es la primera en alejarse con un paso firme. Toma su distancia y se aclara la garganta.

—¡Eso es asombroso! Es justo de lo que estoy hablando —dice la mujer emocionada—. Parece tan real que casi puedo ver las chispas saltar entre ustedes.

Ninguno dice nada y solo permanecemos en nuestro sitio, esperando la siguiente instrucción, demasiado temerosos de nuestras propias acciones.

—Chicos, tengo una propuesta. —Registro la voz de Ellen lejana, pues toda mi atención la tiene la pelirroja frente a mí—. Dada la buena química que tienen y para aumentar el *rating* en el videoclip, ¿estarían cómodos con un beso?

La impresión me congela el cuerpo; la perspectiva me calienta la sangre. Antes de que pueda pensarlo, ya estoy pidiéndole mentalmente a cualquier entidad allá arriba que haga a Niza aceptar. Joder, incluso le rogaría a Bryce que intercediera por mí si supiera que puede hacer algo. Miro a mi bailarina con una interrogante muda mientras la vacilación le nace en el rostro.

—¿Chicos? —insiste Ellen—. ¿Qué opinan?

—¿Está bien para ti? —le pregunto para no ser tan evidente con mis deseos—. No quiero incomodarte.

—No estás obligada a hacerlo, es solo que los chicos de *marketing* lo propusieron y nos pareció buena idea —explica Ellen.

El corazón se me dispara cuando asiente con lentitud.

—Por mí está bien. Es solo trabajo, ¿no? Lo mantendremos profesional —dice con tono clínico, neutral.

—Genial. —La coreógrafa sonríe emocionada y se enfoca en mí—. ¿Qué hay de ti, Clay? ¿Estás bien con esto?

¿Estar bien? Ha sido mi puta fantasía desde hace meses.

—Por mí no hay problema.

—Excelente. Entonces, acérquense —instruye la mujer.

Ella titubea, pero lo hace.

—Tócale el rostro, Clay.

Le acaricio el pómulo con el pulgar y la contemplo. Pierdo la capacidad de respirar en la apremiante espera de la siguiente instrucción, ansioso por probar de nuevo algo que ya no me pertenece.

—Ahora bésala, por favor.

Y lo hago. La atraigo hacia mí y la beso como si el mundo se acabara mañana. Mis labios chocan con los suyos en un impacto que me recorre el cuerpo entero. Se suponía que sería solo un beso corto y casto, pero pierdo rápidamente los papeles cuando mi boca se encaja con la suya. La humedad de sus labios contra los míos me sabe a gloria, como si respirara por primera vez después de mucho tiempo. Niza sabe a cítricos y dulce, a fortaleza y sosiego.

No sé cuánto tiempo transcurre. Hasta que la coreógrafa se aclara la garganta, accedo a dejarla ir. La imagen que me recibe casi me hace besarla otra vez: tiene los labios rojos e hinchados, las mejillas sonrojadas. Lucha por recuperar la respiración y se aleja dando un par de pasos, desvaneciéndose como el fantasma de mi canción.

—¿Así está bien para ti? —inquiere con la voz temblorosa.

Ellen levanta las manos como alguien que no tiene nada que ver con lo que acaba de pasar.

—Claro, mientras mantengamos la intensidad en dos y no en once —sugiere.

Niza me dedica una mirada que no logro identificar.

—De acuerdo —accede, y yo la imito con un movimiento de cabeza.

—Supongo que tendremos que practicarlo un poco más —menciono, y me gano una mirada de advertencia de la pelirroja, que me jala las comisuras de la boca en un gesto triunfal.

—De acuerdo, creo que podemos seguir con…

La puerta del estudio se abre de nuevo y todo el encanto del momento se pierde cuando Karef aparece en el lugar. ¿Quién mierda lo dejó entrar al estudio? ¿Por qué no le prohíben la entrada al edificio?

—¿Qué tal? Espero no interrumpir nada. —Se detiene al lado de la coreógrafa y saluda con una sonrisa.

—No, claro que no —responde Ellen.

—De hecho sí —contradigo, con el fastidio que me invade—. Estamos en medio de un ensayo.

Karef me mira con… ¿Me está desafiando?

—Genial, ¿puedo quedarme? Tengo tiempo libre.

—De hecho, no, no tienes —espeto, y estrecha los ojos—. Mitch dijo que debías ayudar con algo en el sonido de nuestro nuevo disco. Es urgente, debe salir pronto, ¿recuerdas?

—Lo haré más tarde. —Hace un gesto con la mano para restarle importancia.

El enojo me corre por las venas. Antes muerto que permitirle quedarse. No me robará mi tiempo con Niza.

—Hazlo ahora —digo autoritario.

—Pero…

—Ahora —repito con más severidad.

Frunce los labios para después darse por vencido.

—Bien —dice entre dientes y se acerca a Niza—. Suerte en tu ensayo.

—Gracias. —Niza mira a Karef con cariño y las entrañas se me retuercen.

Era a mí a quien ella miraba de esa manera. Era yo quien ocupaba su tiempo y sus pensamientos. Reprimo las ganas de vomitar cuando le planta un beso en los labios, demasiado intenso para ser uno de despedida. Miro al techo, a la alarma de incendios, a cualquier otra cosa menos a la escena asquerosa que se desarrolla frente a mí. Qué forma tan primitiva y estúpida de marcar territorio. ¿Qué sigue? ¿Orinarle la pierna como si fuera un perro?

Cuando al fin se separa, Karef tiene una sonrisa de idiota en la cara, llena de petulancia. Quiero arrancársela de un puñetazo.

—Los dejo —dice—. Te veré después, Daisy.

Mi estómago está hecho un nudo. ¿Deja que la llame *Daisy?* Ella odia ese nombre.

—De acuerdo, ¿ensayamos desde cero?

Niza me mira de una forma que no puedo identificar, casi como si se sintiera culpable; no estoy del todo seguro. Mis ojos caen a sus labios y reprimo el impulso de borrar los besos del idiota con la boca.

—¿Clay? —pregunta la pelirroja.

—Bien —respondo a regañadientes.

La ira y el resentimiento me corroen. El resto del ensayo es una tortura para mí, porque sé que yo solo tengo migajas, mientras que Karef la tiene entera.

21| Realismo

Clay

Muevo la pierna más rápido que el segundero del reloj, que avanza tan lento como un mal sueño. Miro al hombre, él me mira a mí, desvío la vista al reloj por enésima vez. Fue una estupidez venir aquí. No sé en qué estaba pensando.

—¿Y bien? ¿Eso es todo? —pregunta con tono clínico. Lo detesto.

Sacudo la pierna otra vez. Él suspira y anota algo en su libreta. Quiero arrancársela de las manos para saber qué demonios escribe sobre mí. ¿Se está burlando? ¿O me está diagnosticando como un sociópata? Miro el reloj y el puto segundero avanza más lento que un caracol.

—Aún tenemos diez minutos de sesión. El tiempo no irá más rápido, no importa cuánto mires el reloj.

Fijo los ojos en él. No me gusta la forma en la que está vestido. Parece un recién egresado de Harvard, con sus pantalones caquis, su camisa azul cielo y su chaleco gris tejido de punto, sacado de *Brooks Brothers.* Ni siquiera quiero hablar de su peinado en forma de libro. No sé si siento más pena por mí al estar aquí o por él, que se atreve a salir vestido así a la calle. Creo que la segunda es peor.

—Clay, podemos seguir así todo el día, pero nada de esto servirá si no me dices por qué estás aquí —dice con tono tranquilo, y me irrita.

—Te lo dije apenas entré. No sé por qué estoy aquí, solo vine.

Suelta el aire y deja su libreta sobre el reposabrazos del sillón.

—Bien, me dijiste que perdiste a tus padres cuando eras un niño. ¿Eso cómo te hizo sentir?

—Como si fuera el mejor día de mi vida —escupo con sorna—. ¿Cómo crees que me hizo sentir?

¿Es necesario que haga preguntas tan estúpidas? Miro el reloj y aún quedan nueve tortuosos minutos de esta mierda.

—No, no lo sé, por eso pregunto. ¿Vas a contarme?

La irritación crece en mi interior y me remuevo en el sofá, que es exageradamente mullido. Me molestan sus preguntas, pero tiene razón: el tiempo no pasará más rápido, así que cedo un poco.

—Dolió. Me dolió mucho... o eso creo. Tenía ocho años; no lo recuerdo muy bien.

—Bien, ¿qué pasó después? ¿Quién se hizo cargo de ti y de tu hermano? Dijiste que había sido... —Hace el ademán de alcanzar su libreta, en la que están sus malditos apuntes, pero contesto antes.

—Mi abuelo. Él se hizo cargo de mí, si es que le puedes llamar así a lo que él hizo.

—¿Y qué fue lo que hizo?

Un calor intenso se cierne sobre mi cuerpo y se concentra en la espalda y el pecho, ahí donde permanecen las cicatrices de sus golpes. Me estiro el cuello de la camiseta para tratar de disipar la sensación, pero no funciona.

—No quiero hablar de eso —digo entre dientes.

Él asiente y escribe algo más en su libreta.

—De acuerdo. ¿Qué pasó después?

Me paso una mano por el cuello. No me había dado cuenta de lo tenso que estaba hasta que el dolor en los músculos se hizo presente.

—Mi hermano tomó mi custodia cuando tuvo los recursos, a los dieciocho. Yo tenía catorce. Él se volvió famoso en la música, igual que mi padre y...

La garganta se me cierra. Odio esto. No sé en qué pensaba Niza cuando lo sugirió para curar la herida. No hago otra cosa más que abrirla y hurgar en ella, haciéndola sangrar.

—¿Y qué? —insiste.

Aunque no quiero seguir hablando, lo hago, porque aún restan ocho minutos de sesión.

—Él murió hace quince meses. En un accidente de auto.

—¿Y eso cómo te hace sentir?

—Tu trabajo debe ser muy sencillo. Todo lo que haces es cobrar por hacer preguntas estúpidas —digo con desdén, pero no se inmuta y eso me hace enojar más.

—No puedo entrar en tu mente, por mucho que quiera, así que tendrás que describirme cómo te sentiste respecto a la muerte de tu hermano. ¿También te sentiste feliz, como con la partida de tus padres?

Detecto el tono de burla en su voz y solo sirve para atizar el fuego que ruge en mi interior.

—¿Te estás burlando de mí? —espeto con tono bajo, amenazador—. ¿Mi vida te parece un chiste? Bien, te daré más razones para que te rías. Es más, podríamos reírnos juntos. Mis padres murieron en un accidente y tuve que mudarme con un hombre que era un monstruo, un fanático religioso que disfrutaba de golpearme cuando no recitaba a la perfección un versículo de la Biblia y me encerraba en un sótano diminuto y oscuro siempre que la cagaba en algo. Pasaba días enteros sin comer y a veces semanas sin ver el sol.

Abre la boca para hablar, pero no lo permito. Ahora tendrá que escucharme.

—Todavía me arden las marcas de sus golpes cuando pienso en ello. ¿Sabes cómo me hace sentir? Como una mierda. Mi abuelo le vendió mi custodia a mi hermano a cambio de recibir un porcentaje de sus ganancias como artista. Sí, vendido como una puta propiedad, así fue como llegué a mi hermano. Y pensarás que las cosas mejoraron cuando estuve con él. Tal vez no estaba dentro de un sótano como un esclavo, pero estaba tan abandonado como un perro. Crecí prácticamente solo mientras mi hermano ascendía a la fama y se iba por semanas enteras a giras por el mundo, y yo esperaba como una mascota a que su amo volviera y le dedicara un minuto de su tiempo. Solo uno y con eso era feliz.

Suelto una risa amarga y, para mi suerte, el tipo no habla, así que continúo.

—Ahora que lo veo en retrospectiva: era una mierda el tener que mendigarle unos cuantos minutos de su tiempo a la gran estrella, solo para sentir que le importaba a alguien. Entonces empezó a consumir y ni siquiera tuve minutos con él, solo segundos. Cuando no se iba de gira, estaba demasiado drogado para verme o hablar conmigo. Yo estaba ahí para él, siempre estuve. Me quedé a su lado para limpiar sus desastres, una y otra vez... Me quedé para verlo regresar y hundirse en el vicio sin parar.

La ira y el resentimiento me impiden detenerme.

—Lo vi todo: desde su ascenso hasta su caída... y no pude salvarlo. No pude ayudarlo como él me ayudó a salir del infierno que era vivir con Otto. Traté con todo, pero me harté, y la noche antes de su muerte discutimos. Le dije que se fuera a la mierda, que lo odiaba, que no quería volver a verlo. —La voz se me tensa y un nudo se me forma en la garganta—. Él se fue y ni siquiera pude despedirme, igual que con mis padres. Su sueño lo consumió. Se pasó la vida persiguiendo la fama y lo único que encontró cuando la obtuvo fue la muerte. Y todo por esa puta banda.

Me paso una mano por el cabello, abatido por el cóctel de emociones. Esto de sacar la basura que llevas dentro es más doloroso y agotador de lo que parece.

—Cuando murió, pasaron unas semanas antes de que el representante de la banda se acercara para ofrecerme su posición. Yo quería honrarlo, así que acepté. Lo dejé todo por él y le di la espalda a lo que yo quería, a la chica que amaba. La dejé hecha pedazos y no miré atrás mientras perseguía un sueño que ni siquiera era mío. —Clavo mis ojos en los del psicólogo—. Lo perdí todo: a mis padres, a mi hermano, a la chica que adoraba, mi profesión, mi motivación. Todo se fue al carajo. Así que ya sabes por qué estoy aquí. Espero que hayas disfrutado de mi trágica historia.

El hombre no hace anotaciones, no se mueve, solo me mira. Tomo esos segundos en silencio para recuperarme, para pasar el trago amargo de recordar mi vida e intento mantener la cordura, aunque cada vez resulte más difícil.

—Has sufrido mucho. —Es lo único que dice.

—No me digas. Y yo que pensaba que mi vida era miel sobre hojuelas.

—Ninguna vida es miel sobre hojuelas, pero tú podrías recuperar la tuya, si quisieras.

Lo miro como al idiota que es.

—¿Y cómo? ¿Recitarás el hechizo del hada madrina? ¿*Bibidi babidi bu* y ya está?

—Yo no puedo hacer tal cosa, tú sí. —Se inclina hacia mí y me mira serio—. Estás al borde del precipicio y lo sabes, por eso estás aquí. Estás buscando ayuda porque no quieres saltar al vacío, ¿o sí? —Aprieto el reposabrazos—. Una persona puede pasar por muchas etapas: el niño que tiene miedo al abandono, el adolescente iracundo que exige atención, el adulto que solo quiere encontrar la paz. Ahora mismo, eres los tres en una sola persona, debes elegir uno. ¿Por cuál te vas a dejar dominar?

Sus palabras me calan y retumban hasta mis huesos.

—No lo sé.

Se yergue y toma de la mesa de centro un folder. Extrae una hoja que me tiende

—Abandonar el precipicio en el que estás no será sencillo, pero, si me dejas, puedo ayudarte a que tú mismo le des la espalda y te alejes, poco a poco, con pasos pequeños.

Frunzo el ceño cuando leo en la hoja una simple oración: «1. Despídete de lo que te duele y agradece».

—¿Qué mierda es esto?

—Una lista de pasos.

La confusión me gana.

—¿Como Alcohólicos Anónimos?

—Si quieres verlo así. ¿Tienes problemas con el alcohol?

Me callo, frustrado con la calma de este tipo.

—¿De qué se supone que me despida? ¿Y qué demonios tengo que agradecer?

—Despídete de lo que te duele o de lo que pesa. Dijiste que no pudiste despedirte de tus padres ni de tu hermano, así que esta podría ser tu oportunidad para hacerlo.

—A menos que tengas una *ouija*, no puedo despedirme. Están muertos.

—Es una forma de cerrar el ciclo. Puedes quemar un papel con sus nombres, escribirles cartas, lo que quieras, pero debes dejarlas ir, quemarlas, romperlas. Es tu decisión.

—Eso es una tontería. —Arrugo el ceño.

—Es un ejercicio que te puede ayudar a dejarlos ir. Puedes hacerlo solo o con compañía, como te sientas más seguro.

Me quedo en silencio procesando sus instrucciones.

—¿Y se supone que esto evitará que me mate? —Sacudo la hoja.

—Eso es solo una guía. Nadie más que tú puede decidir si saltas al vacío o no.

El tipo se pone en pie.

—Se nos agotó el tiempo, pero te veré en dos días y te entregaré nuevos pasos.

Me quedo sentado en el sofá, las palabras hacen eco en mi mente y solo después de un minuto logro salir del consultorio. Hay una sensación extraña en mi cuerpo, como si, de alguna manera, algo se hubiera removido y ahora estuviera completamente expuesto.

Contemplo la hoja que tengo en la mano y recuerdo la instrucción: «Es una forma de cerrar el ciclo. Puedes quemar un papel con sus nombres, escribirles cartas, lo que quieras, pero debes dejarlas ir, quemarlas, romperlas. Es tu decisión».

No sé si servirá o si quedaré como un imbécil, pero ¿qué más puedo perder? Aunque el tipo sea un idiota, puede que sus instrucciones ayuden. No tengo otra cosa a la cual aferrarme para intentar salir del hoyo en el que estoy, solo sus palabras y su estúpida listas de pasos. Suspiro con hastío y, sin pensarlo mucho, tomo mi móvil y llamo a la única persona que quiero que me acompañe en esta travesía.

* * *

La playa de Coney Island está prácticamente desierta. Hay algunas personas que deambulan, como almas perdidas en el purgatorio; me pregunto si yo soy una de ellas. O quizá es por la hora: a nadie le apetece venir a la playa a las diez treinta de un miércoles en la noche.

Miro el cigarro mientras se consume en mis dedos. Apoyo los brazos en la barandilla de madera que custodia el muelle y miro más allá de la bahía. Es doloroso volver a este lugar.

—Lamento el retraso. —Su voz me llega a los oídos y me saca del trance.

Lleva el cabello recogido en una coleta, pero el viento es tan fuerte que algunos mechones le cubren el rostro. Camina con las manos dentro de los bolsillos de una sudadera azul. A pesar de ser junio, el viento sopla frío en la playa.

—Pensé que no vendrías.

—Yo también pensé en no venir. —Se detiene a mi lado con la vista fija en la playa—. Pero cuando me dijiste que vendrías aquí, me entró la curiosidad.

—¿Sobre qué?

—¿Por qué estás aquí?

Siento su mirada, inquisitiva, y le doy una última calada al cigarro antes de apagarlo con el zapato.

—No lo sé.

—¿No sabes?

Meto las manos en los bolsillos de mi chamarra y me encojo de hombros.

—Supongo que este lugar me trae recuerdos. Quería saber si era capaz de evocar solo los buenos.

Niza se quita un rizo de la cara y se lo acomoda tras la oreja. Sonríe de pronto. La miro curioso.

—Recuerdo la primera vez que vinimos, cuando te gané en el tiro al blanco.

Bufo.

—Me hacía falta practicar.

—Eras muy malo. —Se echa a reír y el sonido es agradable.

—No era tan malo.

—Te gané diez a uno. —Enarca las cejas, desafiándome a contradecirla—. Además, obtuve ese para ti.

Señala el collar con el dije de bailarina que resalta en la tela oscura de mi camiseta. Un nuevo pensamiento se me instala en la mente.

—Vi el tuyo en tu tocador. La guitarra. No pensé que lo conservaras.

Su cuerpo se tensa y el rostro le cambia un poco.

—Sí, aún lo tengo.

—¿Por qué?

—Es un bonito recuerdo. —Las entrañas se me contraen. Un bonito recuerdo, eso es lo que somos.

Nos mantenemos en silencio por varios segundos, hasta que pierdo la cuenta. El agua de la playa se mantiene en calma, igual que nosotros, y siento una tranquilidad que no había experimentado en un largo tiempo. Quizá porque estoy en Coney Island, o porque es Niza quien está conmigo.

—Fui con el terapeuta —digo de pronto.

—¿Y qué tal? —Me mira curiosa.

—Horrible.

Suelta una risa y el sonido me envuelve. Lo extrañaba.

—No pudo ser tan malo, ¿o sí?

—Me sentía como una rana en un laboratorio de ciencias, siendo diseccionado. —Hago una mueca.

—Te entiendo. Las primeras sesiones siempre son difíciles; es como si te obligaran a contar tus secretos más dolorosos para que otros puedan examinarlos.

—Fue una tortura.

—¿Piensas volver? —inquiere, y noto el toque de esperanza en su tono, igual que en sus ojos.

Una parte de mí quiere darle la espalda a ese maldito terapeuta y no verlos ni a él ni a su feo peinado nunca más, pero la otra está a la expectativa, curiosa de saber lo que sucederá si continúo.

—Tengo que hacerlo si quiero ayudar a Hela con los niños. —Apoyo los brazos en la baranda—. No puedo serle útil si estoy ebrio o deprimido todo el tiempo.

Niza me dedica una sonrisa pequeña.

—Estoy orgullosa de ti.

Pega su brazo al mío. El contacto es cálido y familiar, pero son sus palabras las que inflan algo en mi interior, dulce y agradable.

—Aún no cantes victoria. Sigo sintiéndome como una mierda.

—Al menos diste el primer paso, eso es algo. ¿Qué dijo el terapeuta?

Frunzo el ceño al recordar sus palabras y todo lo agradable de la situación se desvanece para dejarme un nudo en el estómago.

—Me dio una hoja con instrucciones.

—¿Qué? —Se aleja un poco y resiento la falta de su tacto—. ¿Qué clase de instrucciones?

Extraigo del bolsillo la hoja arrugada y se la tiendo.

—*1. Despídete de lo que te duele y agradece* —recita las palabras y suena más tonto cuando lo dice en voz alta—. ¿Qué dijo sobre esto?

—Que debía escribir una carta o un mensaje para aquello de lo que quisiera despedirme y después quemarlo o desecharlo.

Niza me mira dubitativa y la vergüenza me recorre.

—Lo sé, es una tontería —admito.

—No lo es. —Observa la hoja y después a mí—. ¿Quieres hacerlo?

—No tengo papel ni lápiz… Y no quiero escribir nada.

Mira a nuestro alrededor, como si buscara algo. Se va de mi lado y regresa para mostrarme lo que lleva sobre la palma: son piedras pequeñas. La confusión se me debe reflejar en el rostro porque se apresura a explicar:

—Despídete y agradece. Tienes que dejarlo ir… Todo lo que te haga daño.

Resisto el impulso de poner los ojos en blanco. Esto es una estupidez.

—No voy a sanar solo con lanzar piedras al agua, lo sabes, ¿verdad?

Una arruga le aparece en la frente. No dice nada y en su lugar me extiende las piedras para que las tome. Las miro como si fueran un montón de púas dispuestas a pincharme, pero las agarro con reticencia.

—Esto es una estupidez.

—Deberías hacerlo, aunque te parezca estúpido.

—¿El siguiente método de terapia será buscar a un chamán y comer hongos para bailar con mis alucinaciones? —digo mientras juego con las piedras.

Niza se cruza de brazos y el rostro se le endurece.

—El sarcasmo no te ayudará. Estás dentro de un hoyo, ¿o no? —Estrecho los ojos; un toque de indignación me pica en las costillas—. Estás cargando demasiado en los hombros, no podrás salir de ahí a menos que dejes ir lo que te duele y sueltes aquello a lo que te aferras.

—¿A qué me aferro según tú?

Baja los brazos y su expresión se suaviza con algo parecido a la tristeza.

—Tu furia. Estás enojado con el mundo. Siempre lo has estado, desde que te conocí. No sé si esa furia está dirigida a tus padres, a tu hermano o a ti mismo, pero deberías dejarla ir. Te está destruyendo.

Sus palabras me calan hasta los huesos, igual que el frío del viento proveniente de la playa, y me dejan paralizado.

—Yo estuve enojada conmigo mucho tiempo por sentirme insuficiente, y con Victoria, por maltratarme —dice con un toque de melancolía—. Pero lo solté. Me di cuenta de que, si permitimos que la ira nos domine, no dejamos espacio para nada más. No podemos sentir otra cosa y nos pudrimos desde dentro. Al final, solo queda un hueco que no podemos llenar con nada.

«Nos pudrimos desde dentro. Al final, solo queda un hueco que no podemos llenar con nada», repito en la cabeza, todavía con las piedras en la mano. Así es como me siento.

Niza nunca ha experimentado las mismas emociones que yo. Nunca ha sentido la ira hacia un hermano que rompió su promesa y se fue, ni la tristeza de estar completamente solo en el mundo, ni la frustración de sentir que su vida se le escapa de las manos en un hacer sin sentido y un sinfín de hora huecas. Nunca lo ha vivido, pero es capaz de describir cómo me siento. Puede que, al final, no seamos tan distintos y nuestros puntos de conexión sean más de los que pienso.

—Respóndeme algo —dice de pronto—. ¿Quieres estar enojado toda tu vida? Porque eso es miserable. No quiero ese tipo de vida para ti, y sé que tú tampoco. Por eso debes dejarlo ir, todo lo que te duele.

Contemplo las piedras en mi mano. Ya no parecen espinas. Siento su peso contra la piel. Dejar ir lo que me duele. ¿Es eso posible? ¿Puedo soltar la cólera que siento por la pérdida de mis padres? ¿La ira por el abandono de Bryce? ¿El enojo por los maltratos de Otto?

He reprimido mis emociones por tanto tiempo que lo único que recuerdo cómo se siente es la ira: hacia mis padres, hacia Bryce, hacia mí mismo por no ser capaz de salvar a nadie... ni siquiera a mí.

La palma me duele cuando aprieto las piedras, que se me encajan en la piel. Los hombros se me tensan y una bola de emociones se me forma en el pecho con la amenaza inminente de destrozarlo todo. Quiero gritar.

«Despídete de lo que te duele y agradece».

De acuerdo con el imbécil del terapeuta, ese es el primer paso para sanar. ¿Seré capaz de hacerlo? Aparentemente, tendré que serlo, porque no queda nadie más con quién enojarme, solo yo...

y estoy cansado. Cansado de estar enojado conmigo, con el mundo.

¿Quiero estar enojado el resto de mi vida?

No.

No quiero.

Arrojo una de las piedras con todas mis fuerzas. Se pierde en la oscuridad de la noche. «Gracias a mis padres por enseñarme lo poco que sé sobre tener una familia. No puedo culparlos más por subir a ese avión y sufrir ese accidente». No estaba en sus manos, así que los dejo ir.

Tomo la siguiente y me cuesta un poco más. «Gracias a Otto por volverme más fuerte. No era la manera, pero me enseñó que puedo sobrevivir a todo, incluso a sus maltratos». Lo dejo ir cuando la piedra se pierde en el agua.

Tomo la piedra que sobra. La contemplo entre mis dedos. Pesa más que el resto y un nudo se me forma en la garganta. Bryce. El hermano al que amé y al que no pude salvar, a pesar de intentarlo. Lo perdí. El enojo asoma su fea cabeza y lucho por devolverlo a la caja en la que pertenece, pero me cuesta. Me cuesta mucho.

¿Por qué tuvo que morir? ¿Por qué tuvo que ser tan idiota como para irse de la forma más patética posible? ¿Por qué me abandonó?

La ira intenta abrirse paso por mi pecho, y por un momento creo que va a lograrlo, hasta que, sin aviso, siento los dedos de Niza sobre mi puño. Dirijo mis ojos hacia ella y sus ámbares son como dos faroles que sesgan la oscuridad de la cólera.

—Déjalo ir. —Me da un apretón con los dedos.

Aleja su tacto. El pecho se me aprieta tanto que me cuesta respirar, pero reúno fuerza y lanzo la última piedra. «Gracias a mi hermano por demostrarme que, en realidad, no estoy solo».

Las olas se estrellan contra la costa y pasan unos dos minutos en los que el mundo está en silencio por primera vez desde la noche que dormí con Niza. Respiro y, aunque cuesta al principio, la segunda bocanada es más sencilla.

Ella vuelve a mirarme con esos ojos resplandecientes, el avellana resalta sobre todo lo demás, y descubro que el mundo no está en blanco y negro ni tampoco es gris: es avellana, como sus ojos, y rojo, como su cabello. Es una combinación vibrante y perfecta de colores, igual que Niza.

Me dedica una sonrisa.

—¿Cómo te sientes? —pregunta con suavidad.

Me masajeo el cuello.

—Al menos ya no quiero ahogarme en el océano —digo seco.

Ella pone los ojos en blanco y yo aprovecho para sacar la cajetilla de cigarros y el encendedor. La primera calada me sabe a gloria y logra calmar un poco las nuevas emociones que brotan en mi interior. Me lo llevo a los labios otra vez, pero me detengo cuando descubro que me mira curiosa.

—¿Qué?

—¿Puedo?

La pregunta me toma por sorpresa. Jamás imaginé a Niza como una fumadora. De hecho, me resulta tan extraño como un sacerdote que blasfeme ante el altar. Se siente igual que manchar algo puro.

—¿Desde cuándo fumas?

—No lo hago, esta será mi primera vez.

—No lo sé, siento que estoy cometiendo un delito al dártelo.

—No seas ridículo, no es para tanto. —Me mira expectante—. Además, recuerdo que me dijiste que tú querías ser todas mis primeras veces. Puedo compartir esta contigo.

El corazón se me aprieta. Sí, se lo dije. Yo quería ser todas sus primeras veces. ¿Cuántas de esas me habré perdido en este tiempo lejos? Muchas, seguramente.

—¿Eso no cuenta como manipulación?

Se encoge de hombros.

—Solo si está funcionando.

Contemplo la idea y, aunque esto sea algo malo, no quiero perdérmelo. Me mira expectante y le paso el cigarrillo con reticencia. Lo sostiene entre sus dedos, vacilante, así que procedo a explicarle:

—Ponlo entre tus labios, inhala y mantén el humo en la garganta por unos segundos. No lo sueltes muy rápido o te ahogarás.

Me obedece. Sus labios abrazan la colilla y toma una gran bocanada. Mantiene el humo y comienza a toser apenas lo saca. Hace una mueca de asco antes de regresármelo.

—Sabe horrible —se queja sin que la tos la abandone—. ¿Cómo puedes fumar eso?

Doy una última calada solo para tocar el mismo sitio que sus labios y lo apago con la suela del zapato.

—No lo hago porque sepa bien, sino porque me calma los nervios.

Niza hace un mohín.

—Mejor toma un Xannax. Al menos la píldora no sabe a nada —reprocha, y me arranca una risa.

—Supongo que tienes razón; tendría el mismo efecto que el cigarro… o tú.

Inclina el cuello hacia atrás para verme a la cara y es entonces cuando me percato de lo cerca que estamos, tanto que puedo oler su loción frutal con la ventisca que nos atraviesa.

—¿Yo?

Asiento con lentitud. Tengo que dejarlo ir todo, es verdad, excepto a ella. Soy incapaz de dejarla.

—Eres mi propia versión de la nicotina, pero en una presentación más linda. Siempre fuiste la única con la capacidad para hacer que mi mundo dejara de girar y se mantuviera en silencio. Aún lo eres.

Algo le invade el rostro, aunque no logro identificarlo. Sucede tan rápido que pronto desaparece.

—¿Qué dije sobre las reglas? —inquiere severa—. Si no vas a seguirlas…

—Voy a seguirlas —la interrumpo y me acerco hasta que las puntas de nuestros zapatos se tocan—. Espero que tú también puedas seguirlas, *amiga*.

La última palabra me sabe agria y Niza arruga el ceño. Luego se aleja unos pasos con el cuerpo tenso.

—Bien.

—Bien.

Nos quedamos de pie mirando el océano y, cuando levanto la vista, veo las estrellas brillar sobre nuestras cabezas. Es extraño ver los astros resplandecer con claridad en Nueva York, con tantos edificios y contaminación, por eso es valiosa una vista como esta. Como si Niza leyera mi pensamiento, mira al cielo también.

—Hoy se aprecian más que nunca. No se ven así desde hace meses. —Vuelve su mirada a mí y sonríe—. Creo que es una señal.

—¿Señal de qué?

—De que todo estará bien, de que tú estarás bien; no importa qué tan oscuro parezca el cielo, verás las estrellas brillar.

Algo se me remueve en el pecho y la contemplo embelesado. La lastimé, la hice añicos y, aun así, sigue aquí, a mi lado. El mundo no merece a Niza Hess. Está dispuesta a dar todo de sí para tratar de repararme. Mi estrella en la oscuridad, eso es lo que es ella para mí.

—*Ad astra per aspera* —recita de pronto, y creo no haberla escuchado bien.

—¿Qué?

Ella se pone un rizo tras la oreja.

—*Ad astra per aspera* —repite—. Quiere decir «hacia las estrellas a través de las dificultades». Lo leí hace poco y creo que es precioso.

—¿En dónde lo leíste? ¿Pinterest? —me burlo, y ella me da un empujón a modo de juego.

—En otro lugar. Tiene razón. Pude ver las estrellas gracias a ti, y lo hice con más claridad después de superar mis problemas. Sé que tú también podrás hacerlo, solo necesitas tiempo.

—Tienes demasiada fe en mí.

Niza apoya los brazos en el barandal y contempla el océano.

—Te lo dije cuando fuimos a Roma: yo siempre apostaré por ti.

Sus palabras duelen y me llevan al último momento feliz que compartí con ella, Mimi y Bryce en la playa de Italia. Lo reproduzco y dejo que la melancolía me llene por unos segundos antes de guardarlo en una caja dentro de mi mente. «Dejar y agradecer». No puedo aferrarme a la ira y la tristeza por siempre. Tengo que encontrar la manera de avanzar, por los niños, por Hela, por Niza. Por mí.

Bajo la vista a la chica que tengo a mi lado y el recuerdo que compartimos en la azotea de Ink The Mind, cuando vimos las estrellas mientras comíamos una naranja, me atraviesa el pecho como una flecha. Era otro lugar, éramos otras personas.

Dejé ir mucho de lo que me pesaba, pero el hecho de no tenerla como deseo aún me duele. Supongo que tendré que conformarme con su amistad, por mucho que eso me reviente los huevos.

Lo cierto es que algunas heridas son más difíciles de sanar que otras.

22| Acuarela

Clay

Le doy un sorbo al café de la máquina y tengo que forzarme a tragarlo. Sabe a calcetín sudado. Voy hasta el basurero más cercano y lo boto sin pensarlo dos veces. Para ser un Tribunal Familiar, repleto de personas importantes dispuestas a salvar a la sociedad de su destrucción, tiene un café terrible. ¿No se supone que los abogados viven a base de eso? Pobres desgraciados.

Miro el reloj en la pared, cerca de los enormes ventanales que muestran el exterior. Hombres y mujeres entran y salen vestidos con sus prendas más sobrias, desprendiendo un aire ejecutivo. Me siento fuera de lugar con mi chamarra negra, mis vaqueros y mis botas a juego. Algunos detienen su rápido caminar para mirarme mientras le susurran a su compañero, como si me reconocieran; puede que lo hagan. Otros son más descarados y me sacan fotografías desde la distancia o de cerca. Me quedo de pie mirando el reloj, esperando que Hela y Aspen decidan aparecer.

Oigo el sonido de otro móvil que me captura y hago una mueca. No tiene caso cubrirme la cara si todos en el tribunal saben que estoy aquí. Lo único que espero es que esta mierda pase rápido. Cuando recibí el citatorio, nueve días atrás, estaba decidido a ignorarlo, hasta que la sesión con el maldito terapeuta me hizo ver que, si no hago algo ahora, perderé todo sin siquiera haber luchado.

Así que aquí estoy, mirando el tiempo pasar, igual que en mis sesiones, aunque aquí resulta más complicado porque no tengo a un Charles que me escuche mientras me vengo abajo una y otra y otra vez dentro de su consultorio. He tenido cuatro sesiones con él en estos nueve días. Cada una resulta más difícil que la anterior, porque es como escarbar en una tierra inexplorada, y cada aspecto de mi vida es como una reliquia que debe ser examinada, analizada e interpretada para así sanar.

La palabra todavía me parece extraña, sobre todo cuando debes dejar salir tus demonios y hacerles frente, estés listo para ello o no, pero creo que estoy avanzando. No sé si mucho, no sé si poco, solo sé que lo estoy haciendo.

Charles es un imbécil estirado, aunque sabe hacer su trabajo y debo reconocer que tiene razón cuando dice: «Debemos destruir todo lo que construiste sobre tus inseguridades y tristezas antes de crear al nuevo tú, o correrás el riesgo de derrumbarte otra vez». Sinceramente, pensé que había sacado la frase de algún libro barato de autoayuda, pero ahora veo que tiene razón. No puedo seguir si no arreglo mi mierda desde los cimientos.

He comenzado a retomar un poco más las riendas de mi vida. He vuelto a hacer ejercicio, incluso he salido a correr en algunas ocasiones. Hay algunas cosas que aún quiero hacer y no me atrevo, como visitar a Carter o la tumba de Bryce. Aún no estoy listo.

El sonido del segundero se vuelve ensordecedor, como si me recordara que el tiempo se agota. ¿Para qué? No lo sé, pero es obvio que no está de mi lado. Veo el *flash* de otro teléfono. Me molesta que me traten como a una atracción de circo, aunque poco puedo hacer al respecto porque no hay fama sin exposición ni exposición sin fama. Una paradoja enfermiza. Justo cuando estoy dispuesto a indagar más en esta sesión improvisada de introspección, Hela aparece frente a mí.

—Lamento el retraso —dice tratando de recuperar el aliento, como si hubiera venido corriendo—. Quise llegar antes, pero había un choque bloqueando la autopista y…

—Está bien —la interrumpo, y algo frío me recorre el cuerpo al ver a su hermano detrás de ella—. Aspen.

Se detiene al lado de Hela y me dedica una mirada gélida. Me saluda con un gesto de cabeza rígido. El aire en la sala de espera del tribunal se vuelve más tenso. No nos hemos visto desde que visité a Hela y los mellizos en Portland hace meses; en ese entonces apenas nos toleramos. No espero que baile de felicidad al verme ahora en estas circunstancias. Está vestido como siempre: traje hecho a la medida, el cabello engominado, bien peinado y expresión de hierro. A su lado, yo parezco un vagabundo, un drogadicto o una combinación de ambos.

—¿Dónde están los niños? —pregunto para enfocarme en algo más que la estatua de hielo que es él.

—Mi cuñada los está cuidando —responde Hela—. La niñera que tenía renunció ayer, pero por suerte Mary estaba aquí, así que se hará cargo.

—¿Confías en ella? —pregunto y escucho el resoplido de indignación de Aspen.

—Es mi esposa, claro que confía en ella. Es más confiable que tú.

—Hablaba con la madre, no contigo —espeto sin humor y le lanzo una mirada de muerte—. Por cierto, felicidades por tu matrimonio. Me habría encantado ir, pero no me gustan las festividades con temática de funeral.

Aspen se mantiene impasible, aunque noto la leve arruga en su labio como muestra de que lo he hecho enojar. Bien, al menos pude liberar algo de energía antes del enfrentamiento con Otto.

—Gracias. Te habría invitado, pero no hubo drogas, así que asumimos que te aburrirías.

—¡Aspen! —lo reprende Hela y después me lanza a mí una mirada de advertencia—. Paren, este no es el momento.

—No habría asistido de todas formas. No tengo tiempo para eventos tan irrelevantes, pero me alegra que alguien se haya fijado en ese estirado culo tuyo.

—¡Clay! —me reprende Hela.

A él la arruga en la boca se le vuelve más notoria.

—Sí, estamos felizmente casados. ¿Qué pasó con tu novia, por cierto? La pelirroja por la que casi me rompes el brazo cuando la toqué. ¿Te ha dejado ya? ¿O fuiste tú quien la dejó por unas tetas más grandes?

Hijo de puta. La molestia se convierte en enojo. Quiero borrarle esa sonrisa arrogante de un puñetazo.

—¿Podrían parar de una vez? —dice Hela molesta, y nos mira a ambos—. Cuando esto termine, les daré una regla para que se midan la polla, pero este no es el momento. Estamos aquí por mis hijos, maldita sea.

Le dedico a Aspen una mirada de advertencia y él hace lo mismo. Somos lo suficientemente civilizados para no armar una escena. Por ahora.

—¿Por qué lo trajiste? —pregunto con un tono que resulta más hosco de lo que pretendo.

—Es mi hermano —dice Hela—. Puede ayudar.

—No recordaba que fueras abogado.

Me gano otra de sus miradas asesinas.

—No estoy aquí por ser abogado, imbécil, sino porque soy una opción más viable para quedarme con la custodia de los niños que tú. —Cada palabra le sale de la boca con la misma rapidez de una bala y me impacta el cuerpo con la misma fuerza—. Si el tribunal dicta que mi hermana no es apta, yo me presentaré como su guardián.

De pronto, bajo todo mi arsenal. No había pensado en Aspen como un posible tutor legal, aunque, muy a mi pesar, no es mala idea. Es un estirado, eso sí, pero quiere a los niños tanto como yo.

—¿Tu esposa está de acuerdo con eso? —inquiero con recelo.

—Sí. —Su máscara de hierro cede un poco—. Sabe lo importantes que son para mí, y Hela es mi hermana, haría cualquier cosa por ella.

Me remuevo con la incomodidad que me corre por las venas y un nudo se me forma en la garganta al ver la faceta protectora de Aspen con Hela. Siempre ha estado ahí y me recuerda a mi antiguo yo, al Clay que se desvivía por proteger a su hermano de todo. Hago el sentimiento a un lado, me trago el nudo y asiento.

—Bien, se lo diremos al juez.

—Sí, pero antes tienes que prometerme… No, *jurarme* que te vas a controlar y no saltarás encima de Otto a la primera oportunidad como un cavernícola. —La amenaza en la voz de Aspen es clara—. Si la cagas con tu actitud, si alguno de nosotros lo hace, las consecuencias para Bryce y Lyra podrían ser irreversibles. Eso dijo el abogado, así que compórtate.

—¿Por qué soy el único al que amenazas si cualquiera de nosotros puede arruinar esto? —pregunto indignado.

—Porque eres el más volátil, Hawthorne, así que: No. La. Cagues.

Tenso la mandíbula, pero tiene razón, por mucho que me cueste admitirlo. Bajo las manos a modo de rendición y doy un paso para alejarme de él justo cuando diviso al abogado de Hela entrar en el tribunal. Para mi mala suerte, no viene solo, sino que lo acompañan Otto y otro hombre calvo al que no reconozco. ¿Qué mierda hacen juntos?

—Lamento la tardanza —dice con gesto serio—. Me he topado con el señor Hawthorne y su abogado en la entrada. Hemos charlado.

—¿Qué quiere esta rata ahora? —digo con desdén.

Otto me mira con los ojos llenos de algo similar a la diversión. Maldito enfermo.

—Ha propuesto un acuerdo que podría parar todo el juicio. Si aceptan, Martin —apunta al hombre calvo, quien asumo es el abogado de Otto— y yo podríamos presentárselo al juez.

—¿Qué acuerdo? —interviene Aspen con recelo.

—Se lo plantearé a mi nieto —dice Otto, y escucharlo decir esa palabra para referirse a mí me da náuseas—. Clay, ¿podemos hablar?

—No. Habla ahora. No nos hagas perder más el tiempo.

Su abogado, el tal Martin, se acerca a él y le susurra algo al oído, a lo que el imbécil asiente.

—Bien, prefería ahorrarles la vergüenza a todos los presentes, pero si insistes... —La boca se le curva en un rictus—. Podría detener el juicio si tan solo me pagas una suma de dinero previamente acordada y accedes a darme un porcentaje de tus ganancias como artista de manera vitalicia.

Mi cuerpo se tensa tanto como una cuerda. Es una puta broma, ¿no?

—Considéralo una inversión —prosigue con una parsimonia que me enferma—. Podrías evitarnos a todos este cansado proceso del juicio y evitar que los niños se enfrenten al estrés de estar en un nuevo hogar.

La ira explota en mi interior sin que pueda evitarlo, me corre por las venas, caliente y espesa. Cada vez que creo que Otto ha alcanzado su nivel más bajo, me sorprende un poco más. ¿Cómo se atreve a decir eso? Es una rata asquerosa, una alimaña que se alimenta de los demás, una vil y sucia…

—Así que esto es por dinero, ¿cierto? —dice Aspen, y me regresa a la realidad.

—Por supuesto, ¿no estamos todos aquí por eso? No nos hagamos los tontos, todos queremos a esos niños porque son la llave a la fortuna de mi amado nieto. —Se persigna en su nombre. Ridículo.

—¿Cuánto quieres por parar esta estupidez y dejarnos en paz? —Aspen extrae la chequera y un bolígrafo del saco.

Mi abuelo suelta una risita burlona.

—Oh, no, no me malinterpretes. Un solo pago no sería suficiente. Soy solo un anciano que no puede conseguir trabajo y prefiero asegurar mi futuro, pero mis ingratos nietos no piensan en mí y estas son las consecuencias.

Estoy tan enojado que podría arrancarle la cabeza con mis propias manos ahora mismo. Sé que las sesiones con el terapeuta sirven por el simple hecho de que no llevo a cabo mi fantasía.

—¿Qué dices, Clayton? ¿Vas a parar todo esto o dejarás que separen a los pobres niños de su madre?

La mandíbula se me tensa tanto que duele, al igual que los hombros. Los nudillos se me vuelven blancos de tanto apretarlos en puños; quiero estrellárselos en la cara hasta desfigurarla. Quiero darle diez golpes por cada uno de los que él me propinó a mí, y cien más por los que piensa darles a mis sobrinos.

Doy un paso hacia él con lentitud. Inclina la cabeza hacia atrás para verme a la cara, lleno de arrogancia.

—Prefiero cortarme las dos manos antes que darte un solo centavo. No recibirás nada más de mí ni tocarás otra vez el dinero de Bryce. Ganaremos este juicio y tú regresarás a tu vida miserable, pudriéndote en tu pocilga, completamente solo y olvidado, y ni siquiera tu Dios recordará que una escoria como tú existió en su tierra.

Algo similar al miedo parpadea en sus ojos por un segundo, pero enseguida lo reemplaza la altivez.

—Bien, si no hay acuerdo, entonces supongo que los niños tendrán que despedirse de su madre drogadicta. —Mira a Hela un instante, y cuando sus ojos regresan a mí, hay algo sádico en ellos—. Espero que sean mejores que tú para aprenderse los versículos. Tal vez a ellos no los castigue tanto.

Eso es todo lo que necesito. Escucho algo en mi interior romperse, igual que el sonido de una liga cuando la han estirado demasiado, y antes de pensarlo mejor, tomo impulso con el puño para estrellárselo en su asquerosa cara, pero no llego a ningún lado, porque Aspen me detiene el brazo.

—¿Qué te dije sobre comportarte? —dice entre dientes, haciendo un esfuerzo sobrehumano.

La cólera no me permite pensar con claridad, ni siquiera soy del todo consciente de lo que hago. Logro controlar mi furia lo suficiente para bajar el brazo, soltarme del agarre de Aspen y retroceder.

El imbécil suspira como si estuviera exhausto de la situación, y justo cuando abre la boca para hablar, la puerta de la sala de espera se abre y una mujer menuda de cabello oscuro asoma la cabeza.

—La sesión comenzará ahora. El juez Clarke los recibirá. ¿Están listos?

Clavo en Otto tantas dagas como puedo con los ojos.

—¿Lo están? —inquiere nuestro abogado, un poco alterado por lo que acaba de suceder.

—Sí, estamos listos —dice Aspen, con las manos sobre los hombros de Hela.

—¿Señor Hawthorne?

—Sí —decimos al unísono Otto y yo. Vuelvo a asesinarlo con la mirada.

—Bien, entonces síganme, por favor.

Con el cuello rígido y el cuerpo tan tenso que duele, recorro el pasillo que nos marca la mujer. La ira todavía borbotea en mi interior como un volcán a punto de explotar. Llegamos a la sala y nos indican dónde debemos sentarnos todos: Hela y su abogado a un lado; Otto y su abogado al otro. Aspen y yo tomamos lugar en las sillas del fondo. La sala es mucho más pequeña que las que salen en televisión. Me percato de que la trabajadora de servicios sociales que acompañó a Otto al hospital cuando Lyra se intoxicó también está aquí. Genial.

El juez Clarke nos mira a todos con deje de aburrimiento, como si esto fuera otro procedimiento de rutina. Su secretaria abre una carpeta y comienza a hablar.

—Caso Voison vs. Hawthorne. Número de caso: B-1805-24/24G. Sobre la terminación de la patria potestad y procedimiento para otorgar la custodia legal sobre los menores Bryce y Lyra Hawthorne. El juez Clarke presidirá la sesión. —Termina de enunciar las palabras y procede a sentarse frente al computador para comenzar a teclear.

—Bien —dice el juez de barba grisácea y recortada—. Veo que fue Otto Hawthorne quien presentó la solicitud de terminación de patria potestad de la madre, Hela Voison. Adelante, abogado.

El hombre calvo se aclara la garganta.

—Así es, su señoría. Mi cliente presentó la solicitud dado que él es mucho más apto que la madre para la adecuada crianza de sus bisnietos.

Resisto las ganas de resoplar.

—¿Cuáles son sus bases?

—Como verá en el expediente, la madre presenta problemas con sustancias narcóticas. Ha sido internada en varias ocasiones en centros de rehabilitación sin éxito, pues ha recaído.

—¡Eso no es cierto! —dice Hela desde su lado, y su abogado le susurra algo en el oído que logra tranquilizarla.

—Como le decía, presenta problemas con sustancias narcóticas, además de presentar depresión postparto, ansiedad diagnosticada y brotes psicóticos causados por el consumo de drogas. Verá que en el expediente están todos los registros médicos que lo comprueban. Es evidente que no es apta para la correcta crianza de dos niños en desarrollo.

Escucho a Hela maldecir por lo bajo, pero es capaz de controlarse. Esto no pinta nada bien.

El juez lee el expediente, o lo que sea que tenga en el estrado, y después mira en dirección a Hela.

—Abogado, ¿cuál es su postura respecto a las acusaciones de la contraparte?

El hombre se acomoda el saco antes de hablar.

—Mi cliente no niega su historial con las drogas, pero se ha mantenido limpia durante este año y el anterior, desde que se enteró de que estaba embarazada. No ha vuelto a consumir y los pequeños se encuentran en un entorno seguro. No hay que obviar que la mejor crianza de los niños está al lado de su madre.

—Sí, eso sería bueno, si tan solo fuera verdad —dice el hijo de puta de Martin y camina hacia el estrado para entregarle un documento al juez—. Según la última visita realizada por la trabajadora social aquí presente, se encontró un frasco de Vicodin entre las posesiones de la madre, lo que compromete la veracidad de su abstinencia de consumo de narcóticos.

Mierda, mierda, mierda. Hela mira sobre su hombro hacia donde estamos nosotros, con la cara llena de preocupación y los ojos anegados en lágrimas. Aspen hace una seña con la mano para tratar de tranquilizarla.

—¿Puede comprobar la veracidad de su hallazgo? —le pregunta el juez a la trabajadora social.

—Sí —dice la mujer con seguridad desde su lugar en la sala, cerca de nosotros—. Yo misma lo encontré.

—¿Qué tiene que decir al respecto, señora Voison?

—Es verdad, me prescribieron el medicamento por un dolor en el abdomen bajo después de la cesárea de los niños, pero no consumí. No lo toqué, se lo juro. No he consumido en poco más de dieciséis meses. —La voz se le rompe en la última palabra y sé que está llorando.

El juez la mira dubitativo.

—¿Hay alguna manera de comprobarlo?

—Sus estudios más recientes arrojan que está limpia y… —dice el abogado de Hela.

—Hay una forma de comprobar que sí consumió. Y, por si fuera poco, que fue negligente con el cuidado de uno de sus hijos, a tal punto que terminó intoxicado en el hospital —interrumpe el representante legal de Otto.

¿Qué? ¿Qué mierda? El corazón se me acelera apenas lo menciona.

—Objeción, son especulaciones.

—No son especulaciones, tenemos un testigo.

El corazon cae hasta mis pies.

—La señorita Georgina Byrnes. —El hombre le hace una señal a la mujer que está sentada al lado del juez en la tribuna y ella se apresura a abrir una puerta lateral por la que entra Gina, la niñera.

No me jodas. Sabía que no era de fiar. Hela suelta un jadeo. Quiero matarla. Mi intuición no se equivocó con esta maldita traidora.

—Señorita Byrnes, ¿puede relatarnos de nuevo lo que sucedió el pasado lunes veintisiete de mayo?

Los músculos de la garganta se le contraen cuando traga antes de hablar.

—Íbamos a dar un paseo a un parque cerca de la casa de la señora Voison. Mientras nos preparábamos para salir, fui por uno de los juguetes de los niños a su cuarto y la vi abrir el frasco de Vicodin. No dije nada. Regresó a la cocina para preparar la comida. Estaba distraída, distante. Parecía ya drogada.

—¡Eso no es verdad! ¡No estaba drogada! —La voz de Hela inunda la sala, pero el juez le dedica una mirada de advertencia.

—Señorita Voison, no puede interrumpir un testimonio ni a otra persona mientras habla. Una falta más y será acreedora a una amonestación.

Ella hace una mueca, pero se calla. La idiota de la niñera continúa con su letanía de mentiras:

—Abrió una bolsa de nueces y asumí que eran para ella, porque sus hijos son alérgicos. No pensé que las pondría en su comida, hasta que fuimos al parque y la niña tuvo una reacción alérgica inmediata que casi le cuesta la vida.

—¡No es cierto! ¡Eres una maldita mentirosa! —grita Hela, y el juez la manda callar, pero lo ignora—. ¡Tú fuiste! ¡Sabes que tú lo hiciste! ¿Cuánto te pagó Otto para que lo hicieras? ¿Cuánto?

—¡Señora Voison! —dice el juez. Su voz reverbera en toda la estancia—. ¡Suficiente! Tendrá que retirarse de la sala.

—¡No! ¡Ella está mintiendo! ¡Jamás me drogué! ¡Estuve consciente todo el tiempo! Clay puede probarlo. Hay más testigos de que ese día estaba bien.

—Y aun así, la niña terminó en el hospital. Tuvieron que hacerle un lavado estomacal —dice el abogado de Otto—. Su señoría, usted ha visto cómo se ha comportado la señora. Es obvio que no está en condiciones.

El juez analiza de nuevo algo en el expediente y el pulso me golpea tan fuerte contra el pecho que duele. Transcurre un minuto y otro más en completo silencio. El aire en la sala se vuelve tan pesado que me cuesta respirar, hasta que Clarke habla otra vez.

—La sentencia sobre la solicitud de término de la patria potestad de la señora Voison y el procedimiento para otorgar la custodia legal de los menores al señor Hawthorne, las pruebas y documentos aportados al expediente serán estudiados y se dictará un veredicto dentro de dos meses. Mientras tanto, la custodia temporal será otorgada al señor Otto Ray Hawthorne para su…

—¡No, no! ¿Qué mierda está haciendo? —hablo sin ser consciente y solo me percato de que estoy de pie cuando el hombre me mira. No me importa. Estoy aterrado—. ¡No puede dejarlos a cargo de ese monstruo! ¿Está loco?

—Señor, tendré que pedirle que se retire también si no guarda la compostura —me amenaza el juez.

Lo ignoro. No puedo permitir esta locura.

—Sáqueme esposado de aquí si quiere, pero no dejaré que ese hijo de puta esté cerca de los niños.

—Señor, por favor…

—¡No! —espeto, con el terror que se abre paso por mi mente, creando escenas grotescas—. Él es un animal. ¿Quiere ver las marcas en mi cuerpo de cada golpe? ¿Quiere ver lo que me hacía cuando estaba enojado? Puedo mostrarle. Puedo mostrarles a todos. Matará a los niños de hambre como casi lo hizo conmigo. Los mantendrá atrapados por días hasta que decida que es hora de golpearlos otra vez. No lo permitiré.

No sé qué espero lograr, pero necesito hacer algo. Ellos no pueden pasar por el mismo infierno que yo sobreviví apenas. Hay un jadeo generalizado en la sala. Cuando mis ojos encuentran los de Otto, están echando fuego. Está expuesto y lo sabe tan bien como yo.

—Señor, ¿quién es usted? —pregunta Clarke con genuina curiosidad.

—Soy su tío, por parte de su padre —admito con la voz tensa.

—Si su intención es solicitar la tutela de los niños…

—No es admisible —espeta Martin, y el corazón se me encoge—. Su profesión como cantante no le permite tener un hogar estable, además de que se ha visto envuelto en varias peleas y es, claramente, alguien agresivo que ya ha golpeado a mi cliente en una ocasión.

—Porque se lo merecía —siseo—. Y lo volvería a hacer con gusto.

Me doy cuenta de lo que acabo de hacer cuando el juez me mira serio y, después de un tenso momento, suelta el aire.

—Bien, en vista de que ninguno de los presentes es adecuado para la tutela temporal de los niños, serán asignados a un lugar de acogida. El Estado se encargará de…

—Yo puedo ser su tutor temporal —interviene Aspen por primera vez. Había permanecido tan serio e inmóvil que olvidé por completo su existencia.

—¿Y quién es usted, señor? —pregunta el juez con un toque de exasperación.

—Aspen Voison, hermano de la madre —dice con cortesía mientras se levanta—. Puedo proveerle todo lo que necesita para comprobar que soy admisible para hacerme cargo de los niños.

El juez mira al abogado de Otto.

—¿Tiene pruebas contra él, abogado?

El hombre no dice nada y permanece estático. Clarke suelta el aire de nuevo, ahora más cansado.

—El Departamento de Inspección Familiar se encargará de corroborar su información. Si resulta que no es admisible, entonces pasarán a manos del Estado. El proceso no debe durar más de tres días, tiempo en el que los niños permanecerán con su madre en tanto se decide su situación legal. Se levanta la sesión.

El juez sale disparado de la sala, mascullando por lo bajo. Cuando se retira, los hombros se me relajan y el pecho se me expande por primera vez. No sabía que estaba conteniendo el aliento hasta ahora.

Hela se apresura a ir hasta su hermano y echarle los brazos al cuello. Aspen le susurra algo al oído mientras la estrecha también. Se separan y ella se detiene frente a mí. Está llorando, pero creo que es por sosiego. Entonces me abraza también, fuerte.

—Gracias, gracias, gracias —dice una y otra vez—. Sé que no es fácil para ti hablar de eso; gracias por hacerlo. Gracias por defender a mis hijos. Gracias.

Noto la desesperación en sus palabras y el agradecimiento, genuino y cálido. La abrazo también. Un peso se levanta de mi cuerpo y es reemplazado por algo más. Alivio.

No hemos ganado la guerra, pero al menos tenemos una batalla a nuestro favor. Hela se separa y en la sala solo queda Otto. Aspen se ha ido a iniciar el proceso y la niñera ha huido como la cobarde que es.

—Es muy pronto para cantar victoria, ¿no creen? Aún hay un juicio que debe continuar. —La amenaza de Otto se desliza a través de sus palabras como la hoja afilada de un cuchillo.

—Sí, pero no vas a ganarlo. Primero tendrás que matarme.

—¿Ese es el único obstáculo? Vaya, qué sencillo. —Inspira y fija su vista en Hela—. Disfruta a tus hijos por ahora, querida. Nos volveremos a ver pronto; estoy seguro.

Se retira en silencio. La advertencia me pone los vellos de punta, aunque conozco a mi Otto: habla mucho, pero hace poco. O eso quiero pensar.

23| Lienzo

Clay

De todos los lugares posibles, creí que Ink the Mind sería el último al que regresaría.

Miro las puertas de cristal que abrí cada mañana mientras me escapaba de ACA para diseñar en silencio, las mismas que cerré junto a Niza cada noche. Se siente extraño volver, pero también hay una sensación de sosiego en hacerlo. Es como volver a casa después de un viaje muy largo.

Abro la puerta de nuevo y la campana anuncia mi llegada. El estudio está exactamente igual que la última vez que estuve aquí: el recibidor con los sillones de cuero, la vitrina de cristal sobre la que dibujé tantas veces, la caja registradora. Incluso tienen los mismos cuadros de diseños extraños y, ¡ah!, ahí está la estatua del duende horrible y deforme que Carter adoraba tanto.

El primero en aparecer es, justamente, Carter. Se detiene en seco cuando repara en mí y palidece, como si yo fuera un fantasma.

—¿Ya no me recuerdas? La edad te está pasando factura, anciano —intento bromear para sacarlo de su estupor.

Por un segundo creo que ha tenido un derrame o algo, porque no se mueve, hasta que abre los brazos y me recibe con una enorme sonrisa. Nos saludamos con un abrazo corto que sabe a familiaridad, y lo agradezco.

—Lo siento, estaba esperando a una chica linda para tatuarla, no a ti.

—Soy atractivo.

—Pero no eres una chica y, para tu mala suerte, mis gustos no han cambiado.

—Lástima.

—Si no llevara años limpio, creería que esto es una alucinación —dice sin dejar de mirarme, como si en verdad creyera que no soy real—. ¿Qué haces aquí, muchacho?

—Estaba cerca y quise pasar para asegurarme de que sigues atormentando a todos tus empleados —miento.

En realidad no he dejado de pensar en Carter y el estudio de tatuajes desde mi segunda sesión con Charles, pero no estaba listo para enfrentarlos, hasta ahora. Bien por mí, solo me tomó diez sesiones hacerlo.

—Esos ingratos no se librarán de mí tan fácil, aún me deben demasiado dinero por cada cagada que cometen con los clientes. —Sonríe, orgulloso.

Es el mismo Carter de siempre, con su humor seco y actitud positiva. Las arrugas en sus ojos son más notorias y parece un poco más cansado, pero sigue siendo él.

—¿Dónde están los demás? —Me siento en el sofá del recibidor. Carter ocupa el que está frente a mí.

—Aún es temprano, por ahora estoy solo yo. Jeff y Valentina entran a las tres.

Miro el reloj en la pared, donde siempre ha estado. Tiene razón, son apenas las doce. Otra vez, soy demasiado consciente del segundero. No puedo hacer que el sonido desaparezca, aunque me esfuerzo por ignorarlo y centrarme en Carter.

—¿Cómo te va, muchacho? Creí que no volvería a verte después de tu salto a la fama.

Hago un mohín.

—Me va bien.

Arruga la frente.

—¿Y ya? ¿Eso es todo? Cuéntame sobre tus conciertos, tu nueva canción. Jeff dijo hace poco que incluso sacarían un nuevo álbum escrito por ti. ¡Eso es increíble! —Sonríe, emocionado.

Quisiera compartir su efusividad.

—Sí, nos va bien —me limito a decir.

Carter inclina un poco la cabeza y su sonrisa desaparece.

—No te importa un carajo, ¿cierto? —dice serio y sus ojos me escrutan como si pudiera leerme la mente. Tal vez sí puede. Siempre me leyó mejor que los demás.

—No, la verdad no.

Su expresión se suaviza y me mira igual que un padre a su hijo. No quiero aceptarlo, pero sé por qué estoy aquí y por qué me tardé tanto en venir: necesito su consejo. Es lo más cercano que tengo a una figura paterna. Aunque Carter amaba sermonearme, también me orientaba. Me hacía sentir menos perdido cuando no sabía qué hacer respecto a la música.

Ahora estoy en la misma posición. Charles es bueno como terapeuta, pero Carter es mejor como amigo.

—¿Has vuelto a diseñar? ¿O lo dejaste? —pregunta de forma falsamente casual.

—El último diseño que hice fue hace más de un año, antes de irme con la banda. Me lo tatué.

De pronto, el tatuaje de bailarina me escuece en el pecho como un doloroso recordatorio de una vida pasada. ¿En verdad ha transcurrido tanto tiempo desde que me fui?

—¿Y no lo has vuelto a hacer?

—Cambié los dibujos de diseño por cuadernos de letras y partituras.

—Lástima. Tienes talento para la música, aunque tienes mucho más para el diseño.

—Lo sé. Renuncié a ACA para dedicarme a esto, pero al parecer la vida tenía otros planes.

Carter se encoge de hombros.

—A la mierda con la vida, hijo. Estamos muy poco en esta tierra para no tener el control sobre lo que queremos hacer.

—¿Ese es tu consejo? ¿A la mierda con la vida? Qué alentador, espero que el siguiente no sea lanzarme de un edificio.

Carter suelta una risotada que retumba en el estudio. Al menos uno de los dos se divierte.

—No sabía que venías aquí por un consejo.

Me remuevo incómodo en el sillón.

—No solo eres bueno para sermonear, también das buenos consejos —digo entre dientes, como si me costara admitirlo.

—Qué tierno te has vuelto, Clay —se burla, y le lanzo una mirada envenenada que él ignora—. Lo que trato de decir es que no dejes que otros tomen el control sobre lo que tú quieres. Yo no soporto eso. Sé por qué te uniste a Riot 911 y ¿sabes qué? Siempre pensé que era una estupidez. Bryce era un buen chico que tenía sus metas claras… pero tú tienes la tuyas. Nunca serán las mismas porque ustedes dos son distintos.

—Sí, pero…

—Pero ¿qué? Despierta, Clay. Tu hermano ya no está aquí y no puedes seguir viviendo bajo su sombra, cumpliendo metas que no son tuyas —dice con ímpetu—. Mis padres querían que fuera contador. ¿Y sabes qué les dije? A la mierda. No puedes seguir destruyendo tus sueños para que otros vivan los suyos a través de ti.

Sus palabras se sienten como una bofetada.

—Has estado más de un año con la banda, ¿y todo lo que me dices es que te va bien? Viejo, un poco más de alegría y sí que te lanzas de un edificio. —Resopla—. Es obvio que no te importa lo que le suceda a Riot 911 ni lo que pase con tu carrera como músico, y eso es miserable. ¿Escuchaste? Mi. Se. Ra. Ble. —Puntúa cada parte y me hace sentir incómodo.

—Bien. Miserable. Ya entendí.

—No basta con entenderlo; haz algo al respecto. Toma una decisión. Ya has perdido demasiado tiempo.

Tiempo. Otra vez escucho el segundero del reloj. Quiero quitarlo de la pared. Hago lo mejor que puedo para ignorarlo, pero, con cada segundo que pasa, las preguntas que hizo Charles en nuestra última sesión me resuenan en la cabeza y se vuelven tan ensordecedoras como el sonido del reloj: «¿Cuánto te importa la banda? ¿Cuánto te importan la fama y el reconocimiento? No eres feliz con lo que tienes ahora, eso es obvio, pero ¿qué tanto te importa? Porque te sigues aferrando a ello como si tu hermano pudiera volver de la muerte para agradecerte que lo reemplazaras, aunque ambos sabemos que no es así».

¿Qué tanto me importa la banda y la fama que viene con ella?

El reloj avanza, la respuesta es nítida: nada. En realidad, no me importa en absoluto. Era importante para mi hermano, pero no tiene ningún significado para mí más allá de ser una forma de honrar su memoria; si él ya no está, ¿qué sentido tiene seguir ahí? No es como si pudiera volver del infierno para asistir a uno de los conciertos y agradecerme por cubrir su lugar.

Nuevos pensamientos atraviesan mi mente: ¿realmente quiero esto? ¿Quiero renunciar a mis sueños por cumplir los de alguien más? ¿De verdad quiero seguir entregándole el control de mi vida al imbécil de Nadir? ¿Seguir soportando sus desplantes y sus estúpidos juegos?

La fama y el reconocimiento son adictivos, es fácil caer en sus garras cuando solo has sido reconocido por ser «el hermano de tal» y perderte en ellos, y ya no estoy dispuesto a hacerlo.

Hubo un tiempo en el que soñaba con ser como mi padre y como Bryce, seguir sus pasos, pero esos sueños cambiaron hace años y eso jamás me molestó. Lo que me molesta ahora es el sentimiento de inquietud que me invade. Si no quiero esto, entonces ¿qué es lo que quiero?

No estoy seguro. Últimamente, no estoy seguro de nada, solo sé que *quiero* algo, que *deseo* algo, y esas palabras habían estado ausentes por mucho tiempo. Durante meses, viví mi vida en un estado distante, ausente, y me dejé llevar por lo que otros querían de mí. No sé qué quiero, pero estoy seguro de lo que *no* quiero y eso genera en mí un ápice de esperanza.

Hacía mucho esa palabra no aparecía en mi mente. «Esperanza». He aceptado tener esperanza sobre algunas cosas últimamente, desde que empecé la terapia: de un cierre, de un avance, de salir del *impasse* en el que me encuentro. Justo ahora, quiero tener esperanza de una vida que sea mía, que esté en mis manos. Una vida que no me haga sentir vacío.

Entonces, de pronto, mientras charlo con Carter sobre la estúpida colección de duendes que planea traer a la tienda para decorarla, caigo en la cuenta de dos cosas. La primera es que al fin he encontrado una esperanza a la que aferrarme para seguir. La segunda, y más importante, es que el sonido del segundero se ha detenido.

* * *

No sé qué hago aquí. Quiero dar la vuelta e irme para evitar la vergüenza.

Sí, me parece mejor idea. Socializar nunca se me dio bien. Giro sobre los talones para evitar una catástrofe, pero justo cuando estoy por irme, me encuentro de frente con las *Chicas Superpoderosas:* Diane, Orena y Niza me miran sorprendidas. Dios, incluso van vestidas con los mismos colores. Otra chica las acompaña, de cabello oscuro y largo, no la reconozco. Hay un instante en el que ninguno se mueve, hasta que Diane sonríe y acorta la distancia que nos separa.

—¡Clay, eres tú! —chilla mientras me abraza por el cuello, y tengo que resistir el impulso de empujarla. Esta mujer jamás ha entendido el concepto de espacio personal—. ¡Pensé que jamás volvería a verte!

Me aprieta más fuerte y lanzo un gruñido de incomodidad, y estoy seguro de que mi cara lo demuestra también porque escucho la risa de las otras dos.

—Déjalo, ¿no ves que lo estás matando? Se muere si recibe afecto —dice Orena.

Diane se aleja al fin, pero su loción con notas de pino me deja mareado.

—Cierto, es como un cactus —dice Niza, y le dedico una mirada significativa, pero ella solo se limita a sonreír por la broma.

—Sí, con todo y espinas, así que no me toques otra vez o pondré una orden de alejamiento —la amenazo, entre la broma y la seriedad.

Diane sonríe y me da un empujón como juego.

—Tan malhumorado como te recuerdo. No has cambiado ni un poco, solo que ahora eres rico y famoso. ¿De casualidad podrías presentarme a algún amigo también famoso? No sé, podría ser Robert Pattinson —susurra cerca, pero lo suficientemente alto para que las otras chicas la escuchen.

—Por favor, ponle la correa otra vez, Niza. Creo que se descontroló —se burla Orena, y Niza suelta una risa que capta mi atención.

Orena se acerca y me dedica una sonrisa.

—Es bueno verte. —Señala a la chica—. Ella es Enik, mi novia. Seguramente la viste en ACA alguna vez, es bailarina de danza clásica.

La saludo con un gesto de la cabeza y ella sonríe apenas. La verdad es que no la recuerdo. En realidad, a la única bailarina que recuerdo haber visto por ACA es a Niza. Era la única que me importaba en ese entonces… y ahora.

—Lo mismo digo. —Miro a Diane—. ¿Ves? Así es como se hace, respetando el espacio personal.

Ella hace una mueca burlona.

—¿Dirías lo mismo si se tratara de Niza? —dice sin filtro, y la pelirroja le da un codazo para callarla.

—No, ella puede acercarse todo lo que quiera —admito.

Niza me observa de una forma que no sé identificar. Orena y Diane se lanzan miradas de diversión. Bien, al menos ellas se divierten.

—Tuve que estacionar el auto a unas cuantas cuadras. ¿Por qué no han entrado al apartamento? —Escucho una nueva voz en el círculo y levanto la vista para encontrar a Karef, que se acerca.

Genial, sabía que debía irme cuando tuve la oportunidad. Lleva en cada mano un cartón de cerveza y su expresión cambia al reparar en mí. De pronto me siento dentro de un documental de Animal Planet, como si fuéramos dos tigres que se analizan para luchar por territorio. Para su mala suerte, yo estuve aquí primero, así que el único que sobra es él.

—Clay. —Noto el desdén en su voz al saludarme.

—No sabía que habías salido temprano hoy de STV. Creí que te habían asignado horas extras —espeto para molestarlo, y funciona.

—Mitch me dio su permiso.

—Sí, pero no tienes el mío.

Su expresión cambia enseguida: el enojo es evidente, pero Orena lanza un aplauso y la tensión se rompe.

—Por lo visto, ya se conocen —dice Diane.

—Sí, trabajamos juntos en STV. Sabe que soy el novio de Niza.

—Es como recibir una patada en el estómago.

—¿Qué? No me lo has pedido aún. —Niza le da un empujón a modo de broma.

—Pensé que estaba implícito, después de todo: ya hacemos todo lo que las parejas hacen.

La tensión se me asienta en los hombros y también en la mandíbula. Esa declaración hace que me broten en la mente imágenes de ellos dos juntos. La bilis me sube por la garganta. Las aparto enseguida. Qué horror. Mi cara debe demostrar la aversión que siento, porque Karef sonríe petulante. No espero que Niza lo niegue, ni tampoco sucede, pero eso no significa que duela menos.

—Bien, ¿por qué no entramos? El viento me arruinará los rizos falsos —dice Diane y toma uno de los cartones de cerveza de Karef para después marchar hacia el edificio de RJ.

Karef rodea los hombros de Niza con el brazo y la estrecha contra sí antes de darle un beso en la sien. El estómago se me revuelve, así que alcanzo a Orena, Enik y Diane en el ascensor. Para mi desgracia, todos subimos y el recorrido hasta el decimocuarto piso son los treinta segundos más tortuosos de mi existencia. Sé cuántos fueron porque los conté.

RJ abre la puerta y nos recibe con una enorme sonrisa y una lata de cerveza en la mano.

—¡Mi hombre! —dice con excesiva alegría.

Me echa un brazo al hombro y me planta un beso en la mejilla antes de que pueda protestar. Lo alejo con un empujón violento, pero solo consigo que las chicas suelten carcajadas. RJ se lleva una mano al pecho.

—¡Creí que me amabas! —dice dramático y lo miro divertido. Mentiría si dijera que no lo extrañaba.

Enik, Orena y Diane ocupan un lugar en el sofá, mientras que Niza y Karef están en la esquina más alejada, cerca de la cocina; por la expresión de él, parecen discutir. Alejo la vista de ellos cuando mi amigo me ofrece una lata de cerveza. La miro vacilante y los recuerdos de la última vez que tomé alcohol me asaltan la mente. Prefiero no volver a eso, así que la rechazo con un gesto y opto por una botella de agua.

—¿Qué? ¿Desde cuándo eres un santo? ¿Te golpeaste la cabeza? —bromea y le da un trago a su cerveza.

—Mi última borrachera fue terrible —me quejo mientras lo sigo para sentarnos en el sofá frente a las chicas.

—Había entendido que no había sido del todo mala. —Hace un gesto sutil con la cabeza hacia donde está Niza y baja la voz antes de decir—: Durmieron juntos, eso en definitiva no es *terrible*.

Cierto, no fue para nada terrible. De hecho, fue uno de los pocos días en los que fui capaz de conciliar el sueño sin que pesadillas o el insomnio me emboscaran.

—No lo digas en ese tono; nada sucedió, solo dormimos. Además, ni siquiera podía verla a la cara a la mañana siguiente. Toda mi dignidad se quedó en su sala.

RJ suelta una carcajada. Está a punto de hablar otra vez, pero lo callo con un golpe cuando *la pareja del año* se acerca a nosotros. Karef se sienta en el sofá individual y Niza lo hace en el reposabrazos de la silla en que está Diane. Si mi radar no falla, han discutido, lo cual es como un regalo para mí. Me encanta ser la manzana de la discordia, más si se trata de ellos.

—Entonces, Clay, ¿qué se siente ser famoso? —pregunta Diane con ojos brillantes.

Me encojo de hombros.

—Lo único que cambia es que hay más personas invadiendo tu espacio personal.

Diane levanta el dedo medio para mí.

—Deberías conseguirme un espacio en la banda. Yo también quiero ser famoso y tener a muchas chicas que me persigan. —RJ suelta un suspiro.

—Clay no hace milagros. —Diane toma un sorbo de su bebida mientras mi amigo la acribilla.

—Estoy seguro de que tú serías la primera en perseguirme —espeta con cierto desafío.

Diane sonríe maliciosa.

—RJ, no todos tienen que saber las fantasías que tienes conmigo, pero no te culpo por tenerlas.

—¡No dije eso! —se defiende, y las chicas se echan a reír.

—¿No has vuelto a tatuar? —pregunta Orena. Tiene la mano entrelazada con la de Enik.

—No.

—Lástima —dice su novia, y levanta un poco el brazo para señalarse el interior de la muñeca—. Orena y yo queremos tatuarnos algo juntas; pensamos que sería genial que tú lo hicieras. Tenemos la idea, pero nos gustaría que tú la diseñaras.

Me remuevo incómodo cuando todos se centran en mí.

—Hace tiempo que dejé de diseñar.

—¿Y te gustaría volver a hacerlo? —inquiere Diane.

—Sí, pero ya no tengo un cuaderno de dibujo.

—Podrías usar cualquier cosa —Niza habla por primera vez y me regala una sonrisa diminuta—. Siempre fuiste muy bueno diseñando y tatuando. Recuerdo una ocasión en la que hiciste un diseño improvisado sobre una servilleta para un cliente y le gustó tanto que tuviste que recrearlo en una hoja para que se lo tatuara.

Una sonrisa enorme se me extiende por la cara. Recuerdo ese día: era tarde y había pocos clientes; un chico llegó con cien dólares y me pidió que le hiciera un tatuaje especial. No pensé que hablara en serio, así que solo dibujé un par de líneas y figuras en una servilleta, pero al tipo le encantó. Niza estaba limpiando y dejó la escoba a un lado para verme dibujar y tatuar. Estuvo atenta a cada línea y cada punto del diseño. No era algo muy grande, dada la cantidad de dinero, pero el chico se fue encantado con el resultado. Estaba tan emocionada que me pidió que hiciera un diseño para ella en una servilleta también. Nunca lo hice. Sabía que nunca la tatuaría en realidad.

—¡Está sonriendo! ¡Rápido, tómale una foto!

La voz de Diane me saca de mis cavilaciones y mi gesto se desvanece enseguida, aunque no aparto mi vista de Niza.

—¿Por qué reaccionas así? —le pregunta Enik.

—Porque nunca lo he visto sonreír así desde que lo conozco. Esto es histórico.

RJ resopla.

—Clay sí sonríe, pero solo cuando Niza está cerca. Es la única que puede conseguirlo. —Niza aparta su atención de mí para mirar a Karef. Su gesto es sombrío y RJ se da cuenta de que la ha cagado, porque se apresura a añadir—: Y yo también, porque está enamorado de mí en secreto. ¿A que sí, amor? —intenta arreglarlo, pero el daño ya está hecho y me deleito con la mirada oscura que Karef le lanza a la pelirroja.

Sin decir otra palabra, marcha hasta la cocina y Niza va tras él.

—No debiste decir eso —lo reprende Orena tan pronto desaparecen.

—No es mentira. —Se limita a decir.

Sin esperar a que alguno responda, camino por el pasillo que lleva a la cocina, pero me quedo algo apartado para evitar ser visto.

—¿Sabías que estaría aquí? —La molestia en el tono de Karef es evidente.

—¡No! No tenía idea, RJ no me dijo nada.

—Es tan obvio que se muere por ti —sisea—. Y lo peor es que tú también te mueres por él.

Agudizo más el oído y el corazón se me acelera. Quiero escuchar su respuesta, pero todo lo que llega es el silencio. Karef emite un sonido de disgusto.

—Elige, porque no puedes tenernos a los dos.

—No se trata de elegir; no voy a elegir, no voy a…

—Porque lo elegirías a él, ¿no? ¿Es eso? —Hay un deje de dolor en su voz.

Yo solo quiero escuchar la respuesta de ella.

—Esto es muy estúpido. Estás haciendo una escena por alguien que…

—¡A quien no has olvidado! No te das cuenta de cómo lo miras, ¿cierto? Nunca me has mirado así, jamás. Lo miras como si fuera el ser más extraordinario en esta tierra, como si… como si lo amaras. Tu mundo entero se ilumina cuando él te mira a ti, y lo peor es que ni siquiera eres consciente de ello. No soy idiota, Niza, y tú estás siendo egoísta.

—¿Por qué? No lo soy.

—Porque sigues viéndote con él, sigues trabajando con él. Dios, incluso grabarán juntos el video de una canción que escribió para ti… ¡y tendrán que besarse! ¿Quieres más razones? ¿Cómo crees que eso me hace sentir?

Está dolido y tiene razón. Yo también lo estaría si estuviera en su posición, pero no lo estoy, así que no siento pena por él.

—Lo siento, no quiero que…

—Toma una decisión ahora. Él o yo.

—¡No es tan sencillo! Eres importante para mí, igual que él y…

—Olvídalo, ya has tomado una decisión, y no soy yo.

—Por favor, hablemos sobre esto.

Pasos se acercan y me alejo un poco para simular que no estaba espiando. Me encuentro cara a cara con él. Se detiene a un palmo de distancia con el rostro contorsionado por la ira. Por un segundo creo que va a golpearme, y estoy preparado para regresarle el favor si es tan idiota para pelear conmigo, pero se lo piensa mejor y sale del apartamento dando un portazo. Hay un jadeo colectivo de impresión proveniente de la sala.

Niza sale un momento después y se detiene cuando me ve en el pasillo. Su precioso rostro está lleno de angustia. Se pasa una mano por los rizos, alterada.

—Dime que no nos escuchaste discutir.

—No lo hice —miento—. ¿Por qué discutían?

Niza juega con las manos, mortificada.

—Le molesta la idea de que te bese para el video.

Un atisbo de petulancia me cosquillea en el pecho, pero reprimo la sonrisa que me muero por esbozar.

—A mí me molesta que lo beses a él; al menos tenemos eso en común. —Doy un paso hacia ella e inclina la cabeza hacia atrás para verme.

—No es una broma graciosa, Clay.

—Y le molestará más pensar que el video en el que nos besamos durará toda la vida.

Niza me lanza una mirada llena de irritación.

—A él le duele y tiene razón en decir que soy egoísta.

—Le duele la verdad, pero debería aceptarla. Cuanto antes lo haga, mejor.

—¿Cuál verdad? ¿De qué hablas?

Me acerco, invadiendo su espacio, y noto la tensión en su cuerpo, aunque su mirada desafiante no desaparece.

—Que te mueres por mí como yo me muero por ti.

El rostro se le desencaja por la impresión.

—¡Dijiste que no nos habías escuchado! Además, no puedes decir esas cosas. Recuerda las reglas.

—No he roto ninguna.

—Claro que sí. Escucha lo que dices.

—Lo que digo es la verdad. ¿O me equivoco? —Mis palabras son un desafío.

No retira sus ojos de mí, y por un instante, uno pequeño, creo que me dará la razón, hasta que niega con la cabeza.

—No conoces el concepto de amistad.

Una sonrisa lenta se me dibuja en el rostro.

—No cuando se trata de ti.

—Eres un descarado —reprocha.

Doy otro paso, hasta que el aire entre nosotros se siente pesado.

—Lo aprendí de la mejor.

No parece enojada, creo que hay algo más escondido en sus ojos. Me pasa por un lado sin dirigirme la palabra y la sigo hasta la sala, donde toma asiento en el sofá individual.

—¿Qué pasó? ¿Por qué se fue de la nada? —pregunta Diane.

—Se dio cuenta de algo que no le gustó, pero es verdad —digo al entrar en la sala también.

Niza me acribilla y su forma de mirarme confirma lo que es evidente: tengo razón.

24| Chaînés

Niza

—¿Podemos hablar?

Karef despega los ojos de la pantalla de su *laptop* y se quita los audífonos.

—¿Sobre qué?

Cruzo los brazos sobre el pecho, irritada.

—Lo que sucedió el viernes en la casa de RJ. No respondiste mis llamadas ni mis mensajes. Incluso fui a tu apartamento y ni siquiera me abriste.

—No estaba —dice en tono bajo, pero lo conozco lo suficiente para saber que miente.

—Bien, ¿podemos hablar ahora?

—Tengo trabajo. —Señala su *laptop*—. Estamos en horario laboral; no quiero que tu precioso Clay me reprenda otra vez por no hacer lo que me corresponde. Estamos ajustando los últimos detalles del nuevo álbum.

—No es mi…

—Además, tienes que grabar el video hoy. ¿No se supone que los están esperando para llevarlos a la locación?

—Sí, pero antes quiero hablar contigo. —Ocupo la silla de rueditas que hay junto a él y noto cómo los músculos se le tensan, igual que la cara—. Lamento lo que pasó en la reunión. No sabía que Clay estaría ahí. Si lo hubiera sabido…

—¿Qué? ¿No me habrías llevado? —Sus palabras me golpean el pecho.

—Te lo habría dicho, para que decidieras si querías ir o no.

Niega con la cabeza y se pasa una mano por el cabello.

—Escucha, me gustas, mucho, pero estuve pensando durante todo el fin de semana, y no quiero seguir en una relación en la que está claro que uno de los dos no siente lo mismo que el otro.

Un terror frío me recorre el cuerpo. Nunca he sabido manejar bien las rupturas ni las despedidas.

—No sé por qué dices eso. Tú también me gustas.

Karef me mira serio.

—Sí, pero no tanto como te gusta Clay —dice con un toque de tristeza—. Es tan obvio que incluso un ciego se daría cuenta de que todavía lo quieres. Nunca te he visto tan feliz como cuando estás con él. Al principio pensé que era solo mi imaginación, pero en la reunión con RJ fue más que evidente.

Un peso me aplasta el corazón. Me siento una persona terrible por lastimarlo, y una idiota por no ser capaz de controlar lo que Clay provoca en mí. Karef clava sus ojos en los míos.

—Respóndeme algo. Y hazlo con honestidad.

—¿Qué cosa?

—¿Sigues enamorada de él?

Mi pulso se detiene por un segundo y los nervios me invaden como una marea creciente. Me siento igual que un criminal al que interroga un policía. ¿Lo peor? Que sí soy culpable de los cargos.

—Karef, de verdad, yo…

El rostro se le apaga y la sombra del pesar cae sobre él. El corazón se me convierte en un nudo. No voy a mentirle, no se lo merece, y no seré esa chica egoísta que dice que soy. Es listo y entiende la respuesta aunque no se la diga.

—Eres increíble, pero no voy a quedarme con alguien que solo me dará partes de sí misma, porque la mayoría ya le pertenece a alguien más.

Las ganas de llorar me cierran la garganta, pero las mantengo a raya lo mejor que puedo.

—Entonces, ¿eso es todo? ¿Se terminó?

Agacha la cabeza por un segundo antes de mirarme con el rostro lleno de determinación.

—No voy a luchar por algo que ya perdí, no tiene sentido. Lo más inteligente para mí es hacerme a un lado. No quiero salir lastimado.

Trago sus palabras con dificultad. Pensé que teníamos potencial como pareja, y puede que aún lo tengamos, pero eso no es motivo suficiente para obligarlo a quedarse en una relación en la que no se siente cómodo ni feliz. Yo tampoco lo querría, así que, como la personas madura que se supone que soy, lo acepto sin insistir.

—De acuerdo. Lo siento. —Es lo único que se me ocurre decir y quiero abofetearme por lo patético que suena.

Esboza una sonrisa pesarosa que hace la presión sobre mi pecho más fuerte.

—No es tu culpa. Tampoco es mía. No se puede forzar al corazón a aceptar a una persona si ya hay alguien más ocupando el lugar. Solo espero que valga la pena. —De pronto, su semblante se vuelve más serio—. Espero que Clay sepa lo mucho que vales.

Sonrío con el mismo pesar. No nos abrazamos, tampoco nos besamos. No es una despedida tan demoledora como la que tuve con Clay. Tampoco siento que me rompa a la mitad ni que Karef se esté llevando mi corazón. En realidad, es bastante tranquila.

Gracias a Karef empiezo a temerles menos a las despedidas.

* * *

—¡Mírate! —dice la chica encargada del maquillaje—. ¡Luces igual que una muñeca!

El halago se me clava en el corazón como una daga y el recuerdo de la voz de Clay, cuando me llamaba así, me eriza los vellos de la nuca.

—Estás lista, ve a ponerte el vestuario —me instruye, satisfecha con su trabajo.

La obedezco y me dirijo al pequeño camerino que tengo asignado. En realidad es solo un tráiler que está justo frente al lugar donde se grabará el video, pero es cómodo. El resto de chicos está dispuesto en otros tráileres alrededor de la locación.

Comienzo a vestirme. No puedo creer lo rápido que ha pasado el tiempo. ¿En qué momento pasaron las dos semanas? Tampoco puedo creer que esté usando mallas, leotardo, tutú y *ballerinas* otra vez. Sin embargo, no se siente extraño ni tengo esa sensación de falta de oxígeno que me asaltaba cada vez que usaba este vestuario bajo el yugo de Winslet.

Me miro en el espejo y contemplo a una chica completamente diferente. Sí, estoy usando lo mismo que me torturaba, pero ya no se siente como una tortura. Al contrario, por primera vez me gusta cómo me veo siendo una bailarina de *ballet*.

Si los últimos dos años no hubieran ocurrido, sé que vería algo muy diferente. Si no hubiera atravesado ese vertiginoso, arrebatado y doloroso proceso, mi vida no habría cambiado. No me habría convertido en esta nueva versión, mucho más valiente, decidida y brillante, que soy.

Ahora es cuando florezco y lo hago por mí.

Soy otra persona, una contradicción hermosa de todo lo que pensé que era, todo lo que según Winslet debería ser y todo lo que, para mi fortuna, no soy.

Ellen tenía razón al decir que esta es una oportunidad que se presenta una vez en la vida. Una vez ese video se grabe y salga a la luz, estaré en un nivel mucho más alto y un sinfín de puertas se abrirán para mí. Será mi oportunidad para un mejor futuro, pero también para presentarle al mundo mi nueva yo: una chica que ama lo que hace y que ama a la persona que es.

Admiro el traje: es completamente negro con algunos detalles en plateado. Me hace sentir como Natalie Portman en *El cisne negro*, solo que no irradio tragedia —al menos por ahora—, sino felicidad. Me sonrío otra vez, feliz.

Me siento orgullosa de lo lejos que he llegado, de las decisiones que he tomado. No me arrepiento de nada.

* * *

Llego a la locación acompañada de una chica del *staff*. Bueno, en realidad solo salgo del tráiler. El lugar es una casa vieja que se ha usado algunas veces en otros videos musicales y películas de terror, según mi acompañante. Una parte de la casa está derrumbada, las paredes tienen la pintura raspada, y de los altos ventanales solo queda la forma, sin rastro del cristal. En el centro están dispuestos los instrumentos de los chicos. El piso ha sido limpiado, aunque las manchas que permanecen le dan un toque viejo y abandonado al lugar. Son los restos de lo que alguna vez fue. Lo que queda de un amor que se derrumbó. Es bastante poético y adecuado, la verdad. Si Clay lo eligió, tuvo una buena visión. Siempre fue bueno con eso; lo vi en sus diseños y tatuajes.

—Esta es tu silla —dice la chica sin dejar de revisar un cuaderno en el que supongo que tiene más instrucciones.

Veo cinco sillas más a mi lado y asumo que son para los integrantes de Riot 911. Estoy por preguntarle si tienen un nombre asignado, pero se va tan rápido como llegó.

—¡Niza! —Me giro hacia la voz que me llama y me encuentro con Kirk, quien me sonríe mientras camina hacia mí.

Tras él están el resto de los chicos. Todos son guapísimos, es obvio, la industria exige que lo sean, pero creo que ahora lo han llevado a otro nivel. Visten ropa negra a juego, algunos con chalecos, otros con chamarras de cuero, todos adornados con ornamentos plateados, igual que mi leotardo.

Son una obra maestra, dignos de admirar. Mis ojos viajan hasta Clay y, como una idiota, me quedo embelesada. También lleva pantalones negros de cuero a juego con la chamarra, pero no está usando camiseta. Los tatuajes de su cuerpo quedan al descubierto y un calor intenso nace de mi interior y se derrite hasta concentrarse en la entrepierna. Intento no pensar en todas las veces que toqué, besé, lamí o aruñé esos tatuajes, pero cuanto más trato, menos lo consigo.

El corazón se me acelera ante la visión y los recuerdos que evoca, y termina de dar un vuelco al notar la cadena de bailarina en su cuello. Santas cabras, ovejas y vacas. Va a usarla. Quedará para toda la eternidad en el video.

—¿Hay alguien en casa? —Salgo de mis cavilaciones y encuentro a Kirk a un palmo de distancia: sonríe. Se ve muy bien con el cabello alborotado y ese chaleco.

—Lo siento, estaba distraída.

—¡Tú eres la distracción! —Dave sonríe con ojos brillantes—. Mírate, eres una diosa.

—Eso explica por qué Clay se queda idiotizado cada vez que estás cerca —dice Aaron.

El aludido pone los ojos en blanco, pero no lo niega y siento el estúpido revoloteo de maripo... «No, alto ahí. Detén tus caballos ahora. No es lo correcto. Mantén los papeles», me digo.

—Gracias, ustedes también se ven increíbles.

—Pero no tanto como tú —dice Aaron, cuyos ojos verdes contrastan con el negro de su ropa; se ve mil veces más guapo de lo que ya es. Se acerca, me toma de la mano y me obliga a dar una vuelta. Silba impresionado—. ¿Podemos contratarla como parte de la banda? Seguramente tendríamos el doble de fans si ella formara parte.

—¿Contratarla? No, tengo una idea mejor —dice Kirk serio mientras niega con la cabeza y después me mira con ojos suplicantes—. ¿Quieres ser la madre de mis hijos?

Suelto una risotada junto al resto. El único que no se ríe es Clay.

—¡Hablo en serio! ¡Imagina lo lindos que serían! Bellos y famosos, podrían tener el mundo a sus pies —insiste, y río más fuerte.

—Para, hombre. Clay te arrancará los huevos si te acercas a ella —le advierte Aaron, divertido.

Kirk se gira hacia él.

—Si no te apresuras, te la robaré.

Clay emite un sonido sardónico.

—Como si ella pudiera fijarse en un enclenque con una polla en forma de Cheeto como tú.

Su amigo le da un puño en el hombro.

—Eres un hijo de puta, ¿sabías?

—Cierto, Kirk, solo puedes ofrecerle buenos sentimientos —dice Mitch.

Los chicos estallan en risotadas y se siente bien estar con ellos, aunque digan guarradas. Alice se acerca entonces y se aclara la garganta.

—¿Están listos? Vayan a sus posiciones.

—Sepan que esto no se ha terminado —amenaza Kirk a los demás para después irse dignamente hacia la batería.

—Lo harás genial, no te pongas nerviosa —dice Mitch y me regala una pequeña sonrisa.

No había sentido el rastro de los nervios hasta ahora. Es normal, supongo; los he sentido desde que tengo memoria, cada vez que estoy a punto de aparecer en una presentación, solo que esta es *la presentación*, la que me mostrará ante el mundo entero. Estoy ansiosa, sí, pero lo que me mantiene con el corazón en la garganta es el hecho de que besaré a Clay. Otra vez.

Ensayamos muchas veces la coreografía estas últimas tres semanas, pero evitamos el beso porque Ellen quería que «fuera natural» durante el video, para que causara más impresión. Impresión de la que moriré yo si no me controlo.

—¿Estás nerviosa? —pregunta Clay, como si pudiera leerme la mente.

Comienzo a jugar con los dedos para calmarme, aunque no sirve.

—Un poco, sí.

—Yo también —admite—. No soy el mejor bailarín, solo espero no hacer el ridículo.

Le regalo una sonrisa diminuta.

—No lo harás. No será tan malo.

—Tienes razón, al menos lo haré contigo —dice bajo pero seguro. La piel se me eriza cuando se acerca y su respiración choca con mi oído—. Eres una visión fuera de este mundo vestida así, muñeca.

Su suave voz, combinada con su olor y sus palabras, casi me hace flaquear las piernas. Se aleja lo suficiente para ver mi reacción, que debe ser un poema, porque sus ojos grises brillan triunfales. Mi pulso choca contra mi pecho en un baile enloquecido. La anticipación me llena cuando mi vista cae sobre su boca, y creo que voy a…

—Chicos, estamos listos. Vayan a sus posiciones. —La voz de Alice nos interrumpe y el pequeño instante que nos robamos para los dos se convierte en cenizas.

—Lo harás espectacular, eres la mejor bailarina que haya pisado esta Tierra. Lo sé porque lo he visto —dice con seguridad, y me regala una sonrisa pequeña que es capaz de robarme el aliento.

Me sigue sorprendiendo que Clay no sonría mucho. Podría tener al mundo de rodillas si quisiera.

Nos acomodamos en el espacio designado. Ellen, la coreógrafa, nos da las instrucciones: primero grabarán nuestra coreografía, con los chicos tocando de fondo, y después harán las grabaciones individuales y grupales.

Clay se pone frente a mí y el corazón me da un vuelco violento cuando caigo en la cuenta de que ya no lleva la chamarra. Su torso está completamente descubierto y tanto la cadena como el tatuaje quedan expuestos para que todo el mundo los vea.

Me toma un momento recuperarme de la sorpresa. Los camarógrafos se acomodan, el director del video da algunas instrucciones técnicas y pongo mi cuerpo en posición cuando me dan la orden. Aunque estoy nerviosa, también estoy emocionada.

De nuevo, Clay se quedará con una de mis primeras veces, quizá con la más importante: la primera vez que Niza baila para el mundo con amor y pasión por su arte. Sin miedo. Sin presión. Haré que valga la pena. Haré que sea hermoso. Y lo más importante: lo haré divirtiéndome.

El director da la señal. La música comienza a sonar. Cuento hasta ocho antes de empezar a moverme. La primera parte de la letra de *Ballerina* llena la vieja casa y me muevo con los pies en punta. Las piruetas que Ellen me enseñó, los movimientos que practiqué y pulí con Clay; no pienso en eso, no pienso en nada, porque mi cuerpo se mueve por sí solo.

Esto es mucho más que memoria muscular, es más que «la práctica hace la perfección». Esto es lo que soy, cada célula de mi cuerpo es música y yo la transformo en movimiento.

Clay me toma de la cintura, me persigue y yo huyo, como la ilusión de algo que se atesora y se pierde. Aunque me cueste admitirlo, amo la canción. Porque es real, porque habla de dos almas rotas que eran correctas para el otro, pero se encontraron en el momento equivocado; porque habla de la chica destruida que fue capaz de aportar luz y color a su vida; porque habla de lo feliz que era conmigo antes de que hiciéramos añicos lo que teníamos.

Ella baila en mis sueños
¿Será siempre un fantasma o volveré a tenerla en mis brazos una vez más?

Su voz me envuelve y me impulsa a seguir. Es crudo y arrebatador y emocionante. La música está a punto de llegar al final. Él me toma entre los brazos una última vez, como dice la canción, y me acaricia el rostro. La devoción que hay en sus ojos no es una actuación. La forma en que su corazón late acelerado no es una mentira. Lo sé porque se combina con los latidos salvajes del mío. Se acerca, poco a poco, siguiendo los tiempos de la música, y nuestras respiraciones se combinan, agitadas, pesadas, ansiosas.

Sus labios encuentran los míos y es entonces cuando sucede: ese terremoto de emociones que me hace sentir como si me despegaran de la tierra de golpe y flotara en el espacio. Todas mis terminaciones nerviosas se concentran en ese pequeño roce.

La música termina, pero no rompemos el contacto. Debería, pero no quiero. La sensatez me grita que lo haga, pero la emoción tan grande que me llena el pecho la acalla. Clay me pasa la lengua por el labio inferior, le doy acceso y, para mi desgracia, o fortuna, el beso se vuelve más profundo. La llama que traigo encendida desde que volví a verlo se convierte en un volcán que hace erupción y quema cualquier rastro de racionalidad que queda en mí. Me derrito por completo entre sus brazos.

No reacciono hasta que el director lanza un aplauso y me

alejo de él con violencia, como si quemara. Él me mira con el rostro desencajado.

—Eso estuvo increíble —dice el director, cuya voz apenas registro por lo rápido que corre la sangre a través de mis oídos—. Es la primera vez en muchos años que una coreografía queda bien en la primera toma. ¿Y ese beso? ¡Dios, se me erizó la piel!

—¿Qué te dije? —Ellen da pequeños aplausos, extasiada—. Estos chicos son intensidad pura. Sabía que quedaría mejor si no lo practicaban.

—¡Escena lista, chicos! Niza, puedes ir a descansar a tu camerino. Clay, tú también tómate un momento. Iniciaremos con las tomas de los chicos.

Eso es todo lo que necesito escuchar. Huyo del lugar igual que un asesino de una escena del crimen. Mi crimen. No miro atrás. Entro al camerino hecha un huracán de emociones. Llego hasta el tocador en el que la chica me maquilló y suelto un grito cuando veo a Clay a través del espejo.

—¿Qué haces aquí? —Me giro hacia él con la piel ardiente y el corazón en llamas.

—Tú y yo tenemos algo sin terminar. —Su voz es suave y tan jodidamente tensa que traspasa mis defensas.

—¿Qué cosa?

Sus ojos están tan oscuros que es difícil percibir el gris. No nos movemos. La anticipación me hace difícil respirar. No soy capaz de decir nada porque se mueve tan rápido que no proceso lo que está pasando hasta que la distancia entre nosotros se evapora. Su fuerza me estrella contra el tocador. Me enrosca una mano alrededor de la nuca para mantenerme cautiva. No hay un solo pensamiento coherente en mi cabeza, solo la maldita sensación de su cuerpo entre mis piernas, duro, que deja mi sentido común fuera de la ecuación. Encuentro su pecho con las manos, aún desnudo y tan caliente que me quema. O quizá soy yo quien está hirviendo. Su respiración se combina de nuevo con la mía. Está tan cerca. Quiero esto, lo anhelo, quiero…

No quiero que sea así.

Justo cuando sus labios rozan los míos, lo aparto y bajo la cabeza.

—Espera.

Su cuerpo entero se vuelve rígido y se aleja dos pasos. Hay un silencio que amenaza con hacerme explotar, hasta que él habla primero:

—Lo arruiné. Lo siento.

Levanto con lentitud los ojos. Está tan afligido que su cara lo refleja y el arrepentimiento le exuda de la piel.

—Lo siento, de verdad. Me dejé llevar. Soy un imbécil. Puedes decirle a Karef que es mi culpa.

La frente se me arruga.

—Ya no estoy con Karef. Terminamos.

A pesar del arrepentimiento, una chispa se le enciende en los ojos.

—¿Cuándo?

—Hoy, antes de grabar el video. Hablamos en STV.

—¿Y por qué me alejas entonces?

No tengo una respuesta. Silencio otra vez, tenso e incómodo. No tengo ni un centímetro de espacio en mi cuerpo para lidiar con otra emoción y esto que Clay me hace sentir ni siquiera puedo definirlo. Es demasiado.

—Escucha, lo arruiné, pero no volveré a romper las reglas —dice con voz cruda cuando se da cuenta de que no obtendrá una respuesta de mi parte—. Podemos seguir con esto de la amistad y…

—Vete.

—¿Qué?

—Vete —repito, esta vez más fuerte.

La cara se le llena de dolor y sorpresa a la par, pero no insiste en quedarse. Se retira del camerino sin decir otra palabra. Apenas tengo un poco de silencio y soledad, llamo a Orena con la esperanza de que venga por mí.

Las dudas y conflictos entre la mente y el corazón me asedian sin descanso. La fortaleza que construí está a punto de derrumbarse y no quiero estar sola mientras eso sucede.

25| Promenade

Niza

—¿Qué sucedió?

Orena deja las llaves sobre la encimera. Trata de disimularlo, pero su voz está llena de preocupación. Me siento en el sofá que tantas veces me ha visto llorar. Resisto las lágrimas el tiempo suficiente para soltarme el moño y dejar libres mis rizos. Me duele la cabeza. Me duele el cuerpo. Me duele todo, incluso el corazón, sobre todo el corazón.

¿En qué estaba pensando cuando acepté el papel? ¿Cómo pude ser tan estúpida?

—¿Niza?

Orena está junto a mí. Destila angustia. Me toma la mano y le acaricia el dorso. No dice nada, se queda en silencio mientras el nudo en la garganta se me disuelve en lágrimas. Creí que era fuerte. Pensé que la barricada que había construido alrededor del corazón, para que Clay no pudiera entrar en él otra vez, era impenetrable, pero me equivoqué. Cuando comencé la terapia y hablé sobre toda nuestra historia, lloraba en cada sesión. No paré hasta la séptima. Fue estúpido de mi parte creer que el capítulo final estaba escrito y que el libro que contenía la historia de Niza y Clay estaba cerrado para siempre.

No sé cuánto tiempo transcurre, pero cuando finalmente dejo de llorar, la mano de Orena está fría. Me limpio las lágrimas con un pañuelo que me ofrece y tomo una bocanada de aire, temblorosa.

—Grabamos el video —comienzo a hablar—. Y nos besamos, y después me siguió a mi camerino y…

—¿Te hizo algo? —pregunta alarmada.

Niego enérgica.

—Nada que yo no quisiera —aclaro—. Casi nos besamos otra vez y fue… fue sorprendente y dolorosa la manera en que lo deseaba. Dios, me siento tan estúpida.

Escondo el rostro entre las manos.

—No eres estúpida. No digas esas cosas.

—¡Pero lo soy! ¡Creí que lo había superado! ¡Caí como una tonta otra vez! —espeto frustrada, y levanto la cabeza para mirarla—. ¿Por qué sigo queriéndolo con la misma fuerza que antes? ¿Por qué no puedo olvidarlo para siempre?

Orena me acaricia el hombro y su mirada se suaviza, como si fuera una madre consolando a su hija.

—Porque no podemos obligar a nuestro corazón a expulsar a quienes ya están ahí.

—Entonces, ¿para qué sirve la terapia?

Se encoge de hombros.

—Supongo que es una buena herramienta para aprender a poner límites, para ver cosas en nosotros mismos que a veces pasamos por alto, para querernos, para aceptarnos, para identificar qué nos hace daño o qué nos hace mal, pero no para expulsar a alguien de nuestro corazón.

—Qué tontería —digo hastiada y me paso una mano por el cabello—. Quisiera odiarlo.

—No creo que ese corazón tuyo posea la capacidad de odiar a nadie. Si ni siquiera odias a Winslet, que hizo tu vida imposible. Dudo que Clay sea el primero en entrar en tu lista negra.

—Debería. Es un idiota. ¿Por qué vuelve a buscarme ahora que todo va mejor? Lo único que hace es poner mi mundo de cabeza.

Orena suelta una risa suave. Sus ojos están llenos de reconocimiento.

—Tal vez porque tú pusiste de cabeza su mundo cuando te volvió a ver. Es evidente que sigue enamorado de ti.

Suelto un jadeo escéptico.

—O solo está buscando la manera de arrastrar mi corazón por el infierno de nuevo.

—No conozco mucho a Clay, y tratar de adivinar lo que está pensando con esa cara de piedra que tiene es complicado, pero sus ojos no mienten: aún te mira con la misma adoración que antes.

El pecho se me constriñe y el enojo vuelve a apoderarse de mí.

—¿Y qué? Incluso si me mira con adoración, te recuerdo que rompiópisóaplastótrituró y escupió mi tonto corazón cuando se fue. Ni siquiera le importó que le rogara para quedarse. Me hizo a un lado igual que a un juguete viejo.

—Lo sé. Lo que hizo estuvo mal y no estoy tratando de justificarlo, fue un grandísimo imbécil, pero entiendo las razones por las que se fue.

—Yo también, pero eso no le da derecho a desequilibrar mi mundo de nuevo.

—Quizá volvió para equilibrarlo.

—¿Cómo puedes decir eso? —le reprocho indignada.

Toma una bocanada de aire y después la suelta con pesadez.

—Lo que te voy a decir puede ser difícil de asimilar, pero creo que necesitas escucharlo.

El estómago se me hace un nudo. Cuando Orena usa un tono tan serio, me asusta.

—Jamás te vi tan feliz como cuando estabas con Clay. Cambiaste por completo, en el buen sentido. No sé qué clase de magia hizo, pero eras otra persona. Más viva. Más feliz.

—¿Estás diciendo que no puedo ser feliz por mí misma, sin estar con él?

Niega con la cabeza.

—Claro que eres feliz por ti misma; todas hemos visto el cambio que lograste los últimos meses y estamos muy orgullosas de ti. Lo que quiero decir es que… cuando encuentras a alguien que te ama con la misma intensidad que tú lo amas, resplandeces de una forma diferente. Eso es lo que me pasa con Enik: soy feliz por mí misma, pero con ella es mil veces mejor. Es como conectar una bocina a una guitarra: todo se intensifica.

—Entonces, ¿qué debería hacer? ¿Perdonarlo como si nada hubiera pasado, como si no me hubiera abandonado, y regresar con él? Volverá a abandonarme. Su estancia aquí es temporal. Se irá apenas termine sus conciertos. No tiene caso hacerme ilusiones.

—Tal vez ahora sea diferente.

—¿Cómo?

—Cuando se unió a la banda, la muerte de su hermano era muy reciente, él estaba muy vulnerable. Ni siquiera sabía el verdadero legado de Bryce. Quizá ahora, con el nuevo panorama que se presenta frente a él, tome decisiones diferentes.

Lo último que quiero es hacerme esperanzas con alguien tan inestable como Clay, pero aunque trato de evitarlo, la llama de la esperanza se enciende en mi interior. Es pequeña y las dudas amenazan con apagarla por completo, pero está ahí.

—¿Y si no? ¿Y si solo me está buscando porque está deprimido y soy lo único con algún sentido de familiaridad que aún conserva?

—Puede ser, pero estás haciendo conjeturas. No hay manera de saberlo. Mi consejo es que hables con él.

Juego con los dedos, ansiosa. Las sienes me punzan.

—¿Para qué? Ni siquiera sé si quiero saber lo que está pensando ni cuáles son sus intenciones. Acepté ser una especie de… amiga para acompañarlo en su proceso, para pagarle el favor que él me había hecho al ayudarme, pero ya no se siente correcto.

Orena suelta una risa burlona.

—No se siente correcto porque ustedes no están hechos para ser amigos. Se quieren demasiado.

—Yo no…

—Niza, no te mientas, solo te harás daño. Karef se hizo a un lado porque incluso él podía ver el amor que sientes hacia Clay.

Me callo. Tiene razón, sé que la tiene y no hay manera de discutirlo.

—Habla con él —insiste—. Si sus intenciones no son claras o no son iguales a las tuyas, entonces podrás cerrar su capítulo en paz. Pero si lo son —sus ojos se llenan de determinación—, haz que trabaje para recuperarte.

La miro impresionada. Sé que Orena es buena con estos temas, pero no sabía que se había vuelto una experta. Quizá tiene razón al decir que su relación con Enik la amplifica en todos los sentidos. Antes de ella, era una chica increíble, pero ahora es… extraordinaria.

Sé que Clay aún me quiere. Él mismo me lo dijo cuando fue ebrio a verme y sería estúpido no asumirlo si me tiene tatuada en su corazón. Dios, es tan obvio que duele… Pero no sé si quiero o debo iniciar esta travesía con él otra vez.

* * *

Transcurren tres días en los que hago todo en automático: salgo a correr por las mañanas, me preparo el desayuno, asisto a Rennart, evito la mirada de odio de Rhaila y la de pena de Rhaiza, regreso a mi apartamento, almuerzo y me paso el resto de la tarde pensando si debería darle una segunda oportunidad a Clay mientras veo las películas de amor más cursis de la historia.

No sé por qué las miro, si lo que hacen es volver todo peor. En las películas románticas, la protagonista siempre deja al chico problemático para estar con el ideal, que es perfecto en todos los sentidos. Las detesto, porque nos alimentan con esas mentiras toda nuestra vida y, cuando nos encontramos con el amor en la vida real, caemos de bruces en la cuenta de que ese ideal no existe: el chico del que nos enamoramos está lejos de ser perfecto y tiene problemas de identidad, depresión y abandono; y la chica tampoco es perfecta porque es una anoréxica en recuperación, con sentimientos de insuficiencia y miedo extremo al fracaso.

Qué difícil es esto. En verdad, qué complicado es el amor.

Miro *Diez cosas que odio de ti* y descubro que, igual que la protagonista, hay muchas cosas que odio de Clay, así que hago una lista mental mientras la película se reproduce:

1. Odio que solo diga diez palabras por día.
2. Odio su actitud arisca y reservada.
3. Odio que no sea capaz de ver que lo están manipulando.
4. Odio que me haya abandonado.
5. Odio su sonrisa, porque me deja sin aliento.
6. Odio la canción que me escribió, porque me estruja el corazón.
7. Odio que todo mi cuerpo reaccione a la más pequeña interacción con él.
8. Odio extrañarlo tanto.
9. Odio que sea tan bueno besando.
10. La peor de todas: odio no poder odiarlo.

Esto es una tontería total. No puedo seguir huyendo de esto por más que quiera. Orena tiene razón: debo enfrentarlo. Tomo el móvil y abro el chat de Clay. Está en blanco desde que cambió su número. Ni siquiera lo tengo guardado por su nombre, solo una simple «C» para identificarlo. Los nervios se filtran por mi cuerpo. ¿Y si esto es un error? ¿Y si la única que se hace suposiciones estúpidas en la cabeza soy yo?

Mis dedos penden sobre la pantalla. Miles de animalillos ansiosos me invaden el estómago, pero decido ser valiente. Estoy cansada de solo suponer y no tener respuestas concretas.

[NIZA]:

¿Podemos hablar? 17:58

Bloqueo el móvil y lo lanzo a la cama como si quemara. La pantalla se ilumina enseguida y mi ritmo cardíaco se eleva tanto que temo morir de un infarto. Me repito que debo ser valiente y tomo el móvil.

[C]:

¿Cuándo y dónde? 17:58

Mierda. Ni siquiera tenía un lugar pensado. Me muerdo una uña.

[NIZA]:

¿Alguna sugerencia? 17:59

[C]:

Elige tú. Soy todo tuyo. 17:59

Leo el mensaje por segunda vez. ¿Cómo se supone que interprete eso? Estoy segura de que lo escribió con una doble intención, nada sutil. La oleada de valentía me impulsa a hacer algo temerario… y estúpido.

[NIZA]:

¿Todo mío para qué? 18:00

La respuesta tarda en llegar un minuto eterno.

[C]:

Para todo lo que quieras. 18:01

Las malditas mariposas vuelven a revolotear, esta vez con tanta fuerza que me asusta. No importa cuánto trate de evitarlo, él sigue provocando en mí las reacciones más violentas y profundas, así que, motivada por ellas, escribo el mensaje.

[NIZA]:

Coney Island, en el muelle donde lanzaste las piedras.
A las siete. 18:01

[C]:

Ahí estaré. 18:01

Contemplo el mensaje más tiempo del necesario. Ese simple mensaje hace que la llama de esperanza se vuelva más grande.

Me doy una ducha rápida. La noche es calurosa, así que opto por un vestido ligero blanco y sandalias. Tomo mis cosas junto a algo que compré hace dos días y salgo de mi apartamento.

El camino en metro hasta Coney Island me toma cuarenta minutos, tiempo en que repaso en mi mente todos los posibles escenarios y respuestas de Clay, desde los más alentadores hasta los más dolorosos. Nada me calma la ansiedad, al contrario, solo logro comerme otra uña. A este paso me quedaré sin dedos.

Cuando creo que he controlado un poco la ansiedad y estoy siendo racional, lo encuentro: me espera en el muelle donde lanzó las piedras, y toda mi mentira se viene abajo. Veo su cuerpo, alto y fornido, con los brazos apoyados sobre el barandal; el cabello negro cubierto por una gorra del mismo color; su expresión indescifrable.

Pum, pum, pum.

El pulso se me acelera. Me acerco con cuidado y llego a dos pasos de él. Está fumando y no se percata de que he llegado hasta que hablo.

—Hola.

Sus ojos caen en mí con lentitud, tan grises como una noche nublada, y hago un esfuerzo titánico por mantener mis emociones a raya. Esto es sobre mí. No importa cuánto lo quiera, he aprendido a quererme más, así que debo tener cuidado.

—Hola. —Apaga la colilla sobre la madera del barandal, dejando una marca, que parece no importarle.

—¿Llevas mucho tiempo esperando?

—No mucho. La brisa se siente bien. —Se encoge de hombros.

Hace calor, no lleva su chamarra y puedo ver cada uno de los tatuajes que le adornan los brazos. El silencio se abre paso entre nosotros y lo único que registro es la risa de algunas personas que pasean por el muelle. Él se acomoda mejor la gorra y me pregunto si en verdad sirve para camuflarlo. Cuento los segundos en latidos, hasta que él me roba las palabras.

—No sé qué quieres decirme, pero quiero darte algo primero.

—¿Darme algo? —pregunto confundida.

Con lentitud extrae su móvil y, un segundo después, escucho el tintineo de mensaje recibido del mío. Abro su chat y la boca se me seca. Es un archivo que, al descargarlo, muestra un álbum de música titulado *Daisy*. En él, están enlistadas trece canciones y leo algunos títulos: «Coney Island», «Roma», «3 de octubre», «Luna».

Cuando levanto los ojos hacia él, su rostro es una máscara de impasibilidad; el mío debe ser un poema, porque se apresura a explicar:

—Es el álbum que escribí para Riot 911. Terminamos de producirlo hace unos días y quería que fueras la primera en escucharlo.

Tardo varios segundos en reaccionar y, en lugar de decir algo inteligente, lo único que me sale de los labios es un apresurado:

—¿Por qué?

Su máscara flaquea un poco y deja ver un atisbo de sorpresa.

—Porque tú lo inspiraste. Lo escribí para ti —dice firme, y algo se derrite en mi interior.

—¿Para mí? —Quiero reaccionar, pero sigo procesando el hecho del que mismísimo Clay Hawthorne escribió un álbum completo, titulado con mi nombre, pensando en mí.

Él asiente con lentitud sin que su mirada abandone la mía.

—Eras lo único en lo que pensaba antes de irme y lo único en lo que he pensado desde entonces. Nadir me pidió que escribiera algunas canciones para la banda. Eras lo único que abarcaba mi mente, así que escribí sobre ti, sobre nosotros, sobre la forma en que le diste sentido a mi vida antes de que yo lo arruinara. —El corazón se me compunge y abro la boca para decir algo, pero él me interrumpe—. Escucha, soy malo con las disculpas, muy malo. Incluso si pensara que podría formular una, ninguna sería suficiente para ti, ni siquiera comprando toda la producción de mandarinas de Florida creo que bastaría —dice y logra arrancarme una pequeña sonrisa—, pero escribí esto para ti. Estás en cada canción, cada letra.

—¿Es tu forma de disculparte?

—Mi miserable disculpa —recalca.

Observo el álbum en la pantalla y leo los títulos. Cada uno me rompe un poco más, pero reúno la templanza suficiente para no quebrarme frente a él y seguir con esto. Puede que sea la única oportunidad que tengamos de arreglar lo que rompimos.

—Voy a escucharlo, te lo prometo —digo con una sonrisa diminuta—. ¿Cuándo se estrenará?

Algo cambia en su expresión y se vuelve más oscura.

—No lo sé. Ni siquiera sé si alguien además de ti llegará a escucharlo.

—¿Por qué?

Un par de chicas pasan a nuestro lado y él agacha la cabeza para ocultarse el rostro con la gorra. A veces olvido lo famoso que es.

—He estado pensando… —dice con la vista fija en la playa.

—¿Sobre qué?

—Tomar otras decisiones. Hacer algo diferente. No sé cómo reaccionará la banda, pero creo que es momento de hacerlo.

—¿Qué?

Los ojos de Clay relucen de una forma que no había visto en meses, como si una resolución que llevara tiempo postergando al fin viera la luz.

—Te lo diré apenas lo haga. Serás la primera en saberlo, te lo prometo.

—¿Y cuándo lo sabré?

—No puedo decirte aún.

—Pero ¿hay alguna pista?

Él sonríe y dejo de respirar. Sí, odio esa sonrisa. La odio porque es capaz de derretirme.

—Lo sabrás después del último concierto en Nueva York.

Arrugo el ceño, frustrada.

—Faltan dos días para ese concierto. Me parece demasiado.

—¿Quieres negociar? Porque estoy abierto a propuestas. ¿Qué me darás a cambio de esa información? —Enarca una ceja y el corazón me da un vuelco cuando veo el brillo juguetón en sus ojos.

Una ola de calor me sube desde el pecho hasta la cara, y ruego a todos los dioses que la luz en el muelle sea tan tenue para no delatarme.

—Creo que puedo sobrevivir dos días sin la información.

Sonríe malicioso.

—¿Segura? Una buena oferta podría darte lo que quieres de inmediato.

—Gracias, pero creo que el único beneficiado con ese trato serías tú.

—O ambos podríamos salir beneficiados. Piénsalo —dice con un tono que deja claras sus intenciones.

Si fuera otra chica, o la Niza de hace unos meses, habría cedido, pero no ahora, así que opto por cambiar de tema.

—Quiero preguntarte algo, pero antes, yo también te daré algo.

La sorpresa tiñe por un segundo su semblante. Abro mi bolso y extraigo de él un cuaderno grande de pasta oscura. Se lo entrego. Lo admira en silencio, aunque parece algo confundido.

—¿Qué es esto?

—Un cuaderno de dibujo. Sé cuánto te gusta diseñar y tatuar. Hace unos días pasé por casualidad por una de esas tiendas de arte y pensé que hacer algo que te gusta tanto te ayudaría con tu proceso y te haría sentir mejor —explico con un poco de nerviosismo entre cada palabra.

Lo estudia con mucho detenimiento, toca la pasta dura y, cuando lo abre, una sonrisa se le escapa al leer lo que escribí en la primera página.

—Para que dibujes lo que hay en tu mente y me lo muestres después —lee en voz alta, y el calor de la vergüenza me escala del cuello a la cara—. ¿Que te lo muestre después? Eso implicaría que nos seguiremos viendo y no sé si tú quieres eso.

Sus ojos me escrutan invasivos y me aceleran el pulso. Mi voz está envuelta por un horrible tremor; lucho por controlarlo:

—Por eso te cité aquí. Quiero preguntarte algo.

—¿Me citaste aquí para preguntarme algo?

—¿Te molesta?

—No, nada que tú me pidas me molesta —dice con suavidad—. Dime. ¿Cuál es la pregunta?

Siento el aire más pesado, sofocante. Un silencio interminable se extiende entre nosotros y todo mi interior vibra con anticipación. Es como si el resto del mundo no existiera, solo Clay, mi nervioso ser y esta bonita playa que tiene tantos recuerdos nuestros. No puedo huir de esto para siempre y no puedo vivir en la ignorancia haciendo conjeturas.

—Quiero saber qué… ¿qué estamos haciendo? ¿Qué es esto?

—¿A qué te refieres?

—Esto. —Nos señalo a ambos.

—¿No se supone que somos amigos? —dice en tono burlón, y quiero matarlo.

—No, no me refiero a eso. Ambos sabemos que esto que sentimos no es de amigos.

Los ojos le brillan con diversión y malicia.

—¿Y qué es eso que sientes que no se puede clasificar como de amigos?

Juego con los dedos, cada vez más nerviosa, y continúo:

—Tú sabes, el pulso acelerado, la electricidad, la tensión, el deseo constante de estar cerca, las mariposas. Quiero saber si soy la única idiota que lo experimenta o es algo que tú sientes también.

Clay me mira serio, y con cada instante que pasa, me siento más tonta. No debí decir eso. No debí…

—Cuando estoy contigo, siento que el corazón se me saldrá del pecho y creo que todos en la habitación pueden escucharlo; hay tanta tensión que a veces no puedo respirar y quiero estar cerca de ti cada minuto de cada hora, tanto que soy capaz de viajar millas solo para compartir un segundo contigo. ¿Y las mariposas? No sé si sentir que la tierra se sacude bajo mis pies cuando me miras se considere algo parecido, pero sí, creo que, técnicamente, lo que sentimos no es algo de amigos.

Ahí están de nuevo, las mariposas, más libres y vivas que nunca. Tengo que tomarme del barandal cuando creo que todo a mi alrededor da vueltas. Bien, lo dijo, completamente sobrio. ¿Y ahora qué?

—De acuerdo. —Es lo único que acude a mi mente.

Su semblante se ensombrece por la decepción.

—De acuerdo.

El silencio me zumba en los oídos y no sé qué decir. De nuevo: la vida real es mucho más complicada que las películas. En ellas, este sería el momento perfecto para besarnos, reconciliarnos y jurarnos amor eterno, pero no es así de sencillo. Jamás es así de sencillo.

—Bien, ya he contestado tu pregunta. ¿Ahora qué? —Clay se quita la gorra y se acerca a mí, tanto que puedo percibir su olor, familiar, reconfortante, enloquecedor.

Quiero dejarme llevar por esto que siento, quiero echarle los brazos al cuello y besarlo hasta quedarnos sin respiración; quiero llevarlo a mi habitación y quedarme con él en mi cama por días, sin que el mundo recuerde nuestra existencia. Esa es mi parte idílica hablando, pero no tarda en callarse ante la inminencia de mi parte racional.

—No lo sé —admito con temor—. Realmente no lo sé. Me asusta que vuelvas a dejarme. Ni siquiera sé si te quedarás el tiempo suficiente para reparar esto y no quiero saltar al precipicio si no estarás ahí para atraparme. Ya no.

—No voy a…

—No quiero a alguien que estará hoy, pero mañana desaparecerá. Tampoco quiero a alguien que no sepa cómo amarse a sí mismo, porque no podrá amarme a mí de la forma que merezco

—sigo; las palabras y emociones salen a borbotones. No puedo parar—. Quiero a alguien que me ame incluso cuando sea complicado hacerlo, que se quede conmigo a pesar de las adversidades, que sea tan fuerte como para defender sus convicciones. Y si no eres ese hombre, Clay, prefiero cerrar esta historia ahora, por el bien de los dos.

Se mantiene en silencio, pero puedo ver la lucha interna en sus ojos, la incertidumbre, el esfuerzo, el miedo, la determinación. Lo veo todo. De pronto, estira el brazo y me acaricia el rostro con el pulgar. Su semblante se suaviza y el pulso se me dispara. Su toque quema.

—Ven conmigo al último concierto —pide.

—¿Qué?

—Ven conmigo. Quiero que estés ahí.

—¿Por qué?

—Porque este concierto es importante y tú también lo eres, así que quiero compartirlo contigo.

Arrugo el ceño, sin comprender.

—Esa no es una respuesta.

—Ven al concierto conmigo —repite, y me acaricia el pómulo—. Te prometo que tendrás tu respuesta.

Una parte de mí quiere rechazarlo; la otra se muere de la curiosidad. Acepto con lentitud.

El rostro se le ilumina de una forma que no había visto desde antes de la muerte de su hermano y, sin darme tiempo de nada más, acorta la distancia que nos separa y me besa la frente. Es cálido y corto, pero desborda tanta emoción que me eriza la piel. Por un momento, es como si volviéramos a ser la pareja de antes.

—Gracias por el cuaderno. En serio, no tienes idea de lo que acabas de hacer por mí —me susurra contra la piel, y el vibrar de su voz me hace estremecer de una forma exquisita.

Puede ser solo un espejismo, o puede que este sea en realidad el último momento de serenidad que compartamos antes de que él decida irse para siempre, así que lo atesoro en el corazón, donde guardo las cosas que me hacen más feliz.

Permanecemos de pie en la playa, hablando de otras cosas banales. Se siente bien. Por primera vez, creo que he dejado de vivir con base en las conjeturas y comienzo a tener respuestas claras.

No estoy tomándolo de vuelta, tampoco he aceptado una relación otra vez, pero he decidido abrir el corazón para saber qué tiene que ofrecer, para aceptar a la persona que Clay lucha por ser ahora: alguien mejor, más fuerte, más seguro de sí mismo. Aún no escucho su respuesta, pero la intuyo… o al menos eso espero.

La alegría que me llena me acompaña hasta mi apartamento y no me abandona ni siquiera después de haberme duchado y metido en la cama. Agradezco el momento de felicidad que me llena de la cabeza a los pies.

Como todas las cosas buenas en la vida, no dura mucho, y la mala noticia llega antes de lo esperado, esa misma noche. Mi móvil suena y contesto sin ver el nombre en la pantalla.

—¿Hola?

—Niza, es tu padre. —La voz familiar de mamá me sobresalta y me siento sobre la cama.

—¿Qué sucede?

—Se desmayó. Lo estoy llevando al hospital. Su situación es grave; no sé qué sucederá. Deberías venir a… despedirte.

No logro escuchar el resto de las palabras. El mundo se me viene encima.

26| Degradado

Clay

—¡Perdiste la cabeza! —La voz de Nadir reverbera por toda habitación.

Espero que las paredes del hotel sean lo suficientemente gruesas para no asustar a los otros inquilinos.

—No, estoy más cuerdo que nunca —respondo tranquilo. Lo más tranquilo que puedo en esta situación.

Agradezco al idiota de Charles y a sus ejercicios para controlar el temperamento. Si no fuera por eso, ya le habría roto la nariz a Nadir para dejar mi postura clara. En lugar de hacer algo así, estoy aquí, tratando de ser civilizado con un imbécil que les presta más atención a los centavos que a mí.

—No estás pensando bien las cosas —dice Mitch.

Ah, sí, él también es un problema, aunque uno más tolerable que el tarado que tenemos por representante. Tomo una bocanada de aire y repaso mentalmente los ejercicios de Charles para mantener la templanza.

—Estoy pensándolo bien. No voy a cambiar de opinión, solo pierden su tiempo.

El rostro de Nadir está rojo, casi violáceo por la ira. Un poco más y creo que empezará a gruñir como una bestia encolerizada. Debí llamar antes a Control Animal.

—¿Te das cuenta de lo que pretendes hacer? Todo el trabajo de tu hermano, tu trabajo, ¡tirado a la basura por una tontería! —vocifera, y me duelen los oídos.

Cruzo los brazos sobre el pecho y permanezco en mi lugar, mirándolo aburrido.

—¿Ya terminaste con tu escena? Entre más rápido lo aceptes, más pronto empezaremos con el papeleo.

—¡No! ¡No he terminado ni tampoco tú! —Se acerca a mí en dos zancadas, la cara deformada por la ira, y me apuñala el pecho con el dedo—. No permitiré que abandones la banda por la estupidez de tatuar. ¡Tatuar, por todos los cielos!

Lo retiro con un manotazo, pero no deja de acribillarme con la mirada. Creo que su menudo cuerpo explotará de mera rabia, hasta que fija su atención en Mitch.

—Hazlo entrar en razón. Habla tú con él o yo cometeré un asesinato —dice entre dientes.

—Quiero ver cómo lo intentas —lo molesto.

—Cabrón, hijo de la gran…

Mitch se interpone entre ambos y le susurra algo a Nadir que lo hace calmarse lo suficiente para alejarse unos cuantos pasos e ir por un vaso de agua. El líder de la banda se centra entonces en mí con ese aire paternal que conozco tan bien.

—Tienes futuro en la música, Clay; no lo desaproveches. Ya eres tan famoso como tu hermano. El talento te corre por las venas, está en ti.

—Eso ya lo sé, pero no cambia nada. Tomé la decisión de dejar la banda y no me harán retroceder.

Le sostengo la mirada, desafiante. Noto la frustración que emana de él, aunque se controla lo suficiente para no soltarme un golpe.

—Bryce quería…

—Bryce quería muchas cosas, pero sus deseos murieron con él —lo corto, tajante—. Es momento de que yo viva mi vida, y no está en mis planes quedarme en una banda que no es para mí ni me importa.

Mitch me mira ofendido por un momento. La voz de Nadir le impide decir algo más:

—¿Es en serio? —Se detiene junto al líder y me mira incrédulo—. ¿Desde cuándo honrar a tu hermano dejó de ser importante?

—Desde que me di cuenta de que no servía para nada.

—¡Pero sí que sirve! ¡Es la única forma que tienes para...!

Llego hasta él y lo tomo del cuello de su costosa camisa. He llegado a mi límite. Los ejercicios no funcionan con alguien como Nadir.

—No vuelvas a usar a mi hermano para manipularme —digo con la voz tensa; la molestia manda en mí—. Bryce está muerto, déjalo en paz.

El miedo le atraviesa las facciones por un instante para después ser reemplazado por la cólera.

—¿Crees que estaría orgulloso de lo que estás haciendo? ¡Todo su trabajo tirado a la basura por largarte a abrir una maldita tienda de tatuajes! ¡Mira todo lo que tienes ahora! ¡Mira la fama, el dinero, las mujeres! ¡El mundo es tuyo! ¡Puedes hacer lo que quieras!

—¡No quiero el puto mundo! —grito también y lo sacudo con tanta violencia que el cabello engominado se le pega a la frente—. ¿No entiendes? No quiero esta vida. Nunca la quise. Me iré, te guste o no.

Mitch tiene que hacer un esfuerzo para arrancarme la mano de la camisa de Nadir. Mis nudillos están blancos y entumecidos; los dedos aún me hormiguean, deseosos por hacerlo entrar en razón a golpes.

—Clay, ahora estás enojado. Lo entiendo, pero te pido, te ruego que reconsideres lo que vas a hacer —dice el líder con tono conciliador—. Esta es una oportunidad única en la vida. ¿Sabes cuántas personas matarían por estar en tu lugar? Por ser tan reconocidos, aclamados y amados como lo eres tú. Tu hermano construyó esto para ti; no lo desaproveches.

—Mi hermano jamás quiso esto para mí —espeto con desdén—. Por eso me dejó el local. No quería que siguiera sus pasos. Fue este imbécil el que se aprovechó de la situación para no perder la banda y su fuente de ingresos. —Señalo a Nadir y lo acribillo con los ojos.

—Yo no me aproveché. Bryce dijo…

—¡Bryce no dijo nada! —grito, harto de escuchar sus mentiras—. ¡Deja de usar su nombre o te arrancaré la lengua para que jamás vuelvas a decirlo!

Mitch se cruza de brazos y me mira pensativo. No sé cómo no ha perdido los estribos.

—Escucha, piénsalo. El concierto es pasado mañana, tienes dos días para considerarlo, pero hazlo con todos los factores, hazlo sabiendo lo bien que te va ahora, lo reconocido que eres y lo buenas que son tus letras. Estamos a punto de lanzar un álbum compuesto solo por ti y el sencillo de *Ballerina* fue un éxito. ¿Realmente quieres dejar todo eso atrás para atender una simple tienda de tatuajes?

Las palabras de Mitch penetran más allá de la espesa ira que no me permite ver ni escuchar correctamente. Me siento frustrado y enojado, pero, sobre todo, me siento cansado. Cansado de hacer algo que ya no me gusta; cansado de intentar llenar los zapatos y las expectativas que no me corresponden; cansado de sacrificar mi vida solo para complacer a los demás.

—Si quieres tatuar, puedes hacerlo mientras cantas. No necesitas renunciar a una para hacer la otra —dice Mitch y, de nuevo, se las arregla para dejarme pensando.

—Sí, lo que él dice tiene sentido. ¿Ves cómo lo estás pensando…?

—Cállate, Nadir. Cállate de una puta vez —replico con tono duro—. Una palabra más y cruzaré esa puerta para que jamás me vuelvas a ver.

El tipo pone las manos al frente a modo de rendición y ambos abandonan el cuarto de hotel sin decir otra palabra. Me siento en la orilla de la cama con un remolino de emociones y sensaciones en el estómago. Son tantas que tengo náuseas.

Las sesiones con Charles parecían estar funcionando. Al menos ya sabía lo que no quería, pero las palabras de Mitch me hacen flaquear. ¿En verdad puedo tener ambas? Mejor aún, ¿quiero tener ambas?

El silencio se convierte en algo ensordecedor, hasta que ni siquiera puedo pensar con claridad. Necesito hablar con alguien.

* * *

—Entonces, ¿vas a dejarlo o no? —RJ sorbe del té con *bobba*.

Me masajeo las sienes cuando vuelven a poner una canción chillona de *k-pop*. No sé por qué accedí a venir al restaurante más ruidoso y colorido del barrio coreano. Al menos aquí nadie parece prestarme atención, y lo agradezco, aunque el precio a pagar es muy alto.

—No sé. ¿Por qué crees que te llamé? —digo con el malhumor que mana de cada poro de la piel.

—Porque no puedes vivir sin mí, cariño, es obvio. —Me lanza un guiño y, en cierto modo, sus tonterías aminoran mi molestia un poco. Solo un poco.

—No, es porque Niza no respondió —digo con tono agrio.

Me gusta pasar tiempo con RJ, aunque es cierto que no se compara en nada con estar un segundo en presencia de la pelirroja. Pero después de nuestra última conversación…

No terminó mal, tampoco bien, estamos en una especie de... pausa. Al menos hasta que dé por terminada mi relación con la banda. Debo terminarla. Vi a Bryce consumido por su carrera. Lo acompañé mientras se hundía a causa de la música. Vi sus arrepentimientos. No quiero vivir lo mismo.

«Quiero a alguien que me ame incluso cuando sea complicado hacerlo, que se quede conmigo a pesar de las adversidades, que sea tan fuerte como para defender sus convicciones». Las palabras de Niza hacen eco en mi cabeza y son el empujón que necesito para asegurarme de que esto es lo correcto.

Por mucho que Mitch se esfuerce en convencerme de que puedo vivir en ambos mundos, lo cierto es que no quiero. Nunca lo he querido, pero era demasiado débil para defender lo que en realidad quería para mí, prefería seguir la corriente y satisfacer las expectativas que los otros tenían de mí.

Dejar la banda será complicado y sé que Nadir no se quedará de brazos cruzados. Es muy probable que me enfrente a una demanda por incumplimiento de contrato, aunque prefiero eso a entregarle mi vida a una carrera que detesto. Me cuesta reconocerlo, pero Charles ha hecho un buen trabajo conmigo en las sesiones que hemos tenido: ahora sé que la mejor forma para honrar la memoria de mi hermano es vivir mi vida de la forma en que quiero.

RJ golpea rítmicamente el pulgar sobre la mesa y me saca de mis cavilaciones.

—¿Volvieron? —RJ sonríe, ilusionado.

—No.

—Hombre, ¿qué estás esperando? —Me sacude el hombro, como si quisiera hacerme reaccionar.

—No puedo saltar sobre ella como un animal. La cagué, necesito tiempo para arreglarlo. No quiero arruinarlo de nuevo. Niza no se merece una relación con alguien tan jodido como yo.

—¿Entonces?

Tomo una bocanada de aire. No puede ser que me resulte más complicado el acercarme a una chica que terminar el contrato multimillonario con una banda de talla internacional.

—Iremos con calma, supongo. Antes quiero trabajar algunas cosas con Charles.

RJ ahoga una risa mientras sorbe de su bebida.

—Viejo, ¿quién demonios eres? Jamás creí vivir lo suficiente para verte tan enamorado. ¿Dónde está el tipo malhumorado que conozco?

Le doy mi respuesta con un gesto del dedo medio y esboza una sonrisa.

—Veo que no se ha ido del todo.

—No, sigo aquí, pero en una nueva versión. —Le arrebato la bebida y le doy un trago, pero sabe tan dulce que apenas puedo tragarla—. Esto sabe a mierda. ¿Por qué bebes eso?

—¿Por qué me robas comida? —Me la quita de las manos con desdén—. Se supone que están tomando las cosas con lentitud, pero ¿la llevarás al último concierto? No me parece muy lento de tu parte.

Lo miro mal y solo me limito a asentir.

—Quiero que esté ahí.

—¿Por qué?

—Su presencia me hace sentir bien.

RJ hace un puchero y los ojos le brillan. Luce tan ridículo que no puedo verlo.

—¡Ustedes son tan lindos! —dice emocionado y quiero lanzarle el servilletero para callarlo.

—La invité, pero no ha respondido mis mensajes y llamadas desde ayer.

RJ frunce la frente.

—¿Crees que se haya asustado?

La idea hace que el estómago se me convierta en un nudo.

—No lo sé. El concierto es mañana, si no me responde, tendré que...

Mi móvil vibra dentro del bolsillo del pantalón. La irritación comienza a subir como la espuma. Es mi día libre, si Nadir o Mitch me están llamando para alguna estupidez del ensayo, los mandaré a la mierda. Sin embargo, la sensación se desvanece cuando leo el nombre en el identificador: Niza.

El pulso se me acelera y una sensación extraña se me asienta en el estómago. Ella no llama, a menos que algo malo suceda. Decido hacer mi paranoia a un lado y responder.

—¿Clay? —Su voz es un susurro tembloroso al otro lado de la línea.

—¿Qué sucede? —La preocupación me atraviesa el pecho como una flecha.

—Lamento no haber devuelto tus llamadas. Apenas he tenido un momento para... —Un sollozo se le escapa de la boca y todas mis defensas se deshacen como castillos de arena al viento—. Estoy en Texas. Mi padre tuvo un derrame y está bastante mal. Lo siento, no podré acompañarte al concierto.

Un sollozo de ella es suficiente para retorcerme las entrañas; genera en mí un dolor tan insoportable que permanezco inmóvil.

—Está bien —logro hablar a través del malestar que me recorre el cuerpo y me quema los pulmones.

—Bien —dice llorosa y el corazón se me estruja como si estuviera dentro de un puño—. Tengo que irme.

Corta la llamada antes de que yo pueda decir algo más y me quedo mirando la pantalla, alelado.

—¿Todo bien? Estás pálido —La voz de RJ me regresa a una realidad dolorosa y vacía, una en la que no estoy junto a Niza para acompañarla en este momento tan difícil.

—Sí. —La palabra apenas me sale de la boca.

Me pongo en pie mientras busco el contacto de Alice.

—Tengo que irme. Te veo después.

—¿Qué? —RJ me sigue hasta la salida del local—. ¿A dónde vas? ¿Qué sucedió?

—Te lo explico después. Debo hacer algo primero.

Dejo a un RJ confundido en la puerta del restaurante y llamo a Alice. Lo único en lo que puedo pensar es en Niza y en lo mucho que desearía ser capaz de absorber su dolor.

—¿Clay? —Alice responde al tercer tono—. ¿Qué sucede? ¿No es tu día libre?

—Deja todo lo que estés haciendo. Necesito que me hagas un favor.

—¿Cuál?

La banda me odiará después de esto, pero no podría importarme menos. Lo único que me importa está a millas de distancia y quiero estar tan cerca de ella como sea posible.

27| Soubresaut

Niza

No me gustan los hospitales; son un infierno para mí. Siempre que estoy en uno, es por malas noticias. La más reciente es el derrame de mi padre.

Aprieto los dedos alrededor del vaso de té, que ya está frío, mientras espero noticias del estado de papá. Llegué hace veinticuatro horas y lo único que sé hasta ahora es poco: papá se cayó de Hunter, su caballo, mientras pastoreaba las ovejas, se golpeó en la cabeza, pero solo presentó síntomas al día siguiente en la madrugada. Mamá me volvió a llamar cuando lo ingresaron al hospital y desde entonces no ha reaccionado. Dicen que quizá no reaccione más, pero aún faltan muchos estudios por hacer.

Un pinchazo agudo de dolor me atraviesa el pecho y me crea un nudo en la garganta que no me deja respirar. No puedo perder a papá. Es lo único que tengo. El único al que le importo. Logro mantener casi todas las lágrimas a raya, pero una se me escapa y la limpio con el dorso de la mano. El miedo a la pérdida de un ser querido es la emoción más horrible de todas, porque permaneces en vilo, a la espera de saber si volverás a ver a esa persona o la perderás para siempre. Es la peor de las torturas.

Mamá llega a la sala con un nuevo vaso de café en las manos y se sienta junto a mí con la espalda recta y la expresión de piedra. Si no supiera que es mi madre, sería una completa extraña para mí. No compartimos nada a excepción de los ojos almendra, el cuerpo delgado y la aversión a las aceitunas. De resto, soy igual a mi padre.

La inevitable estela de incomodidad se asienta entre nosotras y percibo su hostilidad. Nuestra relación nunca ha sido la mejor y se ha ido deteriorando más con el pasar del tiempo. Para ella, la danza es una pérdida de tiempo. No el baile en sí, sino el hecho de que yo busque ganarme la vida con eso, porque ante sus ojos jamás seré suficientemente buena para que me reconozcan y me empleen. He pasado un día en su presencia y, después de informarme sobre la salud de papá, lo único que ha hecho es tratar de convencerme de que regrese a Texas y trabaje con ellos en la granja y la planta empacadora de mandarinas.

—Estuve pensando… Marcela, la gerente de la planta de empaque, dijo hace poco que había un puesto en administración —comienza otra vez, y la irritación circula por mis venas—. Dio el aviso de que el puesto estaba libre hace dos semanas; quizá aún no han contratado a nadie y puedes postularte.

Suelto un suspiro, exhausta. No he dormido un solo segundo desde que llegué y mi paciencia está a punto de llegar a cero.

—Seguro lo obtienes, no creo que seas tan tonta para no saber sumar y escribir datos en la computadora —escupe—. Aunque, bueno, considerando que solo sabes bailar como un mono de circo…

—Mamá —la corto, harta de que me rebaje de esa manera—. Ya te lo dije: no voy a volver a Texas, no voy a trabajar en la planta empacadora, ni en la granja, ni en ningún lugar que represente estar cerca de ti. Así es mejor para las dos.

Los ojos de mamá se abren sin mesura e infla las aletas de la nariz de la misma forma que hace su hermana Victoria cuando está enojada conmigo.

—Eres una malagradecida —suelta ofendida—. ¿Ya olvidaste todo lo que hemos hecho por ti? ¿Sabes cuánto dinero hemos gastado por tu estúpido bailecito?

—Ya no pagan más por mi escuela —replico—. El dinero que ganan es solo para ustedes.

—¡Sí, pero apenas nos alcanza para sobrevivir! —sisea enojada—. Pero a ti no te importa. Te mudaste a Nueva York y te olvidaste por completo de nosotros. ¿Y para qué? ¿Para dar un par de piruetas? Ni siquiera estás en el programa de Victoria. Todo ese dinero y tiempo desperdiciados para nada.

La molestia me sube por la garganta y un sabor amargo se me asienta en la boca.

—He conseguido dinero. Justo hace poco participé en un video…

—¿Y qué? Eso no es un trabajo, no te dan dinero por bailar y no puedes vivir de aplausos —repone severa; me acribilla con los ojos—. Si tuvieras un trabajo de verdad, podrías ayudarnos con los gastos de casa y de la granja.

—Tengo un trabajo de ver…

—Si no fuera por tus estupideces, tu padre no tendría que hacerse cargo solo de la granja y esto no habría pasado. Todo esto es tu culpa.

Sus palabras me golpean como una bofetada y la miro dolida. Mamá levanta el mentón, colérica. Hay un momento en el que solo nos miramos en silencio, asimilando lo que acaba de salirle de la boca, vil y cruel como veneno. Me levanto y, sin decir otra palabra, abandono la sala de espera.

Las lágrimas me nublan la vista mientras me abro paso entre las personas que esperan en los pasillos, igual que yo, por una noticia. Llego al baño y me tomo del lavado de porcelana. Una nueva oleada de dolor e impotencia me llena sin clemencia y amenaza con destruir el poco autocontrol que he logrado reunir. Me miro en el espejo y noto que mi rostro es un reflejo claro de lo devastada y cansada que me siento: tengo los ojos inyectados de sangre, ojeras oscuras y la piel pálida. Parezco un animal atropellado y agonizante.

Abro la llave y me echo agua en el rostro, esperando que me ayude a sentirme mejor, pero el agua helada solo logra despertarme, el dolor que me atenaza el pecho no aminora en lo más mínimo.

«Si no fuera por tus estupideces, tu padre no tendría que hacerse cargo solo de la granja y esto no habría pasado. Todo esto es tu culpa». Las palabras de mi madre se clavan en mí como cuchillas y me retuercen el corazón de una forma dolorosa. Sé que jamás le ha gustado la idea de que viva de la danza, pero hacerme sentir culpable por el estado de papá y por dedicarme a lo que amo me parece simplemente cruel.

Abro el grifo para echarme agua en la cara una vez más. Mi móvil suena dentro del bolsillo de mi pantalón. Lo ignoro. Seguramente son Orena o Diane tratando de averiguar más sobre el estado de papá. El sonido de llamada se detiene y lo agradezco, pero vuelvo a escucharlo y entonces leo la pantalla. Una sensación rara se me asienta en el estómago al leer el nombre de Rhaiza.

Me sorprende que me llame. No ha vuelto a dirigirme la palabra en la academia ni a escribirme desde que su hermana me abofeteó y me llamó zorra. No sé si puedo manejar otro enfrentamiento en esta situación, aunque le otorgo el beneficio de la duda.

—¿Hola?

—¿Niza? ¿Cómo está tu papá? —Escucho la sorpresa y el pánico combinados en la voz de Rhaila.

Me toma un par de segundos componerme del impacto que representa escucharla después de un tiempo.

—Su estado es crítico; todavía no tenemos novedades —digo con recelo. No sé cuál es mi situación con Rhaiza ahora mismo, así que prefiero ser cautelosa.

—Lamento escucharlo. Nos preocupamos mucho cuando nos enteramos.

¿Nos? Eso me sorprende. Creí que Rhaila se alegraría por que me ocurrieran este tipo de desgracias.

—¿Cómo se enteraron?

—Escuchamos a Lena decirle al profesor durante la clase que te habías tomado días libres por problemas familiares. Le escribí a Diane para saber qué estaba sucediendo y bueno... Nos enteramos. —Detecto un atisbo de pena en su voz, casi como si se disculpara.

Lo cierto es que no tengo fuerzas para estar enojada con nadie más; todo lo ha acaparado mi madre y el resto de espacio en mi cerebro lo abarca mi padre, así que bajo mi arsenal y hago una especie de tregua con ellas. Aunque sea Rhaiza la que habla, estoy segura de que Rhaila está pegada a ella escuchando.

—Entiendo. Gracias por llamar.

—¿Necesitas que te ayudemos en algo? —Para mi sorpresa, es Rhaila la que habla. Lo hace casi con miedo, pero aprecio el gesto.

—Sí, estamos aquí si nos necesitas —sigue su hermana.

Una sensación agridulce me llena el pecho, pero no tengo las energías suficientes para analizarla ahora.

—Por ahora no... Gracias por preocuparse.

—Te escribiré para saber si hay alguna novedad —dice Rhaiza—. Esperamos que tu papá se recupere.

—Eso espero yo también —digo, y corto la llamada.

La llamada fue inesperada y se sintió extraña, casi como si ellas fueran un par de desconocidas tratando de conectar. Vuelvo a lavarme la cara para no darle más vueltas al asunto, exhausta de pensar, y salgo del baño haciendo un esfuerzo por meter dentro de una caja los desplantes de mamá y los sentimientos contradictorios generados por la llamada. No es momento de venirme abajo ni colapsar. Papá me necesita, tanto como yo necesito que él se recupere.

Me aferro a la esperanza de que todo estará bien. Es una esperanza estúpida, pues incluso mi madre parece haberse resignado a aceptar la muerte de su esposo. Pero yo no puedo resignarme a perder a mi padre. No puedo. No soy capaz de imaginar una vida en la que él no esté. No aún. Es demasiado pronto. No puede dejarme sola con mamá. La idea me aterra. Le ruego a cualquier entidad que exista allá arriba que por favor no me quite a la única persona que considero mi familia.

* * *

Las horas pasan. Los médicos vienen a informarnos que no hay cambios en papá y que siguen haciendo estudios para conocer su estado. El cansancio me debilita cada vez más. Los párpados me pesan toneladas.

Miro el reloj en mi móvil: son las ocho y quince de la noche. Llevo cuarenta y cuatro horas sin dormir. Como si eso no fuera todo, el estómago me ruge para recordarme que tampoco he comido nada. ¿Cuándo fue la última vez que comí?

No sé, tampoco me importa. Cuando se está en una situación en la que lo único que quieres es que la persona que amas se recupere, no hay cabida para nada más; lo único que ocupa tu mente es la preocupación, ese animal feroz que lo engulle todo.

Mamá me toca el hombro y reacciono a tiempo para ver al médico encargado del caso de papá acercarse a nosotras con gesto consternado. Esto no es buena señal.

—Señora Hess, lamento la demora. Hicimos todos los estudios necesarios y al fin conocemos el estado de su esposo. Me temo que su condición es crítica —explica con tono clínico, y mi madre adopta una expresión de hierro.

El estómago se me hunde.

—¿Qué quiere decir? —Logro reunir la fuerza suficiente para hablar, a pesar del temor, y el hombre se enfoca en mí.

—El traumatismo generó un hematoma subdural, es decir, una acumulación de sangre entre el cerebro y su capa más externa. Lo hemos inducido al coma para evitar las convulsiones con las que ingresó.

Las piernas me flaquean y el miedo de perderlo es tan grande que está a punto de aplastarme.

—¿Y qué significa eso? ¿Puede operarse? ¿Puede salvarlo? —pregunto con voz temblorosa.

El médico me mira con un toque de consternación.

—Podemos intentarlo, pero es muy riesgoso. El hematoma está afectando el lóbulo frontal del cerebro, aquel que controla la función motriz. Si lo operamos y afectamos esa zona durante el proceso... podría tener secuelas permanentes o, en el peor de los casos, quedar en estado vegetal.

El mundo se me sacude bajo los pies; se derrumba por completo. El terror acaba por sepultarme y ni siquiera soy capaz de distinguir qué demonios está pasando.

—Es su decisión —dice el médico—. Si deciden operarlo, acérquense con una de las enfermeras para comenzar el papeleo.

—Eso es muy costoso, ¿cierto? —Escucho la voz de mi madre repleta de angustia, pero no por la salud de papá, sino por el dinero—. No tenemos muy buen seguro médico. Trabajamos en una planta de empaque y tenemos una granja, pero nuestro seguro no cubrirá una operación así.

Lo que está diciendo no puede ser verdad.

—Comprendo —contesta el hombre sin ninguna emoción—. Hay otras opciones de financiamiento si deciden hacer la operación, pueden hablar con la encargada del servicio social. Deben tomar una decisión en las próximas ocho horas, antes de que el daño sea irreparable.

Se retira sin decir otra palabra y yo acribillo a mamá con la mirada.

—¿Por qué dudas? ¡Tenemos que operarlo!

La angustia se filtra en su semblante.

—No tenemos dinero, Daisy. Tenemos que pagar las deudas de la hipoteca, la granja y...

—¡Es tu esposo! —grito, desesperada y dolida—. ¡Es papá! ¡Es mi papá! ¿No te importa? ¿Prefieres dejarlo morir? ¿Cómo puedes ser tan insensible?

Mamá levanta el mentón, que le tiembla un poco, pero mantiene su expresión férrea, idéntica a la de Victoria.

—Debemos aceptar nuestra posición. No tenemos dinero. Acéptalo y sigue adelante.

La incredulidad me llena y la ira me recorre igual que una oleada salvaje. Lágrimas de frustración me brotan de los ojos y caen sin parar.

—¿Cómo puedes ser tan insensible? —digo con los dientes apretados.

—¡No tenemos dinero! —repite, tan alto que su voz reverbera en la sala de espera, y me mira colérica—. ¡Despierta ya de ese cuento de hadas y acepta de una vez que tu padre morirá!

—¡No! —grito el doble de fuerte, presa del dolor, aterrada ante la idea de perderlo—. Yo pagaré la operación, conseguiré el dinero. Pagaré lo que sea necesario —digo desesperada y tomo mi móvil para llamar al banco. Aún conservo gran parte del dinero que Bryce dejó para mí y voy a usarlo para...

Mamá pone una mano sobre el celular y, cuando alzo la vista, por primera vez veo vulnerabilidad bajo su máscara de fuerza e indiferencia. Sus ojos, cristalinos por las lágrimas, me miran con fijeza.

—El médico dijo que la operación también es un riesgo. ¿De qué sirve gastar el dinero si no hay garantía de que se recupere?

El mentón me tiembla por la angustia, la impotencia y la preocupación. No entendía por qué mi madre no se comportaba igual, pero ahora lo veo con claridad: se hizo a la idea de perder a mi padre. Para ella, él ya está muerto.

Libero mi móvil de su agarre y me alejo de ella como si fuera una completa desconocida.

—Firma los papeles para la operación. El pago lo haré yo —espeto tajante y le doy la espalda para salir del hospital y llamar al banco.

—Daisy, vuelve aquí. ¡Daisy! —grita, pero su voz se vuelve más débil a medida que me alejo de ella. Lo último que necesito ahora es estar en una presencia tan angustiante como la suya.

Está lloviendo cuando salgo del hospital. El agua fría me empapa la ropa y se me cuela en los huesos, pero me espabila lo suficiente para comprender mi situación: la posibilidad de perder a papá es inminente y hay muy poco que yo pueda hacer para salvarlo, sobre todo porque mamá es quien debe firmar y una parte de mí está segura de que no lo hará.

No sé qué hacer, no sé a quién acudir por ayuda. Quiero gritar, salir corriendo. No quedarme de brazos cruzados mientras mi padre muere. Abro mi lista de contactos. En lugar de llamar al banco, mi dedo pende sobre la «C» con la que tengo guardado el número de Clay.

No sé por qué pienso en él ahora ni por qué quiero escuchar su voz, pero el deseo está ahí, tan fuerte como esta lluvia. Sé que está ocupado. Tiene concierto en unas cuantas horas, ni siquiera me atenderá. Debe estar ocupado haciendo un millón de cosas más importantes que escuchar a su exnovia llorosa. No debería llamarlo.

No debería, pero lo hago de todas formas, porque estoy a punto de venirme abajo y no quiero estar sola. Suena el primer tono de llamada y no atiende, pero escucho el tono de un móvil sonar en la distancia con la melodía de *Ballerina*. Suenan el segundo y tercer tono, el timbre de un móvil se hace más fuerte y lo busco como una loca porque no es posible que esté aquí, ¿cierto? Está en Nueva York, preparándose para el último concierto en la ciudad.

No es posible.

Giro el rostro a la derecha y veo su figura acercarse. El corazón me da un vuelco. Esto es una alucinación. Estoy alucinando. Es una consecuencia de la falta de sueño y de comida. No hay otra explicación. Se detiene a un paso de distancia y entonces responde el móvil.

—¿Hola? Lamento no haber atendido antes. Estaba buscándote, pero ya estoy aquí. —Escucho su voz a través del auricular, pero también frente a mí.

Lo contemplo sin parpadear. Está completamente empapado, con el cabello oscuro pegado a la frente y los ojos grises brillantes. Todo él brilla igual que un faro en la oscuridad de mi vida.

—¿Niza? ¿Estás bien? —pregunta con tono suave, y la preocupación es evidente en sus palabras.

Logro salir de mi estupor después de varios segundos.

—¿Qué haces aquí?

—Quiero conocer tu granja… y a Betsy.

Las lágrimas o la lluvia, no lo sé, me nublan la vista y esbozo una sonrisa débil.

—¿Cómo me encontraste?

Él se encoge de hombros.

—Tengo mis medios.

—¿Y el concierto? Deberías estar en Nueva York. —El nudo en la garganta se tensa y las palabras salen a duras penas.

Sus ojos destellan algo que no puedo identificar, pero hacen que el corazón se me derrita.

—Debería estar contigo, acompañándote, cosa que estoy haciendo.

—Pero el concierto es importante…

—Ya estoy con lo que es importante para mí —dice seguro. Me contempla serio, mientras la lluvia sigue cayendo; a ninguno parece importarle.

—¿Niza?

—¿Qué?

—Déjame abrazarte.

Eso es todo lo que necesito para quebrarme. Doy el paso que hace falta y la distancia entre nosotros desaparece por completo. Dejo que me abrace mientras hago puños su camiseta y me disuelvo entre sus brazos. Las emociones me rebasan, pero él se queda conmigo, cálido y fuerte, llenándome de sosiego mientras la tormenta cae sobre ambos.

28| Manège

Niza

—¿Dónde demonios estabas? —Mamá me intercepta apenas pongo un pie en la sala de espera y hace una mueca de desagrado cuando repara en mi ropa—. ¿Por qué estás tan mojada? —me reprende, y su expresión cambia de pronto a una mucho más cautelosa—. ¿Quién es este?

Ah, al fin reparó en él. Doy un paso a un lado para presentarlos.

—Mamá, él es Clay. Ella es Silvia.

Ninguno dice nada durante lo que a mí me parece una eternidad, solo se miran de formas distintas: ella lo escruta como si fuera un insecto que quisiera pisotear, y él, como si se tratara de un depredador. No está del todo equivocado: Silvia es mi madre, pero también mi verdugo.

—Está chorreando agua. Ensucia el piso. —Es lo primero que dice con tono despectivo y mirada altanera.

—Mamá —la regaño, pero me ignora y se concentra en esta batalla muda con Clay.

Resulta graciosa, absurda incluso, la manera en que mamá alza la cabeza como si de esa manera pudiera ganarle en actitud a él, de todas las personas posibles.

—¿Es tu amigo? ¿Qué te dije sobre juntarte con criminales?

El aludido suelta el suspiro de una risa burlona.

—No soy un criminal.

—Pues te ves como uno. —Cruza los brazos sobre el pecho mientras aprieta su bolso—. ¿Dónde te hiciste esos tatuajes? ¿En prisión?

—¡Mamá, por favor! —Trato de hacer que pare, pero es imposible y quiero huir de pura vergüenza.

Clay decide ser el sensato de los dos y me toca el brazo para llamar mi atención.

—¿Quieres un café? Iré a comprar uno.

—¿Comprarlo o robarlo? —sigue molestando mi madre, y agradezco que él se contenga lo suficiente para no callarla con un comentario ofensivo.

—Estoy bien, gracias. —Le dedico una sonrisa diminuta y él se va en busca de la cafetería.

Apenas estamos solas, la enfrento.

—¿Por qué le dijiste esas cosas? Fuiste muy dura y grosera.

Ni siquiera se inmuta.

—Porque es verdad. ¿Le viste los tatuajes en el cuello? Obviamente es un exconvicto.

Hago una mueca de incredulidad.

—¿En qué año crees que estamos? No es un criminal. Es un buen chico y vino hasta acá desde Nueva York para acompañarme y darme ánimos, algo que tú claramente no sabes hacer.

Me mira ofendida, con los ojos entornados.

—Así que es tu amigo —dice con desconfianza.

—Sí. —Nunca he sido buena mintiendo, especialmente a mi madre, así que estoy segura de que puede verme la mentira en el rostro.

Lanza un quejido y niega con la cabeza.

—Mentirosa. Te acuestas con él, ¿verdad? —sisea desdeñosa, y da un paso hacia mí—. Victoria me contó del chico tatuado que dormía contigo y te distraía de tus clases. ¿Para eso pagábamos tu escuela? ¿Para que le abrieras las piernas al primer criminal imbécil que encontraras?

Tanto desprecio y asco impregnan sus palabras que se sienten como flechas; cada una se incrusta más profundo.

—Al menos no quedaste embarazada —sigue—. Aunque lo dudé por un momento cuando te vi: has ganado peso. No te estás cuidando como antes, ¿cierto? Es porque ya no estás en ACA con Victoria, ella sí te mantenía en línea, ella sí...

—¡Mamá, ya basta! —exploto—. No puedo lidiar contigo ahora, ni con tus regaños ni tus desplantes. Lo único que quiero es que papá esté bien. ¿Firmaste lo necesario para la cirugía?

Hace un mohín.

—Aún no. Lo estoy pensando todavía. El tema del dinero me preocupa.

No puede ser mi madre. No puede ser así de insensible.

—¿Qué dices? —Doy un paso hacia ella, impulsada por el enojo que me corre por las venas—. ¡Fírmalos ahora! El doctor dijo que tenemos solo ocho horas para decidir. ¡No pierdas más tiempo!

—¡No me grites! —Alza la voz también—. Tú no me dirás qué hacer. A ti no te importa lo que suceda con nosotros, estás muy ocupada con tu bailecito y tu amorío para preocuparte por que quedemos en la ruina después de esto. No, es mejor que tu padre descanse antes de que viva en estado vegetal o en la calle.

Tenso la mandíbula. Quiero tomarla de los hombros y sacudirla hasta hacerla entrar en razón, quiero gritarle con todas mis fuerzas que no puede quitarme a papá, a la única persona a la que alguna vez le he importado. No puede, no puede.

—¿Cómo puedes ser tan egoísta? —El odio se filtra en mis palabras—. ¿Cómo puede importarte más el dinero que tu esposo? ¡Tu esposo!

—¡Tú no entiendes! ¡No es tan sencillo! ¡No podemos pagarlo!

—¡Yo voy a pagarlo!

—¿Ah, sí? ¿Y con qué dinero, ah?

—Con el mío. —La voz tranquila de Clay interrumpe nuestra discusión y centro mi atención en él, desconcertada, igual que mamá.

—¿Tú? —Lo escanea con desprecio de la cabeza a los pies—. No trates de hacerte el héroe; seguro no tienes ni dónde caerte muerto.

Él la mira de una forma casi burlona, como si la desafiara a comprobarlo.

—Su esposo necesita una operación, así que la tendrá. Yo me haré cargo del resto —dice sin más.

Lleva dos vasos de café en las manos y le ofrece uno a ella. Lo mira con desconfianza, pero él no se rinde.

—Será mejor que empecemos a llevarnos bien, porque conviviremos por mucho tiempo más —dice con calma, sin dejar de ofrecer el café como un símbolo de paz.

—¿Eso crees? —lo desafía.

—No voy a dejar a Niza. Me quedaré hasta que me pida que me vaya. Mientras no lo haga, seguiré aquí.

Mamá me escruta en una petición silenciosa para que lo corra, pero no haré tal cosa. Lo quiero aquí, lo quiero conmigo. Su presencia me hace sentir mil veces mejor que la de ella y no pienso perderlo en un momento tan importante. Cuando entiende que ha perdido la discusión, se da por vencida y baja los brazos.

—Bien, firmaré lo necesario para la operación —concede, y clava sus ojos en mi compañero para después tomar a regañadientes el café que le ofrece—. Si estás mintiendo sobre pagar…

Noto que a él la mandíbula se le tensa. Deja el café sobre la mesa más cercana, extrae la billetera de su pantalón, saca una tarjeta negra y me la entrega.

—Niza puede pagar lo que sea necesario.

La desconfianza no abandona los ojos de mi madre.

—¿Y cómo puedo estar segura de que sí tienes dinero?

Clay esboza el inicio de una sonrisa burlona, casi cruel.

—Señora, podría comprar este hospital ahora mismo si quisiera. No me tiente.

Me mantengo en silencio mientras la escena se desarrolla. Mamá sabe que la han humillado, así que me lanza una última mirada desdeñosa antes de dirigirse al módulo de recepción para comenzar el proceso.

No me doy cuenta de que estoy sosteniendo la respiración hasta que estamos solos. Tomo el café que hay sobre la mesa y le doy un trago largo. Siento la mirada de Clay sobre mí, pero me esfuerzo por ignorarla.

—No tienes que hacerlo. No tienes que pagar. —Le tiendo la tarjeta de vuelta sin mirarlo a la cara—. Todavía tengo gran parte del dinero que Bryce me dejó.

—Lo sé, pero quiero hacerlo.

—¿Por qué? No es tu obligación.

—Nada que tenga que ver contigo es una obligación. Lo hago porque quiero. —Cubre la mano que sostiene la tarjeta con la suya y le da un apretón.

No sé qué decir. Las palabras se me atoran en la garganta y desaparecen de mi mente. Busco una respuesta que sea suficiente, pero nada de lo que pienso lo es. Lo quiero, claro que lo quiero, pero no sé si estoy lista para decírselo aún. Abro la boca para replicar con una tontería, cuando una de las enfermeras viene hacia nosotros, y se lo agradezco en silencio.

—¿Es familiar del señor Hess? —pregunta, y asiento en silencio—. Iniciarán la operación a la brevedad. Durará entre dos y tres horas —informa con tono clínico y se da la vuelta.

Un silencio pesaroso se extiende entre nosotros. Ninguno se atreve a decirlo, pero sabemos que las posibilidades de que papá salga de la operación sin sufrir secuelas son, en el mejor de los escenarios, regulares.

Una vez firma todo lo necesario, mamá se sienta en la sala de espera y permanece impasible con la vista perdida, igual que un ser congelado. Tiende a apagarse cuando algo la afecta, para no mostrar debilidad, igual que su hermana.

Los dedos de Clay rozan los míos y me regresan a la espantosa realidad en la que ni siquiera sé si tendré un minuto más con papá. Le agradezco que se quede, que no me abandone otra vez. Enredo mis dedos con los suyos; espero que él tenga la fuerza suficiente para evitar que yo explote en mil pedazos si pierdo a la persona más importante para mí.

* * *

Mi cerebro reúne los recuerdos y los usa para hacerme daño. Quizá ya no tendré otro momento más con ese ser que ilumina mi vida y me hace creer que el mundo no es del todo malo. Pienso en las veces que papá se escapaba conmigo al puesto de donas después de mis clases de *ballet* para hacerme feliz. Pienso en la vez que me enseñó cómo alimentar a los gansos y la primera ocasión en que me subí a un caballo con él.

El miedo a perderlo es tan grande que ni siquiera me deja respirar o pensar con normalidad. ¿Y si no vuelvo a crear recuerdos con él? ¿Y si nunca me ve bailar sobre un escenario? ¿Y si todos nuestros momentos juntos se terminaron cuando me fui de Texas? Peor aún, ¿y si muere creyendo que lo abandoné? El arrepentimiento me estrangula. Trato de mantener esos pensamientos alejados mirando el reloj, pero no lo consigo.

La operación dura tres horas.

El médico encargado aparece, todavía vistiendo un traje quirúrgico. Mamá y yo nos ponemos de pie apenas lo vemos, expectantes.

—¿Está bien? —pregunto con voz temblorosa.

El cirujano asiente y el alivio me infla el pecho.

—La operación fue un éxito. Pudimos remover el coágulo del cerebro, aunque todavía es demasiado pronto para saber si recuperará la movilidad y el lenguaje.

El alivio que sentí se pincha como un globo.

—¿Y cuándo podremos saberlo? —inquiere mamá, con la desesperación en su tono.

—No hay un tiempo estimado, pero podría despertar dentro de las doce horas posteriores a la cirugía. Lo mantendremos en observación durante la noche. Ustedes deberían ir a descansar.

—No, nos quedaremos —respondo sin pensar.

—Es su decisión, pero no creo que haya nuevas noticias hasta mañana —informa, y se retira.

Me desplomo en la silla y apoyo el rostro entre las manos. ¿Eso es todo? ¿La operación fue un éxito, pero papá no está fuera de peligro? ¿Qué clase de broma enfermiza es esta?

Como si el destino decidiera que la situación no es suficientemente mala, mi tía entra en la sala como una pesadilla hecha realidad. No puede ser. Por un momento creo que la falta de sueño me está afectando, hasta que mi madre la alcanza y Winslet la recibe con un abrazo. Es una imagen impactante para mí: es la primera vez que veo en mi tía una emoción parecida a la compasión.

—¿Cómo está John? —Su voz es tan fría como siempre.

—Apenas salió de la cirugía. Le removieron el coágulo, pero no sabremos si reaccionará hasta mañana —le explica mi madre con indiferencia.

—¿Tienes un plan funerario?

Me pongo en pie de un salto.

—¡¿Cómo te atreves a preguntar algo así?! —espeto sin pensar, con la mandíbula apretada.

Winslet me mira con desprecio, pero hay algo más en sus ojos que no puedo identificar, como un resentimiento mucho más profundo. Quizá porque sabe que el juicio en su contra se siente como una victoria para mí y porque la denunció una de mis amigas.

—Debemos ser realistas, Hess. —La frialdad me quema la piel—. Tu padre podría no sobrevivir.

—Sobrevivirá —digo, más como una súplica.

Me dedica una mirada escéptica.

—Deberías dejar de vivir en tus fantasías para comenzar a enfrentar el mundo real. Cuanto antes lo hagas, mejor.

El enojo se vuelve más espeso y quema mi interior.

—No son fantasías. Mi padre estará bien.

—Yo no lo daría por hecho…

—¿Esa es tu forma de apoyar a tu familia? —La voz profunda de Clay interrumpe la conversación y todas nos centramos en él. Se hace junto a mí, alto y seguro, perforando con su mirada a Winslet.

—Soy realista —dice ella sin ceder, regalándole una de sus miradas venenosas.

—Si no vas a apoyar a tu familia, mejor lárgate. No necesitan a alguien como tú aquí —suelta, cargado de odio, sin importarle en absoluto que mi madre esté presente.

—¡¿Cómo te atreves a hablarle a mi hermana de ese modo?! ¡No tienes derecho!

—Le hablaré como me venga en gana. No le debo respeto —dice con tanto filo que me desconcierta.

Winslet me regala una de sus miradas más desdeñosas.

—Sabía que este chico te llevaría a la ruina. Ninguno sirve para nada. Son tal para cual.

Clay está a punto de replicar, pero lo detengo poniéndole una mano en el pecho.

—Fue suficiente. Pelear entre nosotros no ayuda en nada.

Guardan silencio, aunque el aire zumba con una pesada tensión mientras se miran con odio. Lo cierto es que estoy exhausta, física y emocionalmente; lo último que necesito es enfrentar otra absurda pelea con mi madre y Winslet. No lo resistiría.

—Deberíamos irnos a descansar —digo después de un momento.

Winslet pone una mano sobre el hombro de su hermana.

—Vamos a casa, Silvia. Te ves terrible. Mira esas ojeras.

—Lo sé, soy un desastre, pero no podía abandonarlo.

—Te dije que ese hombre era un enclenque. Mira que no me equivoqué.

Mamá asiente, aunque la preocupación le surca el rostro otra vez. Ambas comienzan a caminar frente a nosotros y las sigo con la vista hasta que se pierden por la esquina del pasillo.

—¿Segura de que tu madre quiere a tu padre? —pregunta Clay.

Y me echo a reír. Me río con todas las ganas y el ruido atrae algunas miradas de pacientes y enfermeras, pero no me importa. Estoy cansada de estar en el hospital, de los regaños de mi madre y los comentarios venenosos de Winslet. Necesito purgarlo de alguna manera y la única que se me ocurre es la risa. Clay me mira desconcertado mientras sigo riendo por varios segundos más, hasta que los efectos de la catarsis cesan. Me limpio las lágrimas con el dorso de la mano.

—Quiero dormir. Necesito dormir —digo con un dolor en las costillas—. Estoy exhausta.

—Vamos, te llevaré a casa.

Niego con firmeza.

—¿Dónde estás quedándote? —pregunto.

—En un hotel en Forth Worth.

—¿Puedo quedarme contigo? —Me da miedo su respuesta, pero no tolero la idea de estar bajo el mismo techo que mi madre y mi tía.

Clay me mira desconcertado, pero se apresura a disimularlo. No paso por alto la manera en que el rostro se le ilumina.

—Claro, pero ¿no quieres ir a tu casa por ropa primero?

—La maleta está aquí; vine directo desde el aeropuerto. Le pedí a una enfermera que la guardara en uno de los depósitos.

Asiente con lentitud y sé que la idea le gusta tanto como a mí por la forma en que los ojos le brillan. La expectativa me recorre de la cabeza a los pies y una oleada intensa de calor se me concentra en el vientre. Quiero lucir tan tranquila como sea posible, pero creo que puede notar lo nerviosa que estoy. Espero que, a su lado, logre vaciar la mente y conseguir el descanso que tanto necesito.

29| Huella

Clay

Ignoro por enésima vez las insistentes llamadas de Nadir y los mensajes del resto de los chicos. Salgo del baño y le cedo el lugar a Niza, quien cierra la puerta sin decirme ni una palabra.

Están furiosos porque no me presenté ayer. El concierto se canceló y ahora la banda enfrenta problemas con la administración del Madison Square Garden y una horda de fanáticos coléricos. Leo algunas de las publicaciones más populares mientras espero a que Niza salga de la ducha:

«La banda se fue a la mierda desde que Bryce murió. Deberían retirarse ya».

«Riot 911 no se presentó porque Clay tenía cosas más importantes que atender que un concierto por el que pagamos».

«Clay es un imbécil irresponsable. Bryce jamás nos haría algo así».

«Riot 911 es una mierda ahora».

Me paso una mano por el rostro, estresado, e intento mantener las emociones a raya usando los métodos que aprendí de Charles, aunque si me acosan por todos los frentes es casi imposible conseguirlo. Mi teléfono vibra con un nuevo mensaje de Mitch y lo leo sin abrirlo:

MITCH:

Hemos perdido el contrato con el Madison Square Garden y no podremos presentarnos ahí en los próximos dos años. Tampoco podemos salir del hotel sin ser acosados y Aaron tuvo una crisis nerviosa por toda la mierda que escriben sobre él en las redes. 23:05

Una sensación desagradable se me instala en el estómago y la culpa me corta el pecho con su filo. Considero disculparme, pero no hay nada que pueda reparar el daño que le causé a la banda, así que respondo con algo más en su lugar.

CLAY:

Iba a asistir, pero el padre de Niza está mal. Debo acompañarla. [23:07]

Mitch me responde al instante.

MITCH:

La banda también es importante. [23:07]

CLAY:

Niza es mi prioridad, lo siento. [23:08]

MITCH:

Debiste decirnos la verdad desde el principio para no esperar por ti. Te habría apoyado si me lo hubieras dicho antes. [23:08]

CLAY:

Lo siento. [23:08]

MITCH:

¿Eso significa que es definitivo? ¿Abandonarás la banda? [23:08]

Leo el mensaje una vez... dos... tres. En el fondo, sé la respuesta, sé cuál es mi decisión, pero aún me aterra dar el paso. Me había hecho a la idea de que viviría toda mi vida haciendo lo que más detesto y, ahora que tengo la oportunidad de salir, soy como un pájaro asustado que no sabe si es apto para estar fuera de su jaula.

Sé que debo hacerlo definitivo. Cortar los lazos con Riot 911 significará dar por terminada también la relación enfermiza de idolatría y culpa que tengo con Bryce, pero me cuesta hacerlo. Es una costra difícil de arrancar.

El sonido de la puerta me regresa a la realidad de golpe; Niza emerge del baño en silencio. Para mi buena —mala— suerte, lleva puesta una de mis viejas camisetas con el sello de Guns N' Roses, que le llega a la mitad de los muslos, y me permito fantasear con que no lleva nada más debajo, como sucedía usualmente cuando dormíamos juntos. Me apresuro a alejar esos pensamientos antes de que me provoquen una erección, y me aclaro la garganta.

—Creí que había perdido esa camiseta —digo a modo de broma para tratar de aligerar el ambiente, que se tornó espeso apenas entró en el mismo espacio, robándose toda mi atención.

A pesar de la tenue luz que abarca el cuarto, puedo verle el rubor en las mejillas.

—La dejaste en mi dormitorio. La encontré cuando guardaba las cosas para mudarme. —Se muerde el labio antes de hablar—. Puedo regresártela si la quieres.

Contemplo la posibilidad de pedirle que se la quite ahora mismo para verla desnuda una vez más, pero niego con la cabeza en su lugar.

—Quédatela. Siempre me gustó más verla en ti que en mí, de todas formas.

El rubor en el rostro se le vuelve más intenso. Desvía la mirada y camina hacia el tocador para sentarse frente al espejo.

Con un cepillo, comienza a desenredarse los rizos mojados. Me siento al borde de la cama, justo detrás de ella, y nuestras miradas se conectan a través del reflejo.

—Puedes dormir en la cama. Yo dormiré en el sofá. —Señalo el pequeño sillón que hay en la habitación.

—No creo que puedas dormir cómodo ahí. Es demasiado pequeño.

Me encojo de hombros para restarle importancia.

—Me las arreglaré.

Creo que el tema está zanjado hasta que gira el cuerpo en el diminuto asiento del tocador y me encara.

—No tienes que hacer eso. Tampoco tenías que pagar por la operación de mi padre —dice con un toque de hastío que me desconcierta.

—Quiero ayudarte.

—¿Por qué?

La confusión me gana por su repentina muestra de molestia.

—¿Necesito una razón para ayudarte?

Se pone en pie y cruza los brazos sobre el pecho.

—¿Ayudarme como mi amigo o como algo más? —inquiere sin humor.

La pregunta me toma desprevenido y sé, por la tensión en su cara, que está enojada. Me habría gustado tener esta conversación en un mejor momento, pero he aprendido que la suerte no está de mi lado la mayor parte del tiempo. Su mirada me sigue mientras me pongo en pie también; levanta el mentón, desafiante.

—¿Realmente quieres hablar de eso ahora? —le digo.

—Depende. ¿Obtendré una respuesta?

—¿De verdad quieres una respuesta a una pregunta tan obvia?

—Quiero una respuesta, punto. Estoy cansada de tener explicaciones a medias y quemarme la cabeza tratando de interpretar tus acciones para entenderte.

—No tienes que devanarte los sesos para entenderme.

—¡Sí, sí tengo! Ni siquiera sé para qué estás aquí. ¿Quieres que seamos amigos? ¿Quieres otra oportunidad para intentarlo? Te lo dije una vez y lo sostengo: si vas a huir de nuevo, prefiero que terminemos con este juego ahora. Estoy cansada.

Mi mirada lo dice todo, pero Niza parece dispuesta a ignorarla hasta escucharlo de mi boca, lo cual es difícil, si se considera que soy malo con las palabras. La frustración me alcanza y quiero gritarle el montón de cosas que me hace sentir, quiero decirle que estoy loco por ella y dispuesto a arrastrarme hasta el infierno por su perdón, pero las palabras simplemente se me mueren en la lengua.

Después de un instante, el rostro se le apaga y baja los hombros.

—¿Sabes qué? Olvídalo. Ya tengo mi respuesta. —La decepción le impregna la voz.

—Niza, espera…

—No, estoy cansada de esperar. No debiste regresar, estaba bien sin ti, solo haces esto más difícil.

Hace el ademán de dar un paso para alejarse, pero cierro la mano alrededor de su muñeca sin pensarlo.

—¿Crees que esto es fácil para mí? —mascullo—. ¿Crees que fue sencillo para mí volver y verte tan feliz cuando besabas a ese imbécil?

—Tú te fuiste y ahora vuelves sin tener las cosas claras. Eso no te da el derecho a ponerme el mundo de cabeza otra vez.

—¿Piensas que eres la única que está sufriendo con esto? ¿Sabes lo asqueado que me sentía cada vez que ese idiota hacía algo tan tonto como tocarte? —Doy otro paso más hacia ella—. Lo siento, ¿de acuerdo? Tomé una decisión equivocada, la cagué y me encantaría tener la capacidad de no pensar en ese error cada día, pero, para mi mala suerte, no puedo.

—¿Estás diciendo que tu miseria es mi culpa? —Intenta zafarse de mi agarre para alejarse, pero se lo impido.

La frustración se acumula en mi interior.

—Estoy diciendo que estoy jodido porque no puedo sacarte de mi mente, ni siquiera por un maldito segundo. Todo lo que hago está motivado por ti. Estás en todas partes: en mis pensamientos más banales, en mi música, en cada deseo, siempre estás ahí. No puedo huir de ti, por más que lo intente, y es frustrante porque sé que jamás voy a tenerte como quiero gracias a mis decisiones. —Aprieto la mandíbula—. Estás arruinándome, Niza.

Me acribilla con los ojos. Contemplo la ira en su delicado rostro.

—Si te molesto tanto, ¿por qué viniste hasta Texas? ¿Por qué no te vas? Eres muy bueno en eso. Eres increíble para huir y no dar respuestas claras y…

La protesta queda en el olvido cuando deshago la distancia que nos separa y reclamo su boca con la mía en una fracción de segundo, dominado por la ira y el frenesí. Ninguno se mueve y percibo la tensión en su cuerpo. Considero la opción de alejarme, hasta que rozo su labio inferior con mi lengua y me da acceso a su boca con un gemido placentero. Le suelto la muñeca para llevar la mano a su nuca y mantenerla allí con un agarre de hierro. Un nuevo sonido de contento se le escapa de la garganta, su cuerpo se pega al mío y hace puños mi camiseta.

El sabor de su boca hace añicos mi sensatez. Me embriago con su lengua. Esto es con lo que había fantaseado por meses. El beso se vuelve más agresivo, dejo que la molestia se vierta por completo en el implacable beso, duro y sin vacilación. Empujo su cuerpo y emite un quejido cuando golpea el tocador con la espalda, pero no deja de devorarme con la misma necesidad que me quema por dentro.

Nos separamos cuando el oxígeno se nos agota y la vista que me recibe termina por encenderme: su mirada ardiente sobre la mía, sus labios rojos e hinchados y su pecho rozando el mío con cada respiración agitada.

—¿Esa es una respuesta lo suficientemente clara de lo que quiero de ti o tendré que esforzarme más para que lo entiendas?

Sus ojos me atraviesan como dagas y creo que me dará una bofetada, pero lo que ocurre me toma por sorpresa... como todo lo que ella hace.

—Aún no me queda claro —dice en un tono bajo que termina por encender cada parte de mi cuerpo.

La ira que antes sentía se funde ante el deseo abrasador. Con lentitud, rodeo su muñeca con los dedos y le llevo la mano hasta mi entrepierna: la erección es tan notoria que resulta dolorosa. Mi cuerpo se tensa entero al sentir su tacto y su mirada me quema.

—Esto. Esto es lo que provocas en mí. —Me señalo el bulto en el pantalón—. Incluso cuando no estás tocándome, el solo pensarte lo provoca. ¿Es suficientemente claro para ti?

Niza le da otro apretón y mis caderas se presionan contra ella en reacción. Los ojos se le tornan oscuros y hambrientos.

—No me queda claro. Tendrás que esforzarte más para enseñarme qué es lo que quieres de mí —presiona, sin dejar de masajearme la polla sobre la ropa, y mi sentido común se desvanece.

—Bien, déjame mostrarte.

Le tomo los labios con vehemencia y ella abre la boca para mí, permitiéndome deslizar mi lengua sobre la suya e impregnando mi paladar con su sabor. Pega más su cuerpo al mío, pero no me parece suficiente. Quiero fundirme con ella; el deseo me transforma la sangre en fuego.

Subo las manos por sus muslos con lentitud y percibo la piel erizada con cada parte que toco. Sin dejar de besarla, engancho los dedos en el borde de la camiseta y me deshago de ella sin que pueda protestar. La vista que me recibe me hace punzar la polla; la admiro extasiado, las tetas con los pezones erguidos, deseosos por mi atención, su expresión hambrienta y su cuerpo dispuesto para mí. Lo único que me separa del paraíso es su ropa interior, de un negro translúcido.

—Bonitas bragas. Me gustan. —Tomo sus muslos y los abro para acomodarme entre ellos.

—Gracias. —Su voz tiembla en la última letra porque deslizo la lengua sobre la piel de su cuello, tersa y repleta de su aroma, hasta llegar a su oreja.

—Pero prefiero cuando no las usas. —Le muerdo el lóbulo, logrando que la espalda se le arquee y sus tetas choquen contra mi pecho.

Sin dejar de dar atención a su cuello con mis labios, engancho los dedos en el elástico.

—Vamos a cumplir ese deseo. —Termino de quitarle las bragas. Mi sangre se vuelve densa cuando noto la humedad en ellas, y solo el contemplarla desnuda y excitada me tiene al límite, pero decido que voy a disfrutar de esto.

Por mucho que quiera enterrarme en ella y cogerla como un animal para saciar mis deseos más intensos, no voy a hacerlo. Han sido demasiados meses sin tenerla, así que me tomaré mi tiempo.

Sin darle tiempo de replicar, la tomo de la mano y la llevo hasta la cama. La siento a horcajadas sobre mí y no pierdo el tiempo de devorarle la boca como un famélico. Un gemido placentero le brota de la garganta cuando muevo las caderas debajo de ella y le permito sentir lo duro que estoy solo con percibir la humedad de su centro, incluso a través de la ropa.

Tomo uno de sus pechos y delineo su erguido pezón con la lengua antes de engullirlo por completo para prenderme de él. Enreda los dedos en mis mechones de pelo, presiona un poco más mi rostro contra su piel y gime cuando lo rozo con los dientes.

—¿Por qué siempre soy yo la que está desnuda y tú vestido? —pregunta con un suspiro, y siento su cuerpo estremecerse cuando le toco el pezón con la punta de la lengua.

—Me gusta verte desnuda.

—Me parece que estoy en desventaja —reprocha, y sonrío contra su pecho sin dejar de darle atención.

—Entonces, haz algo al respecto —la insto, y es rápida en quitarme la camiseta. Le detengo las manos cuando se apresura a bajar mi pantalón y sus ojos me reclaman—. No vayas tan rápido.

—¿Por qué no?

La urgencia en su voz me hace sonreír de nuevo y no puedo evitar besarla.

—¿Ansiosa?

—Demasiado.

—Voy a follarte, pero antes me tomaré mi tiempo. Tengo que demostrarte qué es lo que quiero de ti, ¿recuerdas? —Le toco el pezón con un dedo. Juego con él. Sus caderas se remueven sobre mi polla y me envían un placentero escalofrío por la columna.

—¿Y qué es lo que quieres de mí?

—¿Justo ahora? Todos los orgasmos que puedas entregarme, muñeca —sentencio antes de enredar la mano entre sus rizos húmedos y estrellar mi boca contra la suya en un beso arrebatado.

Sus manos me acarician el pecho como si quisiera aprender su forma a través del tacto y sé que siente mi desbocado latir porque también percibo el suyo, que se une al mío. Le estrujo las nalgas con tal fuerza que jadea dentro de mi boca; estoy seguro de que le dejaré marcas.

Me separo de su boca a regañadientes y la acuesto sobre la espalda para quedar a su lado. Mi polla está tan dura que me sorprende que no haya perforado la tela de mi pijama. Me prendo de su pecho, disfrutando de la sensación del pezón erecto en la boca y de sus gemidos de placer en los oídos. Vuelvo a atacarle la boca mientras separo más sus piernas con el pie y tengo acceso libre a lo que tanto deseo. Mi palma le acaricia la piel del estómago y siento cómo se estremece cuando alcanzo su sexo. Palpo con dos dedos sus pliegues completamente mojados y un sonido gutural me nace en el pecho, llevándome al maldito paraíso.

Acaricio sus pliegues con más libertad y esparzo los fluidos sobre la carne delicada sin apartar mi mirada de la suya. Le muerdo el labio inferior con fuerza, hago círculos sobre su clítoris hinchado y me gano un jadeo que me agita todas las terminaciones.

—¿Extrañabas mis dedos? —digo sin dejar de acariciarla.

Mueve las caderas al compás de mi mano.

—Tenía mis dedos para sustituir los tuyos —dice orgullosa.

Le deslizo la lengua por el cuello y le muerdo el arco de la oreja.

—Entonces, ¿no me echabas de menos?

—Ni un poco. —Sus palabras se ven interrumpidas por el alto gemido que emite cuando introduzco dos dedos de golpe.

—Puedo sentir tu mentira en los dedos, descarada.

Los muevo en su interior arqueándolos un poco para alcanzar su punto de máximo placer. Sus caderas se elevan para encontrar mis embates, mientras juego con el pulgar en su clítoris. Creo un ritmo constante que va en ascenso; las piernas se le vuelven rígidas y sus movimientos más erráticos. Los dedos se me empapan por completo de sus fluidos y el sonido de encharque es una muestra más de lo cerca que está. Cierra la mano en torno a mi muñeca y me mira con una súplica que no necesita ser recitada en voz alta para que la entienda. Sin decir ninguna palabra, me llevo su pecho a la boca, lo succiono hambriento, al tiempo que sigo penetrándola con los dedos, codiciosos; las caderas le ondulan sin ataduras hasta que, sin previo aviso, su cuerpo entero se tensa y después se sacude sin control. Se corre en mis dedos y le admiro extasiado el rostro: compungido en una mueca de placer única. Una imagen que siempre lograba desequilibrarme. Ni diseños entramados ni multitudes en estadios: la expresión de Niza mientras vive un orgasmo es, sin duda, mi vista favorita.

De a poco, el temblor en sus extremidades se tranquiliza y observo el bonito ámbar de sus ojos a través de los párpados caídos por el placer. Sonrío, con la petulancia que me nace en el pecho.

—¿Por qué estás sonriendo?

—Porque ya me has dado la respuesta y sé que te encanta cómo te llenan mis dedos.

—No te creas tanto.

—¿Por qué no? —Dejo un beso rápido en sus labios antes de ponerme en pie.

Niza me mira con los ojos encendidos y deseosos cuando hago el ademán de bajarme el pantalón, pero tomo uno de sus tobillos y la arrastro al borde de la cama.

—¿Qué haces? —pregunta apoyándose sobre los codos para levantarse un poco y seguir mis movimientos mientras me arrodillo frente a ella.

—Me pondré a rezar —digo sarcástico y tomo sus muslos con las manos para mantenerlos separados—. ¿Qué te parece que estoy haciendo?

Veo cómo los músculos de la garganta se le mueven al tragar.

—Vas a…

Palmeo su sexo de forma rápida a modo de reprimenda y logro arrancarle un grito de impresión.

—Demostrarte una vez más lo que quiero de ti, sí. Ahora, no me interrumpas mientras como.

Le abro más las piernas y le dejo el culo al filo de la cama. Enlazo su mirada con la mía y noto la tensión de su cuerpo a medida que desciendo, hasta que mi lengua entra en contacto con su sexo y se me derrite por completo en la boca. Blanquea los ojos, extasiada, y echa la cabeza hacia atrás mientras sus gemidos llenan el aire.

Recorro su entrada sin premura y con total libertad, disfrutándola por completo, embriagándome de ese sabor que tanto extrañaba. Aprendo otra vez las formas en que le gusta que la lama y los movimientos nuevos que la enloquecen, los lugares que la hacen gemir sin parar.

Abro más sus piernas para mí y me tomo todo el tiempo del mundo en explorarla con la boca, succionar su clítoris y repasar su entrada con la lengua, hasta que enreda las manos en mi cabello y sus caderas ondulan de nuevo sobre mí, follándome la cara.

La imagen de Niza completamente perdida en el placer que le provoca mi boca, su sabor en mi paladar y sus gemidos son suficientes para llenarme de una lujuria tan densa que ninguna otra mujer ha despertado en mí.

Muevo la lengua dibujando el patrón que le gusta y succiono de vez en cuando su clítoris, de modo que sus piernas se tensan pronto sobre mis hombros y sus caderas pierden el control, desatando el siguiente orgasmo. Tomo todo de ella mientras se retuerce y vive su liberación entre jadeos. La mantengo firme contra mi cara para recoger cada gota de su clímax y, como un hombre sediento, lo bebo por completo. Sin perder el tiempo, le introduzco dos dedos y comienzo a moverlos a un ritmo certero mientras estimulo su clítoris con la lengua, hasta que la siento desintegrarse otra vez.

Las piernas de Niza caen lánguidas de mis hombros al bajar de las olas del orgasmo y la contemplo satisfecho. Es un desastre tembloroso y deshecho, pero nunca se ha visto más preciosa que ahora. Es mi obra. Mi favorita. Me bajo el pantalón y me deshago de él junto a los bóxers.

Todavía percibo leves temblores en sus piernas, por los rastros de los orgasmos anteriores, mientras me acomodo entre ellas. Niza me mira con tal expectación y deseo que me hincha el pecho.

—No tengo condones —admito, suspendido con un brazo sobre ella y dolido ante la perspectiva—. Y no espero que tú tengas.

Ella emite una risa.

—¿Te molestaría si los tuviera?

Frunzo el ceño, aunque intento no hacerlo.

—¿Eso significaría que esperabas que esto sucediera conmigo o con otro? —La pregunta sale más áspera de lo que deseo y la quemazón de los celos nace en mi interior.

Se echa a reír con más ganas y me toma del rostro para besarme.

—No tengo condones —informa y, estúpidamente, me siento aliviado—. Estoy con los parches.

Estoy tentando a preguntar por qué, aunque la respuesta llega como un rayo y me atraviesa el cuerpo. Mis ganas disminuyen un poco ante los celos, pero, en lugar de parar, vierto mi molestia en una manera brutal de besarla. Me corresponde sin reserva, con la misma necesidad y fervor. Le muerdo el labio inferior antes de separarnos.

—Tendré que besarte mucho para desaparecer los restos del otro.

—Tendrás que hacerlo —me molesta la descarada.

—Planeo hacerlo. —Me pongo su pierna sobre el hombro y el inicio de una sonrisa perversa juega en mis labios—. ¿Eres tan flexible como recuerdo?

Niza se muerde el labio, con diversión en los ojos.

—Tendrás que comprobarlo.

—Créeme, se me ocurren un millón de formas para hacerlo y pondré en práctica cada una.

Le acaricio el coño con la punta para lubricar y aprieto los dientes al sentir su clítoris hinchado punzar contra mi glande. Niza admira con la boca abierta cómo me deslizo contra su sexo. Los pliegues húmedos me abrazan la polla y alivian un poco la tensión. Las pelotas me duelen de pura necesidad, pero quiero disfrutar de cada segundo de esto.

—Abre la boca —ordeno y me inclino sobre ella, aún con su pierna sobre mi hombro, y le introduzco el pulgar entre los labios.

Succiona y chupa enseguida, sin rastros de la chica tímida que tenía terror de algo tan simple como la desnudez, y me pone a mil. No soy capaz de aguantar un segundo más, así que, sin previo aviso, me hundo en ella. Sus dientes me muerden y gruñe a modo de protesta. Lanzo un jadeo cuando alcanzo toda la profundidad y Niza se ajusta mejor a mi polla.

Después de un momento, asiente débil y comienzo a moverme. Lento al principio, tratando de no correrme en los primeros treinta segundos porque, joder, ni en la mejor de mis fantasías logré emular el más pequeño porcentaje de lo bien que se siente estar dentro de Niza.

Le saco el dedo de la boca y me inclino más sobre ella mientras aumento el ritmo. Su pierna sobre mi hombro crea un ángulo que me da mejor acceso y está tan malditamente húmeda que puedo invadirla con una facilidad que hace a mi mente casi estallar.

Escondo el rostro en su cuello, diciendo un montón de maldiciones. Su pelvis se encuentra una y otra vez con la mía, sin descanso, y puedo mover su cuerpo a mi antojo mientras me sacio de ella. Le lamo el cuello, le chupo la clavícula, tratando de embriagarme de su olor y su piel. Aferra las manos a mis brazos, me araña y escucho sus jadeos, tan calientes que me tienen al borde del precipicio.

Llevo mi mano entre ambos para comenzar a masturbarla sin dejar de embestirla. Se retuerce debajo de mí, pero le enredo una mano en el cuello para mantenerla en el lugar y permitirle vivir cada sensación. El ritmo se vuelve casi brutal y se sincroniza con mis dedos. Mi polla se encharca en sus fluidos, entrando y saliendo. La pierna se le tensa sobre mi hombro y sé que está a punto de llegar.

—Clay, voy… voy a…

Sus palabras se ven interrumpidas con el alto jadeo que emite y siento su coño latir alrededor de mi polla mientras vive su orgasmo. Su cuerpo entero se tensa. Me encaja las uñas en los brazos; es tan doloroso como placentero. No le doy tregua a su coño y sigo moviéndome dentro de ella mientras se corre. Pronto, jadea alto otra vez, sus caderas se mueven frenéticas y sus músculos vuelven a pulsar alrededor de mi tallo. Tengo que detenerme por un segundo para no correrme.

Niza retuerce los dedos de los pies y sé que aún está viviendo los restos de los últimos orgasmos. No pierdo el tiempo en cambiar de posición. Salgo de su interior y, en un rápido movimiento, me coloco detrás de ella. Le lamo y le beso el hombro mientras guío mi polla a su interior otra vez. Entra con una facilidad que me hace blanquear los ojos y la sensación de sus pliegues empapados me hace ver las putas estrellas.

Le levanto la pierna para tener acceso completo a su coño y comienzo a embestirla con la misma intensidad que antes, una que resulta casi dolorosa, pero ella lo disfruta como nunca. Extrañaba esto: sentirla plenamente, embriagarme por completo de Niza.

Sus jadeos se tornan descontrolados y mi ritmo demencial.

—Me darás ese último orgasmo, Niza. Te correrás con mi polla como la chica buena que eres, ¿entendido? —Mis palabras salen a través de los dientes apretados.

Justo cuando le aprieto el cuello un poco más, obedece y su cuerpo entero se desintegra en una nueva liberación. La mantengo en el lugar con mi agarre y sigo embistiéndola sin tregua, hasta que la manera en que su coño me abraza es mi propio detonante. El cosquilleo me recorre la polla, los músculos se me tensan y me corro en su interior con erráticos tirones. Ninguno se mueve por varios segundos, mientras esperamos que los restos de la lujuria nos abandonen.

Salgo de su interior con un gruñido bajo, extrañando enseguida la exquisita sensación de su coño. Niza es la primera en apartarse; con movimientos torpes y lánguidos, se levanta de la cama para encerrarse en el baño. Me recuesto y permanezco observando el techo sin que nada acuda a mi mente. Pleno. Era obvio que solo Niza podría conseguirlo.

Regresa del baño al segundo siguiente y la contemplo a través de los párpados entrecerrados, aunque el contento que siento se disipa al ver su expresión preocupada.

—¿Qué sucede? —Me apoyo sobre los codos, alarmado—. ¿Te lastimé?

Niega con la cabeza y toma la camiseta que hay sobre el suelo para ponérsela. Se sienta junto a mí en la cama.

—No sé si fue buena idea que tuviéramos sexo.

Una sonrisa juega en los bordes de mis labios y una oleada de cariño me llena el pecho.

—Cualquier cosa que implique que tú y yo tengamos sexo es buena idea, Niza. Nunca lo dudes.

Trato de aligerar el ambiente, pero su semblante no cede.

—Esto que acabamos de hacer… ¿qué significa para nosotros?

Me siento en la cama y me cubro con la sábana. No es así como quería que pasáramos los momentos después de tener el mejor polvo de nuestras vidas, pero tiene razón: es hora de aclarar las cosas y saber qué sigue para nosotros, estar seguros de que tenemos otra oportunidad para intentarlo. Si ella quiere escucharlo de mí, entonces se lo concederé. En realidad, le concedería cualquier cosa que me pidiera, solo por ser ella.

—Significa que estoy loco por ti, que soy un imbécil que se decidió por la opción equivocada y que ahora está dispuesto a pedirte perdón de todas las formas posibles por el resto de su vida para tratar de reparar el daño.

—No es…

Pongo una mano al frente para detenerla. Si no hablo ahora, no lo haré nunca.

—También significa que podemos volver a empezar, si me dejas, para hacer las cosas mejor. —Estiro el brazo y le acaricio la mejilla—. Para ser la persona que mereces. Estoy jodido, lo sé, pero quiero dejar de estarlo, porque quiero una oportunidad. Quiero decidir por mí mismo, tomar las riendas de mi vida y que tú formes parte de ella. Quiero ser tuyo, pero no solo en partes, sino completamente. Quiero ser tuyo.

Los ojos se le anegan de lágrimas y el pecho se me hincha de cariño.

—Es lo mismo que escribiste en esa canción del álbum, *Coney Island* —dice con la voz acuosa.

Pego su frente a la mía.

—Porque no estaba mintiendo. Quiero ser tuyo, pero no mientras esté roto —aclaro y me alejo un poco sin dejar de acariciarle el rostro—. Aún tengo mucho que sanar y es un proceso lento, así que quiero que te tomes tu tiempo para aceptarme otra vez. No quiero lastimarte de ninguna manera, no otra vez.

—¿Que me tome mi tiempo?

—Yo tomé la decisión equivocada cuando Bryce murió. Elegí un legado que no era mi obligación continuar, en lugar de elegir a lo que amo, a quien amo, y no quiero que tú cometas el mismo error, así que tómate tu tiempo. Yo estaré aquí, esperándote.

—¿Eso qué quiere decir? ¿Que te veré cada vez que regreses de tus conciertos? ¿Que vas a llevarme contigo?

Niego con ímpetu y clavo mi mirada en la suya, serio.

—Voy a quedarme en Nueva York.

Sus ojos se abren desmesurados a causa de la sorpresa.

—¿Y qué pasará con la banda?

—Eso era lo que quería decirte después del concierto, pero da igual, lo sabrás de todas formas.

—¿Qué?

—Voy a dejar Riot 911.

Niza palidece y la impresión le rebosa el rostro.

—¿Por qué? ¿Qué sucedió?

Me encojo de hombros para intentar tranquilizarla.

—Nada, es solo que… —Tomo aire para encontrar las palabras correctas—. Después de que me mostraste el estudio y la nota de Bryce, digamos que la venda cayó de mis ojos. No disfruto de hacer música y, aunque me va bien con la banda, ese lugar no me corresponde. Era de mi hermano y no es mi obligación reemplazarlo. Aunque no quiera reconocerlo, Charles y la terapia me han ayudado a ver que no es obligatorio seguir los sueños de otros, sino los míos… Y eso es precisamente lo que haré.

El asombro la golpea por varios segundos y por un momento creo que ha entrado en estado catatónico, hasta que sale de su estupor.

—¿En serio? ¿Te quedarás en Nueva York?

Una sonrisa juega en el borde de mis labios al notar la emoción en sus ojos.

—Bueno, tengo que trabajar en recuperar las cosas que más amo: el diseño y a ti, y sé que no será fácil hacerlo, así que debo quedarme.

En un rápido movimiento, se mueve sobre la cama y se me sienta a horcajadas sobre las piernas. Me rodea el cuello con los brazos; me estrecha en un abrazo que me sabe a reconciliación, gloria y felicidad. Sus labios encuentran los míos; el beso hace que el aire se me atore en los pulmones por lo cargado que está de amor. Sí, amor: sabía que Niza cambiaría mi mundo desde que entró a la tienda de tatuajes por primera vez como un ciclón de color para dotar a mi vida de un nuevo sentido.

Nos separamos con lentitud y le deposito un beso en la nariz.

—Entonces, ¿ahora me estás eligiendo a mí y no a la banda?

Sonrío, admirándola.

—No te estoy eligiendo, no eres una opción. Eres lo que me hace feliz y quiero ser feliz, contigo. —Me mira con ojos brillantes—. Pero sé que será difícil al inicio, por eso te pido tiempo.

—¿Por qué?

—Quiero amarte de todas las maneras correctas, porque eso es lo que mereces, Niza Hess.

—Eres el idiota más grande que conozco, ¿sabías? Te tomó tanto tiempo llegar a esa conclusión —dice contra mis labios, y cierro los brazos en torno a su cintura para no dejarla ir, nunca más.

—Pero te gusto tanto por eso, ¿cierto?

La escruto a través de los ojos entrecerrados, desafiándola a decir lo contrario, y al final me deja un beso en la comisura de la boca.

—Me encantas, idiota —dice feliz y me contagia de la misma emoción.

Por primera vez, siento que el diseño complicado y abstracto que es mi vida comienza a acomodarse de manera diferente, una en la que yo tengo el control y puedo decidir lo que quiero o no quiero hacer.

Niza se retira y se recuesta a un lado. Me apresuro a seguirla y cubrirla con la sábana.

—¿Eso significa que dormiremos en la misma cama? —pregunta.

—Siempre puedes dormir en el pasillo si quieres.

La atraigo hacia mí. La rodeo con el brazo firmemente para evitar que escape y tenerla donde pertenece: junto a mí.

—Dices que tienes mucho trabajo por hacer mientras intentas conquistarme, pero no estás haciendo muchos puntos con esos comentarios. —Se me acomoda sobre el pecho.

—Pero sí con los orgasmos que te di. Perdí la cuenta después del cuarto. ¿Cuántos fueron? —inquiero petulante, y me gano una mirada falsamente desdeñosa que me hace sonreír y me hincha más el ego.

—Te estás creyendo demasiado.

Le dibujo figuras sobre la piel de la espalda sin dejar de estrecharla contra mí.

—Claro, tengo derecho. ¿O es que Karef te hacía disfrutar igual del sexo?

—No voy a responderte eso —dice alarmada.

—Lo tomaré como un no —respondo con el ego en las nubes.

Niza lanza un quejido.

—¿Eso qué importa? ¿Me responderías si yo te preguntara por otras chicas?

—Sí —digo con naturalidad, y estrecha los ojos de esa forma que conozco bien: está celosa.

—¿Disfrutaste más del sexo conmigo que con las otras chicas con las que estuviste durante tu gira? —inquiere.

Su cuerpo se tensa y la mirada se le torna oscura, desafiante.

—Sí, lo disfruté más contigo.

—Vaya, qué sin…

—Porque no hubo otras —la corto, y la sorpresa la alcanza.

—¿Qué?

—Fuiste la última mujer con la que estuve antes de irme y la única con la que quiero estar el resto de mi vida.

Parpadea todavía en su estupor.

—¿No tuviste sexo en todo este tiempo?

—Si masturbarme cuenta…

—¿Por qué no?

Me encojo de hombros.

—Me gusta el sexo contigo y solo contigo. ¿Para qué arriesgarme a una decepción si sé que ninguna será como tú? No tiene sentido.

—No lo puedo creer —dice sorprendida, aunque el tono de felicidad en su voz es evidente.

Pongo los ojos en blanco y la acomodo sobre mi pecho, inhalando el aroma frutal de su cabello.

—Solo supéralo y duérmete. Tenemos que volver al hospital temprano.

Niza deja de crear figuras invisibles sobre mi abdomen y los hombros se le tensan.

—Espero que papá despierte mañana.

La aprieto contra mí para transmitirle confort.

—Lo hará.

Permanecemos así, abrazados por un tiempo que me parece infinito, hasta que el agotamiento me vence al fin y caigo en uno de esos sueños tan profundos como reparadores, con ella entre los brazos. Un móvil suena en la estancia y mi primer instinto es encontrar a Niza: no está a mi lado, sino frente al tocador con el aparato pegado a la oreja.

—¿Hola?

Hay un silencio pesado mientras ella escucha. Trato de ver si salió el sol o no, pero las cortinas son demasiado pesadas y la estancia sigue sumergida en la penumbra, sesgada solo por una pequeña lámpara encendida en el buró.

—De acuerdo, ya voy —dice Niza sin más.

—¿Quién era?

—Mi madre. —Se inclina sobre su maleta para empezar a sacar cosas de ella y mi cuerpo se pone alerta apenas la menciona.

—¿Qué quería?

—Primero, regañarme por no llegar a dormir a casa. —Pongo los ojos en blanco—. Y segundo, para avisarme que papá despertó.

El sueño se desvanece de mi cuerpo enseguida y me siento erguido en la cama.

—¿De verdad?

Sonríe con los ojos iluminados.

—Vamos al hospital. Tienes que conocer a mi padre.

30| Colorimetría

Clay

—Vuelve a Nueva York ahora —escupe Nadir colérico y miro sobre el hombro para asegurarme de que nadie esté escuchando cómo este energúmeno me amenaza a diestra y siniestra—. ¿Tienes idea de las repercusiones económicas que generaste con tu chistecito? ¡¿Por qué demonios sigues en un maldito hospital en Texas?!

—¿Cómo sabes que sigo aquí? —Es lo único que llama mi atención de toda su letanía.

—¿Cómo crees? ¡Las personas te sacaron miles de fotos con esa chica, la bailarina! ¿Dejaste el concierto tirado por ir detrás de un puto coño? No lo puedo creer, ¡estás arruinando la imagen de la banda por tus estupideces! —Debo alejarme el auricular de la oreja para que no me deje sordo.

—No son estupideces. Vine porque Niza me necesita. Su padre sufrió un accidente. Hablé con Mitch, él está al tanto de todo.

—Mitch me importa una mierda, esa chica y su padre me importan una mierda. Tuvimos que cancelar el concierto de último momento por tu ausencia.

—Eso no es mi culpa. ¿No pueden salir a dar un buen espectáculo sin mí? Podrían haber dicho que me había roto el pie, que estaba afónico o que alguna comida me había hecho daño. Esperaba que alguien tan listo como tú fuera capaz de manejar una situación así.

—Estás agotando mi paciencia —amenaza—. Sabes bien lo importante que era este concierto. Sería el último en Nueva York antes del lanzamiento del nuevo disco.

Toco el dije de bailarina que me cuelga del cuello y me llena de cierta energía, una que necesito para cerrar de una vez por todas esta relación tóxica que mantengo con la banda y los recuerdos de mi hermano.

—De hecho, no habrá más conciertos. Al menos no en los que me incluyan —suelto seco.

—¿De qué demonios estás hablando?

—Ya te lo dije, Nadir: voy a dejar la banda. Es definitivo.

Hay un tenso silencio en la línea que se prolonga demasiado. Verifico que la llamada no se haya cortado, pero el nombre del representante sigue en la pantalla.

—¿Te volviste loco? —Lo escucho inspirar con pesadez para no perder el control—. Escucha, quédate en Texas el tiempo que necesites, relájate, fóllate a esa mujer todo lo que quieras, hazlo hasta hartarte, pero, cuando regreses, lanzaremos el disco, iniciaremos el nuevo *tour* y olvidaremos que esto alguna vez pasó, ¿de acuerdo?

Por poco me convence con su tono calmado, pero no lo consigue. Las cosas no mejorarán para mí si sigo evitando la realidad: no me gusta la música, siempre odié estar bajo la sombra de Bryce y lo que más me apasiona está en otro lugar. Si accedo a las demandas de Nadir, solo me engañaría a mí mismo otra vez y este ciclo enfermizo nunca tendría fin.

—No —digo con seguridad—. Se acabó. No volveré a la banda. Puedes insistir todo lo que quieras, pero no regresaré. Ya he perdido mucho tiempo complaciendo a los demás, es hora de complacerme a mí. Reúne a tus abogados; yo hablaré con los míos. Será mejor que terminemos esta relación de manera civilizada, pero si no quieres, estaré esperándote con todo mi arsenal.

Y, sin darle tiempo de replicar nada más, corto la llamada.

Permanezco de pie afuera del hospital y enciendo un cigarrillo mientras asimilo lo que acaba de ocurrir. Aunque debería estar asustado por lo que esto podría significar para mí —el montón de temas legales, el desgaste de la imagen pública y el resentimiento de mis colegas—, lo único que siento es una enorme oleada de alivio que se me abre paso por el pecho, como si finalmente me quitara de encima ese peso que me impedía respirar con normalidad.

Tomo una nueva calada, la expulso y vuelvo a hinchar el pecho, esta vez para inspirar aire fresco. La libertad nunca supo mejor.

* * *

Si recibiera un dólar por cada vez que me veo envuelto en una situación incómoda solo por intentar ser el héroe, sería el triple de rico de lo que soy ahora.

Miro el reloj en la pared, esperando que el tiempo avance más rápido, pero nada sucede. Trato de ignorar la intensa mirada de la idiota de Victoria. Está sentada frente a mí con los brazos cruzados sobre el pecho, la boca torcida con desdén y los ojos como proyectiles. Estoy seguro de que si pudiera lanzarme misiles con ellos, lo haría sin pensarlo.

Apoyo la cabeza en la pared y cierro los ojos. Ni en mis sueños más locos creí que tendría que convivir con la psicópata de Winslet mientras esperaba, preocupado, que el padre de Niza se recuperara de su operación. Es extraña la forma en que cambia la vida tan repentinamente. ¿Me arrepiento del cambio? En absoluto, aunque sigue resultando extraño.

—¿Qué haces aquí? —La voz de Victoria me saca de mis cavilaciones y levanto la cabeza para mirarla.

—Espero a que Niza salga de la habitación de su padre.

Winslet estrecha los ojos de una forma muy similar a la de su hermana. No responde y la estancia se vuelve más pesada, tensa. Es como si fuésemos dos boxeadores a punto de enfrentarnos en un *ring*, solo que, en lugar de usar los puños, golpeamos con las miradas.

—¿Por qué? ¿Qué ganas tú con eso? —La acidez se filtra en sus palabras.

Arrugo la frente, extrañado por su repentino interés en mis motivaciones para acompañar a su sobrina.

—Nada, solo acompañarla.

Emite un jadeo desdeñoso y el desprecio se le refleja en las arrugas alrededor de la boca.

—Mi sobrina podrá ser ingenua y creer que eres un buen tipo, pero yo no. Conozco a los de tu clase.

Emito una risa corta y sin humor.

—Dudo que sepas la más pequeña cosa sobre mí.

—Oh, pero lo sé: grosero, arrogante, el tipo de hombre que cree que es demasiado bueno para el mundo que lo rodea y que enamora a las chicas idiotas para divertirse con ellas antes de desecharlas.

La observo sin inmutarme. No sé qué pretende, pero si su objetivo es conseguir de mí una reacción negativa, no le daré el gusto.

—No has acertado en ninguna. Tienes el mismo talento de psicóloga que como instructora, por lo que veo.

Las marcas alrededor de la boca se le acentúan y me acribilla con los ojos.

—Deberías irte y dejar en paz a mi sobrina. Ya has hecho suficiente con obligarla a dejar ACA. Tenía un futuro ahí.

La molestia me cosquillea el interior y hago un esfuerzo por mantenerme templado, aunque con Victoria delante me resulta casi imposible. Quiero gritarle por cada ocasión que ella hizo lo mismo con Niza, intimidarla el doble de veces, para que sienta en carne propia lo que su sobrina tuvo que aguantar por su causa.

—Yo no la obligué a dejarlo. Fue su decisión —aclaro—. Niza puede brillar donde sea, es la bailarina más talentosa que conozco. Si tú no lo ves, es tu problema, y si quieres buscar culpables porque ella abandonó la academia, mírate al espejo primero.

A pesar de que tiene los brazos cruzados sobre el pecho, noto la forma en que sus nudillos se tornan blancos. Un atisbo de satisfacción me llena.

—No harás más que arruinar su vida cuando la deseches —insiste con los dientes apretados.

Me inclino un poco hacia adelante sin soltarle la mirada.

—¿Quién dijo que voy a dejarla?

—Es lo que todos los hombres hacen después de obtener lo que quieren. —Me recorre con displicencia—. No les importa en lo más mínimo qué suceda contigo después.

La escruto en silencio y no tengo que ser un experto para saber que se está proyectando, como si hablara desde su experiencia.

—Escucha, no sé quién te lastimó ni me importa, pero, por favor, aleja tu veneno de ella. No lo necesita; ya le has hecho suficiente daño.

Su cuerpo se tensa más, otorgándome la razón.

—Alguien debe advertirle cómo es el mundo real para que no cometa los mismos errores.

—Niza sabe que la amo y no temo demostrarlo. No hay nada que no haría por ella, por eso estoy aquí. No todo lo que hacemos es para obtener *algo*, a veces solo lo hacemos por amor, pero supongo que alguien como tú no lo entendería.

La sorpresa atraviesa su semblante como un rayo, pero sucede tan rápido que se desvanece enseguida. En su lugar, esboza una sonrisa llena de burla.

—¿Amor? ¿Crees que eso será suficiente para ella? El amor de un hombre no vale nada, mucho menos si compromete tu carrera y tus sueños. ¿Por qué crees que mi hermana terminó estancada en una granja limpiando mierda de cerdos? Por «amor» —escupe y emula las comillas con los dedos—. ¿Y sabes qué sucedió después? Ella dejó de amarlo y se dio cuenta de que renunciar a sus sueños por él había sido un error, pero ya era demasiado tarde, ya tenía una hija de la que debía hacerse cargo.

Me encojo de hombros ante su vómito verbal, sin un ápice de pena.

—Puedes despotricar todo lo que quieras y advertirle a Niza sin cesar, pero eso no significa que tendrá la misma suerte que tu hermana. Ella es más lista que ustedes y sabe lo mucho que vale, a pesar de que se hayan encargado toda la vida de impedirle verlo. Yo me quedaré a su lado sin importar qué.

Winslet emite un sonido sardónico.

—Para arruinarle la vida, como todos.

Me pongo en pie, dispuesto a internarme en la cafetería porque su palabrería me tiene harto.

—Voy a quedarme con ella para acompañarla. Y no, no la haré elegir entre sus sueños y una relación. Yo estaré ahí, apoyándola, porque eso haces cuando amas a alguien: te quedas a su lado y celebras sus logros.

Winslet guarda silencio, aunque su expresión agria no desaparece. Doy dos pasos sin esperar por su contestación, cuando la puerta de la habitación del señor Hess se abre. La primera en salir es Silvia, quien me dedica la misma mirada desdeñosa que su hermana antes de pasarme de largo y reunirse con ella en la sala de espera. La siguiente en salir es Niza y mi corazón aumenta en tempo cuando me sonríe de esa forma que hace que el oxígeno se me atore en los pulmones.

—Papá está bien —dice feliz—. No puede mover dos dedos de la mano derecha, pero con rehabilitación estará como nuevo.

—Me alegro. Te dije que estaría bien.

—¿Quieres conocerlo? —pregunta con ojos brillantes, aunque una parte de mí no está del todo preparada para hacerlo porque, por regla general, los padres no suelen tener las mejores impresiones al verme, asiento y ella esboza una sonrisa preciosa.

Joder, no puedo negarle nada a esta mujer.

—Genial —dice emocionada y se pone de puntillas para darme un beso rápido en los labios—. Estoy segura de que le agradarás.

—Eso espero, o que al menos considere que hago feliz a su hija a punta de orgasmos.

Me da un empujón a modo de broma.

—Por favor, no le digas eso o tendrán que enviarlo a terapia intensiva otra vez.

Una sonrisa perversa juega en mi boca. Me lanza una mirada de advertencia para después darme la mano. Abre la puerta de la habitación y asoma la cabeza primero.

—Papá, ¿estás despierto?

Escucho su voz rasposa y clara. Solo eso es suficiente para que una oleada de nervios me invada el estómago.

—Para ti, siempre, cariño. ¿Qué pasa?

—Quiero presentarte a alguien.

El nerviosismo se agudiza en mi sistema. Pero ¿qué demonios? ¿Por qué estoy nervioso? No experimenté tal cosa con su madre, solo aversión. ¿Qué me pasa? Cierto, es la primera vez que conoceré a los padres de una pareja, pero no pensé que sería para tanto. Normalmente mis relaciones duraban tan poco o eran tan insignificantes que ni siquiera llegaba tan lejos.

«Solo contrólate, hombre», me digo. Su padre me mira con ojos curiosos, mas no desdeñosos como los de Silvia en cuanto reparó en mí. Tiene una barba castaña rojiza alrededor de la boca, la piel quemada y el cuerpo fornido, seguramente por el trabajo incansable en la planta de empaque y el campo. Lleva una venda alrededor de la cabeza por la operación.

Me detengo al pie de su cama, en silencio. ¿Debería haberme vestido mejor? ¿Ocultado mis tatuajes? ¿Operarme la cara para no parecer un matón?

—Papá, él es Clay, mi novio —me presenta Niza sin tapujos y ambos dirigimos nuestra atención a ella, sorprendidos por igual—. Clay, él es mi padre, John.

Un silencio sepulcral cae en la estancia y ubico rápidamente las paletas de electrochoque en caso de que necesitemos revivirlo de un infarto. Espero el pitido de la máquina para que avise que he matado por accidente al padre de mi novia, pero nada sucede. De a poco, la expresión de sorpresa desaparece y sus facciones se relajan, entonces sonríe. El hombre me *sonríe*.

—Un placer conocerte, muchacho —dice de buen humor y se señala el brazo inerte con la mano izquierda—. Te estrecharía la mano, pero, como puedes ver, está fuera de servicio por ahora.

—No hay problema —digo sin más, aunque los hombros se me relajan un poco y aligero el agarre de muerte que ejercía sobre los dedos de Niza.

—¿Cómo estás? —pregunta sin perder la amabilidad.

—Bien —digo seco, y Niza me da un codazo—. ¿Y usted?

Qué horror, odio estos formalismos.

—Podría estar mejor, pero al menos estoy vivo y tengo a mi pequeña conmigo. —Niza me suelta la mano y se acerca a su padre, quien le acaricia el rostro con los nudillos de la mano funcional y la mira con adoración—. Te extrañé, saltamontes.

—Yo también te extrañé. —Sonríe, dejándose envolver por su toque—. Quería que lo conocieras. Se quedó conmigo desde que se enteró de que estabas aquí.

Él asiente en mi dirección con aire solemne.

—¿A qué te dedicas, muchacho? Veo que tienes manos fuertes, ¿algo relacionado con la construcción, quizá?

Niza se echa a reír con ganas y el sonido rebota en la habitación.

—Papá, sus manos valen más que todo lo que tenemos. Es músico y también tatúa. Es muy bueno para ambas cosas.

—Vaya, debes tener mucho éxito si pagaste por mi operación —dice el hombre—. Mi hija me lo dijo. Gracias.

—No tiene nada que agradecer.

—Sí tengo —insiste—. Te prometo que te pagaré hasta el último centavo.

Los hombros se me tensan y me apresuro a negar con la cabeza.

—No tiene que pagar nada. Está bien.

Esboza una sonrisa diminuta.

—Ya lo veremos —dice sin más.

—Por ahora lo mejor es que te concentres en recuperarte —dice Niza a su lado—. Así podrás volver a trabajar en la granja.

—Ni me lo digas. Hunter debe estar nervioso todavía, después de tirarme, y las gallinas se ponen mal cuando no soy yo quien les da de comer. Silvia me dijo que el vecino se está haciendo cargo, pero no es lo mismo. Tendré mucho trabajo que hacer cuando vuelva.

—Te ayudaré —dice ella enseguida—. Hablaré con la academia para quedarme un par de semanas más.

—Gracias, cariño, pero hay cosas que no puedes hacer tú.

—Papá, puedo hacerlo todo. Tú me enseñaste, ¿recuerdas?

—No todo. Hay cosas como cargar heno, cortar leña o...

—Yo puedo hacerlo —me ofrezco antes de pensarlo mejor.

Mierda, ¿por qué sigo abriendo la boca si solo sé meterme en problemas? Se enfocan en mí. John arruga el ceño, dudoso.

—¿Sabes cortar leña, muchacho?

—No, pero puedo aprender.

—Creí que tus manos valían miles de dólares. ¿Y si te lastimas? —Hay una nota de preocupación en su voz.

Me encojo de hombros.

—Sobreviviré.

—¿Y cabalgar? —inquiere serio—. Recorrer el campo es mucho mejor a caballo que en auto. No es tan sencillo, y está bien si no puedes hacerlo, es un trabajo arduo.

—Yo puedo enseñarle a montar —dice Niza, y en sus ojos reluce algo similar a la diversión.

El hombre lo considera en silencio y, después de un minuto, asiente.

—De acuerdo, pueden ayudar, pero solo hasta que me recupere o encuentre un empleado que me sustituya. No quiero interferir con sus planes.

—Está bien, papá. No te preocupes.

Sonríe de la misma forma que Niza lo hace y le toma la mano para besarle los nudillos.

—Me alegrará tenerte en casa otra vez.

—Me alegra volver.

—¿Te molestaría cortarme el cabello? —dice con una risa nerviosa—. Me han rapado una buena parte para la operación y no quiero tener un hoyo en la cabellera. Se lo he pedido a tu madre, pero ya sabes cómo es y…

—Claro, me encantaría —lo corta, feliz.

Me sorprende el hecho de que Niza sepa cortar el cabello.

Hablamos un poco más. Tratan de incluirme en la conversación y, aunque dicen chistes que no comprendo del todo, la tensión en mis hombros desaparece junto al nudo en el estómago. Me hacen sentir *dentro de su círculo*, parte de algo. Es como si, de alguna manera, experimentara lo que es formar parte de su pequeña familia. Es extraño, pero también agradable. Muy agradable.

* * *

Recibo un correo de los abogados de Nadir dos días después. Solo leer el encabezado me genera una jaqueca: «Términos y condiciones para resolución de contrato de representación». Lo reenvío a mis abogados sin siquiera mirarlo y levanto la cabeza para encontrar a Niza frente a mí; espera a que yo reúna la valentía suficiente para entrar a su casa.

—¿Y bien?

—¿Bien qué?

—¿Entrarás por ti mismo o tendré que arrastrarte yo?

—Podríamos negociar para que me convenzas de entrar a la casa del terror. Se me ocurren algunas formas.

Enarca ambas cejas.

—¿Como qué?

—Tú, de rodillas, mientras le das atención a mi polla con esa preciosa boca tuya.

Su risa burbujea desde la garganta y niega con la cabeza.

—Entra, y veremos qué podemos hacer sobre tu petición.

—Cumplirla, espero.

Apago la colilla del cigarro y subo con ella las escaleras del porche. Lo cierto es que la casa parece todo, menos una del terror. En realidad, es bastante normal: hay abrigos colgados en el perchero de la entrada, un pasillo que conduce a una sala de un *beige* bastante anticuado y otro que lleva a la cocina. El comedor es grande en comparación con la sala, con una larga mesa de madera y altas sillas. Tiene un estilo rústico y modesto. Las paredes están adornadas con algunas fotos familiares. Ubico una en la que aparece una Niza pequeña, quizá de unos nueve o diez años, en un tutú blanco con toques rosados y esbozando esa sonrisa que la caracteriza.

—Fue el primer recital en el que obtuve un solo —dice a mi lado y mira la foto con añoranza—. En *El cascanueces.* Fui el Hada de Azúcar.

—Qué coincidencia. Te queda bastante bien. Pensaba que eras algo así cuando te conocí.

—¿Qué? ¿En serio?

—No puedes culparme. Entraste a la tienda de tatuajes con un traje de entrenamiento azul claro y zapatillas rosadas. Solo te faltaba volar.

Se echa a reír y el sonido me hace sentir bien, me hace sentir algo cálido en mi…

—¡Mierda! —Retiro el pie de golpe, pero es demasiado tarde: una maldita bola de pelos café me orina el pantalón.

—¡Brownie! —Niza lo toma en brazos y se acerca a la cara esa cosa amorfa y babeante.

—¿Qué demonios es eso? —Sacudo la pierna, completamente húmeda. Genial, ahora oleré a pipí.

—Más respeto, que estás ante el rey de esta casa. —Me dedica una mirada de advertencia, aunque fulmino al animal de todas formas.

—Tu rata peluda me orinó encima.

—No lo escuches; es amargado. —Lo estrecha contra sí—. Brownie solo estaba marcando territorio. Eres alguien extraño para él.

Una punzada de indignación me invade. No puedo creer que prefiera a un perro antes que a mí.

—No parece un *brownie,* parece más una…

Niza me calla con la mirada y desisto. Acabamos de reconciliarnos y no pienso perder la paz que apenas conseguimos peleando por un… lo que sea.

—Oh, ya están aquí. —Silvia, la madre de Niza, entra en la casa junto a John, quien camina con pasos lentos apoyado en un bastón.

Ya no lleva la venda en la cabeza. Me alegra que Niza haya heredado la mayor parte de los rasgos físicos y personales de él, y no de la víbora de su madre.

—Me alegra que lo hayas convencido de quedarse aquí —dice John y me dedica una sonrisa—. Es mucho más fácil que te quedes en casa en lugar de conducir cuatro horas.

—Lo mismo le dije, pero es difícil que escuche razones. Tiene la cabeza dura.

—Es terco como un buey, ¿eh? —inquiere su padre.

Oh, Dios. Conque de ahí es que provienen esos dichos extraños.

—¿Y dónde piensa dormir? El cuarto de visitas está ocupado por Victoria y en la sala duerme el perro —interviene Silvia. El ambiente ameno desaparece.

—Conmigo, en mi habitación —responde Niza enseguida.

Su madre abre los ojos con desmesura, como si acabara de oír una blasfemia.

—No pueden dormir juntos. Eso no está bien. Deben tener respeto por nosotros y la casa.

Resisto el impulso de poner los ojos en blanco. Claro, su pensamiento es tan anticuado como su *preciosa casa*.

—Silvia, está bien. Pueden compartir. No es como si…

—¡No, John! —insiste su madre, escandalizada—. Ella es así porque tú siempre estás de su lado. Dices que sí a todo.

—Silvia, por favor, no seas absurda.

Los ojos de la mujer lo fulminan y las aletas de su nariz se inflan.

—Bien, que haga lo que quiera, como siempre —espeta enojada y se da la vuelta para salir a la granja, no sin antes azotar la puerta tras su partida.

Él se pasa una mano por los rizos, apenado.

—Lo siento…

—Está bien, papá. Deberías descansar —interumpe Niza, y él asiente.

—Sí, estuve un rato alimentando a los caballos, pero aún faltan los gansos. ¿Podrías hacerlo por mí?

El rostro se le ilumina.

—Claro, me encantaría.

—Gracias. —Deposita un beso en la coronilla de su hija y se sienta en uno de los sillones de la sala.

—Ven, te mostraré mi vieja habitación —dice Niza, y comienza a subir por la escalera que lleva a la segunda planta.

La sigo con mi maleta en la mano, un poco conmocionado por la escena anterior todavía, pero se desvanece apenas pongo un pie en el cuarto. Es tan ella que me hace sonreír. Las paredes están tapizadas de suelo al techo con pósteres de bailarinas famosas en diferentes poses. Hay una cama que me parece diminuta, en la que apenas habrá espacio para los dos, vestida con un cobertor floreado y rosado. Hay estantes al frente, repletos de figuras de bailarinas de porcelana, y en el tocador que hay al lado encuentro fotografías de Niza en diferentes etapas, desde la niñez hasta la adolescencia, siempre vestida con un tutú. Lo que llama mi atención, sin embargo, son las postales de diferentes monumentos icónicos de Nueva York: es como si viera sus viejos sueños en papel.

—Puedes ducharte en mi baño si quieres. La regadera es baja, así que tendrás que acomodarte.

—Me siento en una casita de muñecas —me burlo, y le rodeo la cintura con los brazos para pegarla a mí—. Ahora sé por qué hay escasez de rosa: todo te lo quedaste tú para decorar esta habitación.

—¡No es verdad! —se queja, y me hace sonreír antes de besarla—. Estás exagerando, no *todo* es rosa.

—Cierto, soy lo único con diferente color aquí. ¿Me harás vestir de rosa también? —la desafío.

—¿Te vestirías de rosa? —Arruga el ceño y me toca el pecho.

—Depende.

—¿De qué?

—¿Eso te haría feliz?

—Puede ser. —Los ojos le brillan con travesura—. Me haría reír.

—Entonces lo haría.

Niza sonríe y me toma de la cara para acercarme a ella. Me besa sin premura, en un contacto lento que escala rápidamente y enciende cada una de mis terminaciones nerviosas. Arrugo el vestido entre mis dedos, un escalofrío delicioso me recorre la polla cuando deslizo mi lengua sobre la suya y le arranco un gemido que se queda atrapado en mi boca.

Me detengo de mala gana, pues sé que no podré follarla como quiero en esta maldita casa repleta de gente odiosa, y John. Los ojos de Niza reflejan la misma necesidad.

—Deberías darte ese baño. Con agua fría. Lo necesitas.

Tomo sus caderas y la pego a mí, de modo que pueda sentir mi erección en todo su esplendor. Suelta un jadeo que me sacude.

—Tengo otra idea mejor para arreglar este problema.

Sus ojos se clavan en los míos, oscuros y necesitados, hasta que la boca se le curva en una sonrisa oscura.

—Eso solo resolvería *una parte del problema*, porque aún apestas a la pipí de Brownie.

La alejo indignado y ella se parte de risa. Es una descarada. Estrecho los ojos, molesto por sus juegos.

—¿Desde cuándo eres tan malvada?

Inclina la cabeza a un lado y bate las pestañas.

—Desde que descubrí que haces lo que yo quiera mientras puedas follarme a tu antojo después.

Sus palabras apaciguan mi indignación y mi sangre vuelve a encenderse.

—Tienes una boca muy sucia ahora, muñeca.

—¿Y te molesta?

—No, con esa misma boca me chuparás la polla después.

Realmente anhelaba, *necesitaba* eso. Había fantaseado demasiado con esa situación cuando me masturbaba: sus labios rosados alrededor de la cabeza de mi polla y esos ojos avellana clavados en mí mientras la chupaba. Estoy a punto de cerrar la puerta de su habitación y mandar a todos a la mierda solo para cumplir ese deseo, pero ella se acerca al marco y toda posibilidad se evapora.

—Dúchate. Irás conmigo a alimentar a los gansos.

Hago todo por mantener a la bastarda de mi polla bajo control y pienso en putos gansos para bajar la calentura.

—Bien —digo entre dientes.

Niza sonríe con malicia una última vez antes de dejarme solo en su cuarto rosado. Me resigno al hecho de que no podré tenerla como quiero hasta que regresemos a Nueva York.

Vaya suerte la mía.

* * *

El lago está en los confines de la granja. En realidad, estoy aprendiendo que *la pequeña granja* de los Hess es todo, menos pequeña: tienen establos con tres caballos, dos vacas, algunos cerdos y ovejas en corrales y un gallinero. También hay un granero donde se guarda el heno y varios costales de semillas, y una pequeña construcción de madera del tamaño de un cuarto pequeño, justo al lado del granero, que permanece cerrada con candado y no sé para qué es. En general, es una granja bastante grande y rica, así que no entiendo por qué no la han explotado como es debido.

Hago las dudas a un lado y me quedo de pie observando el lago. Sus aguas reflejan el cielo como un espejo roto por sus suaves ondas. Aquí, entre los árboles, está bastante más tranquilo que en la granja, donde el sonido de todos los animales llega a agobiarme. La orilla del lago está cubierta de juncos y el aroma a tierra mojada me colma la nariz. El silencio se interrumpe solo por el graznido de los gansos, que se quedan dentro del agua o cerca de la orilla.

Le entrego a Niza la canasta que cargué todo el camino. Sin decir una palabra, saca del interior la comida para las aves y comienza a lanzar maíz para alimentarlos. Enciendo un cigarrillo, le doy una calada y después alimento a los gansos también.

Una vez terminamos la tarea, pienso que volveremos a la granja, pero Niza tiene otros planes: extrae de la canasta una manta a cuadros blancos y rojos, y la extiende sobre el pasto.

—¿Qué es esto? —inquiero sin ocultar la burla.

—Tendremos un pícnic —responde sin perder el buen humor, y se sienta sobre la manta con cuidado de no arrugar su vestido de flores.

Deja la canasta en el centro de la manta y eleva los ojos hacia mí, esperando a que me siente a su lado, pero me mantengo de pie.

—¿Por qué?

Se encoge de hombros.

—¿Por qué no? Nunca he tenido uno. ¿Tú sí?

Emito un sonido sardónico.

—¿Tú qué crees?

Suelta una risita.

—Tenía que preguntar. Bien, entonces será el primer pícnic de ambos. Otra primera vez que compartiremos.

Logra convencerme con esa simple oración. La brisa que proviene del lago se siente bien y es como si este fuese un santuario escondido del mundo, entre los árboles, un lugar donde el tiempo avanza más lento y cada segundo es como un regalo, o quizá no es el lugar, sino el hecho de que estoy aquí, con Niza.

—¿Sueles venir mucho aquí? —indago y apago la colilla, con cuidado de no incendiar este lugar.

—Solía venir, sobre todo después de discutir con mamá.

Niza inspira y levanto la mirada: los rayos de sol le hacen refulgir el cabello, destacar las pecas de la cara y le bañan la piel de un dorado precioso. Parece que fuera parte de la naturaleza de este lugar.

—¿Siempre han discutido? —La curiosidad me gana. Sabía que tenía una relación complicada con Winslet, pero nunca mencionó a su madre. Jamás creí que tendrían tantas diferencias.

—A mamá nunca le gustó la idea de que me dedicara a la danza. Cree que es una pérdida de tiempo. Para ella sería mejor si encontrara un trabajo fijo en la planta de empaquetado de mandarinas.

Bufo. No puedo imaginar a Niza en un lugar tan apagado y gris como una planta de empaque. Ella brilla demasiado; no pertenece ahí.

—¿Y a tu padre?

Su expresión se transforma enseguida y se suaviza.

—Siempre me ha apoyado, y se lo agradezco. No sé qué haría sin él. Supongo que a mi madre le molestaba aún más que papá me entregara lo poco que ganaban para ayudarme a cumplir mi sueño, uno que, según ella, no rendiría frutos.

—Pero ya está rindiendo frutos.

—Sí, pero siempre ha sido complicado para ellos reunir dinero.

—¿Por qué? Tienen la granja, ¿por qué no explotarla como es debido? —vocalizo por fin mi duda.

—Papá tiene una deuda con el banco por las tierras. Vende muchos productos de la granja, pero no es suficiente. La mayor parte del dinero se va en el pago de los intereses, así que consiguió un trabajo en la planta de empaquetado, igual que mamá, que además tiene su taller de costura. Algunas veces tiene trabajo, otras no.

—Suena bastante jodido.

—Lo es, por eso le agradezco siempre a Bryce lo que hizo por mí. —Gira el rostro y me mira con cariño—. De no ser por él, mis padres aún tendrían que lidiar conmigo y los gastos de mi carrera.

Intento sonreír, pero no lo consigo. Bryce sigue siendo un tema sensible para mí, aunque la herida ya no supura tanto como hace unas semanas, y caigo en la cuenta de que estoy comenzando a sanar. El cambio en mi vida está sucediendo y comienzo a ver la luz al final del oscuro túnel en el que me encontraba. Una especie de euforia creada por el nuevo panorama me impulsa a decir lo siguiente:

—Abandoné Riot 911.

—¿En serio? ¿Es oficial?

—Es oficial. Nadir me envió la resolución de contrato. Pronto se dará la noticia a los medios.

Niza sonríe. Se acerca y, antes de que pueda reaccionar, se sienta a horcajadas sobre mi regazo. Le rodeo la cintura con los brazos para mantenerla en ese lugar que parece creado solo para ella.

—Estoy feliz por ti, Clay. Me alegra que hayas decidido dar ese paso finalmente.

—A mí también. —Le dibujo círculos con el pulgar en la cintura, sobre la ropa—. No imaginé que cortar lazos tóxicos sería tan complicado.

—Lo es, pero cuando lo haces te sientes más libre que nunca.

Es extraño saber que hay alguien en el mundo que te entiende mejor que nadie a pesar de no vivir las mismas experiencias. Niza y yo somos como dos figuras completamente diferentes destinadas a estar dentro de un mismo dibujo, para crear un diseño único y hermoso a su manera, uno que solo ella y yo comprendemos.

—Así que, cuando regresemos a Nueva York, tendrás que ayudarme a acomodar la tienda. Quiero abrirla en unos meses.

El rostro se le ilumina.

—Me encantaría. Puedo limpiarla.

Sonrío antes de tomarla de la nuca para acortar la distancia que nos separa y besarla.

—Sería como los viejos tiempos —digo con su frente pegada a la mía—, pero no lo harás sola, lo haremos juntos.

—Será un nuevo inicio.

—Un nuevo inicio —repito, y vuelvo a atraerla hacia mí para moldear mi boca a la suya en un beso que me sabe a pura felicidad.

Cuando nos separamos, todavía vibro con el sentimiento tan agradable que ella provoca, hasta que me mira seria y el arrebato de plenitud se desvanece.

—¿Qué sucede?

—Estaba pensando —dice con el ceño arrugado.

—¿En qué?

—En qué morirás joven.

La indignación me asalta y hago una mueca, alejándola un poco.

—¿Debería sentirme preocupado de que pienses eso mientras me besas? Apenas nos reconciliamos, ¿y ya estás pensando en mi muerte?

Ella se ríe.

—Quiero decir: si no dejas de fumar ahora, no tendremos mucho tiempo para estar juntos de todas formas. Estarás conectado a un respirador antes de los cuarenta.

La miro ceñudo y la acomodo mejor sobre mí.

—¿Te molesta que fume?

—Sí, porque sé lo que representa: una recaída en un momento muy oscuro de tu vida. Y si se supone que esto es un nuevo inicio, deberías tratar de dejarlo.

Sus palabras me hacen eco en la cabeza y crean una sensación incómoda, como cuando ponen alcohol sobre una herida: sabes que es necesario para que sane, pero igual te molesta. Fumar se ha convertido en mi única manera para calmar la ansiedad ante todo lo que sucede a mi alrededor, como una especie de sedante que me dopa lo necesario para dejarlo pasar, pero Niza tiene razón: si esto es un nuevo inicio, una nueva vida, entonces debería renunciar a este vicio que solo me roba tiempo con ella.

—Es tan solo una sugerencia, sé que es difícil dejar un vicio cuando…

—No, está bien. Tienes razón. —Acaricio la forma de su cara con los dedos y una sonrisa juega en el inicio de mi boca—. Pero aún no estoy del todo convencido. Tendrás que convencerme.

Abre la boca ligeramente, indignada.

—¿Perdona? Yo solo velo por tu bienestar —dice con un toque de broma en la voz.

—Y yo por mis intereses, y ahora mismo me interesa saber qué tienes para ofrecerme a cambio de que yo deje de fumar.

—¿Y por qué tengo que involucrarme con eso? —Estrecha los ojos, dudosa.

—Porque tú eres mi mayor interés. Pídeme que deje de fumar y lo haré, pero no me pidas que deje de pensar en ti. Eres el único vicio del que no puedo deshacerme, Niza Hess.

El labio le tiembla por un segundo y la sorpresa se asienta en sus delicadas facciones. Mi corazón aumenta en tempo cuando me mira de esa manera, como si me adorara.

—Bien, ya que todo tu interés está en mí, ¿qué tal un beso por cada cigarro que me entregues cuando sientas el deseo de fumar?

—¿Un cigarro por un beso? —Enarco una ceja—. Creo que podemos seguir negociando.

—¿Es que uno de mis besos no es suficiente recompensa?

Le sostengo la mirada y percibo su olor a cítricos cuando una ráfaga de aire nos atraviesa.

—¿Qué tal mil besos por cada cigarrillo? Suena justo.

—Zorro tramposo —espeta sin que la indignación la abandone, y se acerca con la intención de besarme. Sus labios bailan sobre los míos, la necesidad me quema; justo cuando busco su boca, se aleja—. ¿Dónde está el cigarro? Ese no fue el trato.

La miro mal, pero no me niego. Me doy cuenta de lo jodido que estoy, porque no puedo negarle nada a Niza. Con cuidado, extraigo la cajetilla y ella me la arrebata y la aleja de mi alcance.

—¿Quién es la tramposa ahora? —me quejo, aunque la irritación se deshace enseguida cuando su boca entra en contacto con la mía.

Le enredo los dedos en los rizos. La mantengo en el lugar, tomando, mordiendo e invadiendo, en un vano intento por saciarme de ella. Nunca es suficiente para mí. Cuando nos separamos, su cuerpo está vibrando sobre el mío.

—¿Mantendrás tu promesa?

—¿Cuál? —Le acaricio la espalda con la yema de los dedos, impregnándome de su calor.

—La de no fumar y entregarme los cigarrillos.

La contemplo embelesado, perdido en lo hermosa que es.

—Puedes estar segura.

—¿En serio?

—Tan segura como el amor que siento por ti.

Los ojos le refulgen y me derrito por dentro.

—¿Y cómo puedo estar segura de que eso no cambiará?

Le tomo la mano y me la pongo en el pecho, ahí donde late mi corazón y la llevo tatuada.

—No puedes cambiar lo que llevas tatuado en el corazón ni lo que te corre por las venas —digo en un tono bajo, apretándole la mano—. Puedes dudar de que el sol salga mañana, pero no de lo que siento o haría por ti.

Me dedica una de las sonrisas más hermosas que he visto en mucho tiempo; se cuela en mi interior como un rayo de sol, llenándome de calidez. Por primera vez en años, siento que estoy haciendo lo correcto, lo que amo, con quien amo, y que mi mundo deja de verse en matices negros y grises para llenarse finalmente de color.

Inspiro el aroma de su cabello cuando me abraza. Recibo esa bocanada como el presagio de que todo será mejor. O al menos, eso quiero creer.

31| Cambré

Niza

—Ahora sí pareces un vaquero. Bueno, casi —digo orgullosa.

Clay me acribilla con la mirada.

—Parezco un payaso —se queja, y se pasa una mano por el cabello.

Es extraño verlo usar algo distinto de sus camisetas negras y chamarras oscuras, y es aún más raro contemplarlo con una camisa a cuadros de azules claros junto a unos vaqueros y botas que pertenecían a mi padre, aunque, si antes lucía apetecible, justo ahora está para comérselo y repetir.

—Te queda bien. Ese azul te resalta los ojos —lo halago sin perder el buen humor, y me arranca una risa cuando vuelve a fulminarme.

—Siento que mis huevos no respiran con este pantalón. ¿De quién es?

—Era de mi padre, de cuando era más joven. Tenía una complexión parecida a la tuya, así que asumí que su ropa te quedaría bien —respondo mientras caminamos hacia los establos.

Apenas está amaneciendo y este es el momento perfecto para llevar a pastar a las ovejas y las vacas. Podría hacerlo sola, pero no quiero perderme el espectáculo de Clay cuando intente montar un caballo por primera vez.

Entra conmigo al establo y admira todo a su alrededor, desde el heno que hay para los caballos hasta la cuadra donde está cada uno. Me acerco a una de ellas despacio y acaricio a la yegua de cuerpo fuerte y pelaje marrón, con una mancha blanca en el rostro, que está adentro.

—Te presento a Betsy, mi yegua. —Le acaricio la crin trenzada hacia un lado, seguramente por mi padre.

—No puedo creer que realmente exista. Todo este tiempo pensé que era un invento de esa cabeza loca tuya —dice divertido.

—¿Qué te pasa? —lo riño, indignada—. Si ha sido mi mejor amiga desde que papá me la regaló.

Betsy cocea con las patas traseras y Clay se aleja enseguida, alarmado. Otra risa me brota de la garganta al verle la cara de susto.

—Tranquilo, solo está feliz de verme. Yo también la extrañé.

—Tienes mejor relación con los animales que con las personas, por lo que veo.

—Son más fáciles que las personas —replico, y tomo las riendas para sacarla de la caja. Señalo otra de las cuadras—. Agarra ese.

Clay mira nervioso hacia la cuadra que le indico.

—¿Y si me patea?

—Te sacudes la tierra y te levantas.

—Eres la peor novia del mundo, ¿sabías? —se queja, otra vez, pero igual se acerca, y ahogo una risa cuando abre la cuadra de Hunter, el caballo criollo de papá, de pelaje negro y brillante, que bufa en su dirección y cocea, nervioso.

—Acércate con cuidado, acarícialo para que sepa que no le harás daño —lo instruyo.

—Él me hará daño a mí —dice con la mano extendida, cerca del hocico del animal.

Por un momento creo que Hunter no se dejará tocar por él, pero la palma de Clay entra en contacto con su pelaje y mi miedo desaparece.

—Tómalo de las riendas y tira un poco hacia adelante.

Hace lo que le digo con vacilación. Hunter sacude el cuello y bufa cuando tira de las cuerdas, instándolo a moverse, pero al final obedece y salimos juntos del establo.

—De acuerdo, ahora viene la parte interesante.

Clay palidece un tono y sé que está nervioso aunque se esfuerce por ocultarlo; mentiría si dijera que no estoy disfrutando de esto: es la mejor venganza posible.

—Tenía otra idea en mente cuando dijiste que me enseñarías a montar...

—Eso hago. Que tu mente sea una retorcida no es mi culpa. Si logras cabalgar a Hunter, puede que al fin te ganes el sombrero de vaquero —replico sin perder el buen humor, tocándome el sombrero que llevo.

—Bien —dice entre dientes—. ¿Qué tengo que hacer para que este animal no me tire y me rompa el cuello?

—Pon el pie izquierdo en el estribo e impúlsate con el derecho para pasarlo después sobre el lomo. Toma las riendas para tener mejor equilibrio. Hazlo de forma sutil para que no lo asustes.

Clay toma las riendas, pone el pie donde le indico y, para mi sorpresa, sube al lomo con la gracilidad de un gato. Me dedica una mirada llena de petulancia desde arriba.

—Creo que he encontrado un nuevo talento. ¿Ya puedo considerarme un vaquero?

Bufo.

—Hace falta más que eso. —Subo al lomo de Betsy y me detengo junto a él con gesto desafiante—. Te reto a unas carreras. El primero que llegue al corral de las ovejas gana.

—¿Y cuál es el premio?

Sus ojos destellan diversión y algo más cuando me recorren el cuerpo, desencadenándome una serie de aleteos en la base del estómago.

—Si ganas, lo averiguarás. —Sigo con el juego y es todo lo que él necesita para golpear al caballo con los talones y salir disparado en dirección al corral. El corazón se me compunge—. ¡Clay! ¡Para! ¡No te dije cómo detenerte! ¡¿Estás loco?!

Grito su nombre, pero ya está demasiado lejos para escucharme, así que hinco los talones en los costados de Betsy y ella empieza a correr a toda velocidad. El viento me golpea la cara y me lleno de una vitalidad que no había experimentado en años. Montar por el campo, con el vibrar del galope de mi yegua en el cuerpo y el viento fuerte en mi rostro, es una de las mejores sensaciones en el mundo. La máxima expresión de libertad.

Clay gira el rostro hacia mí mientras sigue cabalgando muchos metros por delante y me sonríe arrogante al saber que ha ganado. Llega antes al corral, pero todo lo cómico se evapora cuando Hunter sigue corriendo y lo pasa de largo. Lo veo pelear con las riendas y aumento la velocidad para alcanzarlos: el caballo relincha enojado, se para en las patas traseras y Clay cae de su lomo en la tierra dura.

El miedo me atenaza el pecho; temo que sufra un golpe igual o peor al de papá. Con el terror en la garganta, me bajo de Betsy y corro a su encuentro.

—Clay. —Me arrodillo junto a él mientras se incorpora tocándose el cuello—. ¿Estás bien? ¿Te duele? ¿Quieres ir al hospital?

Los pinchazos de miedo se intensifican porque no responde, creo que ha perdido la capacidad de hablar tras el golpe, hasta que se echa a reír. Se. Ríe. Como si este fuera el mejor momento de su vida. Me alejo un poco y la indignación se combina con el enojo y el alivio.

—¡¿Perdiste la cabeza?! —grito con el corazón todavía acelerado por el terror—. ¡Pensé que te habías hecho daño, idiota!

—Supongo que no me gané el sombrero.

Quiero ahorcarlo.

—Eso no fue divertido. Casi me matas del susto.

—Sí me lastimé, pero creo que sobreviviré. Además, gané un premio, ¿o no? —El buen humor no le abandona la voz y, aunque sigo enojada por su estúpidez, me calmo un poco.

—Presta atención antes de salir disparado la próxima vez. No quiero perder a mi novio cuando apenas acabo de recuperarlo.

Una sonrisa de satisfacción le curva la boca y logra derretir todos los rastros de molestia. Odio que pueda hacer eso con un gesto tan simple.

—Me gusta cuando me llamas así. *Tu novio*. Me queda bien.

Pongo los ojos en blanco, al tiempo que me levanto y me sacudo la tierra de los vaqueros.

—Si vuelves a hacer algo así, no te quedará mucho tiempo para disfrutarlo —amenazo y le doy la espalda para recuperar a Hunter.

Su risa suave se me cuela en la cabeza y queda atrapada en mi corazón.

* * *

Aprendo rápidamente que estar cerca de Clay mientras hace tareas en la granja es una idea pésima, por varias razones que involucran mi salud arterial. No sabía que ver a alguien cortar leña sería todo un espectáculo erótico que pondría mis hormonas a bullir como locas y a mi imaginación a viajar a lugares demasiado oscuros, pero es que contemplar la manera en que las venas de los brazos se le marcan, cómo toma el mango con esas manos fuertes, y cómo los músculos de la espalda se le tensan antes de darle un golpe certero al tronco, hacen que algo me hierva en el vientre, y tengo que quedarme junto a él con las bragas empapadas mientras hago mis propias tareas.

Después, me sentí sofocada y fue difícil concentrarme en asear a los caballos mientras él bajaba los cubos de heno nuevo de los tractores y los colocaba dentro de los establos. No tenía idea de que alguien podría verse tan sensual haciendo algo tan cotidiano. Por último, tuve que contar hasta mil para no saltarle encima cuando se quitó la camisa mientras reparaba una parte dañada de los corrales. El sudor le corría por la espalda y el pecho, perlando su piel dorada por el sol y resaltando los tatuajes en su cuerpo. Cada vena y músculo se tensaba de forma deliciosa con los movimientos que hacía para mantener la madera en su lugar, y no perdía la dureza de sus facciones mientras luchaba por mantener la concentración. Prometí ayudarlo, pero tuve que retirarme para darme un baño de agua fría cuando el sofoco fue demasiado y el dolor necesitado de mi sexo se volvió insoportable.

Después, nuestras tareas se ven interrumpidas por mamá, que me detiene al pie de las escaleras cuando entro a casa.

—Dile al chico que puede dejar de trabajar —dice sin que el desprecio pase desapercibido en su tono—. Tienen que arreglarse y vestirse con algo decente.

—¿Por qué?

Papá aparece entonces con el mantel para ocasiones especiales en los brazos y comienza a extenderlo sobre el comedor.

—La familia nos visitará. Tendremos una noche con todos los Hess —responde feliz.

A mamá parece gustarle tanto la idea como a mi tía Victoria, que arruga la cara desde la cocina.

—A la familia de tu padre se le ocurrió que era buena idea venir a cenar, y él, como siempre, no pudo decirles que no.

—Silvia, son mi familia, están preocupados por mí luego de lo que me pasó, y quiero verlos. Además, se pusieron muy felices de saber que mi hija estaba en casa y con compañía.

—Dinero es lo que debía traer tu hija, no compañía —masculla con desdén, y la molestia me pica las costillas.

—La compañía que traje resultó bastante útil, incluso para ti, mamá. ¿O qué habría sido de papá si Clay no pagaba por la operación que tú no querías que le hicieran? —respondo con tono filoso, incapaz de quedarme callada.

Un pesado silencio desciende en la estancia y su cuerpo se vuelve rígido, hasta que se aclara la garganta.

—Deja de perder el tiempo en discusiones estúpidas, Daisy. La gente está a punto de llegar. El chico y tú tendrán que ducharse y vestirse con algo mejor. Si tú apestas, no quiero imaginar a qué olerá él.

—Cierto, vi que mi ropa de cuando era más joven le quedó bien. —Papá termina de acomodar el mantel y se apresura a ir a la sala para regresar un momento después con un montón de ropa que me entrega—. Esto también puede usarlo. Incluí mi camisa de gala. Impresionará a toda la familia, igual que tú.

—Lo dudo mucho. —Escucho sisear a Victoria, pero la ignoro.

—De acuerdo. —Le dedico a papá una sonrisa y a mi madre una mirada de indignación que ella no tarda en imitar.

Después de dejar el corral como nuevo, Clay se da una ducha y trata de acomodarse el cabello frente a mi tocador, sin éxito. Lo tiene bastante largo y manejarlo no es tarea sencilla. Después de varios intentos, logra peinarlo lo suficiente para que no le caiga en los ojos y se gira hacia mí. Los aleteos en el estómago se vuelven violentos cuando se pone una camisa negra de papá que le queda ajustada y le acentúa los músculos de los brazos. El gris de sus ojos parece acero por el contraste de color.

—¿Es mi cumpleaños? —Es lo primero que pregunta y me desconcierta.

—No, estamos en julio. ¿Por qué?

Me ofrece la mano y camino con lentitud hacia él para tomarla. Entonces me hace dar una vuelta sobre los talones.

—Pareces un regalo. Eres una vista que roba el aliento, Niza Hess.

El calor me sube por el cuello y su mirada funde un camino de fuego sobre mi cuerpo cuando me admira de la cabeza a los pies. ¿Alguna vez dejará de provocarme estas sensaciones? Lo dudo mucho.

—Estás exagerando. Debiste conocer a muchas chicas más lindas que yo en tus giras —digo con la mano sobre su pecho, y la nariz se me llena de su perfume: cedro, almizcle, cuero.

—Tal vez, pero no podía ver a ninguna.

—¿Por qué?

—Mis ojos ya eligieron: no hay otra mirada que quiera encontrar, solo la tuya.

Sus palabras se sienten como una caricia y los latidos de mi corazón se aceleran. Un segundo interminable se despliega entre nosotros, cargado de una electricidad que me hace vibrar el cuerpo y enciende mi interior. Mis terminaciones nerviosas cobran vida al sentir sus manos en mi cintura. Justo cuando estoy a punto de acortar la distancia que nos separa, el carraspeo que proviene de la puerta rompe nuestra burbuja. Me giro para encontrar que mi madre nos mira con desagrado, como si fuéramos una fea mancha en su preciosa casa.

—La familia ya está aquí. Deberían bajar.

—Lo haremos enseguida —dice Clay sin romper el contacto con mi cintura.

—Traten de no arruinarlo —masculla, se da la vuelta y baja las escaleras.

—Creo que ya le agrado más —dice cuando estamos solos.

—¿Por qué lo dices?

—Al menos no hizo una expresión de asco cuando hablé esta vez.

Una risa me nace en el pecho y me pongo en puntillas para dejarle un beso en la comisura de la boca.

—Espero que no te asuste conocer esta parte de mí. A mi familia, quiero decir.

Me acaricia la cara con los nudillos.

—No hay ninguna parte de ti que no quiera conocer.

De nuevo se las arregla para que algo me aletee en el estómago, hasta que se encarga de aplastarlo con un simple:

—Además, si no salí corriendo cuando te conocí, con todos tus ataques de neurosis y dichos raros, creo que sobreviviré a tu familia.

Le doy un empujón a modo de juego, él suelta una risita y me da un beso en la sien.

—Anda, vamos antes de que tu madre nos saque de aquí a punta de escopeta.

Enredo mis dedos con los suyos y agradezco la cálida sensación de su palma, segura y fuerte. Bajamos juntos al comedor y la primera en reparar en nosotros es mi tía Phillys.

—¡Santos pavos, pero si es mi pequeña lechoncita! —Se apresura a estrecharme contra sí con sus anchos brazos y suelto la mano de Clay para corresponderle. Se aleja un poco y me pone las manos en las mejillas—. ¡Mírate! ¡Cómo has crecido! No te veía desde que eras un pollito asustadizo.

Mi compañero ahoga una risa.

—Yo también te extrañé, tía Phillys —digo bajo su euforia arrolladora.

—Mírate, Niza, ya eres toda una Hess. —Arnold, el hermano mayor de mi padre, se acerca para darme un golpe en la espalda que me deja sin aire—. Y tu madre quejándose porque no tuvo un varón. ¡Ja! Tonterías, mira esos músculos.

Me toquetea los bíceps orgulloso, con una enorme sonrisa entre la misma barba castaña de papá. La siguiente en saludar es mi tía Amelia, cuyos dedos regordetes no tardan en pincharme las mejillas.

—Eres incluso más hermosa de lo que recuerdo, lechoncita —dice feliz.

—Ya no es un lechón, Amelia —dice su esposo, Arnold—. Ahora es todo un pavo real.

—Uno precioso —dice papá con adoración, y sonrío en su dirección—. ¿Ven? Les dije que había heredado lo mejor de la familia.

—Y también lo peor. —Escucho decir a mi madre y su comentario logra apagar el alboroto creado por el reencuentro familiar.

Mi tía Victoria, sentada en la orilla del comedor, es la única que la apoya con un sonido burlón.

—También me alegra verlos a todos. —Sonrío y miro a mi compañero para que se acerque, a lo que él obedece—. Él es Clay, mi novio.

Un silencio momentáneo se instala en el comedor, hasta que mi tía Phillys suelta un chillido de emoción.

—Qué secreto tan bien guardado tenías —dice mi tía Amelia.

—Muy buen secreto. Mira lo guapo que es. Tendrán hijos muy bellos —la apoya Phillys con ojos brillantes.

—Y grandes. —Veo la tensión en el cuerpo de Clay cuando mi tío le toquetea los brazos, asombrado—. Serán buenos para el trabajo en la granja si heredan estos músculos.

—Sería genial que tuvieran cinco o seis, como Arnold y yo —dice Amelia, encantada.

—Bienvenido a la familia, muchacho; nos alegra tener un nuevo integrante. —Mi tío le palmea la espalda.

—No llenen la cabeza de mi hija con ideas estúpidas.

—La voz de mamá atraviesa la conversación como un rayo y la quema—. Es muy joven para pensar en esas cosas. Además, antes tiene que conseguir un trabajo estable. Los niños son costosos.

—Y se quedan con lo mejor de ti —dice Victoria todavía sentada en la orilla de la mesa y con una copa de vino en la mano.

—No lo decimos para que se embarace mañana, Sil, estamos bromeando. ¿Sabes lo que es una broma, mujer? —pregunta mi tío Arnold con deje burlón.

Mi madre lo fulmina.

—Sus bromas no causan gracia, y mi nombre es Silvia.

Mi tío hace una mueca burlona en respuesta. De pronto, papá lanza un aplauso para calmar los ánimos.

—De acuerdo, ¿por qué no mejor nos sentamos a cenar? Tengo que contarles cómo el idiota de Hunter me tiró mientras cuidaba las ovejas.

—Te dije hace tiempo que vendieras ese caballo —lo regaña mi tía Phillys.

Le dedico a Clay una mirada avergonzada y gesticulo un silencioso «lo siento» por lo escandalosa y desgastante que puede llegar a ser mi familia. Él solo me estrecha la mano y me acompaña a la mesa. Estamos por ocupar las sillas laterales, pero papá hace una seña con la mano para detenernos.

—Ustedes van sentados allá. —Señala las dos sillas que hay en la amplia cabecera.

El ceño se me hunde.

—Pero estamos bien aquí.

—En la cabecera —insiste papá, y lo obedecemos de mala gana.

Sé que lo hace para que puedan atiborrarnos con preguntas sobre Clay y sobre qué he hecho estos últimos años en Nueva York. No puedo culparlos por sentirse curiosos: no me han visto en casi seis años, desde la última vez que visité a mis padres.

La comida transcurre en un ambiente tranquilo y ameno, el buen humor y las risas llenan el aire, especialmente porque mi madre y Victoria no hablan mucho. Como predije, mis tíos sienten curiosidad por mi vida, así que no tardan en preguntarme al respecto y tampoco pierden la oportunidad de saber más sobre Clay. Conforme pasa la velada, noto cómo su cuerpo se relaja cada vez más y una sensación de alivio y felicidad me llena al verlo convivir con la parte de mi familia que sí quiero. Igual que hizo mi padre en el hospital, se esfuerzan por incluirlo, como si fuera uno más del clan Hess.

Después de dos horas en la cena, Victoria se retira con un seco «buenas noches» y se encierra en la habitación de huéspedes con un portazo. Todo parece ir bien, hasta que mi tía Phillys toca un tema que desata una discusión entre la familia.

—¿Tú qué sabes sobre qué es lo mejor para nosotros? —sisea mi madre con tono gélido—. No vives con nosotros, no tienes idea de lo costoso que es mantener la granja. Gastamos en ella más dinero del que produce, por eso John debería deshacerse de ella.

—Yo creo que la granja tiene más potencial del que crees, Silvia —dice mi tío Arnold—. Si invirtieran más en el cuidado de los animales, podrían tener más crías, más ganado y más dinero.

—¿En serio? ¿Crees que no lo hemos pensado? ¿Y de dónde crees que sacaremos el dinero para invertir, del barro de los cerdos? —contesta mi madre enojada.

—No tienes que ser grosera, Silvia —dice mi padre con tono seco y le pone una mano al frente para detenerla. Se dirige a su hermano—: Lo hemos intentado, pero justo ahora que le debemos tanto al banco por los intereses de las tierras, no podemos pedir prestado para invertir.

Clay escucha atento la disputa; yo lo he hecho desde que tengo memoria y nunca encuentran una solución. No tardo en aburrirme, hasta que, de pronto, una nueva idea para entretenerme y torturar un rato a mi novio se me instala en la cabeza. Con cuidado, pego más mi silla a la suya, nuestras piernas se tocan y percibo la tela rugosa de su pantalón sobre mi piel. La anticipación hace rugir la sangre en mis oídos; le pongo una mano en la rodilla. El contacto es inocente, podría pasar por accidental, pero la adrenalina me enciende el cuerpo cuando subo un poco más y me detengo cerca de su entrepierna.

No reacciona, sigue con la atención fija en la discusión de mi familia, así que subo un poco más: es entonces cuando noto la tensión en sus hombros y cómo se le mueve la manzana de Adán al tragar. Una sensación de triunfo y poder me recorre de la cabeza a los pies y se mezcla con la excitación que genera el peligro de todo esto. El mantel no es tan largo, pero nuestra posición, a la cabeza del comedor, nos otorga cierta privacidad que pienso usar a mi favor.

Despacio, subo por su muslo hasta que mi mano encuentra lo que está buscando: siento la dureza en su entrepierna, y su mirada ardiente aviva mi excitación hasta convertirla en una llamarada al rojo vivo. Retuerzo las piernas bajo la mesa porque mi sexo pulsa, y me muerdo el labio para contener un jadeo cuando Clay pone su mano sobre la mía y me obliga a presionar con más fuerza su erección. Escucho vagamente las voces de mi familia; todavía discuten con ganas sobre el mismo tema. Despego mis ojos de él y me obligo a mirar al frente con impasibilidad, aunque sigo apretando y frotando la erección en sus pantalones. De pronto, retira mi toque y veo con asombro cómo, sin ningún ápice de pena, desabrocha sus pantalones y libera su erección. Sin darme tiempo para reaccionar, vuelve a tomar mi mano y el corazón casi se me sale del pecho al sentir su polla, dura y caliente en mi palma. Lo miro con una mezcla de miedo y necesidad en el estómago. Pienso que esto es una locura y creo que mi cara lo refleja, porque veo el desafío le resplandece en los ojos, retándome a hacer esto. Es sucio, es indecente y demencial, pero dejo que me guíe la mano para mostrarme cómo le gusta que lo toquen.

Lo miro embelesada, primero porque no puedo creer que sea capaz de lucir tan inmutable mientras lo masturbo bajo la mesa, con mi familia presente, y segundo, porque puedo sentir la tensión que se construye en su cuerpo a causa de mis atenciones. Me suelta la mano cuando he aprendido cómo es que le gusta y la ondulo suavemente para que los demás no noten lo que estamos haciendo, aunque están tan inmersos en la discusión que ni siquiera recuerdan que estamos aquí.

La piel se me eriza porque me acaricia la parte interior del muslo y pego el brazo un poco más a él para tener mejor acceso a su polla y seguir masturbándolo. Juego con el glande y le doy un apretón que provoca un gruñido, apenas perceptible, que me recorre todo el cuerpo y hace que los pezones se me endurezcan. Sube la mano por mi muslo, roza por un instante mi clítoris hinchado y siento vergüenza, porque creo que voy a correrme con ese contacto tan simple.

Desliza dos dedos por mi sexo y todo mi cuerpo se enciende con olas de electricidad y deseo que amenazan con quemarme viva. De acuerdo, no puedo seguir con esto. Retiro la mano de su polla y él hace lo mismo casi enseguida. Mi pecho sube y baja en respiraciones entrecortadas y el sudor me corre por el cuello. Él se apresura a abrocharse el pantalón. Noto la frustración en una leve arruga de su ceño.

—Afuera —susurro solo para que él me escuche.

—¿Qué? —Su aliento es una caricia que me eriza la piel, excitada y caliente.

No lo resisto más y me pongo en pie de un salto. Clay me mira sorprendido, aunque es el único que me presta atención, así que alzo la voz para hacerme escuchar sobre los gritos de mi familia y, con toda la dignidad del mundo, digo:

—Olvidé alimentar a los cerdos.

Cinco pares de ojos se enfocan en mí y el silencio reina al fin en la estancia.

—Yo puedo ayudarte. —Clay se levanta con naturalidad y sin ningún rastro de nuestra indecente actividad durante la cena.

—Entonces ve, cariño —dice papá.

—No seas grosera, no nos interrumpas cuando estamos hablando de temas importantes —me regaña mi madre, y asiento.

—No los volveremos a interrumpir. —Es lo único que digo antes de salir del comedor.

Las voces de mi familia retoman la discusión tan pronto dejamos la mesa. Me detengo en la entrada para tomar algo del tablero de las llaves y salimos. El aire fresco contrasta con lo caliente que siento la piel. Es un buen respiro; sentía que me sofocaba allá adentro.

—¿Realmente iremos a alimentar a los cerdos? —pregunta Clay mientras camina a mi lado por el campo, y no puedo evitar soltar una risa.

—¿Tú qué crees?

—Que no me apetece alimentarlos ni follarte donde están.

—A mí tampoco me apetece ninguna de las dos, por eso entraremos aquí.

Llegamos hasta una construcción de madera del tamaño de una bodega y, sin esfuerzo, inserto la llave para abrir la puerta.

Entro primero, enciendo la luz y cierro con seguro después de que Clay entra. Admira el pequeño lugar, el espejo empotrado en la pared contraria a la puerta, los diseños en los tableros, los retazos de tela que hay por todas partes, la máquina de coser en una esquina y el escritorio repleto de reglas, cintas métricas y otros materiales de confección.

—¿Qué es este lugar?

—El taller de costura de mi madre —contesto cuando me cercioro de que la ventana y cortinas estén cerradas.

Entonces lo encaro. Lo contemplo apoyado en el escritorio, con la postura jovial y los brazos cruzados sobre el pecho. Me mira como si quisieran comerme entera. Su presencia se roba toda la energía que hay en el espacio, el aire se me atora en los pulmones y puedo jurar que mi cuerpo se siente mil grados más caliente, ansioso y reactivo a la más pequeña cosa que tenga que ver con Clay.

—Cada vez me sorprende más esta nueva tú, Niza. —Su voz me recorre la piel como terciopelo y vibra en mi sexo.

—¿Por qué?

Doy un paso hacia él, dos, tres y con cada centímetro que se acorta entre nosotros las chispas de electricidad avivan más y más mis terminaciones nerviosas. Habían sido muchos meses sin él y hoy, incluso después de haber tenido sexo más de una vez en su cuarto de hotel, mi cuerpo clama por él como si fuera una especie de droga adictiva.

—Aprendiste a ser más valiente. —La caricia de su mano en mi clavícula envía una sacudida por todo mi cuerpo—. Me pregunto qué otras cosas has aprendido en mi ausencia.

Su deseo crudo hace crecer la confianza en mí y sonrío con malicia.

—Tal vez pueda mostrarte una cosa o dos.

Los ojos le brillan hambrientos bajo la luz tenue del taller y, antes de que pueda decir algo más, enreda su mano en mi nuca y reclama mi boca en un beso violento que me deja los labios ardientes. Su lengua me somete con facilidad, muevo mis caderas contra las suyas, me muerde el labio a modo de reprimenda por la provocación y siento las bragas tan mojadas que no me sorprendería si mis fluidos estuvieran bajando por los muslos.

—No sabía que eras tan vengativa. —Deja mi boca y mi cuerpo entero vibra porque me recorre el cuello con los labios, mientras me sube el vestido con descaro.

—¿Por qué lo dices?

—Tu madre se molestará si se entera de que hemos profanado su lugar favorito.

Me lame el cuello, sigue cerca de mi clavícula y los pezones se me endurecen aún más, si cabe, deseosos por su atención.

—Cierto, es su lugar sagrado.

Levanta la cabeza hasta clavar sus ojos en los míos y, sin dejar de mirarme, abre el elástico de mis bragas hasta que sus dedos entran en contacto con mi sexo y un gemido me nace en la boca. Sus caricias son tan certeras sobre mis pliegues que por poco hace que las piernas me flaqueen.

—Para mí, solo tu coño es sagrado; el resto del mundo me da igual. —Sus dedos juegan con mi clítoris y debo apoyarme en sus brazos para no caer por las oleadas de placer que me recorren el cuerpo.

Me rasga la ropa interior; su rudeza me deja un leve ardor en la entrepierna, y jadeo.

—¡Esas bragas eran mis favoritas! —me quejo al verlas destrozadas en su mano.

—Me gusta tu ropa interior. Es tan delicada, igual que tú.

—¿Y por eso la rompiste?

—Estaba en mi camino.

Siento una quemazón en el pecho, ahora por una emoción distinta: la indignación.

—Bien, rompe todas mis bragas si quieres, como un cavernícola, pero no vuelvas a decir que soy delicada. No lo soy.

La boca de Clay se curva con el inicio de una sonrisa llena de promesas indecentes que me tensa el vientre.

—Me queda claro por la forma en que te gusta que te folle, muñeca —menciona justo antes de estrellar su boca con la mía.

Disfruto de la sensación de su mano en mis nalgas y de sus labios sobre los míos, codiciosos e implacables. Creo que dejará de jugar con mi cordura para follarme de una vez, pero cambia de dirección en menos de un segundo. Sin despegar su mirada intensa de mí, da solo una orden:

—De rodillas.

La dureza en su voz me crispa los sentidos y me lleva al suelo sin quejas; el sexo punza por esas dos simples palabras. Siento la dureza de la madera en las rodillas. Se desabrocha el pantalón y me relamo los labios cuando se la saca, gruesa, erecta y con una gota de líquido preseminal.

—Vas a terminar lo que empezaste.

Mi boca saliva con anticipación. Me las arreglo para mirarlo con toda la inocencia que soy capaz de reunir.

—¿Qué empecé?

El ceño se le frunce y la excitación me recorre como fuego al ver que se acaricia un par de veces antes de acercármelo.

—Lame la punta.

Lo obedezco y un suspiro sale entre sus dientes apretados. Lamo la punta hasta retirar las gotas y sigo con el tallo, lamiendo toda la extensión. Me hace una coleta en el cabello y tira de ella para obligarme a mirarlo.

—¿Has hecho esto con alguien más? —inquiere con voz cruda y la mirada intensa puesta sobre mí.

La adrenalina me recorre como un torrente embravecido, uno que solo él es capaz de provocar y que me hace responder:

—Y si así fuera, ¿qué?

La vena en su frente aparece y sé que lo he hecho enojar.

—Abre la boca.

Apenas me da tiempo de hacerlo cuando la empuja dentro. Me agarro de sus piernas mientras intento sobreponerme a la arcada. Espera un momento a que mi boca se ajuste a su tamaño y me la introduce un poco más; la punta me toca la garganta, a punto de provocarme otra arcada, hasta que me compongo lo suficiente. La saliva se me acumula en la boca, me gotea por la barbilla y mis fluidos corren por los muslos al ver cómo apoya una mano en el escritorio.

Intento comerla un poco más, pero no entra completa, y siento otra arcada. Las lágrimas se me acumulan en los ojos, así que la saco y respiro. Clay clava sus ojos en los míos, anhelantes.

—Usa la mano y lame la punta.

Hago lo que me dice y mi cuerpo vibra con el gemido placentero que le arranco. Me da un tirón en el cabello que solo me prende más, así que vuelvo a tomar tanto como puedo; me provoca otra arcada que logro controlar y dejo que me folle la boca sin resistencia. La saliva me chorrea por la barbilla mientras me invade, duro y rápido. Cierra los ojos, echa la cabeza hacia atrás y se pierde en el placer.

—Mírame. Quiero que me mires mientras follo esa preciosa boca tuya.

Trato de respirar por la nariz mientras sigue penetrándome la boca, de forma cruel e implacable. Jamás creí que me excitaría tanto al hacer esto, pero estoy tan encendida que tocarme poco con los dedos me llevaría al orgasmo. El contacto visual intensifica las sensaciones, y se siente tan sucio y placentero que podría morir feliz haciendo esto.

—Muéstrame las tetas.

La saca de mi boca sin soltarme el cabello. Siento los labios resecos y la mandíbula adolorida por lo grande que es. Obedezco a sus deseos sin pensarlo dos veces. El contacto de su mano con mis pechos solo hace que se acumulen más humedad y necesidad en mi sexo. Vuelve a entrar en mi boca antes de que pueda decir nada más.

—Eres una chica muy buena, Niza —dice, mientras su cadera sigue moviéndose contra mi boca.

Su invasión se vuelve brutal. Me pellizca el pezón y me tira del cabello. Es demasiado, el nudo en el vientre está punto de desatarse y creo que me correré solo por hacer esto, cuando se detiene de pronto. Se aleja y me toma del brazo para levantarme sin esfuerzo. La cabeza todavía me da vueltas y el sexo me duele.

—¿Qué te convierte en una buena vaquera? —inquiere de pronto, con la respiración todavía pesada.

La sangre ruge tan fuerte en mis oídos, deseosa por una liberación, que creo que no lo escuché bien.

—¿Qué?

—¿Qué te convierte en una buena vaquera? —repite, esta vez más lento. Con los ojos me traza un camino de fuego por la piel.

Me compongo lo suficiente para responder:

—El saber montar, por supuesto.

Los ojos de Clay se iluminan con indecencia pura y se sienta en la silla del estudio de mi madre.

—Muéstrame qué tan buena eres.

Un jadeo me sale de la garganta mientras se masturba sin quitarme los ojos de encima. Me acomodo sobre su regazo, con las rodillas encajadas a cada lado de la silla. Sin perder el tiempo, me quita el vestido y se deshace del sostén para después prenderse de mi pecho. La sensación de su boca caliente alrededor de la piel sensible alivia un poco la tensión y suspiro, encantada. Comienzo a ondular las caderas sobre su polla, tan húmeda que mis pliegues se resbalan, dejando un rastro de fluido, y cierro los ojos para recibir al fin el orgasmo que tanto necesito; entonces sus manos en mi cintura me detienen.

Lo acribillo.

—¿Qué haces? —pregunto frustrada, molesta, con el sexo ardiente.

—Te dije que me montaras, no que te masturbaras sobre mí.

—Pero…

—Móntame —repite autoritario.

La hostilidad en su voz es impulso suficiente para que levante un poco las piernas y me ponga su polla en la entrada. Como si jugara conmigo, frota su glande en mi sexo y le entierro las uñas en los hombros a modo de reprimenda, pero él parece disfrutarlo. El nudo en mi vientre es tan tenso que duele y no puedo más. Ya no puedo.

—¿Sabes qué? Eres un maldito. Estoy harta de que juegues así conmigo. No es just… —Las palabras son reemplazadas por un jadeo alto cuando me baja las caderas de golpe, entrando en mí sin aviso ni vacilación.

Mi vagina late a su alrededor por un instante en el que lucho por acostumbrarme a la repentina acometida y un gemido me brota de la garganta al salirse casi por completo, dejando un vacío en mi interior que me muero por que él llene.

—Muévete, quiero que me montes. —Su voz suena áspera por la lujuria.

Me muerdo el labio, el corazón me golpea el pecho y mi vagina está tan sensible que sé que me correré al primer vaivén. Lo hago de todas formas, porque lo necesito. Vuelvo a bajar sobre su polla y ambos jadeamos ante la increíble sensación. Retuerzo los pies y me aferro a sus hombros sin dejar de moverme sobre él, y no me equivoco: la colisión del primer orgasmo deja a mi cuerpo fuera de combate por lo que parece una eternidad y me arranca un grito suplicante.

Clay espera a que me recupere lo suficiente. El duro golpe en mi nalga aclara un poco la bruma del orgasmo para enfocarme en él.

—Sigue montándome, muñeca. No hemos terminado.

Bajo mi boca a la suya y la tomo sin premura, a diferencia de mis caderas, que se mueven con ansia, llenándome con cada centímetro. Mi clítoris choca contra la base y me provoca sensaciones cósmicas por todo el cuerpo. La silla comienza a rechinar por la intensidad de los embates y me agarro de sus hombros con tanta fuerza que creo que le haré daño, pero no parece molestarle. Contemplo la lujuria y el deseo esculpidos en su cara, su mandíbula marcada por la concentración y el placer, y sus ojos como fuego clavados en los míos.

El orgasmo se construye de nuevo en mi interior como un huracán a punto de devastarlo todo, incluyéndome a mí. Jadeo completamente perdida cuando sus manos me sostienen en el lugar y me penetra a su ritmo con tanta fuerza que no sé cómo no se ha roto la maldita silla. Toma mi pecho y lame el pezón antes de encajar los dientes en él, arrastrándome a un vórtice de sensaciones violento que me hace gritar, desamparada, mientras vivo mi liberación. Mi orgasmo explota con la contundencia de una bomba y se extiende hasta el último de mis nervios, ahogándome en un placer que solo puedo experimentar con Clay.

Me derrumbo sobre él con los músculos débiles y el cerebro todavía nublado por los restos del orgasmo. No soy capaz de moverme por lo que me parece una eternidad, hasta que recuerdo que mi familia aún está dentro de la casa y nosotros nos hemos demorado bastante dándoles comida a los cerdos.

Me separo un poco de él y sale de mi interior con algunos rastros de semen que le manchan el estómago. Sin pensarlo mucho, tomo uno de los retazos de tela del escritorio y limpio la evidencia de lo que acabamos de hacer. Enarca una ceja cuando termino.

—¿A tu madre no le molestará que uses su tela para limpiar al tipo que odia?

—No tanto como le molestaría saber que me acabo de follar al tipo que odia en su lugar favorito.

Esboza una sonrisa maliciosa.

—Descarada.

Clay me pone una mano en la nuca y me besa con una suavidad muy distinta a la de antes.

—Eres hermosa así —dice sobre mis labios.

—¿Cómo?

—Desnuda, recién corrida y encima de mí. Toda una fantasía.

Le doy un empujón indignada cuando caigo en la cuenta de lo que ha dicho.

—¿Por qué soy yo la que siempre está desnuda y tú no? No lo puedo creer.

—Dos a cero, muñeca.

—Tendremos que hacer algo respecto a ese marcador.

Recupero la mayoría de mis prendas y me visto rápidamente. Le lanzo a Clay una mirada acusadora al recuperar mis bragas. O lo que queda de ellas.

—Te dije: estaban en mi camino —se justifica, acomodándose el cabello lo mejor que puede, y una idea se me planta en la cabeza.

—Puedo cortarlo si quieres —me ofrezco.

Él me mira dudoso.

—No sé si…

—Si crees que voy a raparte, estás equivocado, a menos que me hagas enojar.

—Pero ya estás enojada por tus bragas. Prefiero no correr el riesgo.

Sonrío y me guardo la tela que usé para limpiar en el bolsillo de mi vestido.

—Te perdono solo porque valió la pena que las rompieras. —Asiente y su expresión se relaja—. Entonces, ¿qué dices? ¿Me dejas cortarlo?

Entrecierra los ojos, todavía desconfiado, pero al final asiente.

—Si me haces un mal corte, Niza Hess, te juro que…

Sus protestas se quedan atrapadas en mi boca, en un beso lento y lleno de afecto.

—Confía en mí —le pido y me alejo un poco, con una sonrisa provocativa—. Además, si no te gusta, dejaré que me castigues.

Enarca ambas cejas, sorprendido.

—Esta nueva tú está llena de sorpresas.

Le doy un último beso antes de salir al campo y cerrar la puerta del taller con llave. Mi familia todavía sigue discutiendo sobre la granja, y ambos nos quedamos sentados en la mesa. Apoyo la cabeza sobre su hombro, casi dormida. Su mano se siente cálida y perfecta entre mis dedos, a pesar de ser mucho más grande que la mía. Estar con él es así: tan natural como la brisa por las mañanas o el fluir de un río.

A veces, los seres rotos nos reparamos solos; en otras ocasiones, encontramos en otro corazón hecho trizas las piezas que nos faltan, y logramos reconstruirnos con un amor que sana cada herida, entiende cada rasguño y llena cada grieta. Clay me hace sentir así y ruego a todos los dioses que conozco que la nueva oportunidad en nuestras manos no se haga añicos otra vez.

32| Épaulement

Niza

—Siéntate. ¿Qué quieres desayunar?

Se detiene cerca de la mesa del comedor, y lo detallo. Le he cortado el cabello y se ve más joven, sin mencionar que el corte lo hace ver más atractivo. La idea de tener otro encuentro en el taller de costura de mi madre hace que los músculos del bajo vientre se me tensen en aprobación.

El resoplido desdeñoso de mi tía me llega a los oídos. Victoria toma un bocado sin apartar de Clay la mirada de desagrado, que no se esfuerza por disimular. Mi madre recoge un plato y vuelve a la cocina sin dirigirnos la palabra. Entiendo la incomodidad de Clay; yo estoy acostumbrada a ignorar sus comentarios y groserías, pero a nadie le gusta que lo traten como una mierda de vaca bajo la bota.

—Yo puedo preparar algo. ¿Qué quieres? —pregunta él, haciendo un esfuerzo por no prestar atención a las miradas displicentes de ambas mujeres.

—Eres una visita; no deberías cocinar.

—Además, no entrará a mi cocina. —Escucho decir a mi madre desde la barra.

Un atisbo de molestia se enciende en mi interior.

—¿Huevos y tocino? —pregunto.

Él está a punto de responder, cuando la voz de papá llena el comedor:

—No, dejaremos el desayuno para después, primero quiero que me ayude con algo en el establo —dice, y se apresura a poner sobre la cabeza de Clay un sombrero vaquero.

Sonrío ante la imagen. Con esa cara de piedra, el atuendo y el sombrero, parece el villano de una de esas películas del viejo oeste.

—¿Para qué lo necesitas? —pregunta mamá con un toque de reproche.

—El muchacho es fuerte, podría ayudarme a mover los sacos de semillas que llevan meses dentro del granero. Así no tendré que esforzarme yo y terminar en el hospital otra vez. ¿Puedes hacerlo, hijo?

Escucho el jadeo de desagrado de mi madre y me deleito con él. Que mi padre lo llame *hijo,* como si diera por hecho que ya es parte de la familia, debe enfurecerla.

—Sí, puedo ayudar. —Y camina hasta detenerse junto a papá, a la espera de más instrucciones.

Le palmea la espalda a mi novio con deje orgulloso y otra sonrisa se me escapa. Sé que Clay habla poco y es difícil de tratar; a diferencia de mi padre, que no deja de hablar nunca y es agradable con todos, pero creo que se llevan bien pese a esa diferencia.

—¡Andando, tenemos muchos sacos que mover!

Tan pronto salen de casa, una atmósfera tensa se asienta sobre el comedor. Me dedico a hacerme desayuno para ignorarla. Ni siquiera he sacado la mantequilla cuando mi madre ya me está fulminando con la mirada como si hubiera cometido el peor de los pecados.

—¿Qué? —pregunto, sin humor para sus juegos.

—No me agrada ese chico.

—Tendrás que acostumbrarte a él —digo, concentrada en embarrar mantequilla sobre dos panes.

—No, tú tendrás que dejarlo, Daisy —me ordena.

La miro como si se hubiera vuelto loca, porque lo está si cree que voy a obedecerla.

—Te dije que eso pasaría si le permitías irse a Nueva York —la apoya Victoria desde el comedor, y el estómago me arde de ira.

—No lo conocen. Es una buena persona —replico tragándome mis emociones.

Victoria se levanta de la mesa y rodea la barra para entrar a la cocina. Me mira con ojos gélidos y reprobatorios.

—Es una mala influencia. Dejaste el *ballet* a causa de él.

La seguridad con que lo dice me corroe por dentro y la enfrento.

—No lo dejé por él. Me fui de ACA porque ya no soportaba tus maltratos, y me alegra haberlo hecho. Rennart es mejor academia por mucho.

Mi madre arruga la boca de la misma forma que lo hace Victoria cuando algo no le gusta.

—Ya, esa maldita academia de quinta —espeta con desdén—. Mi hermana dice que no es tan reconocida como ACA y que los maestros no son tan buenos.

Le dedico a mi tía una mirada envenenada.

—Son los mejores, incluso mejores que tú, tía. —Saboreo las letras en la lengua y miro con satisfacción sádica cómo el rostro se le enrojece.

—¿Tú qué sabes de talento? No sirves para nada, nunca serviste —suelta molesta.

Había postergado por bastante tiempo este encuentro, pero sabía que sucedería, sobre todo porque estoy segura de que está al tanto de que fue una de mis amigas quien hizo la denuncia en su contra. No estoy dispuesta a aguantar sus insultos, así que me apresuro a responder, golpeando donde más le duele:

—Sé más que tú sobre eso. Al menos yo no enfrento un juicio por acoso y hostigamiento a sus estudiantes.

El rostro de Winslet se compunge en una mueca de ira. Abre los ojos con desmesura.

—Eres una maldita insolente, Hess.

—¿Cómo te atreves a hablarle así? ¡Respétala! —grita mamá.

—No tengo razones para respetarla.

—Es tu tía, mi hermana, tu familia… Y sí, me contó que fue una de tus amiguitas la que la denunció. —Mi madre da un paso hacia mí y me apunta con el dedo, pero no le quito la mirada de encima, desafiante—. Más te vale hablar con tu amiga para que se deje de estupideces y retire los cargos. Esos chicos son unos inútiles que no pueden con un poco de exigencia.

—Es que están exagerando —añade Victoria con desdén—. Son tan débiles que ya no soportan el ritmo de un buen instructor.

La contemplo sin poder creer lo que dice.

—¿Soportar el ritmo? ¡Nos matabas de hambre! —espeto, incapaz de controlar la bola de emociones que se me forma en el estómago—. ¿Sabes lo horribles que eran esos ejercicios? Oh, pero eso no es lo peor, ¡nos humillabas!

—¡Lo hago por su bien! —Levanta la voz—. El camino al éxito no es fácil, mucho menos en una disciplina tan demandante como el *ballet*. Solo pensaba en lo mejor para ustedes, para ti.

La ira me quema la sangre y me corroe las venas.

—¿Lo mejor para mí? —Doy un paso hacia ella; los oídos me zumban—. Me estabas matando. ¿Gritarme era lo mejor? ¿Decirme que era peor que una mierda era lo mejor? ¿Repetirme una y otra vez que jamás llegaría a ser alguien en la danza era lo mejor? ¿Matarme de hambre? ¿Llamarme gorda todo el tiempo, aunque estuviera en los huesos? —Mi tía abre la boca para replicar, pero no se lo permito, no esta vez, no ahora que finalmente la tengo cara a cara y puedo reclamarle por todo el daño que me hizo—. Yo no merecía eso —digo con los dientes apretados y el pecho ardiente—. Enik no merecía eso, ni siquiera Nerea lo merece. Ni yo, ni ellas, ni ninguno de los chicos a los que has maltratado por años. Si no fuera porque te abandoné, a ti y tus malditas clases, estaría muerta.

Victoria abre los ojos con desmesura, sorprendida por la crudeza de mis palabras. Enfoco la atención en mamá, que se ha mantenido callada durante toda la discusión.

—¿Y tú? ¿Cómo me pides que apoye a mi agresora? ¿No escuchaste lo que acabo de decir? ¡Casi muero por ella! —Apunto a mi tía con la vista empañada por las lágrimas.

El mentón de mamá tiembla por un segundo y le veo la culpa en el rostro justo antes de que desaparezca y sea reemplazada por su usual máscara de impasibilidad.

—Eso ya pasó. No moriste, aquí estás. Victoria es tu familia y debes apoyarla, no importa lo que pase. Habla con tu amiga para que pare esta tontería.

Suelto un jadeo, impresionada, y un dolor intenso me nace en el pecho. Nunca he esperado el apoyo de mi madre, pero una parte de mí, ingenua y pequeña, seguía aferrada a la idea de que estaría para mí en los momentos importantes, que me elegiría a pesar de todo y de todos. Me equivoqué, y saberlo se siente como una puñalada.

—¿Por qué nunca me eliges a mí? —vocalizo en un susurro, y veo la sorpresa atravesar sus facciones por un instante—. ¿Por qué estás siempre en mi contra? He intentado toda la vida agradarte, hacer las cosas que te gustan para que me quieras. Entonces, ¿por qué? ¿Por qué no me quieres, mamá?

Mi madre me contempla en silencio, con el rostro impasible, y creo que no me contestará hasta que sus labios se separan.

—Porque fuiste un error. Creí que estaba lista para tenerte cuando supe que estaba embarazada de tu padre, que todo estaría bien si renunciaba a mi carrera y a mis sueños para ser mamá, *tu mamá*, pero no fue así.

Sus palabras se me clavan en el corazón y las lágrimas me corren amargas por el rostro.

—Siempre que te veo, solo recuerdo lo que perdí por tu culpa.

—No fue mi culpa —digo con la voz rota, llorosa.

—¡Sí lo fue! —espeta mamá, enojada—. Me quedé aquí, encerrada en esta maldita granja por ti, ¡y tú te fuiste a la primera oportunidad!

—¡No tenías que quedarte! —vocifero. Las lágrimas corren como ríos—. Quedarte fue tu decisión; no me culpes a mí.

—Mi hermana no tuvo otra opción —dice Victoria—. No tenía otro lugar al cual ir.

—Y todo empeoró cuando tuviste esa estúpida idea de dedicarte al *ballet* —mi madre agrega, iracunda—. No tienes el talento que se necesita, eres tan torpe como tu padre, eres igual a tu padre.

El nudo en la garganta no me deja hablar, apenas puedo respirar y las lágrimas vuelven todo borroso. El dolor que siento en el pecho es tan fuerte que amenaza con aplastarme.

—Sí, fuiste un error, uno del que me arrepiento todos los días, pero ya estás aquí y lo único que te pido, si sientes algo de afecto hacia mí todavía, es que ayudes a mi hermana y hables con tu amiga.

Miro a las dos mujeres que me han hecho la vida imposible desde que tengo memoria: el dilema que se presentaba ante mí cuando me dieron la noticia del juicio finalmente tiene una respuesta tan brillante como el sol. Antes, habría retrocedido, me habría tragado mi dolor y pedido disculpas, pero ya no. Esa Niza murió. La única felicidad que busco ahora es la mía, incluso si eso significa cortar los lazos con la mujer que me dio la vida. Ahora solo quiero dejar claro cuál es el lugar de ambas en mi mundo: ninguno.

Me limpio las lágrimas con el dorso de la mano y me compongo lo mejor que puedo.

—Nos iremos esta misma noche —digo con seguridad. Clavo mis ojos en los de Victoria con determinación—. Y tú tampoco deberías quedarte mucho tiempo, tienes un juico que atender.

Winslet abre la boca, impactada y asustada a la par, pero no le doy oportunidad de decir nada porque me doy la vuelta y abandono la cocina.

El corazón todavía me duele cuando salgo al campo para buscar a papá y a Clay, pero cierto alivio me llena el cuerpo. A veces, creemos que les debemos lealtad a quienes nos lastiman solo por la sangre que compartimos, sin ser conscientes de que, en realidad, nos debemos lealtad a nosotros mismos antes que al resto del mundo. A veces cortar los lazos es la única forma que tenemos de sanar las heridas que otros, que dicen amarnos, han creado.

33| Boceto

Clay

Niza no habló mucho después de despedirse de forma apresurada de su padre. Volamos juntos a Nueva York en uno de los *jets* privados de la banda. Por un momento pensé que Nadir no accedería a enviarlo, por nuestra última conversación, en la que dejé en claro mi salida de Riot 911, pero me sorprendió cuando aceptó sin ninguna queja. Sé que este favor no significa que esté conforme con mi renuncia, y que en realidad me lo echará en cara a la primera oportunidad, para chantajearme, pero estoy dispuesto a aceptarlo con tal de proteger a Niza de preguntas y fans indiscretos en un aeropuerto.

Me callo todas las preguntas que tengo acerca de nuestra partida anticipada de la granja Hess, aunque puedo sacar mis propias conclusiones por la forma tan agitada en la que llegó Niza a los establos: luchaba por mantener las lágrimas a raya. No sé de qué habló con su padre después, cuando se alejaron de mí, pero sé que lo afectó lo suficiente para que el rostro, generalmente amable, se le enrojeciera de ira y volviera a la casa hecho una furia.

Llegamos a su apartamento cerca de las once de la noche. El chofer, también enviado por Nadir, se encarga de la maleta de Niza. La primera vez que vine aquí estaba tan ebrio que ni siquiera le presté atención a la fachada, pero es un complejo bien cuidado y ubicado en una de las mejores zonas de la ciudad. Me alegra que haya invertido parte de lo que Bryce le heredó para conseguirse su propio lugar.

—Fue un viaje largo. Debes estar exhausta. Te dejaré descansar.

El chofer le entrega su maleta y ella me dedica una mirada llena de confusión.

—¿No te quedarás? —La decepción es notoria en su voz.

—Pensé que… —Busco las palabras para explicarme, aunque toda duda muere en el momento en que veo la súplica en sus bonitos ojos—. Me quedaré contigo el tiempo que quieras.

Su semblante se suaviza enseguida. Me despido del chofer y subimos al apartamento.

Niza se da una ducha y se mete bajo las sábanas con un simple «buenas noches» que me genera una punzada de angustia en el pecho, aunque le doy su espacio. No voy a forzarla a hablar si no quiere; sé de primera mano lo horrible que es que te presionen a exteriorizar algo que te duele.

Me doy un baño también. Los músculos de todo el cuerpo se me relajan cuando el chorro de agua fría me golpea. Internamente le agradezco a Bryce o a cualquier otra identidad demoniaca que haya intervenido para que mi tortura cesara al fin. No sé qué clase de karma está pagando alguien tan decente como John, pero debe ser algo muy malo si ha tenido que tolerar por tanto tiempo a la cobra de Silvia. Creí que Winslet era el demonio en la tierra, pero ahora veo que ella es solo una víbora menor comparada con la madre de Niza.

Salgo de la ducha sin hacer ruido, con pantalones de pijama y con la intención de meterme en la cama junto a la pelirroja, cuando mi móvil suena sobre el buró, anunciando un nuevo mensaje. Me siento al borde de la cama, Niza se remueve entre sueños y consigo no despertarla al desbloquear la pantalla.

Tengo varios mensajes y correos sin leer. Son de Nadir; la irritación no tarda en aparecer en mi cuerpo.

NADIR:

El video de *Ballerina* acaba de salir. [00:05]

NADIR:

¿Has entrado a Twitter? A los fans les ha encantado. Todas son reacciones positivas. [00:05]

NADIR:

Mañana tenemos una cita en el bufete de mis abogados a las 11:00 a. m. Te envío la dirección. Convoca a los tuyos, debemos hablar sobre los términos y condiciones de tu contrato. [00:12]

Por un momento, considero ver el video, pero descarto la idea tan rápido como aparece. No necesito verlo para saber que Niza se ha robado toda la atención. Simplemente respondo con un simple «Te veré ahí», y les envío un mensaje a mis abogados con la dirección para reunirnos en el punto acordado.

Deslizo la pantalla hasta llegar a los mensajes menos recientes. Un nudo se me instala en el estómago al leer a Hela.

HELA:

He recibido un citatorio del Tribunal Familiar. Tomarán una decisión respecto a la custodia de los niños en dos semanas. Dime que también recibiste una notificación. [10:40]

HELA:

¿Y si la corte considera que no soy apta para quedarme con los niños? ¿Y si Aspen tampoco es apto y se los entregan a Otto? Creo que moriré si eso sucede. [10:41]

Las sienes me punzan apenas termino de leer. El estrés se abre paso por mi cuerpo como un animal reptante, encendiendo todas las alarmas. Me voy directo a la bandeja de entrada de mi correo y, como esperaba, yo no tengo ningún citatorio. Después de todo, yo no soy una parte de ese proceso, a diferencia de Hela y Aspen; aunque la acompañaría y la ayudaría con cualquier cosa con tal de mantener a Otto tan alejado de esos niños como sea posible.

CLAY:

Envíame la fecha y la hora, estaré ahí. [00:14]

Dejo el móvil sobre el buró y rodeo a Niza con un brazo para estrecharla contra mí. Hundo la nariz en su cabello e inspiro el aroma cítrico, que me apacigua enseguida el dolor de cabeza.

El pequeño escape que tuvimos en Texas se terminó y, por mucho que me resista, es momento de volver al mundo real, por más horrible y hostil que parezca.

* * *

Nadir y su séquito de orangutanes nos esperan en la sala del bufete. Tomo asiento frente a él y mis abogados ocupan los lugares a mi lado. Hay cierto cinismo en la forma en que me mira, como si disfrutara de esta situación tan estúpida; no dudo que lo haga.

—Me gusta tu nuevo corte de cabello, te hace ver más… joven. —Esboza el amago de una sonrisa—. Te tomaste tu tiempo para regresar.

—Me tomé el que consideré necesario. Además, lo que haga o no con mi tiempo de ahora en adelante ya no es asunto tuyo.

Levanta las manos en un gesto de rendición.

—No tienes que estar a la defensiva. Estoy de tu lado.

Enarco ambas cejas, sin creerle ni media palabra. Nadir solo conoce un lado: el suyo.

—Terminemos con esto cuanto antes; tengo cosas que hacer.

—¿Como qué? ¿Sigues con la idea de abrir una tienda de tatuajes?

Tenso la mandíbula; la irritación me aruña el estómago.

—Eso no te incumbe.

Me escruta en silencio. Me siento dentro de un juego de ajedrez más que en una conversación legal.

—¿Viste el video? Lo estrenamos ayer y ya está por todas las redes sociales. —Escucho el deje de satisfacción—. Tu chica, la bailarina, debe estar muy feliz. Su rostro ha enamorado a muchos. No deben tardar en lloverle propuestas de trabajo.

—No lo he visto, pero no me sorprendería si otros la contrataran. Es la mejor en lo que hace.

Nadir apoya los codos en la mesa y enlaza las manos a la altura de la boca.

—Sí, aunque eso puede ser un arma de doble filo. Quizá alguien como tú ya no le parezca suficiente, sin fama ni dinero. O tal vez se quede contigo por lástima, pero tendrá otros partidos, mucho mejores, que esperarán por ella. Las mujeres se vuelven más codiciosas cuando alcanzan cierto nivel de éxito.

El ardor en el estómago sube y cuento hasta diez para no cometer un asesinato.

—Aunque eso podría no ocurrir, si te quedaras en la banda. —Se encoge de hombros—. Eres inteligente; deberías pensar en lo que estás a punto de perder.

Aprieto con fuerza el reposabrazos para no reventarle la boca de un golpe.

—No me harás cambiar de opinión. Ahórrate tu palabrería barata.

Suelta un largo suspiro, como si se diera por vencido finalmente, y se deja caer en el respaldo de la silla.

—Bien, pero no digas después que no traté de que cambiaras de opinión. —Le hace una seña a uno de sus abogados, de bigote oscuro y cabello engominado—. Por favor, Scott, explícale al señor Hawthorne cuáles son las condiciones para rescindir su contrato.

El hombre en cuestión se aclara la garganta y me lanza una mirada nerviosa desde el otro lado de la mesa. Patético; se intimida.

—Tengo entendido que ustedes ya han leído la propuesta que les hemos enviado, ¿correcto? —le pregunta Scott a Lewis, uno de mis abogados.

—Así es, y tenemos algunas observaciones, pero puede plantearle las condiciones al señor Hawthorne, si así lo desea —responde.

El tipo de bigote vuelve a aclararse la garganta antes de hablar.

—De acuerdo. El representante de la banda Riot 911, al gozar de las más amplias facultades, solicita de su parte, señor Hawthorne, que cumpla con las siguientes condiciones para la terminación de su contrato: renuncia a los derechos de autor y a las regalías derivadas del uso de las canciones compuestas por usted, así como las regalías provenientes del uso de su imagen en el video ya grabado, titulado *Ballerina.* Así mismo, se pide que otorgue su consentimiento para que el nuevo disco, titulado *Daisy,* sea lanzado al mercado y que renuncie a las regalías derivadas de la autoría y musicalización de dicho álbum. Finalmente, pide una última presentación en la nueva fecha programada para el concierto de la banda en Nueva York, dentro de tres semanas.

Permanezco impasible, tratando de asimilar todo lo que el hombre acaba de decir. Lo cierto es que no entiendo ni la mitad y lo único que rescato es que, en efecto, dejaré de recibir dinero por las canciones que yo compuse para la banda. Eso es una puta mierda. Miro a mis abogados en busca de ayuda y orientación.

—¿Y bien? ¿Cómo les pateamos el culo? —inquiero. El estrés me presiona las sienes.

Lewis encuadra los hombros enseguida y pone cara seria.

—El señor Hawthorne es el autor de las canciones del álbum, incluida *Ballerina,* y es su imagen la que se usa en el video de la misma canción. No pueden obligarlo a firmar esas condiciones; son lesivas.

—Si él quiere dejar la banda, tendrá que hacerlo —insiste Scott.

—Y si no lo hago, ¿qué? ¿Qué pasa si me niego a firmar ese maldito documento y también a trabajar con la banda?

Se suponía que sería una reunión sencilla y rápida en la que solo firmaría mi libertad, no que me pondrían más obstáculos para retenerme, aunque una parte de mí temía que esto pasara.

—No lo recomiendo —dice Lewis—. Podrían demandar por incumplimiento de contrato si te niegas a trabajar sin haber firmado la rescisión.

El imbécil de Nadir me dedica una sonrisa enorme que le acentúa las arrugas alrededor de los ojos: me da escalofríos.

—Yo escribí esas canciones. Lanza el álbum con mis letras y mi voz si así lo deseas, pero quiero mi parte —exijo.

—Nadie dijo que tener libertad sería sencillo o barato, Clay —dice Nadir, como si ya pudiera saborear el triunfo—. Tengo que asegurar el futuro de la banda cuando nos abandones.

Resoplo sin humor.

—No me necesitan. La banda es buena por sí sola; podrán sobrevivir con cuatro integrantes.

—Yo no creo.

Me inclino hacia él, perdiendo cada vez más la paciencia.

—Lo correcto sería que el señor Hawthorne recibiera el cincuenta por ciento de regalías por la autoría de las canciones del nuevo disco y un porcentaje proporcional por aparecer en el video.

—¿Escuchaste? Arregla eso en el contrato y entonces lo firmaré.

Nadir chasquea la lengua.

—¿Y con qué nos quedamos nosotros?

—Tienen más canciones.

—Y tú tienes más dinero —espeta Nadir, perdiendo la paciencia también—. Sé que Bryce te dejó la mitad de su dinero y propiedades, y eso no es poco. Te estás volviendo codicioso, ¿no crees?

—Tal vez lo aprendí de ti —escupo irritado.

Permanecemos en silencio y se nota una densa estela de tensión sobre la sala. Quiere joderme tanto como yo a él. Nadir nunca ha sido alguien honorable, hizo que me uniera a la banda con mentiras y manipulación; no esperaba que ahora tuviera un lapso de remordimiento y cambiara. No, otra vez está usando lo que me importa a su favor, para obtener lo que quiere. La irritación se convierte en ira y, por un momento que me parece interminable, no me deja pensar con claridad.

Es evidente que no ganaré esta disputa suplicando; tengo que atacarlo con algo que lo perjudique también, algo que sea su punto débil. Escarbo en mi cerebro mientras las voces de los abogados llenan la sala. Los ojos oscuros de Nadir me analizan como si estuviera dispuesto a reaccionar al más pequeño de mis movimientos, y justo cuando creo que he perdido esta batalla, porque no tengo nada que usar en su contra, una idea se me planta en la cabeza.

—Quiero lo que me corresponde o enfrentarás una tormenta mediática de la que no podrán recuperarse ni tú ni la banda; les contaré a los medios cómo obligabas a Bryce a presentarse en los conciertos completamente drogado y borracho —digo con lentitud.

La conversación de los abogados se detiene y lo que queda es un silencio helado. El rostro de Nadir no muestra ninguna emoción.

—No tienes pruebas.

No hace falta que diga más: sé que he dado en el blanco.

—Sí las tengo: miles de videos y mensajes que él me enviaba en los que me decía que estaba harto de todo y que solo quería internarse en un centro de rehabilitación, pero tú no se lo permitías porque debían continuar con la gira.

Finalmente, consigo una reacción y la angustia cruza sus ojos como una flecha; se apresura a disimularla.

—No es verdad. Yo jamás lo obligué…

—Me decía que tú mismo le dabas las drogas para que abandonara sus estúpidas ideas de ir a recuperarse —digo con los dientes apretados—. ¿O acaso crees que el odio que siento por ti no tiene fundamento?

El sudor perla la frente tostada del cabrón. Una satisfacción sádica y liberadora me nace en el pecho al ver su miedo.

—¿Cómo crees que reaccionaría todo el mundo si se enterara de algo así? ¿De cómo lo manipulabas y lo mantenías drogado todo el tiempo?

De pronto, se pone de pie con brusquedad, con el rostro pálido por la cólera, y me apunta con un dedo.

—No te recomiendo que vayas por ese camino, Hawthorne; perderías más de lo que ganarías. —Noto el filo en su voz, empañado por la angustia.

Me levanto con lentitud, con el sabor dulce del triunfo en la boca.

—¿Quieres apostar?

Nadir me dedica una mirada llena de odio y me deleito con ella. Acomodo la silla y le doy algunas palmadas en el hombro a Lewis.

—Haz las correcciones necesarias; estoy seguro de que mi querido representante accederá sin problema.

Veo que le aparece una vena en la frente y las facciones se le compungen por el enojo, no hace falta que diga nada más. Sé que, al menos en esta partida, he logrado ganar. Bryce debe estar orgulloso de mí, donde sea que esté.

* * *

—No sabe lo increíble que es conocerlo, señor Hawthorne, y es un honor trabajar con usted. Quiero decir, para usted —balbucea con una enorme sonrisa en la cara y los ojos brillantes.

Escucho las patéticas risitas de RJ y Diane al fondo del local, donde está el sillón. Si existiera un premio para quienes disimulan mejor, ellos definitivamente no lo ganarían. Ni siquiera figurarían en los nominados.

—Gracias, pero no tienes que ser tan formal. Llámame Clay —le digo al trabajador que se encargó de poner un vidrio nuevo en la ventana que rompieron Mimi y Niza cuando entraron como viles ladronas al local por primera vez.

El hombre sigue mirándome asombrado, y la incomodidad me invade. Entonces parece que tiene una epifanía, porque extrae un bolígrafo del bolsillo de su pantalón y comienza a palparse la ropa en busca de algo más.

—Quisiera un autógrafo para mi hija, pero es que no tengo… —Se mira la palma de la mano y me la extiende un momento después—. ¿Podría hacerlo aquí, por favor?

Estoy a punto de ir por un pedazo de papel al baño para que este hombre conserve un gramo de dignidad, cuando RJ aparece a mi lado y me da una hoja en blanco.

—No se preocupe; yo estoy preparado —dice el imbécil con una sonrisa de oreja a oreja—. Soy como su representante. ¿También quiere una foto?

—¡Sí, por favor! A mi hija le encantará —contesta encantado.

—Gírate —le ordeno al idiota de mi amigo, y él me guiña un ojo antes de dejarme usar su espalda como apoyo—. ¿Cómo se llama su hija?

—Cristina.

—Escríbele algo lindo, Clay. —Escucho decir a Diane desde el fondo.

Hago el autógrafo rápidamente. Después, soporto la tortura de la foto. ¿Por qué RJ pensó que necesitábamos más ayuda para limpiar el local? Somos hombres perfectamente capaces de limpiar, pero él insistió en invitarla.

—De verdad, es un honor. Mi hija no me creerá cuando le diga que trabajé para usted —sigue—. Es una gran fan. Lo reconocí al instante porque ella tiene su habitación llena de pósteres suyos y estuvo en uno de sus conciertos hace poco; seguramente no la vio entre tantas personas, pero...

—Gracias, en serio —lo corto, tratando de ocultar mi irritación—. Y gracias por venir tan rápido a reparar la ventana.

—¡Qué va! Gracias a usted. —Me estrecha la mano con emoción excesiva—. Si necesita que repare algo más, yo podría...

—Eso es todo por el momento —interrumpo, y al fin me suelta la mano.

—Pero lo llamaré si necesitamos algo más. Manténgase pendiente de su móvil —dice RJ, y lo quiero matar.

—De acuerdo, gracias.

Da algunos pasos hacia atrás, sin quitarme los ojos de encima, hasta que, por fin, se retira del local.

Suelto el aire en un suspiro cansado y extraigo una paleta del bolsillo para calmar la ansiedad que me seca la boca. El dulce se siente familiar, mucho más agradable que el sabor amargo del cigarro, y lo agradezco.

—No sabía que habías dejado de fumar otra vez —apunta RJ—. La última vez que nos vimos parecías una chimenea. ¿Qué te hizo cambiar de opinión?

—No es de tu incumbencia —espeto, y mi amigo se lleva una mano al pecho.

—¿Perdona? Entre amantes no tenemos secretos.

—Contigo sí, eres un bocón. —Muevo una de las cajas y la pongo con el resto de basura.

No tengo idea de quién fue el dueño antes, pero debía ser un acumulador de cosas estúpidas; nadie tiene tantas figuras de *crochet* a menos que sea un lunático. Admiro el local, prácticamente vacío a excepción de algunos muebles: se siente bien estar aquí.

Es un nuevo inicio, una manera de empezar el camino que yo elijo para mí, haciendo lo que amo. Se siente como volver a casa después de un largo viaje. Es mucho más que la semilla para plantar algo diferente, es más que el dinero o cualquier propiedad que Bryce me haya heredado: es apoyo. Esta es la forma en que mi hermano me dice qué es lo que debo hacer para ser feliz, para mandar al resto del mundo a la mierda y centrarme solo en mis deseos por primera vez.

Me costó muchas sesiones de terapia entenderlo, pero ahora lo veo con claridad. Bryce compró este lugar para ayudarme a forjar mi carrera, para impulsarme en lo que amo. Nunca quiso que siguiera sus pasos o los de papá; él no quería que yo le entregara mi alma a una vida vacía, de éxitos y fama, sino que hiciera algo con lo que me sintiera pleno y repleto.

—¿Qué hago con estas cajas? —pregunta Diane, y me saca de mis cavilaciones.

—Ponlas con el resto de la basura.

Frunce el ceño, pero obedece.

—Cuando abras la tienda, ¿me harás tatuajes gratis? —dice ilusionada.

—¿Te parece que hago caridad? —espeto hosco mientras tomo la escoba.

Cruza los brazos sobre el pecho.

—Me parece que eres el novio de mi mejor amiga, recién perdonado, por cierto, así que te conviene hacer puntos conmigo —dice con altivez.

—Debo hacer puntos con *tu amiga*, no contigo.

—No, viejo, ganarse a las amigas también es importante. Ellas son las que después les meten ideas locas en la cabeza —contraría RJ mientras limpia las ventanas—. ¡Miren quién llegó!

La puerta de la tienda se abre y Niza entra con un largo suspiro y una caja. Respira agitada, como si hubiera venido corriendo.

—Eso fue caótico —dice antes de sonreír en mi dirección—. Lamento llegar tarde; el ensayo en la academia se extendió.

—Te perdonamos solo si nos muestras qué llevas en esa caja —dice RJ, acercándose.

—Les traje donas. Pensé que no habrían comido nada. —Le tiende la caja al animal de mi mejor amigo, que no tarda en abrirla y devorar una.

—Eres la mejor —le dice antes de dar otra mordida.

—¿Por qué estás tan agitada? ¿Viniste corriendo? —Le retiro un rizo pegado a la frente por el sudor.

—No. —Suelta una risita nerviosa—. Estaba huyendo de unas chicas que me interceptaron en la calle para pedirme fotos. Creo que lo del video se salió de control.

—¿En serio? —No soy capaz de ocultar la diversión en la voz—. ¿Qué se siente ser famosa?

—Raro. Apenas han pasado tres días desde que el video salió y ya tengo un séquito de personas que me siguen por Rennart queriendo ser mis amigos, cuando antes ni siquiera me notaban, y Lena ha recibido varias propuestas de trabajo para mí. Ah, ¿y esto que acaba de suceder en la calle? De lo más extraño, en serio.

—Deberías disfrutarlo, te lo ganaste —digo orgulloso—. Eres muy talentosa y todos pueden verlo al fin, no solo yo.

Los ojos le destellan con alegría.

—Sí, pero esto no habría pasado si tú no me hubieras elegido para ser tu bailarina, así que: ¿cómo puedo pagártelo? —Sus palabras son todo menos inocentes, y estoy a punto de responder con algo aún menos sutil, cuando la voz de RJ me interrumpe:

—Oigan, si van a follar, no lo hagan frente a nosotros.

—Sí, ya es bastante malo que no tenga ningún prospecto decente para quitarme las ganas yo también —se queja Diane antes de morder la dona con molestia.

—Yo estoy disponible —se ofrece RJ. Ella enarca una ceja.

El momento entre nosotros se pierde. Niza me regala una sonrisa de disculpa antes de alejarse. Deja su mochila sobre el sillón y extrae algo de ella. Miro con horror lo que pone sobre la vitrina en la que irá la caja registradora.

—¿Qué demonios es eso? —inquiero asustado y asqueado a la par.

—Es la figura de un gnomo —explica como si fuera obvio, y la miro horrorizado—. ¡Es lindo! Lo compré en la tienda de antigüedades cerca de la academia. Tenía descuento.

—Tal vez está maldito y por eso tenía descuento —acota RJ.

—La señora que me lo vendió no mencionó nada de maldiciones.

—Claro que no iban a decirte; lo que querían era deshacerse de esa cosa —interviene Diane.

—Por favor, mírenlo —insiste, y cuanto más lo miro, más feo me parece—. Clay siempre dijo que yo le recordaba a un gnomo de jardín. Ahora puede tener uno de verdad y acordarse de mí cuando lo vea.

—Dije que me recordabas a uno porque eras baja de estatura, no porque tuvieras una barba y una cara horrenda.

Ella me regala una mirada suplicante. Para mi desgracia, nunca puedo resistirme, así que acepto.

—Bien, me quedo con el gnomo.

Me sonríe encantada y, solo por ese simple gesto, la figura ya no me parece tan fea.

—Nosotros iremos a comprar cerveza para seguir limpiando. Espero que tengan ropa puesta cuando volvamos —avisa RJ antes de salir con Diane.

El lugar se queda en silencio una vez más. Niza toma una toalla y el líquido limpiavidrios para asear las ventanas. La observo trabajar con diligencia y, por un instante, es como volver a la vieja tienda, con Carter, Jeff y una Niza completamente diferente de la que me acompaña ahora. Siento que ha pasado toda una vida y que jamás volveré a ser la persona que estuvo en Ink the Mind, pero me gusta la versión de mí que está aquí ahora, en el presente.

Han pasado dos días desde que vi a Nadir y aún no recibo la nueva propuesta del documento para terminar el contrato con los cambios que solicité, pero sé que la tendré. Le preocupa demasiado la imagen del grupo, como debería. Una banda puede recuperarse de perder a un integrante, pero no de un escándalo como el que desataría la verdad de la vida de Bryce antes de su muerte. Sobre Hela y los mellizos, aún faltan dos semanas para que el juicio de patria potestad se lleve a cabo; no he tenido noticias de Otto. Creo que no tiene tantas posibilidades de quedarse con los mellizos, después de que exploté frente al juez y le escupí en la cara las atrocidades que viví con ese hombre.

Las cosas parecen acomodarse poco a poco, ocupando el lugar que les corresponde y armando un diseño que es, sobre todas las cosas, alentador.

—Lamento lo que pasó en la granja.

—¿A qué te refieres? —Me acerco.

—Que nos fuéramos de forma tan precipitada. Debí decirte lo que ocurrió, pero no pude. —El dolor se vuelve evidente en su voz, y el corazón se me convierte en un nudo.

—Entiendo. No tienes que decirme si no estás lista.

—Debes pensar que estoy loca.

Me arranca una risa.

—Eso lo he pensado desde que te conocí, no es nada nuevo.

Los labios se le curvan en una sonrisa diminuta, llena de pesar.

—Discutí con mi madre y Victoria.

Dejo de respirar. Son como un mal presagio: nada bueno sucede cuando esas dos están involucradas.

—Enik denunció a Winslet por acoso y hostigamiento. Ahora enfrenta un juicio penal por eso.

La noticia me pilla desprevenido, pero, lejos de ser desagradable, se siente como una venganza dulce por todo el dolor que esa mujer les hizo pasar a su sobrina y a muchos otros.

—De acuerdo, ¿y por eso discutieron?

—Mi madre me pidió que apoyara a Winslet y hablara con Enik. Saben que es mi amiga y quieren que la convenza de retirar los cargos.

Resoplo sin poder creerlo.

—Dime que la mandaste a la mierda.

Se muerde el labio y la mandíbula le tiembla un poco. Un dolor agudo se me instala en el pecho. No me gusta ver tristeza en sus ojos.

—Le conté a mamá todo lo que me hizo, desde los maltratos hasta los regímenes de alimentación. Le dije que casi muero por culpa de su querida hermana y ella solo… apoyó a Victoria.

Emite una risa llorosa y me rompo un poco más cuando una lágrima le rueda por la mejilla.

—Discutimos, pero al menos me sirvió para saber la verdad.

—¿Qué verdad?

—Por qué jamás me ha querido. Dijo que yo había sido un error desde el inicio y que renunció a sus sueños por mi culpa; que todos los días se arrepentía de haberme tenido.

Mi cuerpo entero siente su dolor. Acorto la distancia que nos separa y la arropo con los brazos. Niza entierra su cara en mi pecho, se derrumba y llora desconsolada por las palabras de Silvia. La estrecho contra mí, intentando parar el tremor de su cuerpo. Verla herida es incluso más doloroso que cualquier tortura impuesta por Otto. ¿Qué clase de madre es esa mujer? No son cosas que le dices a tu hija. No es lo que debes sentir hacia un hijo. Ahora entiendo por qué llegó con los ojos hinchados al establo y su padre salió hecho una furia. No tengo idea de cómo alguien tan cruel pudo crear algo tan dulce como Niza.

Haría cualquier cosa, incluso negociar con el Diablo, con tal de aliviar su dolor, pero esto es algo que ella misma tendrá que superar, como ha superado el resto de obstáculos que la vida ha puesto en su camino. Eventualmente, sus sollozos se convierten en moqueos y nos separamos un poco. Le limpio las lágrimas con los pulgares. Voy al baño y regreso con un rollo entero de papel. Esto le provoca una sonrisa llorosa.

—Estoy bien, solo es… un tema sensible. Creo que mejorará con el tiempo —dice con la voz apagada.

—Llora. Estaré aquí para lo que necesites.

Compartimos una mirada llena de complicidad y, sin decir otra palabra, vuelve a abrazarme, fuerte.

—Gracias —dice con la cara escondida en mi pecho.

—¿Por qué?

—Por escucharme. Por quedarte. Por abrazarme. Sé cuánto odias que te toquen.

La boca se me curva en una sonrisa y le deposito un beso en la cabeza.

—Tú puedes tocarme todo lo que quieras. Eres la excepción a todos mis patrones, lo sabes.

Se separa, con el rostro todavía enrojecido.

—Cualquier persona estaría feliz de tenerte en su vida. Si tu madre no puede verlo, es su problema. Nos tienes a mí, a tu padre y a todos los demás que sí te valoramos. Eres un regalo para nosotros; no lo olvides nunca.

Los ojos se le llenan de cariño y la tristeza desaparece casi por completo.

Los enfrentamientos con nuestros demonios son aterradores y pueden salir mal de muchas maneras, pero al menos tenemos la valentía suficiente para intentarlo y buscar una salida al laberinto que ha sido nuestra vida. Al fin, después de tanto tiempo, comenzamos a ver nuevos caminos.

34| Batterie

Niza

—¿Qué opinas? ¿Te gusta alguna de las propuestas?

Lena me observa desde su escritorio. Juega con un bolígrafo mientras yo reviso las propuestas enviadas por distintas casas productoras de videos y musicales en vivo. ¡Santas cabras! Incluso hay solicitudes para incluirme en compañías tan importantes como Bolshoi en Moscú y Royal Ballet en Londres.

Sabía que aparecer en un video de Riot 911 me abriría puertas, pero no tenía idea de que serían así de grandes. Ni siquiera en mis sueños más locos pensé que a mis veintitrés años sería buscada por dos de las casas de danza clásica más importantes del mundo, y que además mi cara aparecería en todas partes.

La fama genera un sentimiento extraño. Un día estás en casa viendo películas como cualquier persona normal, y al siguiente, todos en el mundo saben tu nombre, buscan colaborar contigo y tener un segundo de tu tiempo. Ha transcurrido una semana desde que el video salió a la luz y parece que mi vida jamás volverá a ser la misma. No quiero imaginar qué será de mí dentro de unos meses.

—¿Niza? —insiste Lena con gesto paciente.

Me acomodo al borde de la silla.

—No lo sé, son demasiadas. No sé si puedo aceptarlas todas.

—No, claro que no. El tiempo no te alcanzaría y te desgastarías. —Suelta una risita—. Pero puedes tomar las que te parezcan más atractivas. Hay productores que ofrecen casi cinco veces más por una aparición tuya.

—Vaya, es... abrumador.

—Así es la fama, querida. No te deja un momento para respirar. Por eso te recomiendo que busques una forma de hacerlo sin que te desgastes; quiero decir, de ese modo no te sentirás abrumada y seguirás disfrutando de lo que haces.

Acepto tres de las cinco propuestas, dos videos y una presentación de *ballet* en vivo en Rusia.

—Buena elección, me parecen los más atractivos. El pago es excelente. Deberías conseguir un representante.

Hago un mohín. El único referente que tengo de un representante es Nadir y él es una persona terrible.

—No lo necesito.

—Pero lo harás. Con el tiempo recibirás más propuestas y yo no podré gestionarlas todas, ni tú tampoco —explica—. Necesitarás ayuda.

Considero rechazarlo otra vez, pero sé que, si esto mejora, como ella dice, entonces sí necesitaré manos extras. Pienso en buscar por internet alguna recomendación, hasta que el rostro de Mimi me atraviesa la mente. Hago una nota mental para llamarla pronto.

Lena me mira con detenimiento. Hay algo cálido y gentil en sus ojos.

—¿Qué? —pregunto confundida.

—Sabía que llegarías lejos —dice con suavidad—. Lo supe desde que te vi bailar como una loca en ese estudio en ACA la primera vez.

El recuerdo es agridulce: los maltratos de Winslet, los buenos momentos con Diane y Orena, las noches en vela con Clay, incluso mi última aparición en el teatro de la vieja academia antes de renunciar a ella y a mis viejos sueños.

—¿Cómo podrías saberlo? No me conocías.

Me mira con cariño.

—No, pero me vi reflejada en ti, cuando era más joven. Tenías ese fuego por dentro que no todos tienen, esa hambre por salir adelante y superarlo todo. Supe de inmediato que debía darte una oportunidad. Y ahora mírate: toda una estrella nacida en Rennart International.

Una sensación agradable se me asienta en el estómago y me revitaliza.

—Gracias por confiar en mí.

—No, gracias a *ti por confiar en mí* —dice Lena con una enorme sonrisa y ojos brillantes—. Ahora, vete a clase. Yo me encargaré de tus propuestas, al menos hasta que consigas un representante.

Le devuelvo el gesto y salgo de su oficina sin creer todavía lo que me está ocurriendo: mi carrera profesional finalmente está despegando. Puedo vivir de esto, ganar dinero con lo que amo, construir algo con ello. Me siento dichosa, expectante, feliz.

Camino por el pasillo que lleva a mi salón de práctica mientras les escribo a mi padre y a Clay lo que acaba de ocurrir. Estoy a punto de escribirle a papá un «Cuéntale a mamá», pero me detengo al recordar sus hirientes acusaciones. En su lugar, pregunto: «¿Cómo está mi madre?».

Entro al salón y me dirijo a los casilleros, donde mi buen humor muere: encuentro a Rhaila, que acomoda sus cosas. Me dedica solo una ojeada rápida antes de seguir en lo suyo. Me acerco al casillero contiguo al suyo y comienzo a prepararme sin decir ninguna palabra.

El corazón se me aplasta bajo los recuerdos de nuestra última discusión. Solo hemos hablado una vez desde entonces, cuando me llamaron para saber cómo estaba mi padre después de su accidente. La idea de ser yo la persona madura que resuelva el conflicto me ha pasado por la cabeza, pero no lo he hecho porque la forma en que me habló y el golpe que me dio me hirieron demasiado, sobre todo porque no lo merecía. ¿Volveremos a entablar una amistad? No lo sé. La quiero, pero cruzó un límite que no sé si pueda o deba perdonar.

Como si me leyera la mente, me mira, intensa. Trato de ignorarla mientras me hago una coleta, pero se vuelve imposible cuando me toca el hombro. La miro sorprendida.

—Lo siento, no quería asustarte —dice en voz baja y cierra el casillero.

—No lo hiciste.

—¿Cómo está tu padre? —pregunta con timidez.

—Está bien, todavía debe descansar un poco más, pero está mejorando de a poco.

—Me alegro. —Sonríe de una manera que parece genuina.

No dice nada más. Espero en silencio a que algo más salga de su boca, pero solo se queda ahí, mirándome con una expresión que no soy capaz de descifrar.

—¿Hay algo que quieras decirme? —pregunto cuando no soporto más el silencio.

Separa los labios como si quisiera decir algo, pero las palabras no salen. Entonces vuelve a cerrarlos. Por las pezuñas de Betsy, no puedo leerle la mente. Doy un paso con la idea de irme, hasta que su voz me detiene:

—Lo siento.

Me paralizo. ¿Escuché bien o estoy teniendo alucinaciones? Tal vez ahora estoy escuchando voces…

—Lamento lo que te dije la última vez, y también lamento el golpe que te di —sigue; las palabras salen a borbotones—. No debí tratarte así y asumir esas cosas. Tampoco era tu obligación cederme el papel. Al final, si lo conseguiste, fue por tu talento.

Sus palabras calan hondo y me hacen un hoyo en el estómago. No sé qué esperaba sentir si Rhaila se disculpaba, pero sabía que no debía ser… esto. Me giro con lentitud, hasta que la encaro.

Espero por el enojo o el alivio o cualquier emoción que esté ahí… pero nada llega. Veo el arrepentimiento en sus ojos, genuino y real.

—No quería que las cosas entre nosotras resultaran así. Me gustaba tenerte como amiga, me hacías reír mucho. —Me dedica una sonrisa triste—. Lamento haberlo arruinado.

—A mí también me gustaba estar contigo. Pensé que teníamos una amistad real, pero creo que solo era una ilusión si fue tan débil como para romperse por un simple papel. —Apenas reconozco la dureza en mi tono.

Rhaila mira al suelo, el arrepentimiento le mana de cada poro de la piel.

—Podríamos volver a intentarlo, estar juntas las tres.

Noto el miedo y la vacilación en su voz. ¿Debería volver a intentarlo con Rhaila? Podría, pero ¿y si vuelve a cruzar los límites cuando haga algo que a ella no le guste? Perdonar es sencillo, recuperar la confianza es difícil, reconstruir una amistad una vez que ha sido destruida por insultos y golpes… es imposible.

Sé la respuesta enseguida y, aunque me duele reconocerla, la acepto, porque me aferro al amor que siento por mí antes que al amor que siento hacia otros, y eso implica saber decir adiós.

—Te perdono por lo que hiciste, pero creo que así estamos bien. Podemos ser buenas compañeras. —Le dedico una sonrisa débil y no espero su respuesta para salir del área de *lockers*.

Me trago el nudo que me cierra la garganta. Siempre he sido mala con las despedidas, hasta ahora. Hasta que comprendí que son necesarias en ciertos casos. Algunas amistades están destinadas a ser solo parte de una etapa de nuestra vida; debemos dejarlas ir para crecer.

35| Color

Clay

Niza está colgando en la pared uno de los diseños que enmarqué para decorar la tienda. Llevaba dos días pensando en dónde se vería mejor y creo que ella encontró el lugar indicado. Baja del sillón que usó para elevarse y admira el cuadro. Gira el rostro hacia mí cuando cierro la puerta de la tienda y pongo la caja de pizza sobre la mesa de centro.

—Me gusta —dice apenas estoy a su lado.

Admiro el diseño junto a ella: es el rostro de un hombre en estilo realista; lo hice para uno de mis mejores clientes en Ink the Mind. Me costó hacerlo, pero cuando terminé estaba tan orgulloso del resultado que lo conservé. Quién habría dicho que, años después, ese cuadro decoraría las paredes de mi propio estudio.

—Queda bien.

—Además, contrasta con el verde oscuro de la pared. —Me dedica una mirada petulante—. De nada; doy clases de decoración los miércoles.

—¿En serio? ¿Y cuál es el precio?

Frunce el ceño, fingiendo considerarlo.

—No hay precio especial para ti, pero creo que puedes costearlo.

Me siento en el sofá. Se queja cuando la jalo de la muñeca para acomodarla sobre mi regazo en un rápido movimiento: queda con las piernas extendidas a lo largo del mueble, cubiertas solo por esos shorts microscópicos que no hacen más que resaltarle el culo y ponérmela dura.

—Soy tu novio, debería tener algún beneficio sobre los demás. —Le entierro la cara en el cuello y arrastro los labios sobre su garganta. Mi erección crece al escuchar el gemido que emite cuando le aprieto la pierna y le beso el punto del pulso.

—Pero lo tienes. Estoy aquí, ayudándote gratis. —Su voz se vuelve pesada porque subo la mano un poco más, cerca de su entrepierna.

—Ayúdame con algo más.

Estrello mi boca con la suya. Sube la mano por mi pecho y percibo el calor que mana de su cuerpo.

He tenido sexo con Niza más veces de las que puedo recordar, pero lejos de saciarme, mis ganas de tenerla solo aumentan, y lo peor es que no hablo del ámbito sexual. No, si fuera así, todo sería más sencillo: un simple polvo lo resolvería y ya está, pero no. Mi deseo por ella va mucho más allá. En la distancia, no abandona mi mente, y en la cercanía, las horas no me parecen suficientes.

Su jadeo se pierde en mi boca al sentir mi erección contra su culo. Se separa. Busco sus labios de vuelta y emito un gruñido bajo cuando se aleja.

—Para o no terminaremos nunca de arreglar este estudio.

—Eso puede esperar; tengo otras prioridades ahora. —Intento besarla otra vez.

—En serio, tengo hambre.

—Sírvete. —La aprieto más contra mí para que pueda sentir mi erección, y se echa a reír.

—¡Me refiero a algo que pueda tragar! —Enarco una ceja. Se apresura a señalarme con un dedo—. No digas nada.

Le doy un beso rápido en los labios y la dejo ir. Se acomoda a mi lado en el sofá, abre la caja de pizza y emite un sonido de alegría al darle la primera mordida.

—La pizza de Gino's es la mejor —dice feliz.

Me resigno a no tener mi polvo y, cuando mi erección baja, tomo mi propio pedazo. Comemos en un silencio cómodo mientras admiro mi próximo lugar de trabajo: aún faltan algunas paredes por decorar, pero todas tienen pintura fresca; hay una vitrina nueva donde irá la caja registradora, y está el maldito gnomo raro que me regaló Niza. También están ya las camillas nuevas, que llegaron ayer, acomodadas en sus respectivos espacios. El proceso es lento, pero me gusta cómo está quedando todo.

Tomo otro bocado. La idea de contarle a Niza lo que he estado hablando con su padre me da vueltas en la cabeza, pero lo descarto enseguida porque: 1. Hay un martillo sobre la mesa, muy cerca de su mano, y eso es peligroso. 2. No sé cómo reaccionará y prefiero evitar que me estrelle el gnomo que hay en el estudio. Será mejor que su padre le diga; quizá, si él lo hace, reaccione mejor y yo no termine con un ojo morado.

—Quiero hablar contigo sobre algo —dice Niza de pronto.

La miro: su rostro es tan serio que me abre un vacío en el estómago y absorbe el pedazo de pizza que acabo de comer. Su padre no le habrá contado ya, ¿o sí?

—¿Qué sucede?

Juega con los dedos, un claro gesto de nerviosismo que reconozco enseguida. Sé que algo la incomoda.

—No vas a terminar conmigo, ¿o sí? Acabamos de volver —digo con un toque de broma y temor.

—¡No! —Da un respingo y el susto en su rostro me hace esbozar una pequeña sonrisa de alivio—. Claro que no, idiota.

—Bien, me estaba cagando en los pantalones. Entonces, ¿qué pasa?

Se muerde el labio, vacilante, toma una bocanada de aire y me cuenta:

—Como sabes, recibí muchas ofertas de trabajo porque el video explotó. Contactaron a Lena y tuve al menos cinco solicitudes para bailar. Acepté tres.

Me siento un imbécil por pensar que esto podría ser algo malo. Es una noticia increíble.

—¿De verdad? ¡Eso es asombroso! —Sonrío y me acerco para besarla—. No me sorprende; eres la mejor en lo que haces. ¿Qué trabajos? ¿Cuándo inicias?

Su mirada cae a sus manos, todavía entrelazadas con nerviosismo.

—Dos son apariciones en videos musicales, uno en Seattle y otro aquí, en Nueva York. La tercera es… en Rusia, con la compañía de *ballet* Bolshói.

Ah, es eso. Apoyo la espalda en el respaldo del sofá.

—¿Cuánto tiempo te irás?

—Tres meses.

Su respuesta es como un balde de agua fría. Estaremos mucho tiempo separados ahora que su carrera como bailarina despegará. No tiene que explicar más, porque sé lo que está tratando de decir: tengo la tienda aquí en Nueva York, mientras que ella se irá a bailar por el mundo.

—¿Cómo lo haremos funcionar? —El temor en su voz es tan palpable que me hiela la sangre.

Las dudas me comen la cabeza. Una relación a distancia no es el escenario ideal para ninguna pareja, pero sé que podemos hacerlo funcionar, al menos esta vez, porque estoy dispuesto a ello. Casi me echo a reír por lo irónico que resulta todo: dejé a Niza porque me iría con la banda y ahora es ella la que se va. No la haría elegir entre sus sueños y yo, y sé que ella tampoco lo haría. Una pareja está ahí para alentarte, y si no te impulsa a cumplir tus metas, ¿entonces para qué estar juntos?

—Haremos que funcione —digo sin más.

—¿Cómo? Estaré ausente por semanas, incluso meses. Todo será complicado y no nos veremos. Seremos igual que vacas perdidas y ovejas descarriadas y… y…

La tomo del rostro con ambas manos para evitar que empiece a despotricar sobre otros animales. La obligo a mirarme para que se calle.

—Lo haremos funcionar —repito con lentitud para que mis palabras entren en esa cabeza tan dura que tiene—. Será difícil y lo odiaremos al principio, pero lo lograremos. Existen las videollamadas, los mensajes e iré a visitarte siempre que pueda. No voy a detenerte de cumplir tus sueños. Estoy aquí para que sueñes más grande, no para que te despidas de tus ilusiones.

—Pero...

—No soy uno de esos imbéciles a los que les aterra tener como pareja a una mujer exitosa; al contrario, es un privilegio. —Sonrío—. Uno que no voy a permitir que otro me quite, así que no te preocupes.

El temor se desvanece un poco en su semblante. La duda sigue ahí, pero menos fuerte.

—Entonces, ¿estarás bien cuando me vaya por semanas? Estaré en Nueva York, pero no siempre sabré cuándo ni por cuánto tiempo, todo dependerá de las ofertas de trabajo y...

Le tomo la mano con fuerza y clavo mi mirada en la suya para dejar claro que no bromeo.

—No tienes que preocuparte. Lo lograremos, nos esforzaremos. Estoy convencido de esto porque eres *esa* persona.

—¿Esa persona?

—Con la que quiero pasar el resto de mi vida. Eres *esa* persona que convirtió mi caos en una constelación increíble.

Los ojos se le anegan de lágrimas y me siento un idiota. Lo último que quiero es hacerla llorar.

—No lo dije para que te sintieras mal. No llores, mojarás el sillón y es nuevo —digo para restarle emoción al asunto.

Niza me mira con el rostro iluminado y lleno de felicidad, pero no llora más y se lo agradezco.

—Sabes, si esto de tatuar no funciona, siempre puedes volver a la música.

Pongo los ojos en blanco.

—No sé si quiero volver a pisar un escenario.

—Hablo de escribir canciones. Se te da bien enamorar a través de las palabras.

—Solo lo sabes tú porque eres la única a la que le digo más de diez palabras.

De pronto, cruza los brazos y estrecha los ojos.

—Sí, hablando de enamorar, ¿cómo sé que no vas a enamorarte de otra mientras no estoy? —inquiere, y puedo escuchar los celos con claridad—. Quiero decir, vendrán mujeres hermosas, perfectas y dispuestas a que les tatúes el pecho… o los muslos. —La última palabra es casi un susurro lleno de miedo.

Suelto una risita por su actitud y me encojo de hombros.

—No tienes forma de saberlo.

Me acribilla con la mirada y su piel palidece un tono.

—¿Cómo puedes decirme algo así? ¿Y se supone que debo irme feliz por el mundo mientras mi novio me pone unos cuernos más grandes que los de un toro?

Sus ojos avellana resplandecen con ese fuego que los llena cuando está furiosa y que me prende a mil.

—Hasta que encuentre a una pelirroja más hermosa que tú, a la que además le encante expresarse con dichos raros de granja, no tienes nada de que preocuparte.

No me quita la mirada de encima, suspicaz, pero después de un segundo sonríe y me deja besarla sin premura para saborearla por completo, todo lo que ella es: confort, seguridad, cariño y una salida al jodido *impasse* que era mi vida.

Nos separamos y seguimos comiendo en silencio después de esa dura conversación. Fue incómoda, pero necesitábamos tenerla.

—Estaba pensando… —dice de pronto, y deja la pizza a medio comer en la caja.

Me froto el rostro con la mano. ¿Cuándo será el día que pueda comer en paz?

—Ese tono no es buena señal.

—Me preguntaba si podías hacer algo por mí.

Enarco ambas cejas.

—Quieres que haga algo por ti —digo, tratando de descifrar en qué piensa. En serio, no la entiendo el noventa por ciento del tiempo.

Suelta una risita nerviosa.

—Sí, bueno, lo he estado pensando y creo que es hora, y te prometí que serías tú quien lo haría cuando al fin me decidiera.

La confusión me rebasa.

—¿Me estás pidiendo que sea el padre de tus hijos o que te done un riñón?

—Digo, no sé si estás dispuesto… pero lo haré con o sin ti, y prefiero que seas tú —balbucea, y la curiosidad me come vivo.

—Niza. Qué. Demonios. Quieres.

—Quiero que me tatúes. A color —dice sin un rastro de vacilación, y creo que estoy dormido, soñando una fantasía.

—¿Qué?

—Quiero que me tatúes —repite segura, y sonríe con cariño—. Quiero ser tu primera cliente en esta tienda.

Mierda. No estoy soñando. Es real. La miro como si me pidiera que saltara de un puente. Tal vez eso tendría más posibilidades de ocurrir.

—No puedes. Eres una bailarina —rebato, aunque mi mente empieza a trazar enseguida diseños en su perfecta piel pálida. En mi imaginación, la lleno de arte como si fuera un lienzo en blanco: flores en las piernas, espirales en los brazos, letras en la espalda y algo pequeño en la cadera que solo yo pueda besar.

—Sí, pero ya no hago solo *ballet* y Lena no es Winslet. Esos prejuicios ya no existen. —Se encoge de hombros—. Además, no te estoy pidiendo que me dibujes Notre Dame en la espalda, solo algo pequeño.

La contemplo impactado. Esto no es normal. Cuando la conocí, fantaseé miles de veces con llenar esa piel con cientos de diseños, pero ahora me parece un crimen. ¿Qué podría ser tan importante para que ella decida concederme ese privilegio?

—¿Qué quieres que te tatúe?

—Lo que tú decidas. Quiero algo que represente todo lo que he sobrevivido y en lo que me he convertido. Será una marca de lo que he conseguido, y nadie conoce mi historia mejor que tú. Quiero que sea un recordatorio de que siempre puedo volver a florecer.

Abro la boca, pero las palabras no salen. Joder, ni siquiera estoy seguro de que siga respirando.

—Niza, esto es demasiado. No puedes pedirme eso. No puedo decidir algo así, lo llevarás por siempre en la piel.

—Tú ya me tienes en tu piel —replica sin perder la convicción—. Ahora yo quiero llevarte a ti.

Me sonríe son suavidad y mi reticencia se derrite por completo.

—Sé que me tatuarás lo que te pido. Confío en ti.

Eso es todo lo que necesita para convencerme.

—Bien. —Me pongo en pie, y ella me contempla feliz—. Pero tendrás que hacer algo por mí cuando terminemos.

—De acuerdo.

Mi corazón comienza a latir más rápido porque caigo en la cuenta de que no estoy solo en esto: ahora ella también tendrá un tatuaje mío. La idea de tatuar nunca me pareció más preciosa y significativa que ahora.

* * *

Es poderoso, alucinante y jodidamente erótico. La he follado antes, he probado su flexibilidad en posturas que creía imposibles, la he hecho suplicar, gemir y gritar hasta que todo lo que puede sentir, saborear y respirar soy yo. Le he hecho el amor, suave y sin prisa; le he besado la frente, el hombro y cada parte del cuerpo. He hecho eso y más con ella, así que esto no debería ser tan estimulante, pero lo es. Nunca pensé que la idea de tatuar a alguien provocaría una reacción tan intensa en mí.

Me siento en la silla; ella ocupa su lugar en la camilla. El plástico que cubre el mueble por salubridad cruje bajo su peso mientras se acomoda. Me mira expectante.

—¿Dónde lo quieres? —pregunto tratando de no perder la concentración.

—Aquí. —Se señala el espacio sobre la blusa, debajo de la clavícula y cerca del inicio del pecho, del lado izquierdo.

—Tendrás que quitarte la ropa.

Me mira suspicaz.

—¿Es alguna artimaña tuya?

—No, pero no puedo tatuar en ese lugar si llevas blusa.

Estrecha los ojos un momento, aunque detecto la diversión en ellos.

—De acuerdo.

Termino de acomodar los pigmentos que necesito, la pistola que me regaló Bryce, lista y completamente nueva; una aguja sin abrir y la plantilla. Su primer tatuaje. Además, es el primer tatuaje que hago como una profesión oficial.

Logro enfocarme lo suficiente para comenzar a trabajar, pero la miro y por poco mando todo a la mierda. Mi polla está de acuerdo con la idea; maldita traidora.

—¿Por qué no estás usando sostén? —inquiero con la mandíbula tensa.

Trato con todas mis fuerzas de pensar con la cabeza que tengo sobre los hombros y no con la que está dentro de los pantalones, pero es casi imposible: Niza está recostada en mi estudio, con las tetas al aire y los pezones erguidos, rogando por mi atención.

—¿Por qué lo usaría? No tengo mucho que ocultar de todas formas, y eres mi novio, las has visto lo suficiente como para memorizarlas —replica con inocencia.

«Deja de pensar con las pelotas», me digo. Le lanzo la blusa.

—Cúbrete.

—¿Por qué?

—No puedo tatuarte si me estás frotando las tetas en la cara.

—No te las estoy frotando en la cara.

—Exacto, es una tragedia en la que no quiero pensar mientras te tatúo, así que cúbrete —insisto, con dureza, y me obedece.

Se la pone de nuevo y la baja lo suficiente para darme el espacio que necesito. Me concentro, me pongo los guantes y empiezo a trabajar. Su respiración cambia cuando le desinfecto la zona, la seco y, con cuidado, le pongo una capa de gel en la piel. Pego la plantilla para que el diseño se transfiera y lo dejo secar unos minutos.

—Hiciste el diseño rápido —me dice mientras abro la aguja.

—Sí.

—¿Cómo es posible?

—Tuve en cuenta lo que me pediste y lo que me recuerdas.

Podría ver el diseño bajando un poco la vista si quisiera, pero no lo hace.

—¿No quieres verlo?

—No, hasta que hayas terminado —dice segura. Realmente confía en mí—. No me tatuarás un gnomo de jardín, ¿cierto?

Río.

—¿Por qué no se me ocurrió? —bromeo.

Una vez estoy seguro de que el diseño se ha transferido y secado, advierto:

—Dolerá.

—Está bien —responde en un susurro, sin que sus ojos abandonen los míos, como si tuviera miedo de romper este momento si hace el más mínimo movimiento.

Enciendo la pistola y su sonido es lo único que se oye en mi estudio. Veo los músculos de su cuerpo tensarse en anticipación. Está nerviosa, como todas las personas antes de su primer tatuaje. No sabe qué esperar, solo que dolerá. Me inclino sobre ella y su pecho deja de moverse. Siento la sangre correr por mis oídos y el corazón golpear las costillas.

—Hazlo hermoso —me pide con suavidad.

Claro que lo haré hermoso. No arruinaría una piel como la de ella con alguna porquería. Una excitación diferente a la sexual me recorre el cuerpo, fuerte e intensa.

—Quédate quieta.

Es una buena clienta. No se mueve, solo hace una mueca de dolor por el primer toque.

Estoy tatuando a Niza, a la mujer que llevo literalmente en la piel. Es mi primera cliente en mi propio estudio. También es mi primer tatuaje a color. Nunca he usado otro pigmento además del negro, pero ella, que es una estela de colores única y brillante, merece ser tatuada a color. Caigo en la cuenta de lo significativo que es esto y se me remueve hasta la última fibra.

Siento sus ojos sobre mí mientras trabajo, pero me las arreglo para mantener el control. Es como esos momentos en los que nuestros ojos se conectan mientras tengo los dedos enterrados en ella y la masturbo. Quema. Arde. Abrasa. Remueve las piernas en una clara señal de que también está excitada. Pienso en lo mojadas que estarán sus bragas y lo fácil que sería entrar en ella.

Alejo esos pensamientos y me enfoco en terminar el trabajo. Lo hago en silencio y con una erección casi dolorosa entre los pantalones. Deberían darme un premio por este nivel de concentración.

Cuando termino, limpio la zona con una toalla de papel. No hay sangre y, como imaginé desde un inicio, su piel absorbe el color de una forma preciosa.

—Tienes que cuidarlo hasta que cicatrice —explico.

La masajeo con una crema hidratante y preparo el plástico protector.

—No te lo quites hasta dentro de…

—Quiero verlo —me corta.

Asiento con el cuello rígido, incapaz de contener por más tiempo mi deseo por ella. Me quito los guantes, la ayudo a incorporarse con cuidado y la llevo hasta el espejo de cuerpo completo que hay justo enfrente. Nos veo a ambos en el reflejo: dos personas completamente distintas, unidas por el dolor que hemos soportado y luchando por reunir los pedazos que hemos perdido. La contemplo junto a mí y me parece la imagen más perfecta de todas, como si ella perteneciera ahí, a mi lado.

—Clay es… —Abre los ojos, llenos de adoración—. Es hermoso.

Admira la flor de loto, la forma delicada de los pétalos y el pálido rosado que contrasta con los toques de verde claro. Es pequeña, no más de seis centímetros, pero está ahí: mi marca está ahí, en su cuerpo, para siempre.

—¿Por qué esta flor? —inquiere mientras se gira hacia mí.

—Porque me la recuerdas. —Tomo la pinza que le sostiene el cabello y lo suelto.

—¿Por qué?

—Porque esa flor crece en lugares fangosos, difíciles, y aun así es preciosa —musito, recorriendo embelesado la forma de su cara—. La flor de loto simboliza la belleza que nace del dolor, la fortaleza que surge del caos y el alma que florece incluso en la oscuridad. Y nadie ha florecido de una forma más hermosa que tú, Niza Hess.

Los ojos se le llenan de lágrimas y se pone de puntillas para besarme. Sus manos encuentran mi cara y me jalan hacia su boca. Es un beso que sabe a agradecimiento y amor en su máxima expresión, y lo atesoro. Otra primera vez que compartimos.

—Gracias.

El momento se torna distinto cuando siente la erección que le presiona el abdomen. Los ojos se le oscurecen.

—Ya hiciste lo que te pedí. Ahora, ¿qué quieres que haga por ti?

La levanto para que pueda enredarme las piernas en la cintura, y lo hace sin esfuerzo. Camino con ella hasta ponerla sobre la camilla cubierta de plástico y le quito la estúpida blusa.

—Que me dejes follarte sobre esta silla.

Está a punto de decir algo, cuando meto la mano en el elástico de su short, y las palabras son reemplazadas por un gemido alto que se combina con mi maldición al sentir en los dedos su humedad.

—Estás muy necesitada.

—Lo estoy.

Sus caderas se mueven al compás de mi mano, sin ningún rastro de vergüenza. Sonrío antes de atraparle la boca en un beso hambriento. La tomo lento, con ella sobre mí para no lastimar la parte sensible en la que tiene el tatuaje.

Si alguien me hubiera dicho que terminaría enamorado hasta los huesos de la chica extraña que entró a trabajar una noche como conserje en Ink the Mind, le habría pintado una grosería con el dedo antes de irme; pero *sí estoy enamorado hasta los huesos*... y me parece perfecto. No cambiaría ni una sola cosa de ella, porque así se las arregla para iluminarlo todo a su alrededor, como una estrella guía en mi oscuridad.

36| Línea fina

Clay

—Sabía que podrías resolverlo a tiempo —digo mientras mis abogados revisan el documento de antes de firmarlo.

Nadir me escruta con gesto contenido, como si se esforzara por no perder los estribos. Han transcurrido trece días desde que nos vimos la última vez en el despacho de sus abogados… Y llegué a pensar que no tendría éxito en mis pretensiones. Pero creo que Nadir entendió que debía velar por sus intereses y los de la banda. Riot 911 es buena y con un líder como Mitch pueden mantenerse en lo más alto por un largo tiempo. No necesitan a ninguno de los hermanos Hawthorne para conseguirlo.

El silencio se extiende entre nosotros y los abogados verifican que todo esté en orden. Si pudieran, los ojos de Nadir me meterían un balazo en la frente.

—Te arrepentirás de esto —dice de pronto—. No sabes a lo que acabas de renunciar.

Inspiro y cuento mentalmente para no perder el control. Charles es un excelente terapeuta. Le haría tatuajes gratis sin problema si no fuera el típico imbécil alérgico a ellos.

—¿Les has dicho a los chicos que mi salida es oficial?

El rostro se le contorsiona en una mueca de exasperación, pero asiente.

—Debiste decírselo tú —masculla—. Al menos debiste tener ese gesto de consideración con ellos.

—Ya lo sabían… o se lo esperaban. Nunca encajamos bien, pero iré a despedirme.

Nadir suspira frustrado.

—Lamento lo que le sucedió a tu hermano. No quería que terminara así. Sé que tú y yo nunca tuvimos la mejor relación, pero estoy siendo honesto. Tu hermano tenía mucho talento, era el alma de la banda. En verdad me dolió cuando murió —dice con un esbozo de arrepentimiento que no sé si creerle.

Eso me irrita, pero me controlo porque no vale la pena discutir. Esta será una de las últimas veces que hablemos.

—Lo que tú digas.

Creo que al fin se terminará esta conversación, pero él sigue:

—También lamento lo que pasó con Otto. Bryce ya tenía un arreglo con tu abuelo desde antes y le daba una mensualidad bastante buena. Cuando murió, me buscó para no perderla y seguir recibiendo dinero a través de ti.

Un bloque de hielo me cae en el estómago y aprieto el reposabrazos. Esa maldita alimaña asquerosa. Aún no puedo creer que Bryce haya tenido que comprarme para alejarme de ese parásito. Y lo peor es que sigue sin rendirse. El recuerdo de que en dos días tendremos la última audiencia para conocer quién se quedará con los mellizos hace que me duela la cabeza.

—Podría denunciarte por fraude. Le diste acceso a una pensión con dinero de mis ganancias sin que yo lo autorizara.

Nadir se pasa una mano por la boca. La frente se le llena de transpiración.

—Sí, bueno, supuse que como Bryce ya lo hacía, tú también…

—Otto no tiene derecho a ningún centavo, pero eso ya no importa porque tengo nuevas cuentas y él no figura como beneficiario en ninguna de ellas —lo corto.

—De acuerdo.

No volvemos a hablar, solo nos miramos a los ojos. Es como estar frente a un villano de los últimos niveles de los videojuegos que tanto ama RJ. Los abogados rompen el silencio y Lewis asiente para confirmarme que todo está en orden. Pone tres juegos de copias sobre la mesa, uno de ellos frente a mí y otro frente a Nadir. Me tiende el bolígrafo y lo tomo enseguida. Estoy a punto de firmar, cuando la voz del representante me detiene:

—¿Estás seguro?

—Jamás he estado tan seguro de algo.

Escribo mi firma en las copias. Lejos de sentirse como un mero procedimiento legal, parece que estoy firmando mi libertad, que finalmente se rompen las cadenas que me sujetaban a una vida esclava de la fama hueca y el dinero vacío.

Después de que Nadir termina de firmar su parte y ambos estamos de pie frente al otro, decido darle la noticia que me estuve guardando todo este tiempo.

—Me presentaré con los chicos en el último concierto, como me lo pediste —admito, y la mirada se le ilumina como si acabara de encontrar un fajo de billetes—. Haz que valga la pena.

Por primera vez, no quiero arrancarle la sonrisa.

Cuando salgo del despacho, me siento como un hombre nuevo. Sigo siendo el mismo Clay que entró hace una hora, pero algo en mis huesos, mi sangre y mi interior se siente diferente. Tal vez así es como se siente la libertad.

* * *

Me parece que estoy asistiendo a demasiados tribunales y solo puedo llegar a dos conclusiones: 1. Odio el café de máquina. 2. Espero jamás volver a pisar otro en mi vida después de esta audiencia.

—Gracias por venir —dice Hela al terminar el abrazo.

No tengo que ser adivino para darme cuenta de que no ha dormido bien los últimos días. Las marcas de la falta de sueño y el cansancio están cinceladas en su rostro. Ni siquiera estoy seguro de que haya comido como se debe, porque está más delgada que la última vez que nos vimos.

El abogado de familia de la última vez nos acompaña. Aspen también está aquí. Parte del sufrimiento de Hela se debe a que no ha podido ver personalmente a los niños todo este tiempo por órdenes del juez, para evitar interferencias en el fallo, y como Aspen vive en Portland, estar con ellos es casi imposible. Está en la otra punta del país. Ni siquiera pudo verlos hoy; se quedaron en casa con su cuñada.

—Todo estará bien, Hela. Estoy segura —dice Niza.

—Eso espero. Solo quiero a mis niños conmigo. —La voz le tiembla—. Fue horrible estar sin ellos todo este tiempo. No quiero imaginar qué será de mí si el juez no falla a mi favor.

Aspen se acerca con los brazos cruzados y enarca las cejas al ver a Niza.

—Te recuerdo. Creí que ya no estaban juntos.

—¿A ti qué te importa? —mascullo a la defensiva, y se enfoca en mí.

—No me importa, pero pensé que no volvería a verla contigo. Al parecer, los Hawthorne son imposibles de dejar. —Le dedica a su hermana una mirada reprobatoria, que ella ignora con toda la dignidad que puede.

—Tenemos cosas más importantes por las que preocuparnos ahora —dice Hela.

—Claro. ¿Dónde está el psicópata de tu abuelo? Pensé que sería el primero en presentarse —dice Aspen.

—No lo sé —respondo—. Por mí puede no volver a presentarse jamás, y si está muerto entre su propia mierda, mejor.

—Clay, no digas esas cosas —me reprende Hela escandalizada, llevándose una mano al pecho.

—No tiene oportunidad de quedarse con ellos, ¿cierto? —interviene Niza por primera vez—. Quiero decir, es demasiado viejo para hacerse cargo y...

—No soy tan viejo como parezco. —Una nueva voz se cuela en la conversación, y las náuseas me suben por el esófago. Otto nos observa a todos como si fuéramos poco más que cucarachas—. ¿Cómo están los niños? Espero que los hayas cuidado bien por mí mientras tanto, Aspen —dice el cabrón con petulancia.

El aludido ni siquiera se inmuta. El parásito esboza entonces una sonrisa mezquina y se fija en Hela, quien se encoge.

—Solo quiero que sepas, querida, que no podrás ver a tus hijos cuando estén bajo mi custodia. No está bien que convivan con una madre drogadicta.

Hela hace el ademán de replicar, pero su hermano la detiene tomándola del brazo.

—Solo quiere provocarte, como hizo con Clay la última vez, para dejarte mal ante el juez. No caigas —dice con los dientes apretados.

—No intento provocarla, solo le digo lo que sucederá con sus hijos cuando ya no los tenga —explica con cinismo, y mis ganas de arrancarle la lengua suben a niveles estratosféricos.

—Eso no lo sabemos. Yo no me sentiría tan seguro si fuera tú —digo.

Los ojos de Otto brillan como si visualizaran el triunfo.

—Clayton, me habría encantado quedarme contigo más tiempo. La pasábamos tan bien. Creo que algunas tradiciones las continuaré con Lyra y Bryce.

Cada músculo de mi cuerpo se tensa y una quemazón insoportable me nace en el pecho. Por un instante toda mi racionalidad se pierde, una línea roja me nubla la vista y las manos me cosquillean por darle un golpe. Niza se pone frente a él.

—No lo conozco, pero no debería estar aquí. Es demasiado viejo para tener tanto odio en el corazón. Destruyó la relación con su nieto y me repugna que se deleite con ello. Era su familia y lo lastimó, pero él se volvió una buena persona a pesar de eso, a pesar de todo el dolor al que lo sometió… No lo reparte como hace usted.

El corazón se me arruga por la forma en que me defiende. Se siente extraño que alguien más dé la cara por mí. He estado solo tanto tiempo que no pensé que alguien más podría acompañarme a lidiar mis batallas, pero Niza está aquí, férrea, determinada y sin miedo, enfrentándose al mayor terror de mi vida.

—No importa cuál sea el fallo, usted no tendrá acceso a estos niños jamás. Lo impediremos una y otra vez, porque ellos no están solos, tienen una familia que luchará por ellos —continúa con firmeza.

Otto la mira por debajo de la nariz con desprecio.

—¿Qué? ¿Se supone que llore ahora y cambie de opinión? No digas estupideces.

—Ella tiene razón —dice Aspen—. Incluso si Hela no se queda con la custodia, nos tendrán a nosotros.

Las aletas de la nariz de Otto se inflan, pero antes de que pueda decir algo, su abogado aparece con expresión arrogante.

—La audiencia está por comenzar. ¿Entramos?

Le dedico al imbécil una última mirada de odio antes de entrar a la sala. Una pequeña chispa de esperanza se enciende en mi interior y caigo en la cuenta de que, a diferencia de mí y Bryce, estos niños no estarán solos. Nos tendrán a Aspen y a mí para protegerlos sin importar qué. Yo no tuve una familia, pero me aseguraré de que mis sobrinos sí la tengan.

Hela se sienta junto a su abogado, y Otto y el suyo lo hacen en la mesa del lado. La tensión me cae sobre los hombros cuando el juez Clarke aparece. Es el mismo que estuvo en la audiencia la vez anterior. Quiero escuchar a la voz optimista que me repite sin cesar que los niños estarán con Hela, pero una parte de mí no deja de gritarme que será Otto quien se quedará con ellos y los destruirá. El terror me seca la boca, el corazón me palpita de forma dolorosa y la ansiedad me retuerce el estómago. Esto no es bueno. Si llega a fallar a favor de Otto... Ni siquiera soy capaz de terminar el pensamiento.

En mi mente, cada escenario se vuelve peor que el anterior. Creo que me dejaré rebasar por mis emociones, hasta que siento la delgada mano de Niza entrelazarse con la mía. Me da un apretón, cálido y seguro, y se lo devuelvo. Mis ojos encuentran los suyos y mi errático tren de pensamiento se ralentiza. No habla, pero sé lo que quiere decirme: está aquí para mí. No va a dejarme solo en esta situación, ni a mí ni a Hela. Está conmigo porque, si esto no sale bien, será un golpe tan duro que podría destruirme.

—El juez Clarke presidirá la audiencia —avisa su auxiliar mientras ocupa su lugar.

El juez se aclara la garganta.

—Bien, Hawthorne y Voison, ustedes son quienes solicitan la patria potestad de los niños Lyra y Bryce, ¿correcto?

—Así es, su señoría —dicen al unísono los abogados.

Lee rápidamente algo en su expediente y pone las manos bajo la barbilla.

—Veo que siguieron la orden que les di y los mellizos estuvieron bajo el cuidado temporal de su tío este mes. La trabajadora social reporta que tuvieron las condiciones ideales para su desarrollo. Lo felicito, señor Voison.

El aludido encuadra los hombros y se arregla el saco de su traje. Reprimo el impulso de poner los ojos en blanco. Es tan estirado.

—Gracias, su señoría. Quiero lo mejor para mis sobrinos.

—¿Tuvieron algún problema usted y su esposa para cuidarlos?

—No, su señoría.

—Ya veo. —El juez arruga el ceño—. ¿Y por qué no pidió usted también la custodia? ¿Le dan miedo los niños? —dice en tono de broma y suelta una risita.

Aspen se pone tan rígido como una vara.

—No me dan miedo, su señoría, pero… —Se detiene un momento para buscar las palabras—. Creo que estarán mejor al cuidado de su madre. Mi hermana se ha recuperado totalmente de su adicción, no ha consumido nada desde que se enteró de su embarazo y creo que los niños deberían estar con ella. No hay mejor lugar para ellos que con Hela.

El juez chasquea la lengua.

—Por supuesto, pero tenemos que considerar todos los factores —explica el juez, y pone su atención sobre Hela—. Señora Voison, sé que no le hacen falta recursos para criar a sus hijos, pero creo que su historial con las drogas compromete la seguridad de los niños, además de su debido cuidado.

—No he vuelto a consumir, su señoría. —La voz de Hela tiembla de desesperación—. Puede ver todos mis exámenes médicos.

El juez asiente, pero no responde. En su lugar, mira a Otto.

—Señor Hawthorne, usted también solicitó la custodia de sus bisnietos, pero veo que le faltan recursos para su debida crianza. ¿No tiene una pensión?

—Tenía una hasta que me la quitaron hace poco —espeta resentido, y gira el cuello para dedicarme una mirada venenosa. La satisfacción me llena el pecho.

—Ya veo —responde el juez y suspira—. Lo cierto es que ni la señora Voison ni el señor Hawthorne cumplen con las condiciones ideales para el correcto desarrollo y cuidado de los menores. Por un lado, el tema de su historial con las drogas, señora, es señal de alarma. Y por su parte, señor, tiene ochenta y dos años, poco dinero y un presunto historial de abuso a su nieto que no podemos comprobar.

—Su señoría, no hay pruebas sobre eso. Él podría estar mintiendo —dice su abogado.

—No estoy mintiendo. Puedo enseñarte las marcas de sus golpes ahora mismo —digo sin pensar, y todos se enfocan en mí.

Le sostengo la mirada al juez, sin flaquear. Es doloroso, pero si tengo que hacerlo para que Otto no tenga ninguna oportunidad, que así sea.

—Exacto, no se puede comprobar —admite el juez—, pero eso no quita que el hombre sea demasiado mayor para el cuidado de los niños, así que ninguno es apto por completo.

La declaración me golpea como una patada en el estómago y me saca el aire. El miedo me araña el interior y cubre todo a su paso. Si ninguno es apto, ¿qué demonios sucederá con los mellizos? ¿Volverán con Aspen? ¿Irán a una casa de acogida donde serán separados después y estarán con distintos padres adoptivos? El pecho se me cierra y todas las posibilidades horrendas se me agolpan en la cabeza. No es posible. No puede hacer eso.

—Entonces, ¿qué sugiere, su señoría? —pregunta el abogado de Otto.

Noto el leve temblor en el cuerpo de Hela y, aunque no puedo verla, sé que está llorando.

—Lo mejor será que su tío se haga cargo. Es el más adecuado. Con visitas periódicas de la madre —sentencia.

Lejos de sentirse como un alivio, parece el golpe de una guillotina. El sollozo de Hela irrumpe en la sala, desgarrador.

—Por favor, no me quite a mis hijos. Deben estar conmigo; soy su madre —suplica ahogándose en el llanto.

—Señora Voison, su historial…

—Si su historial no le permite tener a los niños, yo debería ser el más adecuado —lo interrumpe Otto—. Recibiría una pensión del Estado y además dinero de la madre. Eso sería suficiente.

—¡Quiero a mis hijos! —Hela sube la voz y calla la letanía de Otto.

El juez la mira con detenimiento.

—Señora, su hermano…

—¿Y qué pasa si rechazo la custodia? —lo corta Aspen, y apenas lo escucho, por el pánico que me invade el cuerpo—. La última vez firmé para aceptarla. ¿Qué sucede si la rechazo?

—Si ese fuera el caso, tendrían que estar con su madre —explica el abogado de Hela con lentitud—. Su señoría, usted sabe tan bien como yo que los niños crecen mejor cuando están al cuidado de sus madres. La señora Voison tiene historial, sí, pero podría someterse a un periodo de vigilancia constante para verificar que no vuelva consumir y los niños estén bien.

El juez Clarke se pasa los dedos por los labios, pensativo.

—No podemos destinar tantos recursos para vigilarla solo a ella.

—Lo sé, pero los mismos recursos que implementaría en vigilar al señor Voison podría usarlos en Hela —insiste.

—¿Usted tiene hijos, señor Clarke? —pregunta Hela en un susurro lloroso—. ¿Cómo se sentiría si un día no pudiera verlos más? ¿No haría cualquier cosa por ellos?

El hombre se remueve incómodo en su silla y algo se le asienta en la expresión, indescifrable. Niega con un gesto y creo que todo está perdido. El miedo me llena por completo, de la cabeza a los pies.

Entonces se frota el rostro y vuelve a hablar:

—Si su hermano renuncia a la custodia, podría otorgársela a usted, señora Voison, pero estaría sometida a un periodo de prueba en el que, si falla, no volverá a ver a sus hijos jamás y terminarán en una casa de acogida, ¿me escuchó?

Dejo de respirar.

—Sí, sí, por supuesto. Haré todo lo que sea necesario. Todo.

—Bien, entonces, señor Voison, ¿renuncia a la custodia?

Todos en la sala giran el rostro hacia Aspen. Mi pulso registra cada segundo que pasa sin que él dé una respuesta, hasta que asiente.

—Sí, renuncio. Quiero que los niños estén donde pertenecen: con su madre.

Su hermana sonríe, de forma brillante y llena de felicidad. Aprieto la mano de Niza. Este, en definitiva, es el mejor triunfo de todos.

—Siendo así, señora Voison, le concedo la custodia total de sus hijos, bajo revisión periódica —decreta el juez.

Hela se pone de pie y corre a abrazar a su hermano. El alivio me invade igual que una avalancha y es tanto que me siento mareado. Por un momento pensé que todo estaba perdido, que los niños acabarían con desconocidos o, peor, con Otto, pero el juez tuvo cordura… y compasión. Estrecho a Niza contra mí y ella me corresponde. No dice nada, aunque estoy seguro de que sabe por qué esto es tan importante para mí: yo no pude salvarme, pero sí pude salvarlos a ellos. «No te defraudé esta vez, Bryce», pienso sin dejarla ir y disfrutando de esta victoria.

Otto ni siquiera dice una palabra cuando se retira. Un peso menos sobre mi pecho al saber que no volveré a verlo, o eso quiero pensar.

—Creo que Bryce estará feliz, donde sea que esté —dice Hela cuando llega hasta mí con ojos llorosos. Por primera vez, son lágrimas de felicidad.

—Sé que lo está, porque sus hijos tendrán una familia gracias a ti. —Le aprieto la mano y sonríe.

—Tú también eres familia. Somos tu familia.

37| Emboîté

Niza

—Es bueno escucharte, papá. ¿Cómo está Betsy?

Me pego el auricular del móvil a la oreja al tiempo que meto una bolsa de palomitas al microondas. Al fondo escucho las voces de Diane y Orena, que discuten por cuál será la siguiente película que veremos.

—Está bien, te extraña. La veía más feliz cuando estabas aquí.

Escucho el atisbo de pena en su voz y se me estruja el corazón, porque sé que no habla de los animales, sino de él.

—Trataré de ir más seguido, aunque con esto de las nuevas ofertas de trabajo y mamá ahí… Ya sabes, las cosas no terminaron bien la última vez.

Hay silencio en la línea y veo la pantalla para verificar que la llamada continúe.

—¿Papá?

—No queríamos decírtelo hasta que el asunto estuviera más avanzado, pero supongo que ya no hay razón para ocultarlo… —comienza, y el miedo se me instala como un bloque de hielo en el estómago.

—¿Decirme qué? ¿Qué pasa? ¿Están bien? —Trato de ocultar el pánico.

—Estamos bien, es solo que… —Se calla, como si no encontrara las palabras—. Me voy a separar de tu madre.

Permanezco de pie en medio de la cocina de mis amigas, paralizada ante la noticia. ¿Escuché bien o me estoy volviendo loca? Mis padres han estado juntos por veintitrés años y, aunque el amor ha sido prácticamente inexistente, nunca imaginé que llegaría el día en que alguno de los dos tomaría esa decisión.

—¿Separarte… por un tiempo? —inquiero, porque todavía no me hago a la idea de que esto sea definitivo. Por muy difícil que sea la actitud de mamá, mi padre siempre ha encontrado algo bueno en ella para quedarse.

—No, para siempre. Hablo de divorciarnos.

Me apoyo en la barra de la cocina porque las piernas me fallan. Cuanto más trato de asimilarlo, más irreal me parece, pero papá nunca bromea con estas cosas. Si me lo está diciendo, significa que ya ha tomado la decisión y no dará marcha atrás.

—¿Y mamá está de acuerdo? —Es lo único que atino a preguntar.

Otro silencio se cuela en la línea, hasta que sus palabras me llegan a los oídos.

—Sí, se lo pedí justo después de que te fueras. Esas cosas que te dijo son imperdonables, cariño —dice con ahínco—. Tenía la idea en la cabeza desde hace tiempo, pero todo esto que me sucedió y el hecho de que tu madre no estuviera ahí para mí ayudó a que me diera cuenta de que no le importo en absoluto, y lo nuestro no funciona desde hace años.

—Entonces, ¿por qué te quedaste tanto tiempo si ya no funcionaba?

—No quería lastimarte.

—Papá, por favor. No tenías que hacer eso —digo en un susurro.

—Lo sé, fue un error. Pero ahora ya no estás aquí y, sabiendo cómo te trató… Simplemente no pude soportarlo —explica con un toque de temor en sus palabras—. ¿Me perdonarías?

¿Perdonarlo? Él tendría que perdonarme a mí por sentir este alivio tan grande en el pecho. También siento culpa, pero siento más tranquilidad. Mi madre nunca me ha dado amor, solo me ha generado inseguridades. Es una mujer dura; la vida le enseñó a ser así, pero prefiero tenerla lejos a desgastarme tratando de encajar en un espacio imposible de llenar: el de su hija perfecta.

—No tengo nada que perdonarte. Si las cosas entre ustedes no funcionan, es mejor que se separen. ¿Dónde te estás quedando?

—En casa. No sé a dónde se fue tu madre. Dijo que después me daría una dirección para enviarle los papeles de divorcio. Se fue con Victoria para acompañarla durante el juicio. Supongo que se quedará con ella.

—¿Cuándo se fueron?

—Un día después de ti.

Eso me hace fruncir el ceño.

—¿Qué pasará con la granja? —pregunto con temor.

No querría que tuvieran que venderla para repartirla, aunque hay tantas deudas que seguramente usarían el dinero de la venta para cubrirlas y se quedarían sin un centavo.

—Está a mi nombre —responde, y suspiro aliviada—. Aunque tras el divorcio le daré un porcentaje de lo que genere la granja. Eso lo veremos con los abogados.

—¿Con lo que genere? —La curiosidad me gana—. ¿Vas a trabajar en la granja? ¿De tiempo completo? ¿Qué pasará con tu trabajo en el empaque de mandarinas?

—Sí, renunciaré al empaque para dedicarme a explotar la granja. Es una buena forma de inversión.

—Estoy confundida; ¿de dónde sacarás el dinero para pagar las deudas de las tierras e invertir? Puedo darte una parte de lo que tengo, pero no sé si sea suficiente para…

Mi padre suelta una risa.

—Veo que no te lo ha contado.

—¿Quién? ¿Contarme qué?

—Pregúntale a tu novio.

—¿Qué tiene que ver Clay con todo esto?

Estoy más perdida que una vaca en rodeo ajeno.

—Solo habla con él, ¿de acuerdo? Tengo que irme, llegó el dueño de uno de los terneros que compré. Hablamos pronto. Te amo.

—Yo también te amo.

Me quedó sentada en la silla sin comprender nada de lo último que dijo papá. Ya es difícil asimilar que mis padres se van a separar como para enterarme también de que se dedicará de lleno a la granja. Es su sueño desde que nací, pero, con el poco dinero que tenemos, apenas puede mantenerla en pie. ¿Y por qué tendría que saber Clay algo de esto?

—¿Niza? ¿Te desmayaste mientras hacías las palomitas? —Orena entra en la cocina de pronto.

—Lo siento, hablaba con papá —explico mientras vierto las palomitas en un tazón.

—¿Cómo está?

Salimos juntas de la cocina y encuentro a Diane espatarrada en uno de los sillones con el control remoto en la mano; está viendo el catálogo de películas todavía.

—Mis padres se van a divorciar.

—¿Qué? —exclaman ambas al unísono.

Diane se sienta en el sofá y yo ocupo el lugar junto a ella, mientras que Orena se adueña del sillón individual, como siempre.

—¿A tu papá le afectó el golpe o qué? —pregunta Diane sorprendida.

—Algo así. —Le quito el control para elegir la película.

—Pensé que este día nunca llegaría. Llevo años diciéndote que deberían separarse o terminarían matándose —dice Diane.

—¿Tan mala es su relación?

—No te imaginas cuánto —responde mi amiga.

—Papá me dio varias noticias y todas son buenas.

—Las cosas están cayendo en su lugar. —Orena me lanza una mirada significativa desde el sillón—. Winslet finalmente tiene su merecido.

—¿Ya dieron el veredicto? —inquiero con un toque de alarma en la voz. La duda me había atormentado, pero al no tener contacto con ellas desde la discusión, no tenía idea de qué había sucedido.

—Dime que está en la cárcel —suplica Diane.

—Enik declaró hace una semana. La acompañé; aunque estaba nerviosa, lo hizo muy bien. Dieron el veredicto ayer.

—¿Y cuál es? ¡Me matarás con este suspenso, mujer! —pregunta Diane.

El pulso se me acelera en anticipación.

—No está en la cárcel, pero sí suspendieron su licencia y no podrá volver a acercarse a un salón de clases. Jamás. Y también tendrá que pagarle a Enik una buena suma de dinero. ACA la ha despedido, obviamente. —Orena esboza una sonrisa de oreja a oreja con aire triunfal.

—Esa maldita bruja tendrá que volver a la cueva de la que salió, qué felicidad —dice Diane con felicidad.

Trato de ahogar la sensación agridulce que me llena el estómago echándome un puñado de palomitas a la boca. No sé qué esperaba sentir con la noticia, pero tengo un cóctel extraño de emociones en el interior. Victoria siempre fue mi mayor motivación para dedicarme al *ballet*, mi inspiración… Esa parte de mí es la que siente pena por ella, porque, al final, el *ballet* es su mundo y ahora la han despojado de él. Por otro lado, estoy aliviada porque no volverá a lastimar a nadie. Ninguna otra persona merece pasar por lo que mis compañeros, Enik y yo sobrevivimos.

Toco mi nuevo tatuaje, oculto por la blusa, con cariño. Todavía está enrojecido alrededor y me duele un poco, pero está sanando, igual que yo.

* * *

Regreso a la casa de Coney Island esa misma noche. Me quedo de pie en la entrada, con la llave en la mano y un nudo en el pecho al ver la camioneta negra tipo SUV estacionada en la entrada. Es la que transporta a los integrantes de Riot 911; lo sé porque la vi el día de la grabación del video.

Un montón de posibilidades se me agolpan en la cabeza: ¿Nadir está aquí solo o trajo a los chicos? ¿Están convenciendo a Clay para que se quede en la banda? No, imposible. Ya firmó su renuncia, se supone que su relación terminó. Entonces, ¿por qué están aquí? El miedo me embosca ante una nueva posibilidad: ¿y si vuelven a manipularlo para que todo quede en el olvido y él siga su gira con la banda como si nada hubiera pasado?

Un sabor a hiel me invade la boca; cedo ante el temor que esa perspectiva genera. Giro la llave y entro en la casa como un torbellino, lista para usar todas las armas que poseo y evitar otro desastre. Mi sangre se enciende apenas veo a los integrantes de la banda en la sala. Todos ponen cara de sorpresa y veo la respuesta a mis dudas escrita en sus caras.

—No van a convencerlo —empiezo con el corazón acelerado por el miedo—. Clay es terco y manipulable, pero no van a convencerlo de que vuelva a la banda. Ya firmó la terminación del contrato, ¿no lo entienden?

Clay me mira de forma extraña, sentado en el sofá negro con una paleta en la boca y rodeado por los chicos. Es como ver a un cordero indefenso, listo para ser sacrificado.

—La última vez estaba sensible por la muerte de su hermano y no sabía qué hacer, pero ahora lo sabe. Tiene la tienda, tiene un motivo. No permitiré que sigan metiéndole ideas en la cabeza sobre unirse a la banda para hacer algo que no le gusta.

Mitch parece caer en la cuenta de algo y sonríe.

—Niza, creo que esto es un…

—¡No! —lo corto—. ¿Por qué se empeñan en que él reemplace a su hermano? Él no quiere estar en la maldita banda.

—Liza, espera, creo que…

—¡No, Kirk, déjame terminar! —interrumpo con una determinación que nace en lo más profundo de mí, y lo acribillo con la mirada—. Es un idiota, sí, y es voluble, pero no pueden aprovecharse así de él. Déjenlo vivir su vida. Eso es lo que Bryce quería, y si quieren llevárselo, tendrán que pasar sobre mi cadáver. Eso es lo que su hermano me pidió antes de morir y eso es lo que haré.

Recupero el aire que perdí durante mi vómito verbal. Miro a cada uno de los chicos como si fueran lobos a punto de devorarnos, pero no les dejo ver mi miedo. Clay ya cometió una vez el error de dejarse llevar por lo que otros deseaban, y si él no es lo suficientemente fuerte para defender sus convicciones, entonces yo lo haré.

Los chicos me miran aturdidos; la sorpresa les llena el semblante. Clay parece divertido por mi muestra de determinación, pero no dice nada.

—Hombre, tu novia tiene más huevos que Dave —dice Kirk, y se gana un puñetazo en el hombro de su amigo, que lo hace reír.

—Serían ovarios, en todo caso —agrega Mitch.

—Ni siquiera estábamos haciendo nada y acabamos regañados. Vaya mierda. —Aaron flexiona los brazos tras el cuello.

De pronto, me siento perdida. ¿Por qué no están enojados? Actúan demasiado tranquilos para lo que acabo de decirles. ¿Es porque no creen que sea una amenaza real?

—¿Están tan convencidos de que Clay volverá a la banda? ¿Por eso no les importa lo que dije? —inquiero molesta.

Los chicos se miran entre sí antes de soltar carcajadas.

—¿Crees que venimos a robarte a tu príncipe? —dice Dave entre risas.

—Piensa que vamos a raptarlo —sigue Kirk.

—¿No están aquí para eso?

Clay decide ponerse en pie, al fin, y se acerca a mí con los ojos llenos de diversión, aunque su gesto es serio.

—¿Que soy terco, manipulable e idiota? Si vas a defenderme así, prefiero que no lo hagas. —Niega con la cabeza, y una risita se le escapa—. Están aquí porque tenemos el último concierto en Nueva York y debemos definir los días de ensayo.

El pecho se me aprieta y la boca se me seca.

—¿Es decir que sí volverás a la banda?

—Será mi último concierto con Riot 911. Es mi cierre.

—No vamos a robártelo —dice Mitch—. Clay ya firmó su salida; no vamos a obligarlo a quedarse en un lugar donde no quiere estar.

—¿Quiénes crees que somos? ¿Nadir? —bufa Aaron, asqueado.

Me siento una idiota. Entré a la casa como una loca, escupiendo amenazas a diestra y siniestra, y estos chicos solo están aquí para acordar el último concierto. Siento la cara caliente y quiero salir corriendo. Mitch se incorpora y le da un apretón en el hombro a mi novio.

—Él ya tomó su decisión; nosotros la respetamos.

Kirk se acerca y echa un brazo sobre los hombros de Clay, sonriendo.

—Por eso daremos el mejor de todos los malditos conciertos. Será el último en el que participará este bastardo.

Aaron y Dave entran al círculo también con una sonrisa.

—Vamos a extrañar su malhumor, eso sí —dice el primero.

—Pero tendremos tatuajes gratis —añade Kirk.

—¿Quién te dijo que no pagarías? —replica Clay con fingida seriedad.

—Pensé que tendrías consideración por tus mejores amigos —reprocha.

—La tengo, pero no contigo —dice en broma.

Es la primera vez que lo noto relajado en presencia de los chicos, sin coraza. Está contento, como si sintiera que forma parte del grupo y que no es solo el reemplazo de Bryce. Algo cálido me florece en el pecho ante la escena y me hace sonreír.

—Por cierto, Clay quiere preguntarte algo —dice Dave. Le da un codazo a mi novio para animarlo.

—Pensaba hacerlo en privado. — Y lo fulmina con la mirada.

—Hazlo ahora. Queremos ver su reacción —lo anima Kirk.

Clay pone los ojos en blanco y, por un momento, creo que no accederá. Es extraño que otros cuatro pares de ojos me miren con fijeza. Me siento un animal en una caja de cristal a punto de ser sometido a un experimento.

—Es sobre el concierto... —empieza, y arrugo la frente, expectante—. Quiero que estés en el escenario conmigo, bailando.

Su propuesta me golpea con la misma fuerza que la patada de una vaca. Entre todas las cosas que pensé que diría, definitivamente no estaba esta.

—¿Qué?

—Tú. En el escenario. Bailando. Durante el concierto —puntualiza. Cada palabra se me clava en el cerebro como una flecha.

—No puedo hacer eso —lo rechazo enseguida.

—¿Por qué no? —interviene Aaron, y le veo la desilusión en los ojos.

—Porque Nadir me mataría. Además, ustedes ya tienen una coreografía y bailarines. No me necesitan en el escenario.

—No te pido que bailes todo el concierto, solo al final. Escribí *Ballerina* para ti, esa es la última canción que cantaré con Riot 911 y quiero que estés ahí. Quiero que me acompañes en el cierre

—explica con tono serio; la intensidad con la que habla y me mira me eriza la piel.

—Además, la gente se volverá loca si te ve bailar en el escenario. —Mitch sonríe—. Eres la chica del videoclip que rompió internet. ¡Ya eres toda una celebridad!

—Bienvenida al mundo de la fama, colega. —Dave me guiña un ojo.

Lo considero, indecisa. Los chicos me miran expectantes, pero no son ellos los que me roban la concentración: Clay aguarda en silencio. Aunque no lo diga, sus ojos me suplican que acepte, que lo acompañe en este momento que representa el final de un capítulo. Eso es suficiente para desvanecer la duda y hacerme rendir.

—Bien, lo haré. ¿Cuándo son los ensayos?

38| Pointe

Niza

Clay cierra la puerta cuando los chicos se van. Nos quedamos solos. El silencio es tal que lo único que escucho es mi sangre correr por los oídos... Todavía me cuesta creer que acepté ser parte del concierto y que compartiremos un escenario. Es sobrecogedor, pero también me alegra que sea él con quien compartiré esto.

—Esa fue la entrada más dramática que he visto. —Su voz hace que me enfoque en él.

El calor me sube por el cuello, avergonzada.

—Pensé que estaban aquí para convencerte de que volvieras a la banda.

La diversión le destella en los ojos. Se acerca hasta que solo queda un palmo de distancia entre ambos. Inclino el cuello hacia atrás para verle la cara. Luce más relajado que nunca y eso lo hace más atractivo, si eso es posible.

—Solo tú puedes convencerme de hacer algo que no quiero, así que no te preocupes.

—Nunca te he obligado a hacer nada que no quieras —replico indignada.

—Digamos que ha habido una o dos cosas, pero las hago porque me gusta la recompensa que viene después, una que ninguno de ellos puede darme. —Me toma de la cintura y me acerca.

Mi cuerpo reacciona con un escalofrío de expectación. El deseo impreso en sus pupilas me quema la piel y hace que olvide al resto del mundo para convertirme en pura sensación y necesidad. Cierro los ojos cuando me toma de la nuca, como hace siempre que está a punto de besarme, y el corazón me golpea las costillas, ansioso. Me roza la sien con los labios, baja por la mejilla y me preparo para recibirlo, pero se queda quieto.

—¿A qué te referías cuando hablabas de Bryce? —me dice a centímetros de la boca, y me congelo.

—¿Qué?

Se aleja y abro los ojos. Una expresión rara le adorna la cara.

—Cuando entraste como una maniaca gritando que nadie podría llevarme a menos que te mataran, porque fue lo que Bryce te pidió. ¿A qué te referías?

Ah. Eso.

Todo el fuego en mi interior se apaga enseguida.

—Me dejó una nota en una servilleta, igual que a ti. Su abogado me la entregó cuando fui con Mimi a leer el testamento.

—¿Una servilleta? ¿Por qué no me sorprende? —Hay un toque de diversión en su voz—. ¿Qué te escribió?

—Que no me rindiera contigo porque te hacía feliz.

—¿Eso fue lo que te escribió?

—Sí.

Parpadea un par de veces, como si analizara lo que acabo de decir. De pronto, su semblante se ensombrece.

—¿Por eso decidiste volver conmigo? ¿Para cumplir con lo que él te pidió? —reprocha, y no entiendo de dónde viene esa actitud.

—No lo hice porque Bryce me dejara una servilleta, lo hice porque me diste razones para regresar contigo.

Estrecha los ojos, como si no me creyera.

—¿Más allá del buen sexo? Porque no te di más motivos para regresar. Soy un desastre.

—¿Crees que no me diste buenas razones?

—No fui la mejor persona cuando estuve contigo ni cuando te dejé para unirme a la banda. También fui un imbécil cuando regresé, insistiéndote en que participaras en el video. Era una causa perdida. Pudiste no dirigirme la palabra en todo ese tiempo y aun así lo hiciste. ¿Por qué? ¿No te rendiste conmigo porque Bryce te lo pidió o porque sentiste tanta lástima por mí que no pudiste darme la espalda?

Enarco ambas cejas, impresionada por sus conclusiones. Habla como si acabara de resolver el misterio del siglo, pero no podría estar más equivocado. El silencio entre nosotros crece, igual que mi frustración.

—¿Sabes? Has cambiado en muchas cosas, pero sigues siendo tan idiota como recuerdo —digo resentida—. ¿De verdad crees que soy tan estúpida y me quiero tan poco como para quedarme solo porque alguien me lo pide?

Se encoge de hombros.

—No lo sé, tal vez.

—Entonces tú eres el estúpido. —No puedo ocultar mi frustración—. No me quedé contigo porque Bryce me lo haya pedido; lo hice porque no creo que seas una causa perdida o una mala persona. Nunca fuiste cruel conmigo; al contrario, si no fuera por ti, jamás habría reunido el valor para dejar a Winslet o para buscar algo más allá del *ballet*. Tú estuviste ahí para mí sin esperar nada a cambio, me apoyaste incondicionalmente.

—Sí, pero Bryce…

—Bryce sabía que eras complicado, creo que todos los Hawthorne lo son, y por eso me pidió que no me rindiera contigo —sigo con firmeza—. Querías cambiar, salir del pozo en el que estabas y no sabías cómo, así que me quedé a tu lado. Me quedé contigo porque te quiero; eso haces por las personas a las que quieres: las apoyas, las ayudas, las acompañas mientras cambian. Es así de simple.

—Nada es así de simple.

La frustración explota. Estiro las manos para tomarlo del rostro y obligarlo a mirarme a los ojos.

—Te amo, por eso no me rendí contigo. Es así de simple —repito con lentitud para que mis palabras le calen en el cerebro—. Tuve razones de sobra para enamorarme de ti y para darte una segunda oportunidad, y ninguna de ellas era frívola. —Me detengo a pensar un segundo—. Bueno, tal vez el sexo sí es algo frívolo, pero es que es alucinante.

Permanece quieto, con el cuerpo tenso. Su rostro es una máscara de emociones que no puedo descifrar. El silencio se vuelve ensordecedor, hasta que, de a poco, esa máscara de piedra se rompe y deja ver una faceta diferente. Las líneas duras de su rostro desaparecen y el fuego de sus ojos cambia por algo más suave.

—Es así de simple —repite.

—Sí, así de simple.

Una pequeña sonrisa se le dibuja en el rostro. Baja su arsenal. Acorto la distancia y el momento en que nuestros labios se conectan me sabe a gloria. Una sensación de cariño se me expande por el pecho y llega a cada rincón, llenándolo todo. Se separa y me abraza de una forma que me hace sentir arropada, segura y feliz. Sí, tengo razones de sobra para amarlo. Escondo el rostro en su pecho y escucho el estable latir de su corazón. No importa que Clay no pueda ver todas las cosas buenas que lo conforman, porque yo estaré aquí para mostrárselas todas, una a la vez.

No sé por cuánto tiempo permanecemos así, juntos y abrazados; cuando nos separamos, la frustración que me quemaba el pecho ha desaparecido, y él parece más feliz; sin embargo estoy a punto de romper este momento de paz porque hay algo que me molesta todavía y no puedo sacármelo de la cabeza.

—Ahora que estamos más tranquilos, quiero hablar contigo sobre algo.

—Ese tono nunca es bueno —dice con un suspiro.

—¿Cuál tono? —Me cruzo de brazos.

—El que estás usando ahora. Es una mala señal, como si estuvieras a punto de reclamarme algo.

Enarco las cejas, pero tiene razón. Me conoce bien, demasiado bien.

—Deberías decirme qué tienes que ver con la granja de los Hess —reprocho—. Hablé con papá y no quiso decirme nada. Dijo que tú me lo explicarías.

El reconocimiento inunda sus facciones.

—¿Tu padre no te lo dijo?

—¿Decirme qué? ¿Ustedes dos creen que yo leo mentes? Soy bailarina, ¡no psíquica! Dime ya.

Cambia su peso de un pie al otro; me parece que está nervioso. A mí también me atacan los nervios.

—Pagué la hipoteca de la granja e invertí en ella. Tu padre podrá explotarla mejor y convertirla en algo más rentable —suelta como si nada, como si hablara del clima y no de miles y miles de dólares.

La respiración se me atora en los pulmones. No sé que pensar.

—¿Por qué hiciste algo así? —Es lo único que atino a preguntar.

—¿Por qué no? Tengo el dinero y lo mejor es invertirlo.

—¿Por qué en una granja? No, ¿por qué en la granja de *mi* familia?

—¿En verdad quieres escuchar la razón? Creo que es bastante obvia.

—No tenías que hacer eso. ¿Qué tal si no le va bien a la granja? Nunca recuperarás ese dinero. —El pánico me corta la voz. Se encoge de hombros como si fuera cualquier cosa y no una inversión peligrosa. Sé que tiene muchísimo dinero, pero esa no es razón para regalarlo solo porque sí—. Clay, de verdad, debiste pensarlo mejor. ¿Por qué lo hiciste? ¿Qué tal si mi padre no puede pagarte la inversión? Muchas cosas podrían pasar: el clima podría empeorar, tal vez haya sequía y los animales mueran, la cosecha se queme o…

Es su turno de tomarme del rostro para obligarme a mirarlo. La tormenta grisácea de sus ojos me engulle y su intensidad hace que me trague las palabras.

—Deja de llenarte la cabeza de tonterías. Si sucede, no habrá nada que podamos hacer, pero al menos intentamos convertirla en algo bueno. Y lo hice porque me di cuenta de lo feliz que eres ahí, con Betsy, Brownie y el resto de los animales. Quiero verte así de feliz siempre, y si tengo que salvar todas las malditas granjas en Texas para conseguir eso, entonces lo haré. Lo hice porque te amo. Es así de simple.

Es así de simple.

Poco a poco, mis miedos se desvanecen. La sinceridad que rebosa de sus palabras destruye todas mis inseguridades; es un dulce recordatorio de que no estoy sola, de que está tan enamorado de mí como yo lo estoy de él. Creo que mi rostro refleja lo embelesada que estoy, porque sus ojos destellan emoción.

—Entonces, ¿no voy a perder la cabeza por ayudar a tu padre? —Me acaricia la mejilla con el pulgar.

—No lo sé, sigo molesta por que no me lo hayas dicho antes de hacerlo —digo entre la broma y la seriedad.

—Estoy seguro de que puedo hacer algo al respecto para mejorar tu humor. —Soy rápida captando sus intenciones.

—Te costará. Ahora mismo, mi enojo está en un diez —digo, y me besa de esa forma arrebatada que me deja sin respiración. La dureza con que reclama mi boca, como si fuera su dueño, me recorre de la cabeza a los pies y me yergue los pezones bajo la tela de mi sostén.

—¿Y ahora?

—Nueve.

Clava sus ojos en mí antes de estrellar sus labios con los míos en un beso mucho más duro. Empuja la lengua dentro de mi boca y jadeo por las sensaciones que me provocan sus dientes encajados en mi labio inferior y la manera en que me tira del cabello. Es una tortura dolorosamente placentera.

—¿Estamos mejorando? —Me observa con las pupilas dilatadas, el deseo impreso en los ojos.

—Ocho.

Me invade la boca de nuevo y me obliga a caminar con él. Dejo que me guíe sin resistencia, perdida en la insistencia con la que me besa y me estruja las nalgas. Se separa solo para sentarse en el sillón y tira de mí hasta acomodarme a horcajadas sobre sus piernas. Apenas puedo respirar antes de que vuelva a atacarme los labios con urgencia.

—¿Qué tal ahora? —La crudeza en su voz, combinada con la erección que toca mi centro, me llena la cabeza con una bruma de lujuria.

—Siete.

La malicia tira de la comisura de sus labios cuando sube el dobladillo de mi falda. Me roza por un segundo la piel del vientre y mete la mano más allá del elástico de mis bragas. El primer contacto de sus dedos con mi clítoris hinchado y mis pliegues mojados nos hace jadear a ambos. Muevo las caderas sobre su mano sin pudor alguno, disfrutando de la increíble sensación.

—Quítate la blusa y el sostén.

Me toma un momento registrar lo que me ha pedido, perdida como estoy en la forma en que sus dedos se mueven mi interior y tocan ese lugar donde se concentra todo mi placer, pero lo hago sin chistar, porque la ropa me pica y quiero sentirlo piel a piel.

Posa los ojos en el nuevo tatuaje que me adorna la clavícula y eso me incendia más el cuerpo. Lleva la boca a mi pecho y un gemido se me escapa de la garganta cuando lo envuelve con sus labios. Arqueo la espalda para sentirlo más y me recompensa con una mordida en el pezón erguido. La atención de su lengua en mi pecho, combinada con lo que me hace con el pulgar en el clítoris, hace que la cabeza me dé vueltas.

—¿Está bajando? —pregunta antes de darle atención al otro pezón, y jadeo al sentir sus dedos rozar esa parte rugosa que me hace perder la cabeza.

No respondo; siento el orgasmo construirse en mi interior, listo para explotar como un volcán. Suelto las caderas y pego el clítoris contra su palma mientras me invade con los dedos. Estoy a punto de correrme… pero se detiene en seco. Lo miro mal. Odio que me deje a medias. Sonríe malicioso.

—No me respondiste.

Lo quiero matar.

—Justo ahora, mi molestia está subiendo a diez otra vez —espeto al sentir sus dedos quietos en mi interior, pero me hace gemir cuando me toca de nuevo el clítoris.

Entonces los saca sin previo aviso y los músculos del vientre se me tensan. Estoy a punto de protestar, pero me obliga a ponerme en pie, y lo consigo apenas. Las piernas todavía me tiemblan por el orgasmo que no conseguí. No entiendo qué pasa, mi cuerpo entero grita por una liberación y él no está cooperando. Sin quitarme la mirada de encima, lleva las manos hasta mi falda y la desabrocha con una lentitud tortuosa.

Me besa en la cadera, se deshace de mi falda y mis bragas y las deja caer alrededor de mis tobillos. Me quito los zapatos con la punta de los pies. El aire se me atora en los pulmones al sentir que su respiración me roza el clítoris. Por un momento creo que usará la boca para hacerme terminar, pero parece cambiar de idea. Sin aviso, me gira y me sienta sobre sus piernas, de modo que mi espalda queda contra su pecho.

—De acuerdo, ahora mi molestia está en un once. ¿Qué estás haciendo? ¿Quieres matarme? —me quejo. Sus labios sobre mi cuello me callan.

—¿Te masturbaste pensando en mí mientras estábamos separados?

—¿Por qué quieres saber eso?

Me toca la vulva, y aprieto los dientes, ansiosa por sentirlo dentro otra vez.

—Porque yo sí lo hacía, todo el tiempo. —Toma mis muslos y los abre un poco más. La anticipación me anuda el estómago—. Me masturbaba pensando en ti, recordando lo apretado que es tu coño y lo bien que envuelve mi polla, la forma en que se me movían tus tetas cuando te follaba y tu cara cuando tenía los dedos dentro de ti.

Succiona mi punto de pulso, juega con los dedos cerca de mi clítoris, sin llegar a tocarlo, y le aprieto el brazo. Si juega conmigo un poco más, entraré en combustión en cualquier momento.

—Recordaba lo bien que sabe tu coño y lo apetitoso que se ve tu culo cuando te follo por detrás. —Me masajea el pecho y tira de un pezón de una forma dulce y dolorosa que me hace remover las caderas—. Cuando te vi otra vez, tuve que pensar en putas ovejas para no tener una erección en ese momento. Quise llevarte a la habitación más cercana para follarte inclinada sobre una mesa, un sillón o contra la primera pared disponible. Quería sacarte de mi sistema, pero te quedaste más dentro aún.

—Yo no lo hice —miento, porque sí me masturbé pensando en él e, incluso, hice algo mucho peor: pensar en Clay para alcanzar el orgasmo mientras estaba con alguien más.

Muevo las caderas, buscando mayor contacto cuando me roza el clítoris. Se está deleitando con mi necesidad y lo odio un segundo por eso.

—Eres una mentirosa —dice suavemente—. ¿Qué hacía en tus fantasías?

—Provocarme orgasmos... Algo que no estás haciendo ahora —reprocho, y eso lo hace reír.

—Entonces sí lo hiciste. Dime en qué pensabas.

Estoy tan mojada por este pequeño juego de anticipación que cualquier caricia en cualquier parte de mi cuerpo podría hacerme terminar, pero me contengo porque quiero disfrutar más de él, de esto, de nosotros juntos otra vez, así que me rindo.

—En mis fantasías, me besabas el cuello. Aquí. —Toco el lugar y gimo al sentir la calidez de su boca donde señalé. Me muerde el lóbulo con suavidad y el nudo en el vientre se tensa más.

—¿Qué más?

—Jugabas con mis pezones.

Lleva la mano hasta mi pezón. Sé que estoy a su merced.

—Me masturbabas. Me hacías círculos con el pulgar en el clítoris mientras me enterrabas los otros dedos.

Se llena dos dedos de saliva antes de llevarlos al lugar que le indico. Las caderas se me sacuden, desesperadas por atención, cuando introduce dos dedos de golpe; la sensación es exquisita. No deja de tocarme el pecho y tirar del pezón. La tensión en el vientre es tal que parece dolorosa, sin llegar a serlo.

Curva los dedos para tocar esa parte que me vuelve loca; los gemidos nacen de forma incontrolable. Abro más las piernas para sentirlo por completo. El sonido de encharque creado por los fluidos que rebosan de mi sexo inunda la estancia. Me encaja los dientes en el cuello y el orgasmo se dispara con la fuerza de un cañón que me transporta a otro mundo. Le empapo la mano mientras me restriego contra su cuerpo. Vivo mi liberación, tan intensa que no soy consciente de nada, solo de las ondas de placer que me recorren de la cabeza a los pies.

No sé cuánto tiempo me toma recuperarme ni soy completamente consciente de lo que está pasando. Regreso al mundo real cuando saca los dedos y me hace a un lado, sentándome en el sillón. Se pone en pie y no me quita los ojos de encima, observando con deleite, y un toque de petulancia, el desastre tembloroso que soy luego de la liberación intensa. No pierde el tiempo; el sonido de la hebilla del cinturón pone alerta mis sentidos otra vez.

—Gírate —ordena con voz áspera, y no sé de dónde saco la energía para obedecer, pero lo hago.

Mis rodillas se encajan en el sillón, apoyo los brazos en el respaldo y echo el culo hacia atrás para darle completo acceso. Apoyo la mejilla en el sofá y puedo ver por el rabillo del ojo parte de su cuerpo desnudo y bien formado.

Me toma de la cadera para arquearme más la espalda. Cierro los ojos cuando siento que me agarra las nalgas con total libertad y las estruja sin pudor; un latigazo de dolor me atraviesa cuando las azota sin aviso. El sonido rebota en la sala y en cada hueso de mi cuerpo. Vuelve a hacerlo, esta vez con más fuerza, y me arranca un gemido.

—Esta vista es una de mis favoritas —dice antes de azotarme por tercera vez.

Lejos de disgustarme, me excita más.

—¿Mi culo enrojecido por los azotes?

—Tu cara cuando lo hago —aclara antes de darme otro y arrancarme un gemido más.

Sus dedos acarician mis pliegues y sisea.

—Te ha gustado. Estás escurriendo.

Me toma las manos y las inmoviliza con una de las suyas antes de darme otro azote. El gemido es reemplazado por un grito cuando entra en mí de una sola estocada, invadiéndome. Sale y vuelve a entrar con una facilidad que me asombra y que sacude cada célula.

Comienza sin prisa, pausado, como si quisiera construir con lentitud mi orgasmo, aunque sabe que terminará derrumbándome e incinerando cada nervio que poseo. Sus caderas se encuentran con las mías y disfruto de la sensación de tenerlo dentro. Me agarra más fuerte las muñecas y me dejo llevar por su ritmo. Aprieto los dientes cuando la intensidad aumenta; entra cada vez más profundo. La tela del sillón me raspa la mejilla en el vaivén, pero lo disfruto igual que cada estocada.

No tenía idea de que podía experimentar las cosas de forma tan intensa, el sexo, la ruptura o, incluso, el amor, pero Clay me demostró que era capaz de sentir con cada fibra de mi corazón. Me demostró que no era una autómata insensible como siempre creí, y que sentir las cosas no estaba mal; al contrario, debía sentirlas para comprenderlas.

Aún hay muchas cosas que debemos arreglar antes de considerar que hemos llegado al punto de estabilidad en nuestras vidas, pero estoy feliz porque ya no haré este viaje lleno de cambios yo sola. Miro por el rabillo del ojo su cuerpo encajado en el mío y sé que ese es su lugar. Somos un caos, pero creamos algo único juntos, una pieza que solo nosotros comprendemos, y justo así es perfecto para mí.

Nos corremos al mismo tiempo.

39| Tatuaje

Clay

Nunca pensé que me sentiría así: es la primera vez que estoy feliz por la idea de presentarme en un escenario. O al menos, lo he estado la última semana durante los ensayos. Se siente bien estar con los chicos: los chistes de Kirk me parecen graciosos; Dave no se comporta como un imbécil; Aaron es... Aaron, lo cual es genial porque siempre me agradó justo como es, y Mitch es una buena compañía. Conversar con él es sencillo si aparto el resentimiento.

Me costó dejar de ver a la banda como la culpable de todo y entender que las cosas suceden solo porque sí, que no podemos controlar lo que pasa a nuestro alrededor, solo aceptarlo, o eso es lo que el terapeuta trata de hacerme comprender. Lo está logrando, supongo, porque ya no siento la asfixia constante cada vez que estoy en un ensayo con Riot 911; tocar una guitarra ya no me parece lo más aburrido del mundo, y cantar no es una tortura.

Tambien ayuda a mi sensación de bienestar que Hela tenga a sus hijos. La idea de verlos hoy, mientras me acompañan a hacer algo importante, mejora mi día más de lo podría haber imaginado. Aspen le planteó a su hermana la posibilidad de que se mudase a Portland, por seguridad de los niños; nunca se lo dije para no afectar su decisión, pero la idea me mataba por dentro. Afortunadamente, optó por quedarse en Nueva York y el idiota estirado tuvo que soportarlo, aunque la apoyó sin rechistar. Es un buen hermano; le reconoceré eso y nada más. También un buen tío.

Las cosas en el local de tatuajes siguen tomando forma. Aún no lo abro al público oficialmente, pero Carter y el resto de mis excolegas ya le dieron su visto bueno al lugar y asistieron, junto con los chicos de la banda, a la inauguración no oficial: Pointe Needle. Es un juego de palabras que a Niza le causó gracia y Dave tardó diez minutos en comprender, pero se ganó una cerveza cuando lo consiguió.

Me mudé oficialmente a la casa que Bryce dejó para mí en Coney Island. Me quedé ahí desde que volvimos de Texas, pero no había tomado la decisión de quedarme. Charles me habló de afrontar las cosas y eso es justo lo que hago. Hay un par de ideas que me rondan la cabeza para convertir la vieja casa en un hogar... Y la primera tiene que ver con la chica que tengo al lado de copiloto.

—¿Clay?

Veo a Niza de reojo antes de centrarme otra vez en la carretera.

—¿Qué?

—No me respondiste —dice, y caigo en la cuenta de lo perdido que estaba en mis pensamientos.

—¿Qué me preguntaste?

—Genial, no me escuchaste. He estado aquí hablando del último ensayo como un loro y tú no captaste ni siquiera una palabra —dice con un toque de reproche.

—Estaba pensando.

—¿En qué?

La idea que me ha rondado la cabeza la última semana resplandece con más intensidad que antes. No es el mejor momento para hablar de algo como eso, pero no sé si habrá tiempo después: el concierto es mañana, y solo tendré a Niza un día más antes de que se vaya a Seattle por dos semanas para grabar un video musical.

Me detengo en un semáforo en rojo y la miro, serio. Está usando una coleta alta y resisto el impulso de tirar de la liga para liberarle los rizos. Me vuelve loco siempre que los lleva sueltos. Hago esos pensamientos a un lado para no perder los papeles.

—Deberías mudarte conmigo —digo sin más, y trato de calibrar su reacción, pero es imposible porque su rostro se convierte en un rompecabezas de emociones.

—¿Te refieres a vivir contigo en la casa de Coney Island?

Asiento con lentitud.

—Has dormido ahí los últimos días. ¿Por qué no te quedas conmigo de manera permanente?

Empieza a jugar con los dedos en una clara muestra de nerviosismo. El sonido de un claxon me obliga a avanzar cuando el semáforo cambia a verde.

—He dormido ahí porque es más sencillo, pero aún tengo mi apartamento. ¿Qué pasaría con él si me mudara contigo? —pregunta después de unos momentos en silencio.

—Puedes rentarlo y ganar dinero extra —sugiero.

—¿No se suponía que iríamos más lento esta vez?

Giro el rostro hacia ella al detenerme en otro semáforo.

—Podemos hacer otras cosas lentamente cuando te mudes conmigo. Podemos hacerlas en el sofá, la barra de la cocina, la habitación…

—Hablo en serio.

—Yo también. Es solo una idea. Haces que la casa se sienta como un hogar. Me gusta eso. No hay vacíos porque todo lo llenas tú.

Su sonrisa ilumina mi interior como un rayo de sol.

—De acuerdo, creo que podría acostumbrarme a vivir contigo.

—No es tan malo vivir conmigo.

—A veces estás de malhumor en las mañanas.

—Bueno, conozco un método infalible para mejorar mi humor: tú y tu bonita boca alrededor de mi poll…

Se echa a reír y me contagia. Siempre consigue hacerme sentir mejor.

—Bien, viviré contigo, pero voy a redecorar nuestra habitación. Es muy austera.

Nos detenemos en la entrada de la casa, *nuestra casa,* y apago el auto. Las palabras resultan agradables, reconfortantes incluso. De pronto todo encaja porque ella está en el diseño y lo vuelve perfecto.

—Redecora la casa a tu gusto si quieres. —La atraigo hacia mí con lentitud, tomándola de la nuca, y me deja besarla un segundo antes de sonreír contra mis labios.

—¿Eso significa que puedo pintarla de rosa y llenarla de cuadros con flores?

—Mientras me dejes follarte en cada habitación, píntala del color que te venga en gana.

Vuelve a reírse. Me deleito en el sabor de su boca cuando me deja besarla. Es un encuentro mucho más lento que los que solemos tener, pero me llena de plenitud, como si alcanzara el final del camino rocoso y encontrara un oasis de descanso, donde el mundo entero desaparece y solo existimos nosotros dos.

Acaricio su nariz con la mía antes de dejarla ir. La chispa de felicidad permanece encendida un momento más, hasta que bajamos del auto y se extingue con el escalofrío que me recorre el cuerpo al ver a Otto en el camino de entrada. Las entrañas se me retuercen y la burbuja de plenitud se revienta.

Niza me dedica una mirada de pánico que se acentúa a medida que nos acercamos a él. Luce menos pulcro que en el juicio por la patria potestad de los mellizos: lleva la camisa blanca arrugada, sin fajar, y una barba descuidada de algunos días. Nos detenemos a unos cuantos pasos de distancia, quizá más de la necesaria, pero lo último que quiero es estar cerca de su presencia corrosiva.

—Clayton —me saluda seco y dirige su atención a Niza. Mi cuerpo entero se tensa, esperando el más pequeño desplante hacia ella para romperle el cuello—. Te recuerdo. Estuviste en el entierro de mi nieto y en la audiencia hace unas semanas.

—¿Qué mierda quieres?

Enfoca su atención en mí y me mira con esos grises intensos que compartimos con papá y Bryce.

—Quiero hablar contigo.

—Tú y yo no tenemos nada de que hablar. Y si vienes buscando caridad, estás en el lugar equivocado. Largo. —Hago el ademán de entrar en casa, pero su cuerpo me lo impide y lo acribillo con la mirada.

—Solo diez minutos. Es todo lo que te pido.

Niza está pálida y más tensa que yo, como si mi abuelo fuera un monstruo, cosa que sí es.

—No tengo tiempo para ti.

—Cinco minutos —negocia.

Lo contemplo sin confiar. Es como una serpiente: venenoso y astuto. Pero la intuición me dice que debería escucharlo; prefiero saber qué es lo que está tramando para anticiparme a sus movimientos.

—Entra a la casa, estaré contigo en un momento —le pido a Niza y la beso en la sien.

—¿Estás seguro? —El pánico se le filtra en la voz.

Asiento. Ella le dedica una última mirada de recelo a mi abuelo antes de entrar y dejarnos solos. Las comisuras de la boca de mi abuelo se elevan en un rictus.

—¿No me invitarás a entrar a mí?

—No me gusta meter mierda a la casa —espeto hosco—. ¿Qué quieres? Tienes un minuto.

—Es bonita. Veo por qué te gusta.

Tenso la mandíbula.

—No quiero que la mires o hables de ella. Tienes cincuenta segundos.

Otto se mira los zapatos un momento y después clava sus ojos en mí.

—Mis cuentas están casi vacías. No acudiría a ti si no fuera importante, pero no tengo suficiente para sobrevivir. Soy viejo, tengo más de ochenta. No puedo conseguir un trabajo a mi edad y tengo problemas en los riñones.

No sé qué intenta provocar en mí, pero no está funcionando. Todo lo que siento es alivio.

—¿Y?

—Necesito tu ayuda. Eres mi nieto, yo te crié, me ocupé de ti cuando eras un niño. Creo que merezco que me des una mano ahora que te necesito.

Su falsa vulnerabilidad me da náuseas y una ira que amenaza con quemarme desde dentro. Sabía que era un cínico, pero nunca imaginé que a este nivel. Me acerco tanto que debe levantar la cara para mirarme a los ojos.

—¿Criarme? Me maltrataste por años. Era tu puto saco de boxeo. Tú no me criaste, me rompiste.

Eleva el mentón sin una pizca de arrepentimiento en su semblante.

—Hice lo que creía mejor para ti. Traté de enseñarte el buen camino. Tu padre ya era una oveja descarriada… y no pude hacer mucho por tu hermano antes de que se fuera, pero tenía esperanzas en ti. Quería hacer de ti un buen hombre, alejado de todos esos vicios y pecados en los que cayeron Ray y Bryce.

La cólera me corre por las venas, irradia de cada poro de la piel como veneno, y lo tomo del cuello de la camisa sin pensar, ganándome un jadeo de impresión de su parte.

—Tú solo querías alguien en quien volcar toda tu frustración porque no eras nada sin el dinero de papá. Y cuando murió, me usaste para manipular a Bryce y que te siguiera manteniendo, pero yo no lo haré. No te daré ni un centavo más. Por mí puedes morirte de una vez.

El odio en sus ojos es inmenso, casi palpable, pero lejos de lastimarme, me deleita. Su máscara de falsa altivez se ha caído y, sin ella, puedo ver al anciano débil, enfermo y patético que es.

—Si no me ayudas, apelaré la decisión del juez sobre la patria potestad de los niños y…

—No harás tal cosa —digo en tono bajo, amenazador—. No están solos como yo lo estuve. Primero tendrás que matarme antes de poner una mano sobre ellos.

El rostro se le arruga con marcas de ira.

—Me están orillando a hacerlo —me advierte, pero sé que no tiene los medios para concretar sus amenazas.

—Inténtalo. Quiero ver cómo fallas otra vez.

Las aletas de la nariz se le inflan y las líneas de enojo le enmarcan la cara, vieja y familiar. Veo al hombre que me golpeó y encerró sin piedad, que volcó en mí toda su ira; por un instante soy el niño a quien le aterraba enfrentarse a ese monstruo cruel, pero lo encaro porque tengo alguien a quien proteger y yo no los abandonaría como me abandonaron.

Se suelta de mi agarre de pronto y se aleja un par de pasos sin que la cólera le abandone el semblante.

—Tendrás noticias de mí pronto —amenaza, y suelto una risa seca.

—Ojalá sea la noticia de tu muerte.

Me fulmina, niega con la cabeza y camina con altivez hacia su auto, estacionado en la acera de enfrente. No tengo idea de cómo consiguió mi dirección; espero que sea la última vez que lo vea en la vida. No le quito los ojos de encima mientras se aleja. Quedo con una bola de emociones en el pecho y un nudo en la garganta.

Cuando entro a la casa, encuentro a Niza con cara de sorpresa a un paso de la puerta, como si la hubiera atrapado haciendo algo malo.

—¿Estabas espiando?

—No… Sí… Tal vez —responde nerviosa. Su mirada está empañada por algo similar a la tristeza, aunque se las arregla para sonreírme—. Fuiste muy valiente al defender a tus sobrinos.

De pronto me siento exhausto, como si acabara de regresar de una larga batalla.

—No estarán solos. Tienen a su madre y me tienen a mí.

Se acerca con lentitud y pega su frente a la mía. Su toque, suave y cálido, es como una caricia que cura heridas.

—Y tú me tienes a mí. Nunca estarás solo otra vez, no mientras yo exista.

Sus palabras se me impregnan en la piel como un tatuaje. Todo el miedo que sentí cuando estuve frente a Otto se desvanece. En su lugar hay solo silencio y una paz que no había experimentado en años. La abrazo. Le entierro el rostro en la curvatura del cuello; me dejo envolver por su aroma tenue. Entonces lo sé, no me cabe duda: el viaje ha terminado, he encontrado mi oasis al final del camino.

Finalmente puedo dejar de luchar y descansar porque estoy en casa. Niza es mi hogar.

40| Arte

Clay

Tengo una razón para estar aquí.

En realidad, tengo muchas.

Pensé que sería más sencillo, pero ya no puedo dar marcha atrás, por mucho que lo desee. Así que me quedo de pie frente a la tumba de Bryce. No llevo conmigo ningún arreglo de flores ni nuevos peluches para sustituir los que arruiné la última vez que lo visité, borracho hasta los huevos.

Observo la tumba, con una paleta en la boca para calmar la ansiedad, que no funciona. Leo su nombre grabado y el epitafio. No hay ninguna revelación ni cambio significativo como creí que sucedería. Esto es tierra muerta; ni siquiera un ápice de Bryce está aquí. Quiero decir mil cosas, algunas buenas y otras malas, pero tengo una bola de emociones en la garganta que me impide hacerlo. Tal vez no estoy listo.

Miro sobre el hombro y enarco una ceja ante las miradas expectantes de Niza y Hela, cada una con un niño en brazos. Hago una señal con la cabeza para que se acerquen. No necesito ningún momento de privacidad. No me echaré a llorar ni maldeciré o escupiré en su tumba.

—¿No necesitas más tiempo a solas? —pregunta Hela con timidez.

—Si quisiera tiempo a solas, no les habría pedido que me acompañaran —digo hosco, y me mira mal—. ¿Qué hacen cuando vienen aquí?

—Dejamos flores. Algunas veces le contamos cosas que hemos hecho —explica Niza.

—Sabía que estabas loca, pero ¿por qué le hablas a un pedazo de tierra?

—¡No es solo un pedazo de tierra, imbécil! —me reprende Hela molesta—. Tu hermano está enterrado ahí. Nos escucha.

—Bryce no te escucha. No hay buena señal en el infierno —me burlo, y me gano un golpe en el hombro.

—Está aquí. Es el lugar al que podemos venir a visitarlo. —Hela estrecha a su hija; la tristeza le abarca el semblante.

El silencio se instala entre nosotros. Ha pasado más de un año desde que Bryce murió y durante este tiempo he aprendido que existen diferentes tipos de pérdidas. Están aquellas que se sienten como una colisión que te destruye por dentro y te dejan en el suelo, deshecho, pero después de un tiempo eres capaz de recuperarte... Y luego, al mirar atrás, sientes que ese dolor es mucho más soportable. Pero también están las pérdidas que no puedes aceptar y superar, cuando la palabra *duelo* es un conjunto de letras insuficientes para describir lo que la muerte te ha arrebatado sin permiso; te preguntas: ¿comenzará la vida otra vez después de esto? Es un dolor con el que vives constantemente, como llevar un cuchillo incrustado que no puedes extraer sin morir por la herida. Caminas, respiras y vives llevándolo contigo. La muerte de mis padres entra en el primer tipo. La de Bryce, en el segundo. Es una mierda, pero también aprendes que hay personas que sanan las heridas para que comiencen a cerrar. De alguna manera, el dolor de la muerte también me dio lo que jamás pensé que tendría alguna vez: una familia.

Bryce, para mí, no está aquí en esta tumba; sé que puedo encontrarlo en otros lugares: en las cosas buenas que hizo, las letras que compuso, las canciones que entonó, los corazones de las personas que lo escucharon, en el arte que interpretó. Estará todos los días conmigo, como una marca, como un tatuaje, indeleble.

—De acuerdo, vámonos —digo de pronto, y tomo al pequeño Bryce de los brazos de Niza.

—Acabamos de llegar. ¿No quieres quedarte más tiempo? —pregunta ella, sorprendida.

—Tenemos que ir al ensayo. El concierto es mañana.

—Sí, un concierto en el que no estará tu hermano. Deberías pedirle que te dé suerte —añade Hela, aunque camina a mi lado alejándose de la tumba.

—Créeme, él estará ahí, orgulloso de verme salir de esa banda —digo con una sonrisa.

—Pensé que no creías en esas cosas —interviene Niza.

—Creo en que es tan chismoso que no se lo perdería ni estando muerto —bromeo, y aunque Hela pone una mala cara, veo la diversión en sus ojos.

—Estoy segura de que está orgulloso de ti, donde sea que esté —responde.

—Yo también. —Y en esta ocasión, lo creo de verdad.

41| Ballet

Niza

Mi plato está vacío.

Le doy un trago al jugo de naranja para esconder la sonrisa de satisfacción. Me deleito con lo bien que se siente un estómago lleno, mientras Diane y Orena hablan sobre el concierto de hoy: Riot 911 tendrá su última presentación en Nueva York con Clay Hawthorne como su guitarrista, en el Madison Square Garden, y yo bailaré junto a ellos en el escenario. Esto es una completa locura.

Si alguien me hubiera dicho que mi vida cambiaría de forma tan radical, me habría reído en su cara y lo habría tachado de loco. Hace dos años ni siquiera se me habría ocurrido dejar ACA, ni buscar algo más que el *ballet*, ni hacer algo tan descabellado como contradecir a Victoria Winslet. Pero me alegra haberlo hecho. Algunas veces es mejor buscar nuevos caminos, aunque nos llene de temor, porque pueden llevarnos a mejores destinos.

Ya no queda rastro de la chica inmaculada y perfecta que alguna vez intenté ser. Me he equivocado en la ejecución de los pasos, he asistido a los ensayos con el cabello revuelto y he olvidado seguir el *tempo* más veces de las que puedo contar. Soy imperfecta en mi arte, pero también soy más feliz y me siento más humana. Me tomó años entender que no necesitaba convertirme en una autómata para triunfar en lo que amaba, sino poner el corazón en cada paso. La danza *transmite*, ese es el punto de practicarla, y es imposible lograrlo si estás muerta por dentro.

—¿Crees que las cosas entre nosotras cambien cuando te vayas? —pregunta Diane con esos ojos de perrito abandonado.

—¿De qué hablas?

—Ahora que eres famosa, te irás mucho tiempo. ¿Qué tal si nos olvidas? —interviene Orena con un tono que mezcla la broma y la seriedad.

—¿Entonces? —insiste Diane preocupada—. ¿Crees que las cosas cambiarán?

Comprendo su temor. Conozco a Diane desde los ocho años y no nos hemos separado desde entonces. Nos hemos mantenido juntas a través del tiempo, superando lo aterrador y lo desconocido tomadas de la mano. Será un proceso difícil para ambas, pero lo superaremos también.

—Sí, las cosas cambiarán. —Sus bonitos ojos verdes se llenan de tristeza. Me apresuro a apretarle la mano para transmitirle seguridad—. Pero podremos con eso. Nuestra amistad no es tan débil para que se acabe con la distancia.

Extiendo la otra mano y Orena la toma con una sonrisa. El corazón se me llena de emoción al sentirlas a mi lado. ACA y Winslet me arrebataron muchas cosas, pero me dieron las amistades más fuertes. Estas chicas me ayudaron a seguir, me levantaron cuando ya no tenía fuerzas y estuvieron conmigo siempre. Si hay algo por lo que estoy agradecida es por ellas.

Y sí, las cosas van a cambiar. Tienen que hacerlo. Por mucho que quiera ponerlas en una maleta y llevarlas conmigo a todos lados, no puedo hacerlo; debemos aceptar los cambios. Debemos seguir hacia adelante y abrir nuestras alas, a veces acompañados, y otras, en soledad, sin olvidar jamás nuestro camino de regreso a casa.

—Estamos orgullosas de ti, Niza —dice Orena con suavidad, mientras me hace círculos con el pulgar en la mano—. Te aplaudiremos desde la distancia para celebrar tus logros donde sea que estés.

—Y yo aplaudiré los suyos.

—Prométeme que no te olvidarás de nosotras cuando estés bailando en Rusia —me advierte Diane apuntándome con un dedo.

Me echo a reír y me acerco para abrazarla con todas mis fuerzas.

—Imposible olvidar el tono chillón de tu voz —me burlo, pero me corresponde el abrazo el doble de fuerte.

—¿Estás lista para tu presentación? Bailarás para veinte mil personas.

El corazón se me dispara. Tomo una bocanada de aire y asiento. Será mi presentación más grande… hasta ahora.

—Estoy más lista que nunca.

—Estaremos en primera fila para apoyarte. —Orena me da otro apretón y, sin pensarlo dos veces, me levanto de mi silla para abrazarlas a las dos.

—¿Les he dicho que las amo? —pregunto feliz.

—Sí, pero podrías demostrarlo mejor con una transferencia bancaria —molesta Diane, y nos echamos a reír.

Los nervios me comen por dentro, pero, curiosamente, no tengo miedo. Estoy *emocionada* por bailar. Así es como se siente cuando haces lo que amas.

* * *

Muevo los dedos para tratar de apaciguar los nervios. La chica del *staff* termina de acomodarme el vestido y verifica que mi maquillaje y peinado estén perfectos. El concierto ya inició. Escucho al público gritar y cantar a todo pulmón, tanto que los cimientos del estadio retumban bajo mis pies.

Hago un repaso mental de la coreografía que ensayé con los chicos la última semana. En realidad, es bastante sencilla: aparezco al inicio de la última canción, *Ballerina,* y hago un par de pasos y piruetas parecidas a las del videoclip. No es nada complicado, pero resulta abrumador. Sé que la fama de Riot 911 es inmensa y aun así siempre me sorprendo cuando estoy en uno de sus conciertos. Casi veinte mil personas me verán bailar en vivo. Sabrán si me equivoco, si olvido un paso o si me rompo una pierna en plena coreografía. Debería estar aterrada, pero lo único que siento es una emoción abrasadora que me recorre de la cabeza a los pies.

—Niza, entras en un minuto. Ve a tu posición —me dice un chico del *staff,* y me detengo en el lugar que me señala detrás de una cortina negra.

La cabeza me da vueltas. No me sentía así por una presentación desde que tenía ocho años, cuando inicié en este mundo del *ballet.* Mis movimientos eran torpes, desprolijos e imperfectos, pero bailaba porque era lo que me hacía feliz. Eso es lo que haré esta noche: no bailaré para impresionar a nadie, sino porque amo hacerlo. No me importa si me equivoco en un paso, olvido poner los pies en punta o muevo mal un brazo. Solo quiero bailar. Sin miedo. Sin ataduras. Y, sobre todo, *disfrutándolo.*

El minuto de espera se termina; la plataforma sobre la que me han puesto comienza a subir para llevarme al escenario. Mi sangre ruge y adopto mi primera posición. Escucho los primeros acordes de *Ballerina.* Me concentro en la multitud, miles y miles de ojos sobre mí, como si contuvieran el aire, igual que yo, mientras esperan el primer movimiento.

Entonces sucede. Escucho la voz de Clay. Me recorre el cuerpo como energía y comienzo a bailar al compás de sus palabras. El grito del público casi me deja sorda. Me muevo sin pensar, porque esto es mucho más que memoria muscular. Esto es lo que soy: una bailarina.

Me dejo llevar por la música y entro en ese estado tan hermoso y abrumador en el que mi mente se pone en blanco y solo bailo. Bailo para transmitir lo que significa la canción, bailo para expresar lo que llevo dentro y bailo para ser feliz. Cuando acepté la belleza cambiante y efervescente del *ballet*, aprendí también a confiar en mi talento y mi cuerpo. No necesito pensar para bailar. Esto es lo que soy.

El solo de guitarra ocurre a los dos minutos exactos y doy veinticinco piruetas sin parar a una velocidad sobrehumana. Era uno de los defectos fundamentales de mi técnica, pero hoy lo hago a la perfección porque, por primera vez, no me da temor equivocarme. Sigo bailando y estoy cerca de Clay. Le sonrío mientras él sigue cantando; la forma en que me guiña el ojo hace que el corazón se me dispare. Parece surreal que estemos juntos frente a una audiencia tan grande y compartamos el escenario con artes tan distintas y a la vez tan similares. No lo habría hecho con nadie más. Esta es otra de mis primeras veces con él.

Estoy enamorada. Lo amo y quiero gritárselo a la multitud, pero los bailarines hablamos con el cuerpo, así que lo grito a mi manera. Grito lo que fuimos, lo que somos y lo que seremos. Estoy enamorada de él y de la danza, y así es como la gente me conocerá y recordará: en el escenario junto a las dos cosas que más amo en el mundo. Nuestra historia escrita en música, tinta y danza.

La música se detiene. Termino con los brazos en alto y una sonrisa enorme en la cara. El grito de la multitud es ensordecedor y me hace vibrar. Miro a Clay y la felicidad me llena el pecho. Está sonriendo, *sonriendo de verdad;* sus ojos me transmiten todo lo que su boca no dice: orgullo, amor.

Clay camina en el escenario y se detiene junto a mí para tomarme la mano con seguridad.

—Escribí esta canción para ella hace más de un año. Es mi bailarina. Ahora tengo el privilegio de compartir el escenario con la persona que amo —dice al micrófono.

Los ojos se me llenan de lágrimas, rebasada por este momento.

—Yo solo canto para ti —dice sin soltarme, luego se enfoca en la multitud—. Con ustedes, Niza Hess. Mi musa.

El grito del público hace temblar el escenario. Me toma de la cintura y me besa, llenando cada parte de mi alma con una calidez que solo puedo experimentar cuando estoy con él. Hay miles de ojos sobre nosotros, pero esto es solo nuestro.

En ese instante caigo en la cuenta de que lo he conseguido. He aprendido a amarme y a amar la intensidad. No soy una autómata ni un cascarón vacío. Soy Niza Hess, humana, imperfecta, y he florecido.

* * *

—¿Crees que está listo?

Juntos admiramos el estudio de tatuajes. La apertura oficial de Pointe Needle será mañana, pero como yo estaré volando a Seattle y no quería perderme un momento tan importante para él, decidimos hacer una inauguración solo para nosotros dos.

El frenesí por el concierto todavía está al tope y no podemos salir a la calle sin ser interceptados para fotos o entrevistas, pero aquí no somos celebridades. Aquí, en este estudio de tatuajes, volvemos a ser personas comunes, como sucedió al inicio de todo. Somos Niza y Clay, y así es perfecto para mí.

—Sí, está más que listo —respondo feliz—. Varias personas estarán esperando para ser tatuadas por ti. —Entrelazo mi mano con la suya y apoyo la cabeza en su hombro.

El estudio está vacío ahora, pero lo admiro con cariño. Es la promesa de que Clay tendrá algo mejor, que lo hará sentir satisfecho, y eso es lo único que importa. Algunas veces pasamos tanto tiempo persiguiendo el concepto de éxito que otros nos han inculcado que no nos detenemos a pensar cuál es el verdadero éxito para nosotros.

—Puede que nadie se aparezca por aquí.

Bufo.

—Eres una celebridad. Podrías abrir un restaurante de patas de pollo y la gente las compraría —me burlo.

Hace una mueca y baja la cabeza para mirarme.

—¿Patas de pollo? Qué asco. Nadie comería eso.

—Lo harían si tú las vendieras. Yo las compraría —digo sin perder el buen humor.

Niega con la cabeza.

—Eres una lunática.

—Y aun así me amas.

—Por desgracia —dice con falso pesar, y le doy un empujón con el hombro que lo hace sonreír—. Tengo algo para ti.

Caminamos a la vitrina sobre la que está la caja registradora y apoyo los brazos en el cristal mientras él busca entre los cajones. Una idea descabellada se me instala en la cabeza y me hace entrar en pánico. No es posible que me pida matrimonio ahora, ¿o sí? Sería una locura, pero Clay no es la persona más cuerda ni la más sensata.

—Espero que no sea un anillo de compromiso; no estoy lista para casarme. No estamos listos. ¿Sabes lo que implica hacer una boda? Tendríamos que decirle a papá... Y su salud todavía está muy delicada. No sé cómo se lo tomaría. Además, se suponía que iríamos con calma, pero no lo estamos haciendo porque me mudaré contigo. Viviremos juntos y eso es ir bastante rápido. Todavía tengo muchos lugares a los que viajar y quiero crecer en mi carrera y...

Detengo mi palabrería sin sentido cuando pone dos naranjas sobre el cristal. Enarca las cejas y puedo leer el «estás loca» escrito en su cara. Siento la cara caliente y la vergüenza me quema.

—¿Ya terminaste con tu discurso? Son naranjas, no un anillo de compromiso, así que no tienes razón para salir corriendo. —Toma un plato y un cuchillo de otro de los cajones para comenzar a partirlas en gajos.

—Lo siento —susurro muerta de vergüenza—. Pensé que...

—Quiero casarme contigo, pero aún hay muchas cosas que debemos arreglar antes. Cuando lo hagamos, quiero que sea un momento especial, como siempre lo has deseado.

El pecho se me llena de emoción al pensarlo.

—Siempre he querido una boda pequeña en Texas, en el lago donde están los gansos y con el claro lleno de flores. Podría ser una boda de día con los chicos de la banda y nuestros amigos y Betsy y...

—Detén tus caballos, ahora eres tú la que va muy rápido —me corta algo abrumado—. Lo tendré en mente cuando sea el momento. Entonces, ¿me acompañas al techo?

—De acuerdo.

Toma el plato con la fruta y salimos del local para subir por la escalera de metal que hay al costado. En la azotea, miro sorprendida las dos sillas plegables dispuestas una al lado de la otra, y recuerdo el momento en el que admiramos la lluvia de estrellas en Ink the Mind. Una ola de nostalgia me invade. Hemos cambiado en estos años y sobrevivido a un sinfín de cosas, pero seguimos siendo los mismos en el interior.

—Pensé en comprar champán y celebrar así la inauguración, pero creo que ese no es nuestro estilo. Esto sí —dice mientras deja el plato sobre una de las sillas.

Sin pensarlo, lo abrazo con fuerza. Me dejo envolver por su aroma y la calidez de sus brazos. Podrían pasar mil años y nunca me cansaría de tenerlo cerca. ¿Cuántas veces me abrazó mientras mi mundo se desmoronaba y me hizo sentir que nada malo podía tocarme? ¿Cuántas veces me sostuvo en una sola pieza para convencerme de que yo no estaba completamente rota?

Podría estar en cualquier parte del mundo, pero siempre regresaría a sus brazos porque ahí es donde me siento segura y plena. No sé si entendemos el concepto correcto de *amor*, pero sí sé que junto a él he construido uno que me hace feliz y me arropa el alma.

—Gracias —dice con suavidad, y levanto la cabeza de su pecho para mirarlo. El gris de sus ojos brilla en la oscuridad.

—¿Por qué?

—Por enseñarme a ver las estrellas —susurra antes de rozarme los labios con un beso casto y suave.

Sonrío. Ambos aprendimos a hacerlo.

—¿Puedo besarte otra vez? —pregunta, mientras me acaricia la mejilla.

—Toda la vida, si quieres.

Sonríe contra mi boca y me besa con más urgencia, llenándome el estómago de emoción y de un montón de mariposas desquiciadas. No somos más que una bailarina y un tatuador que se encontraron por casualidad. Éramos una improbabilidad imperfecta y aun así nos las ingeniamos para coincidir y encajar en el caótico mundo del otro.

La vida de ambos apenas empieza, pero el futuro ya no me parece aterrador, porque recorreremos esos caminos juntos.

EPÍLOGO

4 años después

El 28 de agosto siempre es un día difícil para mí. Han pasado seis años desde la muerte de Bryce, pero su cumpleaños sigue siendo un día complicado de sobrellevar. El vacío que dejó nunca se llenará, no importa cuánto tiempo pase.

Su tumba ya no es tan austera como antes. Hela se encargó de tallarla en mármol y la tiene repleta de flores. Sigue recibiendo mensajes y regalos de fans que vienen a visitarlo a pesar del tiempo que ha pasado. Él murió, pero su leyenda sigue más viva que nunca a través de su banda.

Es su cumpleaños y no he traído nada conmigo como regalo. No hay ninguna baratija, flor o sentimentalismo que me lo recuerde a él. Nunca mantuvimos una relación que se basara en lo material; así que, con las manos vacías y el corazón arrugado, comienzo a hablarle como hago cada vez que vengo aquí.

—Hoy cumplirías treinta y tres años. —Me detengo, porque duele pensar en lo que podría haber sido—. Pensé en visitarte. Si alguien me viera ahora, pensaría que estoy loco por hablarle a una lápida como si pudiera responderme. —Hago una pausa para reconsiderar lo que estoy haciendo—. Nadie sabe que lo hago, solo Niza, y ella jamás me juzgaría. Está más loca que yo, ¿sabes? Y eso es mucho decir.

Una brisa agradable roza mi cuerpo y, de alguna forma, por ilógico que parezca, es como si Bryce me respondiera.

—Los mellizos están más grandes cada vez. Se roban toda mi energía. Bryce está en el equipo de fútbol y es bueno con el balón. Lo llevo a sus entrenamientos casi siempre; algunas veces dibuja conmigo en el estudio, también le gusta diseñar. Lyra heredó tu gusto por la música; le enseño a tocar con tu vieja guitarra, la misma con la que me enseñaste a mí… Es bastante buena. Su hermano se queja, pero no me engaña: le gusta escucharla tanto como a mí.

Miro al suelo otra vez y la imagen de Hela me atraviesa la mente. Dudo de decir esto, pero lo hago.

—Hela está saliendo con alguien. Parece un buen tipo. Es bueno con los mellizos. Se ve feliz.

Tal vez Bryce está sonriendo por la noticia, donde sea que esté. Sé que Hela era el amor de su vida, y no pensé que ella se recuperaría del dolor de perder a mi hermano, pero me alegra que siga adelante. Merece una vida plena y feliz.

—Hablando de eso… —El pulso se me acelera y me siento un idiota, porque no hay nadie más en el cementerio. Estoy nervioso—. Me casé hace un mes. Fue algo privado y pequeño para evitar la presencia de algún *paparazzi* o personas indeseables. La celebramos en la granja de los Hess, frente al lago. Niza es mi esposa ahora.

Casi puedo escuchar la voz de Bryce decir un «te dije que terminarías con ella». Mi hermano siempre supo que Niza era la indicada para mí, por eso le pidió que no se rindiera conmigo.

Pensar en que ella es mi esposa me hace sonreír. Admiro el anillo de matrimonio, sencillo y delgado, y el orgullo se me expande por el pecho.

—Sobre la banda, Riot 911 es más famosa que nunca —sigo informándolo—. Siguen siendo solo cuatro integrantes, no quisieron contratar a nadie más después de que me fui, pero escribo canciones para ellos algunas veces y los veo con frecuencia. La banda que creaste sigue honrándote.

Quiero pensar que está orgulloso del legado que dejó; sus letras no han muerto y sus canciones aún son escuchadas por millones de personas alrededor del mundo. Es una estrella que, a pesar de haber muerto, sigue brillando.

—El estudio de tatuajes va más que bien. He abierto varias sucursales en Nueva York y pronto abriremos otra en Texas.

Guardo silencio. Cre que está satisfecho con el reporte que hago, sobre todo al saber que sus hijos están a salvo con su madre. Otto falleció cuatro meses después de que yo abriera mi estudio de tatuajes, completamente solo en su casa. Al ser su pariente más cercano vivo, la aseguradora me preguntó qué quería hacer con esa casa, pero yo tenía demasiados malos recuerdos para poner un pie dentro, así que le cedí los derechos a una inmobiliaria para que la vendiera por mí. Suena mal, pero me sentí aliviado de que al fin muriera. Con él, murió también el rencor que guardaba en el corazón.

Me toco el anillo de matrimonio y una sensación de felicidad pura me llena. Bryce no está aquí, pero no estoy solo. Tengo a Hela, a los mellizos, a mis amigos y a Niza. Siempre deseé una familia y finalmente la he conseguido.

He logrado salir del *impasse* en el que me encontraba. He salido del laberinto, me he alejado del precipicio.

—Feliz cumpleaños, Bryce. Te extraño todos los días —digo en un susurro. El «te amo» lo expreso sin palabras y sé que me comprende—. Tengo que irme. Ella volverá esta noche.

Sé que su risa está en mi imaginación, pero pensar que la escucho en el viento me reconforta.

* * *

Cada vez que entro, mi hogar en Coney Island se siente como un regalo. La brisa fresca del mar llega hasta las ventanas y el aroma que desprenden las flores que decoran la sala es agradable. No se parece en nada a la casa abandonada de Bryce. Niza se encargó de inyectarle vida: las paredes son más claras y están repletas de pinturas y fotografías de los mellizos y nuestra boda.

La colección de guitarras de papá ya no está en el sótano. Me quedé solo con su favorita y subasté el resto. No tenía caso que se pudrieran sin ser tocadas por alguien que las apreciara. Quizá la siguiente estrella de la música encuentre inspiración mientras las toca.

Me gusta la forma en que hemos construido este hogar.

Miro el reloj y la ansiedad en mi interior crece. No la he tenido entre los brazos durante un mes, cuando se fue para iniciar el rodaje de una maldita película. El ascenso a la fama de Niza no ha parado. Siguió apareciendo en videos musicales hasta que fue contratada para hacer el papel estelar en una película sobre una bailarina desdichada por su arte. Hará todas las coreografías y está emocionada. Me muero por escuchar qué tal le fue con la primera parte del rodaje.

Verifico la hora una vez más. Como si el universo me escuchara, la puerta se abre y la veo en el umbral. Ninguno se mueve, incluso contengo la respiración, esperando su siguiente movimiento. De pronto el rostro se le ilumina y una enorme sonrisa le aparece en los labios. Acorta la distancia que nos separa y me abraza con todas sus fuerzas.

La sostengo entre los brazos; sus zapatos apenas rozan el suelo. Le entierro el rostro en el cuello y aspiro su aroma cítrico, ese que me hechizó desde que la conocí. Su cuerpo se derrite contra mí, amoldándose a la perfección. Respiro como si lo hiciera por primera vez y me besa al fin: sabe a hogar.

El beso se torna urgente y desesperado. Le chupo y le muerdo los labios como un poseso. Han sido demasiados días sin ella. La levanto un poco más y enreda las piernas en mi cintura sin dejar de besarme con la misma necesidad que me quema por dentro. Gime al sentir mi erección contra su centro y mi mente se nubla por la desesperación. Cuatro años juntos y todavía se las ingenia para ponerme la polla como una piedra con un simple beso.

—También estoy feliz de verte —dice entre besos mientras la llevo en brazos a la habitación de huéspedes del primer piso.

Si opto por nuestro cuarto, no llegaremos lejos y terminaré follándola en las escaleras.

—¿Cómo estuvo el rodaje? —La dejo caer sobre la cama y me acomodo entre sus piernas.

Desabrocho los botones de su blusa.

—Estuvo... —Me gime en el oído y mi polla responde gustosa—. ¿Podemos hablar después?

Robo otro jadeo de su boca cuando bajo la copa de su sostén y juego con sus pezones. Mi lengua domina la suya con facilidad y disfruto de su sabor. Dulce. Familiar.

—¿Impaciente? —Le desabrocho pantalón y deja de respirar al sentir que mi mano se detiene cerca del elástico de sus bragas.

—Mucho —dice entre suspiro.

Sigo adorándola y necesitándola tanto como el primer día.

* * *

Una hora más tarde estoy deshecho sobre la cama, reposando en el estómago mientras disfruto las caricias de Niza en el nuevo tatuaje de mi espalda.

—Terminaste el diseño —dice asombrada, tocándolo con suavidad, como si no lo hubiera aruñado con todas sus fuerzas hace poco.

Es un diseño bastante sencillo: una brújula enmarcada por unas alas de ángel, cerca del cuello. Niza tiene mi corazón, por eso está ahí, pero Bryce... él siempre fue mi brújula, me ayudó a encontrar mi camino. Estará siempre cuidándome la espalda aunque no pueda verlo, así que es justo que también esté en mi piel. Carter hizo un buen trabajo.

—Sí, pero casi me lo arrancas. ¿Estás admirando tu obra, mujer? —reprocho a modo de broma.

La miro de soslayo: está observando orgullosa las marcas que seguramente dejó en mi piel durante el sexo.

—Yo también soy una artista —dice petulante, y me remuevo para acomodármela sobre el pecho.

Me tomo mi tiempo para detallarla ahora que la lujuria ha abandonado mi mente. Es tan hermosa que deslumbra, especialmente así, con las sábanas que apenas cubren su cuerpo, el cabello revuelto, las mejillas sonrojadas y los ojos avellana brillantes por los orgasmos. Me contempla como si yo fuera lo mejor de su día. No sé si lo soy, pero sí sé que ella es la mejor parte de mi vida.

—Eres hermosa —digo embelesado.

Me regala una sonrisa enorme.

—Te amo —dice con entusiasmo y sinceridad, como si hubiera estado muriendo por decirlo durante semanas.

La beso con lentitud, disfrutando de cada curva y recoveco de su boca como si fuera un regaliz.

—Te amo —respondo contra sus labios, y rozo su nariz con la mía—. Te amo —repito, porque hacerlo una vez no me parece suficiente.

Me deleito con el contacto un poco más, hasta que la alejo suavemente porque se torna más insistente.

—El segundo *round* tendrá que esperar un poco más —le advierto, y ella enarca una ceja en una forma muy parecida a la mía.

—Bien —responde de mala gana.

—Antes ni siquiera podía mencionar la palabra sexo sin que salieras corriendo y ahora no puedes quitarme las manos de encima. ¿En qué te he convertido?

—Es tu culpa. El sexo es alucinante y no te he visto en un mes. Creo que mi necesidad está más que justificada.

—¡Claro que lo está! —Le toco el labio con el pulgar—. ¿Qué tal el rodaje? ¿Ningún *paparazzi* te asaltó en el trayecto hacia acá?

—No que yo sepa, pero sí han sido bastante pesados —se queja con la mejilla sobre mi pecho—. El rodaje va bien; se supone que terminaremos de filmar en diciembre. —Suspira con pesadez—. Tengo dos semanas libres antes de continuar.

Aunque el corazón se me arruga porque no la tendré mucho tiempo, la estrecho contra mí para mantenerla cerca, como si pudiera evitar que el tiempo transcurriera de esa forma.

—¿Qué quieres hacer mientras estás aquí?

—Estar contigo. ¿Podemos quedarnos en la cama las próximas semanas?

Me arranca una sonrisa por su tono de súplica.

—Tendremos que comer —replico.

—Podemos comer y después follar en la cocina; o follar en la cocina y después comer —sugiere con travesura.

—Eres una descarada, muñeca. ¿Sabías eso?

—Por eso te gusto tanto. —No lo niego. No se puede negar lo que es evidente—. ¿Qué tal te fue a ti? ¿Qué hiciste hoy?

Niza siempre quiere saber qué estoy haciendo, pensando o sintiendo, porque le importo, porque me ama. Aunque no estemos juntos físicamente, encuentra un momento para llamarme o enviarme un mensaje.

—La chica con el diseño de flores en el brazo volvió hoy.

—¿A la que le hiciste el delineado la semana pasada?

—Sí, ella. Volvió para que lo terminara. Quería color en el diseño... y siguió coqueteando conmigo.

—¿En serio? ¿Y qué le dijiste? —Niza apoya el cuerpo sobre los codos y me mira con los ojos estrechados.

—No mucho.

Me deleito con la forma en que los ojos se le encienden. Es una maldad, pero me encanta cuando está celosa.

—¿No mucho? —Se incorpora hasta sentarse con la sábana pegada al pecho—. ¿Y no se te ocurrió decirle que eras un hombre casado?

Me muestra el anillo que lleva en el anular, un diamante sobre una banda de oro blanco que hace juego con su alianza de matrimonio del mismo color.

—Tú también tienes uno. —Señala mi anillo—. Y si no lo estabas usando por los guantes, te recuerdo que los tenemos *tatuados*.

Se quita sus alianzas con dramatismo y me muestra el delineado que le hice sobre el anular con una *C* cursiva en medio, simulando un anillo. Yo tengo uno igual, solo que con la N. Es mucho más práctico para los dos. Tengo que usar guantes gran parte del tiempo y olvido ponerme la alianza, y ella debe quitársela para sus recitales y el rodaje. Con los tatuajes no hay manera de olvidarlo y perderlo.

—¿Sabes qué? Si lo que quieres es estar soltero para ligar con todas las chicas que van a tatuarse contigo, ¡adelante! Podemos divorciarnos, porque si me engañas, Clay Hawthorne, puedes apostar tu vida a que te cortaré los huev…

La tomo de la nuca y le robo las palabras con un beso duro y demandante. Le muerdo el labio inferior con fuerza, a modo de reprimenda, hasta que gime por el dolor, solo entonces la suelto.

—Le dije que estaba casado con una lunática a la que adoro —digo antes de echarme a reír.

—Bien. No quiero compartirte con nadie. —Me golpea el hombro a modo de juego.

—No tienes que hacerlo. Soy tuyo desde que entraste a la tienda tatuajes para limpiarla por primera vez.

—Eso espero —me advierte—. ¿Qué más hiciste hoy?

—Fui a visitar la tumba de Bryce. Hoy es su cumpleaños. —Trato de ignorar el nudo en el pecho.

—Lo sé, por eso regresé hoy. Sé que prefieres sobrellevar este tipo de cosas tú solo… Pero quería estar aquí en caso de que me necesitaras. Tal vez no me digas si me necesitas o no, pero eso no importa, soy tu esposa y estaré aquí para acompañarte.

Una calidez me nace adentro y me llena por completo.

—Haces un buen trabajo, *esposa* —recalco, y su risa se queda anclada en lo más profundo de mí—. Entonces, ¿qué haremos mañana?

—Lo que sea. No importa, mientras estemos juntos y pueda tenerte dentro de mí.

—Niza, eres una descarada.

—Y tú, un amargado, pero así te amo.

Hace unos años era un chico arrogante, solitario y estúpido que temía tomar sus propias decisiones. Estaba enojado con el mundo, sin saber a dónde se dirigía mi vida porque odiaba la música y el legado de mi familia, pero era demasiado cobarde para tomar las riendas. Ahora las cosas son muy diferentes. Me gusta pensar que soy un hombre mejor, más fuerte. No me aterra la incertidumbre y he dejado ir todo mi enojo. Fue difícil, pero lo logré gracias a la paciencia y el apoyo de personas que me aman y estuvieron dispuestas a acompañarme en cada paso, por pequeño que haya sido.

Mi vida tiene una dirección ahora. No estoy perdido ni estoy solo. Hago lo que amo. El futuro no me asusta; me emociona: puedo abrir un estudio en una nueva ciudad, puedo viajar por el mundo con Niza y verla bailar en sus recitales, puedo tomar mi guitarra, escribir música y ayudar a Riot 911 a seguir creciendo. Puedo hacer lo que yo quiera porque soy libre.

Entendí que la vida no se trata de ir solo por un camino, sino de adaptarte y buscar nuevas rutas para llegar al destino que deseas. Me costó, pero logré hacerlo a tiempo.

Niza se remueve y sus ojos se conectan con los míos. Contemplo el avellana que destella cariño, el rojo de su cabello y el tatuaje de flor de loto en tonos rosas y verdes que le contrasta con la piel. Ella fue una tormenta de color que se encargó de destruir mi valle de negros y grises para demostrarme que todo a mi alrededor era precioso, lleno de vida, igual que ella.

Éramos un *impasse,* algo imposible de resolver. No había nada que nos conectara, hasta que creamos nuestro propio diseño asimétrico. Sí, construimos algo magnífico, algo que vale la pena; arte que solo nosotros dos comprendemos.

Fin

AGRADECIMIENTOS

Gracias a todos los que tuvieron la paciencia para llegar conmigo hasta el final de esta bilogía tan intensa (en todos los sentidos).

Gracias por amar tanto a los personajes y por encontrar en ellos un refugio o una mano de ayuda en alguna frase, diálogo o situación. Niza y Clay siempre serán indelebles en mi corazón, pero esto no sería posible sin ustedes, lectores y lectoras, y las siguientes personas que los convirtieron en algo espectacular:

A Paúl, por siempre enseñarme a ver las estrellas aun cuando la noche es oscura, y por aportar algunas de las respuestas frías de Clay.

A mi madre, por aplaudir más que nadie cuando le cuento que tengo una nueva idea para un libro.

A Rosario, María y Ernesto, por mostrarme el significado de apoyo incondicional.

A Cristiam «Gato» Muñoz, porque, sin tu paciencia y tu talento como editor, este libro no sería todo lo que es ahora. Eres increíble.